D0837461

MERVEILLEUSES

Catherine Hermary-Vieille alterne avec succès biographies et romans historiques. Elle a reçu de nombreuses récompenses littéraires, dont le prix Femina pour *Le Grand Vizir de la nuit*, le Prix des maisons de la presse pour *Un amour fou* et le Grand prix RTL pour *L'Infidèle*. Elle vit aujourd'hui en Virginie, aux États-Unis.

Paru dans Le Livre de Poche :

LES ANNÉES TRIANON
LA BOURBONNAISE
LE GARDIEN DU PHARE
LE CRÉPUSCULE DES ROIS
1. La Rose d'Anjou
2. Reines de cœur
3. Les Lionnes d'Angleterre
LORD JAMES
LE ROMAN D'ALIA

CATHERINE HERMARY-VIEILLE

Merveilleuses

ROMAN

ALBIN MICHEL

ISBN : 978-2-253-17644-2 – 1re publication LGF

À Brigitte, Madeleine, Véronique.

« Elle embrasse avec tant de tendresse et si cordialement tout ce qui lui appartient, que tout ce qui ne lui appartient pas voudrait lui appartenir. »

Prince de LIGNE

Rose

Brest, le douze octobre 1779.

Les marins avaient jeté la passerelle et les passagers de la flûte l'*Île-de-France* mettaient pied à terre avec précaution. Sous un ciel chargé de nuages, une foule se pressait sur les quais, familles venues accueillir un des leurs, portefaix, badauds, hôteliers accourus à la retape, cochers, domestiques, maraudeurs. On hélait, appelait, s'interpellait. Des mains, des mouchoirs s'agitaient. Sous la multitude des mouettes qui, depuis la haute mer, avaient escorté le navire, les marins perchés sur les vergues carguaient et ferlaient les voiles.

Effarée, Euphémie s'accrochait à la main de sa maîtresse qui elle-même ne quittait pas le bras de son père, tandis que la tante Rosette suivait à deux pas. Souffrant, Gaspard Tascher de La Pagerie peinait à discerner au milieu de la bousculade le mouchoir rouge du patron de l'auberge censé venir les accueillir.

Dans cette ruelle du quartier Saint-Louis de Brest, les maisonnettes se pressaient, certaines coquettes, d'autres malpropres, précédées de jardinets où poussaient des herbes folles. Du linge pendait à quelques fenêtres, des chiens, des chats, des poules erraient au hasard. Mais l'auberge avait bon air : deux étages, une porte solide surmontée d'une jolie enseigne où un peintre avait représenté un brick toutes voiles dehors porté par une mer bleu turquoise.

Tandis que monsieur de La Pagerie prenait aussitôt le lit, que Rosette s'effondrait dans un fauteuil et qu'Euphémie vidait la malle, Rose se mit à la fenêtre. Quoique le jour d'arrivée des navires en provenance des Amériques soit toujours incertain, la jeune fille avait vaguement espéré qu'Alexandre de Beauharnais serait là pour l'accueillir. Mais la déception ne pouvait l'emporter sur l'ébahissement que lui causait le spectacle de la ville. Le froid mordant ne semblait en rien affecter les passants qui trottaient sous de larges paletots ou en simples chemises de toile. Parmi eux, pas un Africain, pas même un mulâtre. Les odeurs, la lumière, les bruits, tout était étrange. Qu'avait-elle imaginé à la Martinique ? Sous le bonnet des filles, Rose distinguait des mèches allant du ficelle au châtain tandis que la plupart des hommes, sans perruque ni poudre, portaient leurs cheveux à la hauteur des épaules. Comme son futur époux, beaucoup d'entre eux étaient blonds.

De son fiancé, elle ne gardait aucun souvenir. À cinq ans, Alexandre avait quitté la Martinique avec son frère François, son père et la sœur de Gaspard de La Pagerie, madame Renaudin, qui, séparée de son époux, avait déjà uni son sort à celui de son amant. C'est elle qui avait voulu, arrangé le mariage d'Alexandre avec une des trois filles La Pagerie, la seconde, Catherine, de préférence, la mieux assortie en âge. Mais Catherine emportée par la tuberculose,

Manette trop jeune, on avait dû se rabattre sur Rose, l'aînée.

Transie, la jeune créole referma la fenêtre. Elle allait vérifier si Euphémie, une mulâtresse attachée aux La Pagerie depuis sa naissance, avait bien fait servir, comme elle le lui avait demandé, un blanc de poulet, du vin chaud et des biscuits à son père. Celui-ci souffrait du cœur, du foie, de l'estomac et payait cher une vie dissipée qui avait causé bien des soucis à sa femme, et fait péricliter leurs affaires au point qu'après l'ouragan de 1766 qui avait ravagé l'île, ils n'avaient pu faire reconstruire la gracieuse habitation et avaient dû s'installer dans le moulin à sucre de la plantation resté debout.

Un instant, Rose s'immobilisa devant le miroir pendu au-dessus du meuble de toilette. Sans être très belle, chacun s'accordait à lui attribuer beaucoup de grâce et de charme. Mais ses dents abîmées par le sucre des cannes que les créoles mâchaient depuis l'enfance lui interdisaient de sourire sans mettre un mouchoir devant sa bouche. Elle avait de beaux yeux bordés de longs cils, un nez un peu relevé au bout, une bouche minuscule aux lèvres fines, un teint de porcelaine, le joli décolleté des femmes un peu grasses. Lui plairait-elle ? Il le fallait absolument. Elle voulait être aimée, gâtée, mener une vie amusante. À la Martinique, sa mère s'était contentée d'une compagnie peu renouvelée, de la société de parents plus ou moins éloignés qui se retrouvaient pour les baptêmes, les communions, les mariages, les enterrements. On échangeait les potins de l'île, on s'observait, se critiquait même, mais les liens qui unissaient les familles étaient si forts que nul n'aurait songé à se tenir à l'écart de la communauté.

Le vent avait forci, il allait pleuvoir. « Quel étrange pays, pensa Rose. M'y habituerai-je ? »

— Descends, Yeyette, tu es attendue au salon.

Après deux semaines lamentables passées à Brest entre un père mal portant, une tante apathique et une servante gémissant à tout propos, Rose languissait. Ni le spencer de velours taupe acheté à Fort-de-France, ni la cape de grosse laine brune acquise à Brest ne parvenaient à la réchauffer. L'appel de son père lui fit monter une bouffée de chaleur aux joues.

La déception d'Alexandre avait été immédiate. Avec consternation, le jeune chevalier découvrait une personne de taille moyenne, rondelette, mal fagotée, à l'air embarrassé comme une pensionnaire. S'il avait imaginé tout autre chose, madame Renaudin en était la première responsable. Inlassablement, elle lui avait vanté la grâce langoureuse des créoles, leur élégance innée, ce je-ne-sais-quoi que les Parisiennes ne possédaient point. Sur Rose et les Tascher de La Pagerie, elle était intarissable : il allait faire un superbe mariage et n'aurait pas assez d'années à vivre pour l'en remercier. Pressée sur le montant de la dot, Edmée Renaudin avait avancé le chiffre de cent mille livres, une somme fort appréciable qui se joindrait agréablement au bel héritage qu'il avait reçu de sa mère.

Dieu merci, la volubilité d'Edmée avait évité à Alexandre de se creuser la tête pour trouver un sujet de conversation. De monsieur de La Pagerie, il n'avait gardé que de vagues souvenirs et avait du mal à reconnaître en cet homme maladif le fringant maître de la plantation qui les avait reçus autrefois, son père, son frère et lui, aux Trois-Îlets. Il se remémorait la petite rivière de Croc-Souris où on était allé se promener après la sieste, les cases des esclaves, les champs de cannes, le vaste porche que la brise rafraîchissait et, lorsque madame Renaudin avait commencé à vanter une alliance avec les La Pagerie, son père ne s'était pas montré hostile.

Sous ses longs cils, Rose observait Alexandre. L'air sérieux qu'il affichait sur le petit portrait envoyé aux Trois-Îlets lui paraissait maintenant un peu fat. Engoncé dans sa cravate de mousseline, il semblait considérer avec dédain leur petite assemblée. Mais, indéniablement, il était attirant.

Pour rompre le silence, madame Renaudin narrait d'une voix joyeuse les péripéties de leur voyage entre Paris et Brest. Dans le modeste salon de l'auberge meublé d'une table, de quatre chaises, de deux fauteuils, d'un buffet et d'une horloge, cette première rencontre, qui aurait pu être charmante, se faisait pesante et il fallait à l'énergique compagne du marquis de Beauharnais des trésors de fantaisie pour maintenir la bonne humeur.

Enfin, Alexandre avait entraîné Rose dans l'encoignure de la fenêtre pour lui adresser quelques mots. La voix douce de sa fiancée, avec son irrésistible langueur créole, prenait pour lui un soudain intérêt. Aisément, il allait dominer cette fillette de quinze ans qui le distrairait sans le gêner.

Le dîner offert par Gaspard de La Pagerie chez un traiteur voisin avait été enjoué. Les jeunes gens placés l'un à côté de l'autre s'étaient même entretenus à voix basse. Les augures étaient excellents.

Les barrières de Paris franchies, Rose tenta à travers la brume de découvrir à la ville ce charme particulier que les heureux voyageurs vantaient tant à leur retour aux Antilles. Mais elle n'apercevait que des passants qui se hâtaient devant des échoppes d'artisans. Il fallait patienter, s'installer chez monsieur de Beauharnais et sa tante Renaudin avant de risquer quelques pas dehors avec sa tante Rosette et Euphémie.

Les quatre jours de voyage dans l'élégant cabriolet lui avaient permis de mieux connaître Alexandre. Il pouvait se montrer charmant ou indifférent, presque impoli, tout dépendait de son humeur. À Alençon, il lui avait offert un bouquet de fleurs, à Dreux avait déclaré tout de go qu'il la trouvait bien ignorante ! Peut-être parce qu'il pleuvait à verse, que sa mère et sa sœur lui manquaient, elle avait failli éclater en sanglots.

L'esprit, la culture de son fiancé impressionnaient pourtant la jeune créole. Elle avait appris qu'Alexandre aimait lire Rousseau et les Encyclopédistes dont elle-même ne savait rien, qu'il avait des idées politiques très éloignées de celles des Grands Blancs de la Martinique. Avec patience, elle l'avait écouté tout au long du voyage parler de lui, de son enfance passée sous la houlette de son gouverneur, monsieur Patricol, de ses projets, de ses goûts, de ses répulsions. La médiocrité lui faisait horreur ainsi que la sottise.

Rue Thévenot, dans son hôtel sombre et humide, le marquis de Beauharnais les avait accueillis à bras ouverts. Edmée Renaudin avait aussitôt inspecté la malle de Rose. Rien de ce que sa chère belle-sœur avait fait empaqueter aux Trois-Îlets ne convenait, et il fallait de toute urgence acheter à la future épouse de quoi faire bonne figure à Paris. Bien qu'à l'aise financièrement, madame Renaudin ne pouvait se permettre de commander un trousseau chez Rose Bertin, la couturière de la reine. Mais hors Le Grand Mogol, il existait de convenables boutiques qui transformeraient sa timide nièce en une élégante jeune femme.

Situé dans la paroisse de Saint-Sauveur, à deux pas de la rue Saint-Denis, de la halle aux poissons et de tanneries dont provenaient au gré des vents de nauséabondes émanations, l'hôtel Beauharnais servirait de domicile au jeune ménage avant qu'Alexandre ait acquis son propre logis. Heureux d'avoir de la compagnie, le marquis comme madame Renaudin ne le presseraient guère. Par ailleurs, c'était Alexandre, héritier de sa mère, qui payait les frais d'entretien de l'hôtel. Cette solution était la bienvenue.

Dès le lendemain, le déjeuner achevé, Edmée, Rose, tante Rosette et Euphémie étaient montées en voiture. La signature du contrat de mariage étant fixée au dix décembre, le temps pressait pour commencer leurs achats.

Une semaine passée à Paris n'avait pas suffi à Rose pour s'accoutumer à l'animation des rues, au bruit fracassant des charmants équipages, des cabriolets ou fiacres passant à vive allure, aux cris des marchands de toutes sortes, des repasseurs de couteaux, des vitriers, des porteurs d'eau, à l'agitation des coiffeurs qui, leur matériel enfoui dans une sacoche, bousculaient tout le monde avec impertinence, pressés qu'ils étaient de rejoindre leurs clients. Chiens, chats, cochons allaient et venaient, des moutons et des vaches étaient conduits à l'abattoir, des cavaliers forçaient le passage, des laquais flânaient, des enfants couraient en tous sens, des commères jacassaient d'un immeuble à l'autre, certaines si proches que les interlocutrices auraient pu se toucher. Partout des mendiants, faux ou vrais, des estropiés tendaient des sébiles, des enfants harcelaient les passants pour leur vendre des rubans, des allumettes, des épingles ou des bouquets de fleurs. En groupe, de jeunes abbés trottaient vers les églises, des pensionnaires menées par des religieuses partaient en promenade.

De ces expéditions, Rose rentrait épuisée et heureuse. Tout ce qu'elle voyait, touchait, humait dans les boutiques où l'amenait sa tante l'enchantait. Elle aurait voulu s'attarder, essayer des chapeaux, enfiler des gants parfumés, chausser les délicieux souliers de satin ou de velours qui jamais ne devaient connaître les pavés des rues parisiennes. Dans sa poche, elle serrait les trésors dont elle refusait de se séparer : deux bracelets, une montre et des pendants d'oreilles offerts par Alexandre. À Paris, celui-ci était devenu plus attentionné, lui prodiguait maints conseils, proposait des livres qui s'accumulaient sur sa table de nuit. Comment se plonger dans d'ennuyeuses lectures quand, lors de ses promenades dans les jardins des Tuileries, elle se sentait dévisagée, admirée ! Ce mois de décembre était froid, ensoleillé, et de nombreux promeneurs montaient et descendaient les allées de la terrasse du bord de l'eau. Les arbres étaient dépouillés de leurs feuilles, les parterres dégarnis, mais la Seine où se croisaient de nombreuses embarcations scintillait, les parfums des élégantes promeneuses, auxquelles les hommes faisaient les yeux doux, dégageaient des effluves enivrants.

Depuis l'enfance, Rose aimait plaire, être complimentée, caressée. Aux Trois-Îlets elle avait appris bien des choses sur l'amour et en appréciait déjà les prémices. Douce, affectueuse, elle attirait. Les religieuses des Dames de la Providence, chez qui elle avait été pensionnaire à Fort-de-France, ne l'avaient que rarement réprimandée, laissant libre cours à son indolence naturelle. À quinze ans, elle n'avait guère d'orthographe et des connaissances fort limitées, mais sa société s'en accommodait fort bien. Les dames créoles tenaient leur habitation, dirigeaient les esclaves domestiques, élevaient leurs enfants, recevaient leur parenté sans afficher de prétentions intellectuelles.

Gaspard de La Pagerie, pourtant soigné dans l'hôtel de la rue Thévenot avec diligence par sa sœur Rosette, ne se portait pas mieux. Les médecins qui s'étaient succédé à son chevet se contentaient de prescrire un régime léger et du repos. Qu'il puisse se rendre début décembre à Noisy-le-Grand où Edmée possédait une petite propriété était douteux.

Là, devait se dérouler le mariage religieux suivi d'une modeste réception réunissant les témoins et quelques voisins.

La mode parisienne en cette fin d'année 1779 n'avait plus rien à voir avec les modèles publiés dans les magazines en vente à la Martinique l'été précédent. Les femmes avaient banni fanfreluches et rubans pour se vêtir de redingotes qui pinçaient la taille, de jupes souples, de chapeaux de feutre où étaient accrochées des plumes de grand prix. Les boutons d'or, d'argent ou de porcelaine étaient de petits chefs-d'œuvre, ainsi que les cannes à pommeaux ciselés. De délicieux petits chiens frisottés, parfumés, suivaient leur maîtresse au bout de laisses de velours ou de soie tressée. Rose, qui adorait les animaux, aurait voulu les prendre dans ses bras, les couvrir de baisers.

Quand tante Rosette, censée les chaperonner, avait le dos tourné, Alexandre l'embrassait et des sensations fort agréables l'envahissaient. Elle n'appréhendait pas sa nuit de noces.

Edmée Renaudin n'était pas dupe des rougeurs de sa nièce. Les créoles avaient le sang chaud, il fallait les marier jeunes. Elle-même, hâtivement unie à monsieur Renaudin, avait joui de deux années de plaisirs partagés avant de découvrir que son mari la trompait abondamment. Elle avait été consolée par le marquis de Beauharnais, gouverneur de la Martinique qui, lui-même père de deux garçons, n'était guère heureux en ménage. Ils s'étaient si bien accordés qu'à la mort de la marquise, ils avaient décidé de vivre ensemble hors des liens conjugaux, laissant monsieur

Renaudin, qui jouissait d'une fort bonne santé, libre de poursuivre ses aventures.

La signature du contrat de mariage fut pour Alexandre, qui venait de s'octroyer le titre de vicomte, une déception cuisante. Les cent mille livres promises à sa future épouse se réduisaient en réalité à une rente annuelle de cinq mille livres sans aucune garantie. Il devinait que les Tascher de La Pagerie n'avaient guère de ressources et, prêts à tout pour bien marier une de leurs filles, avaient promis l'impossible. Lui-même, certes, jouissait d'une appréciable fortune, mais il n'était pas dans les coutumes de sa société qu'un jeune homme riche s'unisse à une jeune personne dépourvue de solides espérances. Edmée, sa marraine, avait maquillé la vérité.

Le mariage eut lieu le treize décembre dans la petite église de Noisy-le-Grand en présence des témoins : Patricol, le précepteur d'Alexandre, l'ami du marié Noël de Villamblin, l'intendant de marine Michel Begon et les demoiselles Ceccouy, amies de madame Renaudin, déjà présentes lors de la signature du contrat. Émue, Rose avait à peine écouté l'homélie du prêtre. Elle regrettait l'absence de son père, toujours alité rue Thévenot, et surtout celle d'une mère si précieuse en ces instants. Tout s'était déroulé trop vite, le départ des Trois-Îlets, les préparatifs de son union qui aujourd'hui prononcée la liait à Alexandre de Beauharnais pour toujours.

On avait ensuite dîné dans la maison offerte par le marquis à sa maîtresse. Tout en en gardant l'usufruit, celle-ci l'avait cédée à sa nièce comme cadeau de noces.

Dès le lendemain, tout le monde regagnait Paris pour célébrer Noël avec monsieur de La Pagerie et la tante Rosette restée au chevet de son frère. On avait invité une poignée d'amis dont la célèbre Fanny de Beauharnais, belle-sœur du marquis qui ouvrait son salon à tout ce qui comptait à Paris. Rose pourrait y apprendre les usages du monde.

Edmée Renaudin devait admettre que sa nièce était gauche, timide et, en dépit de ses conseils et dépenses, peu élégante. Elle devait maigrir, apprendre à s'exprimer. Mais madame Renaudin gardait confiance. L'accent créole de Rose et son charme feraient merveille. Alexandre l'aiderait. Il était sensible aux jugements du monde, ambitieux, moqueur, et serait désireux d'instruire sa femme. Qu'elle le veuille ou non, Rose allait trouver en son mari un précepteur exigeant. Si l'âge tendre de sa nièce et sa docilité lui laissaient l'espoir d'une prompte transformation, la nonchalance de celle-ci la préoccupait. À Paris, les femmes étaient entreprenantes, indomptables. Bien portantes ou non, elles s'activaient du matin au soir, lisaient, se passionnaient pour les idées politiques nouvelles, se rendaient au spectacle et même dans les cafés en vogue. Rose restait des heures à rêvasser et Alexandre ne l'avait jamais vue lire autre chose que les journaux de mode. Le jeune homme visait plus haut. La protection, l'amitié même des La Rochefoucauld l'avaient mis en relation avec les plus grands noms de la noblesse d'épée. Mais Edmée était trop fine pour méconnaître les barrières qui restaient infranchissables. Bien que paré désormais du beau titre de vicomte auquel il n'avait guère droit, Alexandre n'appartiendrait jamais à la Cour, alors que les Tascher de La Pagerie, tout démunis qu'ils fussent, auraient pu par l'ancienneté de leur nom prétendre à y paraître.

À peine l'hiver s'achevait-il qu'Alexandre faisait préparer ses malles pour un long séjour à La Roche-Guyon chez le duc de La Rochefoucauld. Si Patricol, son ancien précepteur, l'accompagnait, Rose, elle, demeurerait rue Thévenot. Après quatre mois de mariage, il était déçu par sa femme et ne tenait nullement à l'introduire dans la société raffinée, spirituelle et cultivée des La Rochefoucauld. Certes, Rose avait un cœur d'or, elle était facile à vivre et à contenter, sensuelle et gaie, mais toutes ces qualités réunies ne lui conféraient point d'esprit. Depuis l'âge de quinze ans, Alexandre adorait les femmes et se targuait d'en être aimé en retour. Il avait courtisé et obtenu les plus jolies, les plus spirituelles, les plus amusantes Parisiennes. Avec Rose, passé les moments d'intimité, il s'ennuyait à mourir.

Le cœur serré, la jeune femme vit disparaître au coin de la rue Thévenot la chaise de poste emportant Alexandre. À la main, elle tenait la longue missive qu'il venait de lui remettre, une tendre épître, elle l'espérait, qu'elle allait parcourir dans un instant. La raison de ce départ lui échappait. Resterait-il absent un mois ou davantage ? Alexandre ne l'avait pas précisé. Entre son beau-père, son père et ses tantes, le temps allait lui sembler long.

Effarée, Rose acheva sa lecture. Loin d'être une déclaration d'amour ou même d'attachement conjugal, la lettre énumérait une série de reproches suivie de prescriptions et conseils susceptibles de remédier aux lacunes qui les avaient suscités. Durant son absence, Rose devait lire les ouvrages dont la liste remplissait une pleine page, prendre des notes sur les idées de l'auteur qui lui auraient semblé essentielles, apprendre l'orthographe, engager un maître qui lui enseignerait l'histoire, la géographie, un peu d'italien ou d'anglais à son choix. Dès son retour, il contrôlerait les progrès accomplis. Mis à part son instruction, elle devait également prendre des leçons de maintien, apprendre à s'asseoir, à quitter un siège avec élégance, à marcher dans un salon, à mener une conversation. Il n'espérait point la retrouver pleine d'esprit, mais tout du moins femme du monde et capable de tenir sa place dans le cercle de ses amis.

Alexandre avait pris la peine d'ajouter quelques mots affectueux qui, après cette longue admonestation, ne pouvaient plus toucher Rose. La jeune femme était restée dans sa chambre jusqu'à l'heure du dîner. Peut-être suivrait-elle certains de ses conseils, peut-être pas. Elle y songerait plus tard. Apprendre à danser lui plaisait ainsi que se perfectionner à la harpe et à la guitare. Elle aimerait aussi aller davantage au théâtre, à l'Opéra et prierait sa tante de l'y mener.

Mais une sourde irritation, encore mal formulée, contre Alexandre subsistait. Il l'avait humiliée et abandonnée.

Après les premiers beaux jours de mai, le marquis de Beauharnais, madame Renaudin, monsieur de La Pagerie entré en convalescence, Rosette, Euphémie et les domestiques s'installèrent à Croissy. Alexandre, toujours à La Roche-Guyon, écrivait des lettres tantôt charmantes, tantôt soporifiques, auxquelles Rose ne répondait que rarement. S'asseoir devant une plume et un encrier lui semblait si ennuyeux qu'elle en remettait la corvée de jour en jour, même si Alexandre lui reprochait amèrement son silence.

Ce fut par hasard que la jeune femme apprit à la fin du mois de mai l'existence de Laure de Girardin et du petit Alexandre. Sans y penser, une voisine qui les avait invités à souper avait mentionné le nom de la jeune femme et de son charmant garçonnet. Aux yeux effarés du marquis, Rose avait compris que leur hôtesse avait commis une bévue. Mais celle-ci, loin d'avoir saisi le message muet, avait continué à vanter les charmes de cette jeune femme à laquelle Alexandre de Beauharnais avait rendu tant de services ! Questionnée, pressée, Edmée Renaudin avait fini par avouer cette liaison. Tôt ou tard, après tout, Rose ne l'aurait-elle pas apprise ? Mais il s'agissait d'un amour passé, avait-elle insisté. Même s'il s'enquérait avec régularité de son enfant, Alexandre ne le voyait guère.

Une jalousie féroce s'était emparée de Rose et le sentiment d'impuissance à agir qui l'accompagnait avait transformé sa douleur en animosité. L'origine de tous les conseils et réprimandes qu'Alexandre lui avait prodigués était donc cette femme tellement au-dessus d'elle !

À Noisy, le temps traînait en longueur. On parlait beaucoup de monsieur Necker et de la peine qu'il prenait pour renflouer le Trésor en réduisant, entre autres choses, les frais des Maisons du roi et de la reine. Une coterie s'était, disait-on, formée contre lui à Versailles, menée par les Polignac, mais ce qui se passait là-bas faisait partie, pour les paisibles résidents de Noisy-le-Grand, d'un monde inconnu. Tous les vendredis, le curé venait faire avec le marquis de Beauharnais, madame Renaudin et la tante Rosette une partie de piquet. Rose songeait à son prochain retour à Paris. Elle avait besoin de mille choses mais, démunie, ne pouvait compter que sur la générosité de sa tante Edmée. Pour occuper son temps, elle plaçait et déplaçait les meubles du salon, composait de superbes bouquets mêlant fleurs des champs et fleurs de jardin avec un goût exquis. Mais Gaspard de La Pagerie s'inquiétait. Pourquoi cette longue absence d'Alexandre, presque une fuite ? Le ménage de sa fille était-il heureux ? Dans leur empressement à marier Yeyette, sa femme et lui n'avaient-ils pas commis une erreur ? Rose avait eu d'autres rêves, il en était sûr.

À la mi-septembre, le marquis de Beauharnais et madame Renaudin décidèrent de regagner Paris avec leur maisonnée. Rose en éprouva une grande joie.

Les sachant de retour, Alexandre allait sans nul doute lui revenir. Elle aimait encore son mari et voulait l'arracher à sa rivale.

Alexandre réapparut en novembre et ses premiers mots furent pour déclarer à Rose qu'il était heureux de retrouver sa grassouillette petite femme, d'embrasser ses joues rebondies. Edmée Renaudin profita de ces bons sentiments pour persuader Rose de se montrer tendre et attentionnée. Rien n'était perdu.

Trois mois plus tard, Rose soupçonna qu'elle était enceinte. Ce fut une joie générale qu'on célébra rue Thévenot en invitant toute la famille. Le frère du marquis de Beauharnais était venu avec ses enfants, l'élégante comtesse Fanny avait fait une apparition, et Patricol, que Rose détestait, l'avait cependant touchée par un petit poème de sa composition à la gloire de la maternité.

Ce fut une période assez heureuse pour Rose. Alexandre ne parlait plus de la quitter. Malgré tout, il n'était jamais longtemps rue Thévenot. Jalouse, elle l'accablait de questions, aussitôt qu'il était de retour au logis. D'abord moqueur, il s'était vite irrité avant de prendre le parti du silence. Les sanglots de Rose l'exaspéraient. Supporterait-il longtemps les humeurs d'une épouse à l'esprit étriqué alors que tant de ses amis s'illustraient sur les champs de bataille américains ? La Fayette, Dillon, Noailles, Lauzun et tant d'autres avaient-ils à souffrir de telles mesquineries conjugales ?

L'été, la famille se replia de nouveau à Noisy-le-Grand, mais la délivrance de Rose approchant, on regagna dès la mi-août la rue Thévenot. Des orages presque quotidiens transformaient les rues en cloaques. Les égouts à ciel ouvert débordaient, laissant sur les pavés quantité d'immondices qui attiraient les rats.

Rose ne sortait plus. Son naturel nonchalant et une grossesse avancée la clouaient sur une méridienne autour de laquelle se réunissait la famille. Alexandre se gardait bien de lui faire part d'un projet de voyage en Italie en compagnie de Patricol : quelques mois de découvertes et de rencontres dans un pays où les femmes avaient la réputation d'être belles et point farouches. Avec l'argent hérité de sa mère, il comptait voyager en grand seigneur et prendre du bon temps.

Eugène naquit le trois septembre 1781, sans complications. Un vigoureux bébé qui avait hérité des cheveux blonds de son père et des beaux yeux de sa mère. Bien que présent lors de la délivrance, Alexandre ne restait guère auprès de sa femme et le marquis dut admettre que ce mariage était un échec.

En novembre, le jeune père prit la route dans une jolie voiture avec son cher Patricol. Tous deux avaient le projet de s'arrêter quelques jours ou quelques semaines chez le duc de La Rochefoucauld avant de gagner l'Italie.

Finalement, Rose vit partir sans déplaisir ce mari qui se plaisait tant à l'humilier. Ses abandons successifs lui avaient indiqué clairement qu'elle ne pouvait compter que sur elle-même. C'était la meilleure des leçons. Deux années de mariage et une maternité l'avaient mûrie.

Et Euphémie était pleine d'optimisme en lui tirant les cartes. Tout irait bien, il fallait faire confiance à la vie. Désormais Rose se rendait avec joie chez la mondaine Fanny de Beauharnais où se réunissaient de brillants esprits. La « petite Américaine », comme on la nommait, était bien accueillie dans cette société. On n'y parlait que de la récente publication des *Liaisons dangereuses* que même les esprits subversifs ou libertins trouvaient « osées ». L'auteur, Choderlos de Laclos, avait par ailleurs fourni des armes aux rebelles américains, geste qui lui donnait bonne conscience tout en l'enrichissant.

Loin de la joyeuse assemblée, l'esprit de Rose s'envolait parfois. Elle tentait d'imaginer sa mère et sa sœur aux Trois-Îlets, leur joie de revoir bientôt leur époux et père qui faisait voile vers la Martinique. Le départ de Gaspard de La Pagerie et de sa tante Rosette avait tiré à Rose d'abondantes larmes, le dernier lien avec son île natale était coupé. Quand elle se sentait trop malheureuse, elle chantait avec Euphémie en créole ou se parait de beaux foulards de madras qu'elle savait mieux que quiconque nouer autour de ses cheveux. Quand on grelottait en mars à Paris, on devait aux Trois-Îlets paresser sous les jacarandas et les catalpas dont les fleurs en grappes attiraient des milliers de mouches minuscules, des papillons aux couleurs d'arc-en-ciel.

Les propos des Parisiennes étonnaient Rose : à la Martinique, les femmes des planteurs ne se mêlaient pas de politique. Du même avis que leurs maris, elles étaient foncièrement royalistes, ce qui n'était pas le cas des épouses des fonctionnaires, des commerçants et employés de Fort-de-France, petites gens sans terres et sans lignée adeptes, elles, des idées progressistes.

Si la conversation de Rose n'apportait rien d'original dans le salon de Fanny de Beauharnais, on appréciait la jeune créole pour sa gaîté, son amabilité et son don de faire des compliments charmants. Parmi des femmes souvent vaniteuses, dominatrices, elle se singularisait.

Entre sa nourrice et Euphémie, Eugène devenait un beau et gros bébé tout en sourires. Il atteignait ses six mois quand le marquis de Beauharnais, désireux de quitter le sombre logis de la rue Thévenot, décida d'installer toute sa famille dans un logement plein de charme et de soleil rue Neuve-Saint-Charles, à deux pas de Saint-Philippe-du-Roule. Point trop vaste, l'hôtel s'adossait à un jardin fleuri qui fit aussitôt les délices de Rose. Ce déménagement dans un domicile où son mari n'avait jamais vécu rendait plus supportable à la jeune femme l'interminable absence d'Alexandre. D'Italie, il écrivait des lettres enthousiastes auxquelles elle ne répondait que rarement. Entre sa famille, ses amies, le jardin dans lequel elle se livrait à de longues rêveries, les journées passaient vite.

Cette année 1782, tout le monde partit à nouveau s'installer à Noisy à la fin du mois de juin. On allait y retrouver une agréable société estivale, la joie des promenades, d'une nourriture saine, des longues soirées où Edmée se mettait au piano tandis que Rose pinçait sa harpe avec un talent médiocre.

La nouvelle du retour prochain d'Alexandre mit la maisonnée en émoi. Rien n'était trop beau pour le retour de l'enfant prodigue. On fit venir de Paris des caisses de vin de Bourgogne et de Champagne et des mets délicats introuvables à Noisy. Le marquis acheta un superbe cheval de selle et fit remettre en état pour ses enfants un cabriolet dans lequel ils pourraient se promener en amoureux. La séparation, il en était sûr, avait effacé leurs griefs réciproques. Par ailleurs, Rose était devenue plus élégante et s'exprimait avec grâce. Son charme ne manquerait pas d'agir.

Alexandre et Patricol firent leur apparition le vingt-cinq juillet et la première semaine se passa dans la joie générale. Les voisins accouraient pour entendre les récits de voyage du jeune homme que l'attention générale enflammait. Délicieux envers Rose et Eugène, on le considérait alentour comme le meilleur des époux et des pères.

Le jeune homme découvrait sa femme changée, mais point comme il l'avait souhaité. À ses élans spontanés, ses naïves scènes de jalousie avait succédé une certaine indifférence qui le blessait ou le fâchait. Lorsque Rose exigea le départ de Patricol, il resta sans voix. Et les motifs de friction ne manquaient pas. De la rente annuelle promise par les La Pagerie, nul, hormis les mille livres apportées le jour du contrat de mariage, n'avait vu la couleur. Lorsqu'il se risquait à demander des comptes, la voix si charmeuse de Rose devenait cinglante. Croyait-il que ses parents manqueraient à leur parole ? La production du sucre et du café avait ses hauts et ses bas. Il fallait être patient.

De retour à Paris à la fin du mois d'août, la jeune femme avait vu sa vanité satisfaite. Chez Félicité de Genlis, au Palais-Royal où sa tante Fanny l'avait amenée, le duc d'Orléans, en bottes et redingote de ville à l'anglaise, avait fait son apparition. Intrigué par cette figure si jeune qu'il ne connaissait point, il s'était approché d'elle pour lui adresser quelques mots. L'accent créole avait semblé le ravir et, en homme à femmes, il n'avait pas été avare de compliments. Rose s'était vue le point de mire du salon et quelques femmes admises à la Cour, qui jusqu'alors l'ignoraient, lui avaient adressé quelques mots.

Ce succès, qui aurait dû remplir d'aise Alexandre, le laissa de glace. Depuis quelques semaines, il semblait mijoter de petites affaires secrètes et poussait sa femme à s'absenter chaque après-midi. La chaise de poste avait été envoyée chez le carrossier pour quelques réparations, expliquait-il, et pour une raison mystérieuse, Rose avait aperçu une malle qu'on descendait du grenier. Sûre qu'il lui mentirait, elle n'avait posé aucune question.

Le six septembre à l'aube, tandis que la maisonnée était plongée dans le sommeil, Alexandre prit la route de Brest en attendant un embarquement pour la Martinique. Laure de Girardin, désormais madame de Longpré, qui devait s'y rendre pour une question d'héritage, était du voyage et dans son portefeuille Alexandre avait glissé une lettre chaleureuse du duc de La Rochefoucauld le recommandant au marquis de Bouillé, gouverneur général de l'île. Derrière lui, le fuyard avait laissé un mot où l'expression de doux sentiments masquait difficilement une totale sécheresse de cœur. « Que voulez-vous, ma chère enfant, soupira le marquis de Beauharnais en constatant le départ d'Alexandre, mon fils n'est sans doute pas fait pour la vie conjugale ! »

Enceinte de six semaines, Rose avait fait part de ses doutes à Alexandre. Elle accoucherait seule.

La veille de Noël, une lettre parvint à la jeune femme annonçant l'imminent départ de son mari sur la *Vénus*. Elle pleura. Qu'un époux aussi indifférent puisse se pavaner aux Trois-Îlets chez les La Pagerie et s'y faire traiter en fils lui semblait un outrage. Et sans nul doute, Alexandre allait presser son beau-père d'honorer le contrat de mariage sans tenir aucun compte de ses difficultés financières. Ce serait pour les siens une humiliation et un souci qui pourraient avoir des conséquences fâcheuses sur la santé de son père.

D'Alexandre, elle reçut en janvier une nouvelle missive confiée lors d'une escale à un marin français. « Si leur mariage était un échec, affirmait-il, elle n'avait qu'à s'en prendre à elle-même, à ses entêtements, sa jalousie, sa façon d'élever Eugène, toujours dans les bras d'Euphémie qui lui chantait dans son charabia de ridicules ritournelles propres à affaiblir l'esprit d'un jeune enfant. En outre, elle ne cessait de se plaindre et se refusait trop souvent à lui. » À cette missive, elle avait enfin répondu. Qui ne cessait de récriminer sinon lui ? Qui se montrait un époux négligent sinon lui ? Certes, elle élevait Eugène « à la créole », mais leur fils était superbe, éveillé, heureux. Pourquoi abandonner un enfant qui aurait dû faire son bonheur ? Avec cruauté, elle exagérait ses malaises. Aucun médecin ne pouvait promettre qu'elle survivrait à cette nouvelle grossesse. Elle mourrait donc loin de celui dont le premier devoir était de la protéger et de la secourir. Qui aurait pu lui prédire un tel sort ?

La première lettre de la Martinique parvint rue Neuve-Saint-Charles au printemps, juste avant les couches de Rose. Mélange de plaintes (il s'était mal porté durant toute la traversée), de satisfactions (le gouverneur, monsieur de Bouillé, l'avait pris comme aide de camp), de déception (la guerre d'Amérique s'achevait et ses rêves de s'y couvrir de gloire étaient réduits à néant), cette missive confirmait à Rose qu'Alexandre était un effroyable égoïste, un homme intéressé et sans cœur. Mais plus que l'importance démesurée qu'il donnait à sa propre personne, la jeune femme était révoltée par ses critiques de la société martiniquaise. Rien ne trouvait grâce à ses yeux. Les esclaves à moitié nus le scandalisaient, leurs danses, leur musique, leurs chants le consternaient, l'abondance des insectes, lézards, bestioles de toutes sortes l'insupportait ainsi que l'humidité de l'air qui transformait en éponges ses élégants vêtements.

Avec deux semaines d'avance sur son terme, Rose mit au monde une petite fille qu'elle prénomma Hortense. La jeune femme ayant trouvé superflu de faire part de la naissance à Alexandre, une seule lettre adressée à ses parents partit aussitôt pour les Trois-Îlets. Il l'apprendrait par l'un ou par l'autre. Elle était tout à fait guérie de l'amour. La recherche d'une bonne nourrice pour Hortense était une tâche importante à laquelle elle s'était appliquée. Le bureau des nourrices offrait tant de plantureuses candidates qu'on ne savait laquelle choisir. Rose désirait que sa fille puisse profiter du bon air de la campagne. Il fallait se décider pour une femme ayant une maison proche de Paris, des enfants bien tenus, un mari sobre. Venues de leurs provinces, les postulantes portaient les coiffes de leur pays, les Normandes de hauts bonnets, les Bretonnes des cornettes à godrons, les Bourguignonnes des chapeaux à dentelles, les Boulonnaises des chapeaux de paille garnis de velours. Une odeur douceâtre s'échappait des opulents corsages, des jupes multicolores. Rose s'était décidée pour une femme au regard franc vivant près de Noisy-le-Grand, ce qui lui permettrait d'aller souvent rendre visite à sa petite Hortense. La femme avait pris livraison du bébé le jour même.

Eugène, quant à lui, restait rue Neuve-Saint-Charles. À dix-neuf mois, il ne quittait pas les jupes d'Euphémie toujours prête à lui fredonner une chanson, à lui raconter mille historiettes de sa voix chantante ou à le gaver de sucreries. Jamais on n'évoquait son père devant lui et jamais le garçonnet ne le réclamait. On parvenait à l'oublier, quand une bombe était tombée rue Neuve-Saint-Charles. Poussé sans nul doute par sa maîtresse, Alexandre avait fait enquêter sur la jeunesse de Rose. À la Martinique, on lui prêtait des amourettes. Jusqu'où était-elle allée ?

En visite chez ses beaux-parents qui l'avaient accueilli à bras ouverts, il avait même fait questionner des esclaves. De quoi avaient-ils été témoins exactement ? Et l'annonce de la naissance prématurée d'Hortense avait exacerbé ses ressentiments. Cet enfant ne pouvait être de lui, car à l'époque qui aurait dû être celle de sa conception, exactement neuf mois auparavant, il était en chemin vers Paris. Il reniait l'enfant et ne pardonnerait jamais à sa femme. Une rupture s'imposait.

De sa mère, Rose avait reçu une longue lettre. Les Tascher de La Pagerie étaient au désespoir et, sans hésiter, prenaient la défense de leur fille.

« Ô que je désire être auprès de vous, ma chère fille ! Mon cœur y vole sans cesse et plus aujourd'hui que jamais. Si ma tendresse s'est alarmée lors de votre départ, je n'avais certainement aucun pressentiment de toutes les horreurs qui vous accablent. Toutes les noirceurs exercées contre vous ne peuvent se concevoir. Votre mari a dit à une personne qui vous est proche que madame Longpré de la Touche lui avait dit des horreurs de votre tante Rosette et que c'était cette même madame de la Touche qui lui avait fait observer chez les demoiselles Hurault, au moment où on le félicitait de votre accouchement, que votre fille ne pouvait être de lui, attendu qu'il manquait une douzaine de jours pour parfaire les neuf mois… C'est à cette époque qu'il a commencé à questionner les esclaves qui vous avaient servie et à les corrompre par l'appât de l'argent…

Oui, ma chère fille, vous m'en devenez encore plus chère parce que vous êtes malheureuse. Toutes vos connaissances et toutes vos amies vous plaignent et sont remplies d'indignation de vous savoir si abominablement outragée. Si vous le pouvez, après vous être blanchie, revenez donc dans votre petite patrie ; leurs bras seront toujours ouverts pour vous recevoir et vous les trouverez encore plus portées à vous consoler des injustices que vous éprouvez.

Adieu, ma chère fille, n'oubliez pas d'avoir recours à Dieu, Il n'abandonne jamais les siens. Tôt ou tard, Il terrassera vos ennemis. Votre sœur vous embrasse de toute son âme. Elle gémit sur vos maux et les sent bien vivement. Votre grand-maman est bien affligée, votre papa vous étreint. »

Rose avait lu et relu la lettre. Alexandre souhaitait une séparation définitive ? Elle ne demandait pas mieux. Consultée, Edmée Renaudin lui avait vivement recommandé de s'installer à l'abbaye de Penthemont, où des dames de la haute société qui traversaient des moments difficiles demeuraient pour un temps plus ou moins long. La vie y était élégante, agréable et, entre la rue de Grenelle et la rue de Bellechasse, la situation géographique du couvent permettrait à Rose d'aller et venir partout à sa guise. Maison d'éducation pour les jeunes filles de la noblesse, le couvent était plein de vie et elle pourrait y emménager avec Euphémie, une domestique et Eugène. De l'avis de tous, cette solution était de loin préférable à un retour à la Martinique. Rose avait acquiescé. Après ces quatre années à Paris, s'enfermer aux Trois-Îlets ne la tentait guère.

Un automne froid et pluvieux la décida tout à fait. Alexandre faisait maintenant voile vers la France et à aucun prix elle ne voulait le voir à son retour. Hortense était heureuse à Noisy chez sa nourrice, madame Rousseau, Eugène trouverait à Penthemont de petits compagnons et elle-même des amies.

Après le choc causé par les lettres arrivées de la Martinique, Rose reprenait goût à la vie. Un mariage était heureux ou ne devait pas être, et elle ne s'imaginait pas en épouse résignée, gardienne du foyer. Il y avait en elle trop d'appétit pour la vie, pour l'amitié et – pourquoi pas ? – à nouveau pour l'amour. D'autre part, demeurer dans le faubourg Saint-Germain était une satisfaction mondaine. À présent, la jeune femme connaissait parfaitement les barrières tacites qui séparaient la haute aristocratie de celle appartenant, comme les Beauharnais, à la robe. Or tout à Paris dépendait des relations. En devenant l'amie de grandes dames, elle rejoindrait leur cercle exclusif.

Pour les distraire avant son installation à Penthemont, madame Renaudin avait amené Rose et Eugène à la Muette où monsieur Pilâtre de Rozier allait libérer un nouvel aérostat. Une bonne partie de la Cour, dont les Polignac, y serait, ainsi que Fanny de Beauharnais qui leur avait procuré des billets d'admission.

De retour à Paris, Alexandre s'était installé chez les La Rochefoucauld et avait décidé de résilier le bail de l'hôtel de la rue Neuve-Saint-Charles. Consternés, le marquis, madame Renaudin et leur maisonnée devaient trouver un autre logis, recherche que leur manque de fortune rendait ardue. Il fallait vendre Noisy-le-Grand, trop exigu pour y vivre toute l'année, et acheter hors de Paris une demeure plus spacieuse. Le choix du marquis s'était porté sur la ville de Fontainebleau où demeurait une agréable société jouissant de charges au château. Bien que le roi, la reine et une partie de la Cour n'y apparaissent qu'à l'automne, l'immense bâtisse, son parc, ses forêts étaient soigneusement entretenus et faisaient vivre largement quelques grands seigneurs assez chanceux pour y occuper des positions fort peu accaparantes.

Hortense, trop jeune pour que sa mère la prenne avec elle à Penthemont, resterait à Noisy-le-Grand chez sa nourrice.

Les Beauharnais se séparèrent avec émotion et se firent maintes promesses de se revoir souvent. Il était convenu que Rose et Eugène viendraient passer les étés à Fontainebleau et que madame Renaudin, lorsqu'elle aurait à faire à Paris, logerait dans l'appartement de sa nièce à Penthemont.

Dès les premiers jours, la jeune femme fut enchantée de son changement de vie. Les trois pièces qu'elle occupait, un salon et deux chambres, étaient ensoleillées et la peinture gris tourterelle faisait un cadre charmant à ses meubles tendus de soie jaune paille et bleu myosotis. Le tapissier n'avait pas été payé et elle comptait sur sa tante pour régler cette facture, jointe à celles des toilettes acquises pour faire bonne figure parmi les pensionnaires. On la supposerait riche et elle devait le laisser croire. Pour

Eugène, elle avait acheté de délicieux habits, des chaussures du cuir le plus fin. Un coiffeur viendrait tous les jours onduler les cheveux de l'enfant et arranger à la dernière mode les siens. On ne portait plus les prodigieux poufs inventés par Léonard, le coiffeur de la reine, mais de simples boucles à peine poudrées qui entouraient le visage et tombaient en mousse sur les épaules. Venue de Versailles et favorisée par le retour d'Amérique des officiers français qui vantaient la simplicité des colons, la mode était au retour à la nature. Les grands seigneurs prenaient intérêt à leurs terres, la reine à son hameau de Trianon, les bourgeois vendaient les légumes de leur potager et le miel de leurs ruches.

La « petite Américaine » avait été reçue avec bienveillance par les dames installées à Penthemont. On trouvait Rose charmante avec son regard langoureux, sa voix à l'accent chantant, l'intérêt qu'elle avait d'emblée manifesté à toutes, prête à les écouter inlassablement, toujours disposée à complimenter, à réconforter, à rendre service. On l'interrogeait sur la plantation des Trois-Îlets, la vie aux îles, on s'émerveillait du bonheur de ne jamais avoir à souffrir du froid. Nombre de pensionnaires étaient de vieilles filles incasables à cause d'un défaut physique, de jeunes veuves ou des femmes comme Rose en situation conjugale difficile. Le couvent, son jardin et la maison d'éducation pour des fillettes aux noms aussi prestigieux qu'Aglaé de Polignac formaient un monde à part entouré de hauts murs. On y rentrait et en sortait à sa guise, en respectant toutefois les horaires établis. La rue du Faubourg-Saint-Honoré était toute proche, de l'autre côté de la Seine, avec ses boutiques si tentantes, le Palais-Royal et les Tuileries accessibles à pied. À quatre heures, les dames se réunissaient pour prendre une tasse de chocolat dans le grand salon aux rideaux un peu démodés en satin damassé. Là, on causait de tout, on répétait mille potins, on tuait le temps avec une élégance et une grâce que Rose étudiait et tâchait de reproduire avec exactitude.

Lorsque l'abbesse de Penthemont, madame de Béthisy, rejoignait les dames, Rose savait qu'elle avait devant elle l'illustration de ce qu'elle voulait devenir : une femme du monde que rien n'embarrassait, aimable, spirituelle, une dame qui avait grand air et pour laquelle les codes complexes de la société étaient parfaitement explicites.

Mais auparavant, la séparation de corps d'avec Alexandre devait être menée à son terme. Sans le moindre scrupule, celui-ci avait vendu presque tous les meubles de leur hôtel, ne lui laissant pas le moindre liard et s'était installé chez les La Rochefoucauld. Depuis son retour, il n'avait manifesté aucun désir de revoir sa femme et son fils, honteux peut-être des remous provoqués à la Martinique par des accusations qu'il regrettait aujourd'hui. Poussé par sa maîtresse, il avait agi trop vite et s'était déconsidéré.

Le huit décembre, Rose recevait le commissaire au Châtelet, monsieur Joron, qu'elle avait fait mander afin de déposer une plainte contre son mari. Soutenue par sa belle-famille et l'ensemble de ses nouvelles amies, elle se sentait assez forte pour contre-attaquer. La conduite dépourvue d'élégance d'Alexandre de Beauharnais ne méritait aucune indulgence. Sans émotion, monsieur Joron avait pris note des récriminations de sa cliente. Durant sa longue carrière, il en avait tant entendu qu'aucune noirceur ou médiocrité de l'âme humaine ne pouvaient plus le surprendre. L'entretien achevé, il boucla les sangles de son dossier et, suivi par son commis qui portait un large parapluie, se prépara à affronter la pluie glacée qui fouettait les pavés de la rue de Grenelle. Si madame de Beauharnais le souhaitait toujours, la séparation de corps serait aisée à obtenir. Dès le début de 1784, elle serait délivrée du fardeau conjugal.

Rose, Euphémie et Eugène se rendirent à Fontainebleau pour célébrer les fêtes de Noël en famille. Le marquis de Beauharnais et Edmée Renaudin avaient loué une maison bourgeoise entre cour et jardin. Construite au début du siècle, la demeure avait du charme, des pièces aux belles proportions. Elle était proche aussi du centre de la petite ville et du parc où ils pouvaient se promener grâce à l'amitié du gouverneur du château, le marquis de Montmorin, proche parent du ministre des Affaires étrangères du roi. Après l'animation de la période des chasses royales à l'automne, Fontainebleau ne conservait que quelques familles nobles qui y avaient trouvé un paisible asile. De vieilles figures mais aussi de jeunes parents venus en visite se regroupaient dans les salons. Avec bonheur, Rose se vit courtisée. Nul ne lui reprochait plus sa gaucherie ou ses joues grassouillettes. On recherchait sa compagnie, on la complimentait, elle s'épanouissait à vue d'œil.

Le trois février, un décret du prévôt de Paris autorisait la jeune femme à considérer l'abbaye de Penthemont comme sa résidence principale et à garder le petit Eugène avec elle jusqu'à l'âge de cinq ans.

La joie de Rose fut de courte durée. Comme sa tante le lui avait prédit, Alexandre riposta et le vendredi quatre février, deux hommes pénétraient dans son appartement pour s'emparer d'Eugène par la force.

La jeune femme dut s'aliter. Cet acte brutal parachevait quatre années de vexations, de dédain, de violences verbales et il fallut toute l'énergie d'Edmée Renaudin, accourue de Fontainebleau, pour redresser la situation. Sans attendre, elle s'était précipitée chez son notaire et à la prévôté afin de déposer une plainte.

Le jour déclinait lorsque les époux Beauharnais s'étaient retrouvés chez maître Trutat. Vêtue avec élégance d'une redingote verte bordée de petit-gris, portant un chapeau de feutre où s'inclinaient des plumes de cygne, chaussée de jolis souliers de fin chevreau, Rose était si séduisante qu'à peine Alexandre l'avait-il reconnue. Au notaire, le jeune homme n'avait point caché ses torts, il avait admis s'être montré discourtois et injuste en accusant sa femme d'infidélité, acceptait sans discuter de payer son loyer à Penthemont, une rente annuelle de cinq mille livres, plus mille livres pour le petit Eugène jusqu'à ce que celui-ci eût cinq ans, âge auquel il lui serait confié. Hortense resterait avec sa mère. À vingt ans, Rose était libre, à l'abri du besoin et assez aguerrie pour défendre ses intérêts.

Avec le printemps et le retour du soleil, la vie parisienne battait son plein. On risquait des commentaires sans fin sur *Le Mariage de Figaro*, la pièce de monsieur de Beaumarchais que le roi avait méprisée, sur les boutiques et cafés dont le duc d'Orléans avait autorisé la construction dans les jardins du Palais-Royal, sur les amours de la reine avec monsieur de Fersen. Était-elle ou non la maîtresse du beau Suédois ? La majorité des dames repoussaient cette supposition avec horreur, certaines se contentaient de sourire.

L'été approchait. Rose se réjouissait finalement de gagner Fontainebleau avec Eugène et la petite Hortense qu'on ferait venir de Noisy. Elle allait de temps à autre voir sa fille, âgée de quatorze mois. L'enfant faisait ses premiers pas et on allait bientôt la sevrer. Il était temps pour Hortense de passer des mains de madame Rousseau à celles d'Euphémie.

À Fontainebleau, la saison estivale était charmante. De nombreux Parisiens occupaient leurs terres et les occasions de se divertir se succédaient : pique-niques en forêt, collations dans les jardins, parties de volant, de barres ou de colin-maillard pour les jeunes gens, ainsi que de paisibles chevauchées dans les allées cavalières. Rose montait bien et adorait ces promenades au petit matin ou à la tombée du jour, entourée de ses soupirants, le comte de Crémiers et le chevalier de Coigny qu'on surnommait Mimi. Elle aimait l'amour et espérait connaître à nouveau les plaisirs chichement accordés par Alexandre. Sa bonne humeur, sa passion de plaire, son élégance aussi raffinée qu'originale laissaient à cent lieues la timide petite créole débarquée un matin d'hiver à

Brest et qui, pleine de bonne volonté, bien élevée par une famille aux mœurs patriarcales, avait été livrée sans défense aux loups.

L'arrivée du roi, de la reine et de la Cour à la fin du mois de septembre jeta dans Fontainebleau la plus grande agitation. La paisible bourgade se fit fourmilière, les prix grimpaient en flèche, on ne pouvait plus se promener sans être bousculé par des domestiques effrontés qui portaient la livrée des plus grands seigneurs de France. Rose savait bien qu'elle ne pouvait prétendre à être invitée aux chasses royales, mais elle pourrait les suivre de loin, participer à l'effervescence, entendre sonner les cors, aboyer la meute. C'était en suivant une chasse que madame de Pompadour avait été remarquée par le roi Louis XV. Sans briguer cet honneur que la chasteté du roi rendait fort improbable, Rose espérait attirer les regards de ceux qui l'entouraient, comme le baron de Besenval ou le « beau » Dillon, qui tous deux adoraient les femmes. D'une manière encore confuse, elle pressentait que ses revenus, pourtant décents, ne pourraient lui suffire longtemps. Elle aimait trop les belles étoffes, les plumes rares, les cuirs souples, les bijoux surtout, diamants, torsades d'or, cascades de perles. Seul un riche amant pourrait lui offrir ces merveilles.

Septembre fut pluvieux et Rose rentrait trempée jusqu'aux os. Avoir galopé derrière ces équipages prestigieux, avoir participé, même de loin, au rituel compliqué et éblouissant de la chasse la grisait. Elle vivait des moments magiques. Comment pourrait-elle répondre favorablement à ses parents qui la pressaient de rentrer aux Trois-Îlets ?

En regagnant Penthemont au début du mois de novembre, Rose avait mille projets en tête. Mais elle devait tout d'abord presser son père de lui faire parvenir au plus tôt la rente annuelle promise lors de la signature de son contrat de mariage. Sa garde-robe était à renouveler et elle rêvait de posséder un cabriolet avec un beau cheval qui lui permettrait de faire ses visites en meilleur équipage que dans un fiacre, de ne point se crotter lorsqu'il pleuvait. Dans les rues, des mendiants, des enfants en guenilles fondaient sur les promeneurs, des estropiés exhibaient leurs moignons, des diseuses de bonne aventure agrippaient les bras des passants. Superstitieuse comme bien des créoles, Rose croyait en la magie et craignait les mauvais sorts. Il fallait sans cesse mettre la main à la bourse pour éviter une malédiction.

Alexandre ne lui causait plus le moindre ennui. Il était fier d'Eugène mais aussi d'Hortense et en leur compagnie se montrait un père attentif. La séparation avait apaisé leurs ressentiments et ils se plaisaient à se dire bons amis.

L'hiver fut encore très dur. Des plaques de glace flottaient sur la Seine et il n'y avait pas de jour où on ne trouvât un vagabond mort au coin d'une rue. Les dames logées à Penthemont tricotaient des bas, cousaient des paletots de ratine pour les pauvres et, rassemblées autour d'un bon feu dans le salon, causaient encore et encore de monsieur de Necker et du livre *De l'administration des finances de la France* qu'il venait de publier, du projet qu'avait formé la reine d'acquérir auprès du duc d'Orléans le château de Saint-Cloud pour six millions de livres, de monsieur de La Fayette qui revenait d'Amérique couvert d'une gloire qui agaçait la Cour. On l'admirait et plaignait sa femme, la délicieuse Adrienne de Noailles, qui lui vouait un amour trop ardent. Rose, qui raffolait des potins, prenait à ces conversations un plaisir extrême.

Aucun fonds ne venant de la Martinique, la jeune femme dut restreindre son train de vie. Comme il n'était pas question de paraître gênée vis-à-vis de ses amies, elle se résolut à emprunter, donnant en garantie une dot qu'elle attendait, affirmait-elle, d'un jour à l'autre. La saison parisienne, qui battait son plein d'avril à juin, nécessitait de si grosses dépenses qu'il lui fallut à regret s'installer pour quelques mois à Fontainebleau. Elle devait deux mille livres à ses créanciers et pour ne pas inquiéter sa tante et son beau-père, s'abstint soigneusement de leur en parler.

Une fois encore l'été fut charmant. Le cercle des amis des Beauharnais s'était élargi. Le marquis de Caulaincourt, dont la femme allait devenir à l'automne dame d'honneur de la comtesse d'Artois, ainsi que les Montmorin donnaient grand genre à leurs assemblées qui gardaient cependant beaucoup de simplicité. Tout en goûtant chaque moment, Rose restait anxieuse. Ses créanciers la pressaient, Alexandre lui devait deux mois de rente, elle était dans une situation périlleuse.

La décision vint au printemps 1786 d'Edmée Renaudin. Pourquoi Rose ne s'installerait-elle pas à Fontainebleau tout en gardant une simple chambre à Penthemont, commodité qui lui permettrait de faire de courts séjours à Paris ? Eugène, qui allait avoir cinq ans dans quelques mois, allait être remis à son père et, seule avec la petite Hortense, elle pourrait envisager de réduire son train de vie. Rose avait accepté. Elle avait maintenant à Fontainebleau d'excellents amis, dont le duc de Lorge qui lui faisait une cour assidue. De vingt ans son aîné, il avait de la séduction, un charme protecteur et une grande fortune. Si elle avait des bontés pour lui, il en aurait sans doute pour elle. Ce lien plus affectueux que passionné convenait parfaitement à la jeune femme. Être la maîtresse d'un duc tout en gardant comme soupirant le jeune et irrésistible Mimi de Coigny était flatteur et ce dernier se montrait fort empressé aussi. Par lui, elle avait fait la connaissance de François Hue et de sa famille. Valet de chambre de Louis XVI qui l'estimait beaucoup, il avait pu faire ouvrir à la jeune femme toutes les allées cavalières royales. Ce privilège flattait sa vanité.

En août, avant la saison de la chasse, Alexandre surgit à Fontainebleau et ne tarda pas à révéler le motif de sa visite : il avait un besoin pressant d'argent. Dans la maisonnée, chacun fut outré. Ne disait-on pas qu'Alexandre jouait, buvait, entretenait des maîtresses ? Il avait reçu une jolie fortune. Si elle était dissipée aujourd'hui, il ne pouvait s'en prendre qu'à lui-même. Le jeune vicomte fit de son mieux pour cacher sa déception. En réalité, il voulait s'attarder à Fontainebleau afin de profiter de l'appui du duc de Coigny, un ami intime de la reine, pour obtenir les honneurs de la Cour. Depuis des années, cette prétention l'obsédait. Présenté, il pourrait aller à Versailles, s'y faire des relations capables de lui assurer un avenir lucratif. Rencontré chez les Lorge, le duc avait promis de le parrainer et cette bonne nouvelle l'avait réjoui. Il lui arrivait même de prier Rose de l'accompagner en promenade ou de l'inviter à souper chez un des traiteurs élégants de Fontainebleau. La métamorphose de celle qu'il avait estimée provinciale et gauche le mettait mal à l'aise. Avait-il fait preuve d'un manque de jugement ? Elle avait une perspicacité, une facilité à s'adapter à toutes sortes de situations, une ambition mondaine qui le surprenaient. Alliées à une grande obligeance et noblesse de cœur, ces qualités en faisaient une personne digne d'attirer l'attention.

La bonne humeur d'Alexandre, sa complaisance envers sa famille n'avaient guère duré cependant. La lettre donnant réponse à sa requête de présentation à la Cour l'avait si profondément mortifié qu'il avait décidé de quitter aussitôt Fontainebleau. Bien qu'il ne l'eût montrée à personne, Rose avait pu y jeter un coup d'œil. Pour elle aussi, la surprise avait été grande et, par exception, elle n'avait pu blâmer Alexandre de sa fuite. Adressée au duc de Coigny, la réponse du généalogiste des ordres de Sa Majesté était mortifiante :

« Monsieur le Duc,

Monsieur de Beauharnais n'est pas susceptible des Honneurs de la Cour qu'il sollicite. Sa famille est d'une bonne bourgeoisie d'Orléans qu'une ancienne généalogie manuscrite déposée au Cabinet de l'Ordre du Saint-Esprit dit avoir été connue d'abord sous le nom de Beauvi qu'elle a quitté ensuite pour prendre celui de Beauharnais. D'aucuns ont été marchands, échevins et lieutenants de baillage, siège présidial de la même ville, d'autres conseillers au Parlement de Paris. Une de ses branches, connue sous le nom de seigneur de La Bretesche, a été condamnée comme usurpatrice de noblesse par jugement de M. de Marchand, Intendant d'Orléans le 4 avril 1667, à deux mille livres d'amende qui fut modérée à celle de mille.

Je suis avec un profond respect, monsieur le Duc, votre très humble et très obéissant serviteur.

Berthie »

Quelques jours après cette lettre humiliante, Rose avait elle-même le déplaisir de recevoir un message de son père lui apprenant qu'il ne pourrait plus rien lui verser avant une année. La récolte de cannes n'avait pas été fameuse et, à la plantation, il avait dû faire face à de nombreuses dépenses d'entretien et de réparations. Sa chère fille devait se contenter provisoirement de la rente accordée par son mari.

En ce début 1787, à Paris, la société était en effervescence. De plus en plus nombreux, les partisans d'une monarchie constitutionnelle se réunissaient autour du marquis de La Fayette, de Dupont de Nemours, de l'abbé Sieyès, de Louis de Narbonne, d'Alexandre de Beauharnais, pour d'interminables palabres. La mort de monsieur de Vergennes, le plus ancien et le plus proche conseiller du roi, semblait tourner une page. Des réformes immédiates s'imposaient, qu'on exigerait si le roi les ajournait. Convoquée par Louis XVI, l'Assemblée des notables les laissait dubitatifs. Ce n'était point les privilégiés qu'il fallait réunir mais l'ensemble du peuple, en convoquant les états généraux.

Privées de leur force par la distance et le conservatisme de ses habitants, ces déclarations tonitruantes arrivaient cependant à Fontainebleau. La hiérarchie sociale semblait en plein bouleversement et quand la Société des amis des Noirs nouvellement fondée avait exigé l'abolition de l'esclavage, on se tournait vers Rose pour entendre son opinion. La jeune femme était scandalisée. Comment les planteurs pourraient-ils survivre sans esclaves ? Ceux qui proféraient des bêtises pareilles ne devaient jamais être allés aux Îles. Là-bas, les Noirs qui se conduisaient bien étaient traités avec justice et n'avaient pas à se plaindre de leurs maîtres. Hors de leurs plantations, que deviendraient ces pauvres hères ? Thomas Jefferson, qui venait d'arriver à Paris pour remplacer Benjamin Franklin, avait quantité d'esclaves en Virginie et deux ou trois d'entre eux les avaient suivis, lui et sa fille Martha, à Paris. Bien qu'on leur ait proposé la liberté, ils restaient attachés à leur maître. N'était-ce pas la preuve la plus éclatante que ces messieurs de la Société des amis des Noirs disaient des sottises ?

Aux discussions oiseuses des têtes brûlées, on préférait à Fontainebleau célébrer l'arrivée en provenance de la Martinique de Robert de La Pagerie, un oncle de Rose. Ce gentilhomme à l'allure un peu démodée avait quand même belle prestance et ses propos évoquant une société où rien, jamais, ne pouvait changer étaient bien rassurants. Il était porteur, en outre, de trois mille livres en lettres de change pour sa nièce qui se montra à moitié satisfaite. Elle avait espéré davantage. Avec cette somme, elle pourrait tout juste éponger ses dettes. Alexandre, qui avait rejoint son régiment sous les ordres du duc de La Rochefoucauld, ne lui avait toujours pas fait parvenir les fonds promis et, de nouveau, elle allait devoir emprunter ou se faire gâter par ses amoureux.

Au début de l'automne, la jeune femme avait décidé de rejoindre Paris. Par souci d'économie, le roi venait seul chasser à Fontainebleau et l'atmosphère n'y était plus aussi joyeuse. Sans moyens pour s'établir dignement à Penthemont, Rose profiterait de l'invitation des Rougemont, de proches amis des Beauharnais, banquiers originaires de Neufchâtel. Ils lui offraient dans leur hôtel un appartement où elle pourrait s'installer avec Hortense, Euphémie et son domestique. Eugène pourrait venir tous les dimanches.

En dépit des tensions financières et politiques du royaume, on s'amusait à Paris bien davantage qu'à Versailles où le ton s'aigrissait entre Yolande de

Polignac et la princesse de Lamballe, où Ségur et Castries, de bons ministres, menaçaient de démissionner, où la santé du Dauphin, probablement rongé par une tuberculose osseuse, déclinait.

Chez les Rougemont se réunissaient de riches financiers. Rose découvrait un autre monde, celui de l'argent facile, du luxe ostentatoire, de la prodigalité. Chez eux n'existait aucune retenue à exhiber sa richesse. On savait gagner de l'argent et on en était fier.

Jusqu'alors restreint à l'aristocratie, le cercle des amis de la jeune créole se trouva élargi. Elle écoutait les conversations et comprenait qu'il lui fallait mettre en ordre une fois pour toutes sa situation financière. La dot qui lui avait été promise devait être réglée. Pour arriver à ses fins, Rose était prête à envisager un voyage à la Martinique. Et elle avait revu un ami de jeunesse, Scipion du Roure, qui projetait lui aussi de s'y rendre. Une immédiate attirance avait rapproché les deux jeunes gens, ils avaient des souvenirs communs, un caractère insouciant, de l'opportunisme, un tempérament sensuel. Le duc de Lorge et Mimi lui-même étaient distancés.

Afin d'être en beauté, Rose ne recula devant aucune dépense pour le mariage dont toute la ville s'entretenait, celui de la ravissante Thérésia Cabarrus, âgée de quatorze ans, avec le conseiller au Parlement, le marquis de Fontenay, de douze années plus âgé qu'elle. Fille d'un négociant de Bayonne devenu le banquier du roi d'Espagne, Thérésia recevait une belle dot et offrait à un homme déjà passablement usé par une vie de plaisirs sa fraîcheur et une radieuse sensualité. Le Tout-Paris de la finance et de la magistrature allait se réunir dans la chapelle privée du duc de Penthièvre où aurait lieu la cérémonie. Une grande réception la suivrait, donnée dans l'hôtel du jeune époux, rue Saint-Louis-en-l'Île.

Thérésia

Étourdie, désemparée par le prochain départ de sa mère qui regagnait l'Espagne, la journée de son mariage avait semblé irréelle à Thérésia. On lui avait passé sa robe en point de Venise portée sur une jupe de doupion blanc et elle avait fait son entrée dans la chapelle au bras du consul général d'Espagne qui remplaçait son père resté dans son château de Carabanchel près de Madrid. Toute l'assistance la dévorait des yeux, admirait son extrême élégance, sa tournure parfaite, son visage délicieux avec ses grands yeux noirs, son nez rond et délicat à la fois, sa bouche qui appelait les baisers. Le teint, un peu brun, révélait l'ascendance espagnole maternelle, mais le velouté de la peau, sa finesse le faisaient pardonner. Vêtu d'un habit de soie bleu myosotis brodé d'or, le marié n'offrait rien de frappant et son air maussade surprenait. Seul Gabriel de Thelonne, son oncle et ami, savait qu'il craignait cette toute jeune fille trop consciente de sa beauté. Par goût, Jacques de Fontenay préférait les femmes sans façon, sans originalité ni dons particuliers qui savaient le mettre à son aise. Le mariage avait été voulu et négocié par François Cabarrus, soucieux de caser au plus vite une fille trop courtisée dont la vertu ne tenait qu'à un fil. Thérésia devait attendre de lui des prouesses amoureuses qu'il ne se sentait ni désireux ni capable de lui accorder. Il avait une petite maîtresse bien gentille qui lui suffisait et qu'il ne comptait pas abandonner en dépit des promesses faites à son père.

Si la nuit que Rose passa dans les bras de Scipion du Roure qui l'avait rejointe en cachette chez les Rougemont fut délicieuse, celle de Thérésia ne lui laissa que désarroi et dépit. Brutal, sans tendresse, Jacques de Fontenay lui avait déplu aussitôt. Dès le petit matin, ils prenaient ensemble la route de Fontenay, pour se rendre au château, plutôt une grosse demeure bourgeoise, de sa belle-famille à dix lieues de Paris : deux semaines de lune de miel que la jeune mariée envisageait avec consternation. Jacques et elle n'avaient rien en commun.

Le retour rue Saint-Louis-en-l'Île fut pour Thérésia une délivrance. Même s'il ne lui offrait que peu d'agrément, celle-ci devait reconnaître que son mari n'entravait en rien sa liberté. Elle pouvait recevoir, sortir, former autour d'elle un cercle d'amis à sa convenance et elle était décidée à en profiter. Les plaisirs qu'elle en tirerait l'aideraient à supporter les nuits d'assaut qui la laissaient amère et meurtrie.

Très vite sa société avait passé pour être légère, amusante, sans façon. Elle appréciait monsieur de La Fayette auréolé de son prestige américain, les séduisants frères Lameth et surtout Félix Le Peletier de Saint-Fargeau surnommé « Blondinet ». La jeune femme prenait de l'intérêt à la politique, adoptait les idées nouvelles. La faillite du Trésor, la faiblesse du roi levaient un vent de contestation qu'en ce printemps 1788 rien ne semblait pouvoir calmer.

Durant l'été à Fontenay, Thérésia avait commencé à reprendre goût à la vie. Félix Le Peletier de Saint-Fargeau lui faisait une cour assidue et son mari, pour une raison qu'elle ignorait, ne partageait plus son lit. C'était un soulagement. Elle pouvait se consacrer à ses hôtes, les écouter, évoquer la fraternité franc-maçonne, la générosité de son idéal, sa belle devise de « Liberté, Égalité, Fraternité ». On y militait pour l'abolition de l'esclavage, la fin des privilèges, la réunion d'états généraux. Tous ses amis, La Fayette bien sûr mais aussi Mirabeau, Sieyès, les Lameth, Dupont de Nemours et bien d'autres étaient maçons. Et lorsque Thérésia avait demandé à être initiée dans une des loges d'Adoption, qui seules étaient ouvertes aux femmes, Le Peletier de Saint-Fargeau l'avait soutenue sans restriction.

Au début du mois d'août, Thérésia apprit la liaison de son mari avec une de ses servantes. Elle n'en éprouva aucune jalousie, seulement un peu de dépit dû à la basse condition de sa rivale. Désormais, elle se considérait libre de sa conduite. Elle aimait Félix et allait se donner à lui.

La révélation du plaisir physique transforma Thérésia. Son mariage ne la désolait plus ; amante comblée, elle était aussi la femme d'un haut magistrat dont la famille, fort considérée, lui permettait d'être reçue partout, à l'exclusion de Versailles dont elle se moquait bien.

Après les tornades de l'été, le froid s'était abattu dès novembre sur la France. Les miséreux pullulaient, ouvriers agricoles sans ouvrage, petits fermiers ruinés, artisans qui avaient dû fermer boutique, enfants de tous les âges que leurs parents ne pouvaient plus nourrir. L'annonce de la convocation des états généraux avait été accueillie avec joie. Enfin on allait devoir écouter le peuple.

Bien qu'enceinte, Thérésia avait accepté de poser pour la célèbre Élisabeth Vigée-Lebrun. Félix l'y avait presque contrainte et Jacques de Fontenay, flatté que sa femme se fasse peindre par la portraitiste de la reine, s'était associé à ce souhait. La ravissante artiste avait plus de clients qu'elle ne pouvait en immortaliser, mais la recommandation chaleureuse du « beau » Dillon, un ami intime de Marie-Antoinette, l'avait décidée à convoquer madame de Fontenay dont le terme était proche.

L'atelier de « la chère Lisette », comme l'appelait affectueusement la reine, était toujours encombré de visiteurs venus bavarder avec le modèle ou faire leur cour à l'artiste. L'odeur des somptueux bouquets disposés çà et là, celle de la peinture, la chaleur, le bruit, l'immobilité donnèrent tout d'abord le vertige à Thérésia. Éclairée par une large véranda, la vaste pièce donnait sur une cour plantée de buis et de lauriers-roses qu'une arche séparait du jardin de l'hôtel Le Brun rue Saint-Honoré, bâtisse de modestes proportions que l'artiste avait fait dessiner par Hubert Robert.

Alors que la jeune marquise de Fontenay s'installait sur une chaise, un coude appuyé sur une table volante au savant travail de marqueterie, qu'un domestique disposait derrière elle un panneau représentant un paysage champêtre, de nouveaux visiteurs pénétraient dans la pièce, complimentaient artiste et modèle tout en savourant un vin de Málaga qu'une servante passait à la ronde sur un plateau de laque rouge cerise. Le jour déjà avancé jetait dans l'atelier une lumière oblique qui caressait les robes irisées des dames, les vestes et gilets brodés de soies chatoyantes de leurs compagnons. Des bichons frisés, des carlins, des barbets aux colliers de cuir de Russie ou de velours cramoisi quémandaient des caresses. Une visiteuse avait même amené son petit singe au regard torve, vêtu à la turque.

Quand la porte s'ouvrit encore, lassée peut-être de garder la pose, Thérésia observa le nouvel arrivant. Dans la lumière blonde, elle vit un grand jeune homme, l'air embarrassé, qui tenait des papiers à la main. Mais qu'il fût fournisseur ou laquais, Thérésia le trouva attirant. Derrière la gaucherie, elle devinait de l'orgueil, un caractère affirmé. Enfin monsieur de Rivarol, célèbre pour son esprit et qui venait de publier *Le Petit Almanach des grands hommes*, s'était avancé vers le nouveau venu et, après s'être emparé de la liasse de papiers qu'il tenait à la main, les avait parcourus. Un court dialogue avait suivi et le jeune homme allait se retirer quand, pressée par Élisabeth Vigée-Lebrun, madame de Lameth s'était approchée. L'artiste souhaitait placer un bouquet de roses blanches auprès de son modèle, aurait-il la complaisance d'aller en cueillir dans le jardin ? Jean-Lambert Tallien, avait expliqué madame de Lameth à Thérésia, était journaliste et travaillait pour monsieur de Rivarol. Il était le fils du maître d'hôtel du marquis de Bercy, mais tout le monde s'accordait à dire que le marquis était en réalité son géniteur. Il avait pris grand soin de son éducation et le garçon avait de l'avenir.

Tallien était revenu un gros bouquet de roses blanches à la main et quand une fleur était tombée, le jeune homme avait timidement sollicité la faveur de la conserver en souvenir de madame de Fontenay.

N'ayant pas encore atteint ses seize ans, Thérésia avait accouché d'un garçon, Théodore, dont Jacques de Fontenay se désintéressa aussitôt. Dans un Paris enfiévré par l'ouverture des états généraux, la jeune femme à peine remise de ses couches se plaisait à paraître en égérie des libéraux, le prince de Poix, le vicomte de Noailles, le marquis de La Fayette, monsieur de Clermont-Tonnerre, Alexandre et Charles de Lameth, le duc d'Aiguillon qui détestait la reine depuis la disgrâce de son père après la mort de Louis XV, le baron de Menou, le duc de La Rochefoucauld et bien d'autres. Réunis dans les salons parisiens, tous sabraient avec une élégante légèreté les institutions, les mœurs politiques, les injustices sociales.

Avec intérêt, Thérésia avait fait la connaissance du vicomte Alexandre de Beauharnais, séparé d'une créole qui passait pour avoir du charme mais qui était retournée vivre chez ses parents à la Martinique.

De sa femme et de sa fille, Alexandre de Beauharnais avait de vagues nouvelles. L'essentiel de ce qu'il savait venait des quelques lettres adressées par Rose à leur fils Eugène, âgé de huit ans, dont il avait la garde. Elles étaient bien arrivées dans le domaine familial des Trois-Îlets que Rose avait vite déserté pour s'installer à Fort-Royal où la société était plus cosmopolite. Alexandre n'ignorait pas sa liaison avec Scipion du Roure. Tout se savait aux Îles. Avec perplexité, il songeait à cette femme qui était encore la sienne. Il l'avait sous-estimée, mais sa véritable nature l'indisposait. L'univers de Rose était la frivolité, les relations mondaines, elle n'avait aucune ambition intellectuelle et n'en aurait jamais. Elle deviendrait une femme capricieuse, dépenserait par poignées un argent qu'elle ne possédait point et collectionnerait les amants. Cette façon d'envisager la vie était fort loin d'être la sienne à présent. Député aux états généraux du baillage de Blois, il envisageait avec enthousiasme une carrière politique.

Les événements s'étaient succédé comme autant de coups de foudre au cours d'un violent orage. La forteresse de la Bastille avait été prise d'assaut, son gouverneur, monsieur de Launay, massacré et décapité. L'effervescence des Parisiens poussait les députés à défier le roi. En août, un groupe d'aristocrates dont La Rochefoucauld, le duc d'Aiguillon, Montmorency, Clermont-Tonnerre, Montesquiou et Alexandre de Beauharnais avaient rejoint le Tiers, follement applaudis par ses députés. Le quatre, ils avaient voté l'abolition des privilèges. Le rêve d'une société idéale gagnait les imaginations.

L'automne venu, ceux qui se sentaient désormais responsables de l'avenir de la France se réunissaient chez madame de Staël. Fille de Necker, elle rassemblait dans son salon Gouverneur Morris, qui avait remplacé à Paris Thomas Jefferson comme représentant des États-Unis d'Amérique, madame de Tessé, tante de la marquise de La Fayette, La Fayette lui-même, La Rochefoucauld et son protégé, Alexandre de Beauharnais. L'Assemblée constituante les décevait. Ils n'y voyaient qu'individualisme et vanité. Quant au roi, ramené par la foule aux Tuileries, chacun comprenait qu'on ne pouvait compter sur lui pour imposer l'élaboration d'un plan d'action. Comme un vaisseau de papier, il allait au gré des courants selon les conseils de ses proches qui ne voulaient pas regarder la situation en face.

En décembre, par sa tante Edmée Renaudin et son père, Alexandre avait pu prendre connaissance d'une longue lettre de Rose. Pour la décider à s'installer devant son écritoire, il fallait des événements exceptionnels. Comme Paris durant l'été et l'automne, la Martinique était à son tour ébranlée. À Fort-Royal, monsieur de Vioménil, gouverneur intérimaire, avait, au milieu des applaudissements, refusé de porter la cocarde tricolore. Mais le mal du libéralisme infectait déjà l'île et les Noirs devenaient agressifs. Il y avait eu dans certaines plantations des séditions heureusement vite réprimées. *La Déclaration des droits de l'homme* avait scandalisé les Grands Blancs. Quels droits avait l'homme, hormis ceux accordés par

Dieu ? Chacun naissait là où la Providence avait voulu le placer. Quant au soulèvement populaire qui avait contraint la famille royale à s'installer aux Tuileries, les mots n'étaient pas assez durs pour le condamner. Comment le roi n'avait-il pas maté cette racaille à coups de canon ? Et ce traître de La Fayette, commandant la garde nationale, avait laissé faire ! Ces aristocrates qui hurlaient avec les loups paieraient bientôt cher leur aveuglement.

Les jarretières anglaises, écrivait encore Rose, les éventails, la robe de bal en mousseline blanche envoyés par sa tante Edmée étaient bien arrivés à Fort-Royal et elle avait pu faire bonne figure au baptême de Stéphanie Tascher de La Pagerie, sa petite-cousine dont elle était la marraine. Toute la société s'y était retrouvée, les Girardin, les Audiffredy, les Marlet, les Jaham. La fête avait été charmante.

Rose annonçait aussi son projet de passer Noël à La Pagerie avec ses parents et sa fille. Sinon, elle se plaisait trop à Fort-Royal pour ne point s'y sentir chez elle. Sa femme, avait pensé Alexandre en repliant la lettre, ne mentionnait pas Scipion du Roure, mais il était fort probable qu'Edmée fût au courant.

Celle-ci avait pesé chaque mot de sa réponse à sa nièce. Tout en lui laissant entendre que la société qu'elle avait laissée derrière elle à Paris avait changé, il ne fallait pas l'inquiéter mais la divertir, lui dépeindre le salon de madame de Staël, depuis peu la maîtresse de Narbonne, un fils naturel de Louis XV qui lui ressemblait beaucoup. Il avait été élevé à Versailles et avait partagé les jeux des enfants du Dauphin. Chez Fanny de Beauharnais, rue du Bac, se réunissaient maints amis de Rose plus une nouvelle venue, Thérésia de Fontenay, une beauté dont tous les hommes étaient amoureux. Mais elle avait déjà un amant et ses soupirants devaient patienter, un certain Tallien, en particulier, qui faisait parler de lui à la Constituante où il prononçait des discours enflammés. Avec ses amis Roederer, Camille Desmoulins, l'avocat Pierre François Réal dont l'intelligence était redoutable, il hantait les clubs nouvellement créés comme ceux des Jacobins et des Cordeliers, clubs qui exprimaient les aspirations de la population ouvrière des faubourgs Saint-Antoine et Saint-Marceau et jugeaient sans indulgence l'Assemblée constituante.

Dans sa lettre, Edmée ne s'était point attardée sur ces considérations politiques qui, elle le savait, n'intéressaient guère Rose. Mieux valait évoquer la mode, parler des boutiques, assez nombreuses, qui avaient fermé, dont le fameux Singe Vert qui avait vendu durant des années aux gens de goût tabatières et colifichets, de l'activité folle qui régnait sous les arcades du Palais-Royal, aussi bien dans les cafés, les restaurants que dans les jardins, des cocardes tricolores plantées sur les chapeaux de toutes les élégantes, au revers de la veste de chaque citoyen, qu'il fût ou non aristocrate. Il fallait aussi évoquer l'émigration de quantité de leurs amis, la tristesse que leur absence suscitait à Fontainebleau comme à Paris. Il n'était point question pour monsieur de Beauharnais et elle-même de quitter la France tout autant à cause de leurs convictions que de leurs moyens financiers limités. Mais le beau-frère de Rose, François de Beauharnais, pensait à s'exiler ; il laisserait sa femme à Paris pour veiller sur leurs biens.

Ces désertions, la santé du marquis qui déclinait ne la rendaient plus aussi sensible au charme de sa nouvelle maison de Fontainebleau, plus grande, plus centrale que la précédente. L'année 1789 s'achevait. Que leur réservait celle à venir ?

Tandis que la berline du marquis et de la marquise de Fontenay prenait la route de Madrid et du château de Carabanchel où François Cabarrus attendait un gendre qu'il ne connaissait pas encore, la situation sociale se détériorait de jour en jour à la Martinique et Rose commençait à prendre peur. Petits Blancs, affranchis, mulâtres affichaient sans vergogne leur sympathie pour la Révolution et exhibaient fièrement leurs cocardes tricolores dans les innombrables assemblées où tout le monde, comme à la Constituante, voulait la parole afin de se mettre en valeur. Les Grands Blancs n'avaient d'autre choix que de s'allier aux riches mulâtres et à la classe blanche moyenne, petits exploitants, commerçants et fonctionnaires, entente mortifiante mais vue comme passagère. Saint-Pierre, en particulier, était en effervescence. Dans la chaleur humide du début de la saison des pluies, au pied du volcan couronné de lourds nuages, on discutait inlassablement de la création d'une Assemblée coloniale copiée sur la Constituante. On projetait de nommer des présidents, des députés, des délégués, des commissaires. Le ton montait dans les assemblées. Il fallait provoquer à la Martinique un coup d'éclat, digne de la prise de la Bastille. Dans l'enthousiasme, des citoyens s'étaient rendus à la caserne du régiment de la Martinique qu'ils avaient pillée. Traînant les canons dans les rues, ils avaient été follement applaudis. Saint-Pierre était en état d'insurrection. Le moment était fort mal choisi pour le retour du gouverneur en titre, monsieur de Damas, qui reprenait son poste, au grand soulagement de monsieur de Vioménil. Âgé et mal portant, sans armée, sans moyens financiers, celui-ci était incapable de faire face à la situation.

Scipion du Roure tentait de convaincre Rose de regagner la France. À la Martinique, on allait tout droit vers une guerre civile. Les ports une fois bloqués, tout départ deviendrait impossible. Son père, sa jeune sœur, Manette, étaient tous deux gravement malades, mais l'idée de revoir Paris, ses amis, de ne point se séparer de Scipion avait finalement décidé Rose. Dès la fin de l'été, ils embarqueraient sur le premier vaisseau en partance. Officier de marine, Scipion pourrait rejoindre le commandement et lui assurer une place à bord. La jeune femme devait se tenir prête à Fort-Royal où l'insurrection risquait de provoquer à tout moment des mouvements de violence. Un gouvernement révolutionnaire prétendait occuper la place de monsieur de Damas, qui s'était réfugié à Gros-Morne et voulait s'emparer par la force du Fort-Bourbon qui commandait la rade.

Les événements s'étaient précipités. En septembre, les soldats mutinés avaient livré le fort aux rebelles. À tout instant la ville pouvait être bombardée. Les routes menant vers l'intérieur des terres étaient encombrées de familles qui fuyaient Fort-Royal en carriole, à dos de mulet ou à pied. Par miracle, bousculant les uns, se frayant à contre-courant un passage au milieu des autres, Rose, Euphémie, Lavinia, une servante des Trois-Îlets que Rose avait convaincue de l'accompagner, et la petite Hortense avaient pu parvenir au port. Scipion, le matin même, avait fait remettre un mot à sa maîtresse lui demandant d'embarquer au plus vite sur la frégate *La Sensible* qui allait mettre les voiles. Après avoir bourré en hâte deux balluchons, le petit groupe de femmes s'était élancé vers le port.

Un moment séparées par la foule, les quatre fuyardes avaient pu se regrouper. Les tirs avaient commencé et on entendait au loin des crépitements d'artillerie, le grondement des canons. Les émeutiers attaquaient les vaisseaux.

À peine tout le monde à bord, *La Sensible* avait quitté la rade, restant sous voile à bonne distance de Fort-Royal pour attendre des instructions. Trois jours plus tard, n'en ayant toujours point reçu, le commandant Durand d'Ubraye donnait l'ordre d'appareiller pour les Bermudes avec deux autres vaisseaux, *L'Illustre* et *La Levrette*. De là, les vents favorables les pousseraient vers la France.

Après deux semaines passées à Carabanchel, le marquis de Fontenay mourait d'ennui. Certes, le parc cernant la massive et austère bâtisse était grandiose, mais ni les fontaines, ni le jeu des cascades, ni l'alignement parfait des yeuses, chênes-lièges et lauriers-roses ne parvenaient à le distraire. Depuis le décès du roi Charles III, son banquier, François Cabarrus, était mal en cour et le marquis de Florida Blanca, conseiller du nouveau souverain Charles IV, le détestait. Cabarrus était inquiet. À Madrid, les cabales étaient redoutables, les haines implacables, les vengeances cruelles. Mais il gardait des protecteurs et se sentait indispensable.

De son côté, Thérésia avait retrouvé avec émotion sa vieille maison, les domestiques, le paysage montagneux et aride autour du château, l'ondoiement des collines ocre, l'odeur des moutons qui paissaient, innombrables, parmi les broussailles et les plantes épineuses. Si elle revivait mille souvenirs d'enfance, Félix ainsi que ses admirateurs parisiens lui manquaient et il n'avait pas fallu trois semaines pour décider le couple à reprendre la route de Paris. Thérésia avait quitté ses parents, le château, sans certitude de les revoir jamais.

La berline avait fait route sans hâte par Burgos et la Navarre, Bayonne, Périgueux et Nevers. Plus les jours passaient et moins Jacques et Thérésia s'adressaient la parole, tant l'un comme l'autre avaient hâte de reprendre leurs habitudes de vie, de retrouver leurs amis et leurs amours.

Débarquée à Toulon, Rose s'en était entièrement remise à Scipion pour trouver un logement et l'argent nécessaire à sa subsistance, celle d'Euphémie, de

Lavinia et d'Hortense. À Fort-Royal, elle avait laissé plus de deux cents louis de dettes que monsieur de Vioménil avait promis de régler. Elle lui rembourserait cette somme quand elle le pourrait. L'arrangement avait été facile. Il avait suffi de quelques cajoleries pour le décider et elle comptait convaincre sans difficulté un amant qui avait reçu des faveurs autrement considérables. À vingt-sept ans, elle avait parfaitement compris le pouvoir du désir et connaissait par cœur les mots, les gestes, les regards qui rendaient les hommes vulnérables.

Il ne fallut guère de temps à Scipion pour lui trouver à Toulon, rue Saint-Roch, un appartement meublé assez convenable où elle pourrait loger avant de faire les arrangements du long voyage vers Paris, en chaise de poste et non en voiture publique. Là encore, il faudrait que Scipion se montre généreux.

À peine installée, la jeune femme avait appris qu'Alexandre avait été nommé secrétaire de l'Assemblée constituante. Il était à présent un personnage important. C'était une bonne nouvelle. Comme elle portait son nom, d'autres portes allaient s'ouvrir pour elle à Paris, celles de jeunes gens ambitieux qui comptaient se tailler la part du lion dans la France nouvelle. On annonçait aussi dans les gazettes que Germaine de Staël était partie pour Coppet, le château de ses parents en Suisse, laissant derrière elle son mari et son petit garçon, Auguste. La reine intriguait pour faire attribuer à Fersen l'ambassade de Suède, mais ses efforts s'étaient révélés inutiles ; nommé à vie, le baron de Staël se cramponnait à son poste.

Les critiques concernant la dureté de cœur de l'égérie des salons parisiens envers son fils avaient piqué Rose. Elle-même n'avait pas vu Eugène dont sa tante donnait régulièrement des nouvelles depuis bientôt trente mois. Son enfant avait dû beaucoup changer. Il avait neuf ans maintenant, son père lui avait donné un précepteur avant de le mettre au collège d'Harcourt pour qu'il y reçoive une bonne éducation. À Fort-Royal, elle avait croqué la vie à pleines dents. Quelle place avait occupée ce fils dans sa vie ?

Bien que l'arrière-saison à Toulon fût délicieuse, Rose prit la résolution de passer Noël avec les Beauharnais à Fontainebleau. Auparavant, elle louerait un appartement à Paris, près de Penthemont, dans le faubourg Saint-Germain où elle comptait de nombreux amis et sa tante, la comtesse Fanny de Beauharnais, qui la première l'avait reçue, jeune femme timide et mal fagotée, à son arrivée à Paris.

La capitale en décembre 1790 parut pleine de gaîté à Rose. On parlait encore avec volubilité de la cérémonie du quatorze juillet précédent au Champ-de-Mars. Cette fête de la Fédération avait jeté dans les cœurs enthousiasme et émotions. Les Français allaient vivre en frères, se soutenir pour aller de l'avant, imposer le modèle de leur pays au monde.

La jeune femme revit Alexandre sans animosité. Il avait gardé son air avantageux et sa faconde, mais, détachée de lui sentimentalement, elle ne vit que son prestige et fut aussitôt sensible aux expressions de l'autorité qu'il exerçait dans ses nouvelles fonctions. Ils étaient bons amis maintenant, soucieux de l'avenir de leurs enfants. Eugène s'était jeté dans les bras de sa mère, mais Hortense qui se souvenait à peine de son père avait mis quelque temps à perdre sa réserve. Par ailleurs, la fillette avait du mal à s'adapter à la discipline qu'exigeait une vie citadine. Sans Euphémie et Lavinia, elle eût dépéri. Elle s'obstinait à parler créole. Rose en riait mais Alexandre ne pouvait s'empêcher de la gourmander et l'enfant, déjà volontaire, se regimbait.

Ne souhaitant pas se consacrer à sa fillette, Rose avait pris la décision de la confier aux soins de sa tante Edmée à Fontainebleau. Président du club des Jacobins, membre important du club des 47 dont faisaient partie La Rochefoucauld, La Fayette, le duc d'Orléans, Charles et Alexandre de Lameth, Alexandre fréquentait une foule de gens passionnants qui la captivaient. Logée rue de l'Université, tout près de son cher Scipion, elle pouvait lui consacrer de longs moments et ne pas bouder le salon bleu et argent de sa tante Fanny où elle côtoyait Gouverneur Morris, l'évêque d'Autun, monsieur de Talleyrand-Périgord, qui venait de consacrer les premiers évêques constitutionnels, le prince de Poix surnommé « fleur des pois » à cause de son élégance mais aussi « petit pois » car il était fort petit, les marquis de Crillon et de Montesquiou, la célèbre madame de Genlis, préceptrice de Chartres, Beaujolais et Montpensier, les fils du duc d'Orléans dont elle avait été la maîtresse très aimée, et surtout le prince de Salm et sa sœur qui, attirés par sa gentillesse et sa grâce créole, étaient devenus de proches amis. Le prince s'était fait construire au bord de la Seine un délicieux hôtel précédé d'une cour bordée d'une colonnade. Il y donnait des fêtes auxquelles on se devait d'être convié sous peine de déchéance sociale.

Rose n'avait eu aucun mal à s'attirer la sympathie de tous. Sans idées politiques, elle était toujours du côté du pouvoir ou du plus influent, sûre par instinct que là se trouvait son intérêt personnel. Elle savait écouter avec passion, adresser des regards langoureux et surtout se taire lorsqu'elle n'avait rien à dire. Quand un Anglais de passage l'avait qualifiée un jour d'« insignifiante petite créature », ses soupirants avaient fait front : Rose était une femme comme toutes devraient l'être, en particulier l'insupportable Germaine de Staël qui avait des avis définitifs sur tout et cherchait despotiquement à les imposer.

La charmante « Américaine » s'habillait à ravir de robes d'une élégante simplicité adaptée aux nouvelles mœurs sociales, portait des bonnets « à la Constitution » et exhibait fièrement des médailles où était enchâssé un éclat de pierre de la Bastille. Madame de Genlis en possédait une presque semblable où était inscrit en diamants le mot « Liberté ». On allait au bal, au théâtre, on chevauchait dans le bois de Boulogne et buvait une tasse de lait frais dans les étables de Bagatelle ouvertes aux promeneurs après que le propriétaire, le comte d'Artois, eut émigré.

Au printemps de 1791, Rose avait enfin trouvé un logement définitif rue Saint-Dominique que son amie Désirée Holstein, créole également, lui avait proposé de partager avec elle. Elle avait saisi l'occasion au vol. C'était assez vaste pour qu'elle puisse garder auprès d'elle Euphémie, Lavinia et un valet, elle y avait emménagé dans la joie.

Quelques jours plus tard, elle apprenait l'état désespéré de sa sœur Manette et la mort de son père aux Trois-Îlets. L'île étant sous occupation anglaise, sa mère ne pouvait plus lui envoyer le moindre argent. Pour Rose toutes ces nouvelles étaient accablantes. Comment payer les domestiques, la voiture, l'entretien de la jument blonde qu'elle avait achetée par l'intermédiaire de monsieur Réal qui avait été assez bon pour en régler le prix ? Amateur de jolies femmes, l'avocat avait jeté son dévolu sur la créole et savait attendre son heure, sûr que celle-ci était proche. Rose ne passait pas pour farouche si son soupirant pouvait lui rendre service.

Un soir, chez Pierre François Réal, elle avait fait la connaissance d'un jeune homme dont on parlait beaucoup, Jean-Lambert Tallien, ancien journaliste devenu un ténor de la Constituante. Grand, blond, les yeux ambre, le nez aquilin, il y avait en lui une intransigeance révolutionnaire qui plaisait ou faisait peur. Ami de Desmoulins, de Roederer, on ne lui connaissait d'autre attachement que celui qu'il portait à sa mère dont il était le fils unique. Rose l'avait aussitôt trouvé intéressant. Cet homme irait loin, elle pourrait avoir besoin de lui.

Ce fut sans déplaisir que la jeune femme gagna Fontainebleau au début du mois de juin. Elle allait revoir son beau-père, sa tante et ses deux enfants. Eugène devait passer avec eux la saison estivale. Paris était plus calme. Fin mai, pour prouver son amitié à

Tallien, elle avait assisté à une séance de la Société fraternelle des patriotes, un club installé dans le couvent des Minimes où il expliquait chaque dimanche à qui voulait l'écouter les décrets de l'Assemblée nationale. Bavards, indisciplinés, les auditeurs semblaient considérer ces réunions comme des occasions de se divertir. Les frères Lameth, quant à eux, avaient fondé avec Barnave et Duport un nouveau club, « les Feuillants ». Rose s'était abstenue de s'y rendre car l'esclavage y était attaqué avec des mots très durs qu'elle ne voulait point entendre. Un certain Robespierre en particulier avait clamé : « Périssent les colonies plutôt que de servir l'intérêt des colons. » C'était indigne. On avait trouvé ce triste sire qualifié pour devenir accusateur public au Tribunal criminel de Paris. Mais, consterné par la mort soudaine de Mirabeau dont la dépouille, suivie par plus de cent mille personnes, avait été inhumée au Panthéon, le plus grand nombre se moquaient bien du petit avocat d'Arras.

La veille de son départ pour Fontainebleau, Rose était allée faire une longue visite à son protecteur, monsieur Réal, chez qui elle avait retrouvé Jean-Lambert Tallien et celle dont tout Paris s'entretenait, Thérésia de Fontenay. À maintes reprises dans la *Chronique scandaleuse*, un journal qui aimait relater les mœurs corrompues des Parisiens en vue et que Rose feuilletait volontiers, elle avait lu des articles sur la belle Thérésia qui se donnait corps et âme à ses chers amis, la plupart faisant partie des députés les plus libéraux de l'Assemblée. Piquée, celle-ci avait usé de son droit de réponse pour faire publier cette verte riposte : « Vous êtes trop amis de la vérité pour ne pas consentir à détruire un bruit aussi déshonorant pour moi qu'alarmant pour la famille honnête à laquelle j'ai l'honneur d'être alliée. On dit, et sans horreur je ne puis le redire, que mon patriotisme m'a liée successivement un peu trop avec MM. de Lameth, de Montron, de Bozon, de Condorcet, avec Louis de Noailles, etc. L'impartialité dont je fais profession, étant membre du club 1789[1], a pu seule donner cours à cette calomnie. Je vous prie de bien vouloir dans votre prochain numéro établir la différence des deux mots, impartialité et indifférence, qui au premier abord paraissent synonymes aux esprits lourds. Cette erreur compromettrait ma sensibilité, je ne saurais perdre à ce juste déni puisqu'il va me mettre à dos Charles Villette[2] et son parti comme il me réhabilitera vis-à-vis des honnêtes gens. Signé Cabarrus, femme Fontenay. » Rose l'avait trouvée courageuse et était heureuse de rencontrer enfin une personne fameuse pour sa beauté, comme Germaine de Staël l'était pour son esprit. Mais la belle Thérésia, pressée de se rendre à une autre visite, ne s'était pas attardée et Rose n'avait pu décider si elle avait envie ou non de faire plus amplement sa connaissance.

La nouvelle de la fuite de la famille royale, de son arrestation à Varennes, de son piteux retour à Paris

1. Qui rejoignit en 1791 le club des Feuillants.

2. Charles Villette, protégé de Voltaire. Il prit avec chaleur le parti des Principes Nouveaux et écrivit des articles révolutionnaires dans *La Chronique de Paris*. Voltaire mourut chez lui quai des Théatins, rebaptisé par Villette quai Voltaire.

était tombée comme la foudre sur la paisible ville de Fontainebleau qui somnolait dans la chaleur d'un été radieux. Alexandre, alors président de la Constituante, avait écrit à son père une lettre qui lui avait été remise le vingt-sept juin. De concert avec La Fayette et Bailly, il avait choisi de donner au peuple l'explication d'un enlèvement. Une fuite pourrait signifier la fin de la royauté, une issue que La Fayette ne pouvait tolérer. Déjà de nombreux députés réclamaient l'instauration d'une République. La menace d'une insurrection générale rampait.

Gardant son sang-froid face à une Assemblée surexcitée, Alexandre de Beauharnais avait abattu son maillet sur son pupitre de président et ordonné : « Passons à l'ordre du jour ! » Sa fermeté, son esprit d'à-propos avaient fait l'admiration de madame de Genlis et de ses amis. Cet engouement rejaillissait sur sa femme et Rose, d'instinct, avait compris qu'elle ne devait plus proférer sur Alexandre la moindre critique.

Une petite société s'était reconstituée à Fontainebleau, mais la joie de vivre d'antan avait fait place à l'inquiétude. En dépit de la fermeté du courageux Beauharnais et du grand La Fayette, le parti des extrémistes proliférait et le peuple des faubourgs semblait de plus en plus difficile à contrôler. Des pétitions circulaient pour l'abdication du roi, prisonnier aux Tuileries avec sa famille depuis le retour de Varennes.

En juillet, Rose fut surprise d'apprendre par Alexandre qu'il avait rejoint la « Montagne », groupe à gauche des Girondins et placé en haut de l'hémicycle. Le rôle de la Constituante s'achevait. Elle serait bientôt dissoute pour faire place à une autre assemblée et à d'autres députés, les précédents n'ayant pas le droit de se représenter. Alexandre serait donc contraint de rejoindre son régiment, mais il laissait entrevoir à sa famille la haute destinée qui l'y attendait. Déjà on parlait de lui comme d'un grand général.

Rose semblait avoir oublié les avanies que son mari lui avait fait subir, elle n'évoquait guère non plus ce qui lui restait de famille à la Martinique, n'écrivait que rarement à sa mère qui vivait seule dans la plantation qu'elle s'évertuait à maintenir. Songer au malheur, aux offenses embarrassait la jeune femme. Elle vivait tournée vers un avenir où elle occuperait toujours une place de choix, où elle serait fêtée, aimée. Son devoir était de plaire afin d'avoir de l'argent, des relations qui, plus tard, serviraient à Eugène et à Hortense pour occuper des positions avantageuses dans le monde, pas de cultiver de vieux et douloureux souvenirs. Elle comptait des amis parmi la société aristocratique la plus conservatrice mais aussi parmi les jeunes gens enthousiasmés par la liberté et la fraternité. Jean-Lambert Tallien venait de plus en plus souvent lui rendre visite. Lui qui n'avait guère eu de famille appréciait la chaleur du clan Beauharnais. On s'attablait sous une charmille pour de longs repas pleins de bonne humeur au cours desquels on levait son verre « à l'heureux avenir de la France », ce qui conciliait tous les esprits. La grâce de Rose, la joliesse d'Hortense attendrissaient les hommes, qu'ils soient fidèles au roi ou républicains. Tallien apportait des nouvelles de Paris. Il venait de reprendre le journal de Fréron, *L'Ami des citoyens*, qui offrait en en-tête une phrase de Voltaire : « Qui sert bien son pays n'a pas besoin d'aïeux. » Lue par les ouvriers et les paysans, la petite publication expliquait les décrets de l'Assemblée. Éduquer le peuple était le cheval de bataille de Jean-Lambert. Il rêvait d'une véritable participation populaire à l'avenir de la France, d'un engagement de chacun de ses citoyens.

Un dimanche d'août, le jeune homme en avait apporté un exemplaire, une feuille imprimée d'un seul côté sur papier vert. Le ton, quoique modéré, avait déplu à monsieur de Montmorin toujours gouverneur du château qui, par esprit de contradiction, avait exhibé un journal royaliste, *Le Chant du coq*, qu'il avait dans sa poche. Avec beaucoup d'à-propos Edmée Renaudin avait détourné la conversation en parlant du chagrin qu'éprouvaient tous les habitants de Fontainebleau, nantis ou pauvres, de ne pas voir cet automne de chasse à courre dans sa forêt. Afin de ne pas froisser Tallien, elle s'était bien gardée d'évoquer les privilèges royaux pour s'attarder sur la beauté des chevaux, des cavaliers, des meutes, des piqueurs, des voitures dans lesquelles les dames suivaient les équipages. Chacun y était allé de son historiette. Mimi de Coigny se souvenait des chasses du prince de Condé où l'on portait deux habits différents, drap jaune clair galonné d'argent, couteau de chasse à la ceinture, ou veste jaune serin avec brandebourgs en or, culottes de drap de soie noir et bas de soie blancs. Les dames se vêtaient à leur guise, à l'exception du jour de la Saint-Hubert où on leur demandait de porter une robe de gaze jaune et un bonnet noué de rubans coquelicot. Les voix se faisaient nostalgiques et Tallien avait ramené les esprits à l'actualité en parlant de Robespierre, ce jeune avocat ambitieux et fort talentueux, venu d'Arras, dont la simplicité des mœurs correspondait à ses idées libérales. Installé chez le citoyen Duplay, un menuisier, on ne lui connaissait aucune aventure amoureuse, ni aucun goût pour les douceurs de la vie. On allait devoir compter avec lui.

Les plats se succédaient qu'Edmée avait voulus simples, cuisinés avec des volailles, des légumes de la région, des fruits de son verger. Les hommes s'étaient vu servir des fromages confectionnés dans une ferme voisine, tandis qu'aux dames qui n'y touchaient jamais on offrait de la crème fraîche accompagnée de confitures.

Le temps s'étirait, déjà le soleil déclinait quand on sortait de table. Tandis que les plus âgés se reposaient, les jeunes partaient en promenade. À Rose, Tallien parlait de la belle Thérésia de Fontenay. La voir était l'unique raison pour laquelle il avait fréquenté le salon de Germaine de Staël qui, bien qu'irritante, avait parfois des commentaires tranchants incitant à la réflexion. N'avait-elle pas évoqué quelques jours plus tôt une déclaration caustique de Rivarol : « Après avoir régné sur vingt-sept millions de sujets, le roi est désormais l'unique sujet de vingt-sept millions de souverains ! » Certains avaient ri, d'autres pas.

À la fin du mois d'août, Rose avait décidé de s'arrêter quelques jours à Paris avant d'accompagner son amie Désirée Holstein dans sa maison de campagne à Croissy. Tallien y viendrait ainsi que Réal, devenu procureur au Châtelet, qui lui faisait toujours une cour assidue. À Croissy, indépendante, elle agissait à sa guise.

Au Salon comme chaque année ouvert au Louvre, Rose avait croisé mesdames de Mézières et de Vergennes, qui toutes deux admiraient *Le Serment des Horaces* de David. Une âme charitable lui avait désigné alors madame Breton des Chapelles qui élevait la petite Marie-Adélaïde, fille naturelle d'Alexandre. Rose s'en moquait. Seuls Eugène et Hortense pourraient jouir du nom et de la fortune de leur père. À la Martinique, nombreux étaient les bâtards des Grands Blancs ; on les acceptait et les tenait à leur place.

Le trente septembre, alors que tout le monde regagnait Paris, l'Assemblée constituante avait été dissoute.

Le premier octobre, l'Assemblée législative se réunissait pour la première fois. Les ténors en étaient Danton, Desmoulins, Robespierre.

Avec les siens, Rose avait regagné le domicile de la rue Saint-Dominique qu'elle partageait avec madame Holstein.

Libérale, Désirée Holstein voyait Rose épouser ses opinions et recevoir avec grâce ses invités. Le fameux évêque d'Autun, Charles Maurice de Talleyrand-Périgord, avait un soir fasciné l'assistance en développant ses théories sur l'éducation. Celle-ci était une étape primordiale dans la prise de conscience politique du peuple. La scolarité primaire devait être laïque et obligatoire pour les garçons comme pour les filles. Quant aux écoles secondaires, elles devaient être accessibles aux enfants qui désiraient perfectionner leur instruction, avec un système de bourses afin d'aider les plus démunis, bourses accordées également à la poignée d'élèves désireux de faire des études supérieures dans l'administration, la médecine, les sciences et les arts. Messieurs de Lavoisier, Monge, de Condorcet, Vicq d'Azyr l'appuyaient sans réserve. Quand la conversation prenait une tournure trop politique, Rose s'ennuyait sans perdre son sourire qui lui allait si bien, lèvres closes afin de cacher ses dents. Son attention ne se réveillait que lorsqu'on évoquait des noms amis : La Fayette et Tallien, par exemple, qui ne fraternisaient plus. Le premier restait partisan farouche d'une monarchie constitutionnelle, tandis que le second rejoignait Pétion, maire de Paris, zélé républicain, défenseur des droits du peuple.

Chez Fanny de Beauharnais, rue de Tournon, le ton n'était guère plus léger. On s'y préoccupait de la révolte des esclaves à Saint-Domingue, qui pouvait faire tache d'huile à la Martinique comme à la Guadeloupe. Des familles de planteurs y avaient été massacrées. On craignait par ailleurs l'extrémisme d'une poignée de députés. La révolution n'était-elle pas achevée ? Le roi consentait à tout. Que pouvait-on exiger de plus ?

Le salon où l'on s'amusait le plus était celui du prince de Salm. Rose, vêtue de jaune poussin, de pourpre ou de bleu lavande, les couleurs à la mode, portait des chapeaux de feutre ornés de fleurs ou de plumes, et devisait jusqu'à l'aube avec ses anciennes amies de Penthemont. Là, elle se montrait résolument royaliste et fière d'être une « ci-devant vicomtesse ». On y critiquait le manque de fermeté du maire qui tolérait d'inacceptables manifestations dans les rues de Paris et refusait de faire arrêter les provocateurs qui excitaient le peuple. De plus en plus nombreux, les aristocrates songeaient à quitter la France, le prince de Salm et sa sœur les premiers. Mais auparavant il voulait mettre en ordre ses affaires. On ne vivait pas de l'air du temps. En Angleterre ou en Allemagne, trop d'émigrés avaient sombré dans la misère. Monsieur de Saint-Hilaire était devenu tapissier, le comte de Gimel distillateur, monsieur de Milmon traiteur, monsieur de Vaudemont vendait des livres, tandis que mesdames de Flahaut, de Jumilhac et mademoiselle de Montmorency étaient l'une modiste, l'autre lingère et la dernière porteuse d'eau. Des états que ne pouvaient envisager le prince de Salm et la princesse de Hohenzollern-Sigmaringen, sa sœur.

En dépit des fêtes, des représentations théâtrales et des opéras, l'année 1792 commençait dans l'inquiétude générale. Envoyé aux frontières, le comte de Narbonne, amant de Germaine de Staël, s'était désolé du piètre état de la défense. Le matériel était vieillot, les soldats avaient mauvais esprit et méprisaient leurs officiers aristocrates. Le beau Lauzun, maintenant duc de Biron, qui, après avoir été un cher ami de la reine, en était haï, redoutait la guerre. Celle-ci, affirmait-il, ne tournerait pas à l'avantage de la France. Mais cet officier sans reproches n'avait plus de crédit, sauf bizarrement auprès de Maximilien Robespierre, lui aussi hostile à un engagement armé.

À Croissy où elle passait les fêtes de Pâques, Rose jouissait des agréables visites de Tallien, du galant et révolutionnaire Gascon Bertrand Barère de Vieuzac et d'une femme que toute l'aristocratie respectait, madame Campan, ancienne première femme de chambre de la reine. Une sympathie réciproque avait aussitôt lié les deux femmes, l'une comme l'autre accommodantes, l'esprit pratique et les pieds sur terre. Sans fortune, toutes deux avaient compris qu'elles devaient mettre à profit leurs talents, celui de séduire pour Rose, sa maîtrise du savoir-vivre et du protocole pour l'autre.

Tout autant que sur les événements qui agitaient les esprits à l'Assemblée législative ou sur les complots qui se succédaient pour faire évader à nouveau la famille royale, Jean-Lambert Tallien aimait faire porter la conversation sur la belle Thérésia de Fontenay. On chuchotait qu'elle voulait divorcer pour se débarrasser d'un mari exécrable et de son titre de marquis si malencontreusement acheté au début du règne de Louis XVI. Qui voulait être un ci-devant noble en 1792 ? Sur ce sujet délicat, Rose se taisait. Si son titre de vicomtesse n'était guère plus authentique que celui de Thérésia de Fontenay, il lui servait dans la société aristocratique et elle ne voyait point de raison valable pour l'abandonner. Mais chez les républicains, être appelée « citoyenne Beauharnais » ne la rebutait pas. Aucune cause ne valait d'être mise au ban d'une société. Par ailleurs, Thérésia, qu'elle n'avait croisée que de rares fois, suscitait en elle un peu de jalousie. De dix années plus jeune, la marquise de Fontenay avait encore l'éclat d'une toute jeune femme, un aplomb octroyé par une rayonnante beauté et une fortune auxquelles elle-même suppléait par son amabilité, sa bienveillance et sa grâce.

Devant une tasse de café ou un verre de sherry, la petite société de Croissy ne pouvait être tout à fait indifférente au prochain conflit qui allait opposer les Français aux Autrichiens et aux Prussiens massés aux frontières. L'Assemblée allait déclarer la guerre et, à Paris, la population s'y préparait activement. Devant les Invalides, deux cents forges fabriquaient des canons, tandis que dans les jardins des Tuileries se multipliaient les ateliers produisant des fusils. Partout des femmes cousaient des uniformes tandis que des enfants grattaient le salpêtre des murs pour préparer de la poudre. On fondait les cloches pour faire des balles, aiguisait des milliers de baïonnettes. L'esprit de la révolution soufflait à nouveau, galvanisait ceux-là mêmes qui étaient montés à l'assaut de la Bastille et avaient envahi Versailles.

Enfermé dans son château des Tuileries, le roi, comme un cerf forcé, tentait enfin de faire front. En juin, il avait mis son veto sur l'installation à Paris d'un camp de vingt mille Fédérés et, bien pis, sur la loi faisant des prêtres réfractaires des criminels. Et il renvoyait ses ministres girondins en dépit d'un sévère avertissement d'un de leurs chefs, Jean-Marie Roland. Pétion, le maire de Paris, était suspendu, l'insurrection latente. On sonnait le tocsin. Prêt à défendre un roi qu'il avait mis lui-même le dos au mur, La Fayette comptait ses partisans et, n'en ayant pas dénombré plus d'une centaine, partait rejoindre son armée aux frontières de l'Est.

Afin de tisser des liens entre habitants des mêmes quartiers, les rendre solidaires, les municipalités parisiennes organisaient des repas de voisins. Les habitants d'une rue devaient se réunir pour dîner ensemble sur de longues tables à tréteaux sur lesquelles chacun déposait un plat. La douceur de juin, la perspective d'un moment de détente avaient décidé les plus irréductibles et, dans les rues du faubourg Saint-Germain, on voyait des ci-devant duchesses attablées à côté de leurs concierges et de leurs blanchisseuses. Rue Saint-Dominique, Désirée de Holstein et sa fille, Rose de Beauharnais, son valet, Euphémie, Lavinia, Eugène, Hortense et sa gouvernante, mademoiselle Lannoy, s'étaient assis sans réticences aux côtés des autres habitants de leur rue, certains en habits de fête, d'autres, afin d'afficher leurs convictions républicaines, en pantalons de toile et carmagnoles. Beaucoup d'hommes étant aux armées, les dames étaient plus nombreuses et bavardes. Sur les genoux de Rose s'était installé Fortuné, le carlin offert par Scipion lors de ses adieux. Rose ne l'avait point trop regretté, pas plus que ne lui manquaient le duc de Lorge, les frères Lameth ou Mimi de Coigny. Cette page de sa vie était tournée.

Fournies par la mairie, la vaisselle de faïence, la nappe arboraient la devise « La Liberté ou la Mort ». Autour de la table ne manquait pas un seul habitant de la rue. Leurs noms à tous ayant été inscrits sur une affiche, nul ne pouvait s'y soustraire et mademoiselle Lannoy, humiliée de souper à côté d'un cordonnier, gardait les lèvres pincées. Les gens qui se disaient de qualité ne parvenaient pas à partager la gaîté de leurs domestiques, des frotteurs de parquets, laveurs de carreaux et cousettes qui, égayés par le vin, avaient entonné des chansons patriotiques dès le ragoût d'agneau. Comme les autres enfants, Hortense et Eugène s'amusaient sans dissimulation ni retenue et n'étaient pas les derniers à s'époumoner. Après le dîner, Rose avait proposé de faire le tour du quartier. Les rues si aristocratiques des alentours étaient toutes décorées de bonnets phrygiens accrochés à des branchages, de gerbes de blé, mais aussi de fusils disposés en faisceaux qui rappelaient que, si la guerre était imminente, les Parisiens étaient prêts à se défendre.

Rue du Bac, à deux pas de l'hôtel Necker, les promeneurs s'étaient divertis d'une violente dispute entre deux harpies excitées par le vin. Avec force injures et grossièretés, l'une, parfumeuse, reprochait à l'autre, qui était marchande ambulante, de vouloir « crocheter » son fils afin de se caser bien au-dessus de sa condition. Des témoins dignes de foi l'avaient vue tortiller du derrière en faisant des mines effrontées devant son garçon. Hors d'elle, la marchande de primeurs avait arraché le bonnet de sa rivale et cherché à lui labourer le visage de ses ongles. Deux hommes en carmagnole les avaient alors séparées et les gendarmes avaient embarqué les deux mégères au poste de police. En riant, Rose avait fait remarquer à mademoiselle Lannoy que, bien que proclamée avec vigueur, l'égalité sociale n'avait point encore pénétré les mœurs populaires et que la fraternisation avait encore des progrès à faire.

Ces réunions bon enfant n'avaient eu toutefois qu'un temps. En juillet, une masse de Parisiens misérables et surexcités avaient envahi les Tuileries, cassé les meubles, terrorisé la reine et ses dames, contraint le roi à coiffer le bonnet phrygien et à boire un verre de vin à la santé des patriotes. L'ordre avait pu être rétabli *in extremis*. Mais la présence dans la capitale de volontaires accourus de province pour s'enrôler, leur violence, leur agitation, la haine qu'ils portaient à la famille royale et aux aristocrates enfiévraient l'atmosphère des faubourgs où l'on entendait de plus en plus souvent les cris de « Mort au roi, vive la République ! ».

Fin juillet, le duc de Brunswick avait fait exploser la poudrière en déclarant que tout préjudice causé à la famille royale serait vengé dans le sang. On avait pris les armes. Le neuf août, le tocsin sonnait dans toute la capitale ; le lendemain, les faubourgs se déversaient dans les jardins des Tuileries. Une violence aveugle était déchaînée.

Armés de couteaux, de piques, de haches et de bâtons, les insurgés avaient envahi le château, massacré les gardes suisses et les gentilshommes qui tentaient de défendre le roi. Durant trois heures, la populace avait occupé les Tuileries, assommant, poignardant, étripant ceux qui se trouvaient sur son passage, courtisans mais aussi pages, femmes de chambre, cuisiniers, traquant la famille royale qui s'était réfugiée précipitamment à l'Assemblée. Le glas de la royauté avait sonné.

Désirée de Holstein et Rose avaient différé leur départ pour Croissy. Les routes n'étaient pas encore sûres, mieux valait envisager de passer l'été à Paris. Autour d'elles, des parents, des amis bouclaient leurs malles avant de prendre la route de l'exil. Fanny de Beauharnais et le comte de Narbonne quittaient la France ainsi que Françoise, la belle-sœur d'Alexandre et de Rose, qui allait rejoindre son mari enrôlé dans l'armée de Condé. Presque à genoux, elle avait supplié Rose de mettre ses enfants à l'abri. Les laisser à l'abbaye au Bois pour Hortense, au collège d'Harcourt pour Eugène, était d'une imprudence mortelle. Rose ne réalisait-elle pas que les aristocrates allaient tous être massacrés ? La jeune femme avait gardé son calme. Si elle était prête à confier Eugène et Hortense à ses amis, le prince de Salm et la princesse de Hohenzollern qui partaient en Angleterre, elle-même était bien décidée à rester en France. Alexandre était un général respecté et puissant de l'armée du Rhin, elle comptait de nombreux amis au sein de l'Assemblée législative. En s'exilant, elle se condamnait à partager la vie d'une société amère et étriquée. Ce n'était pas son genre.

Le cœur serré, cependant, elle avait mis en voiture ses enfants accompagnés de mademoiselle Lannoy. Le prince de Salm avait juré de les protéger aux dépens de sa propre vie. Le voyage était par ailleurs fort bien organisé, leurs passeports étaient en règle et des places avaient été retenues à bord d'un vaisseau en partance pour Douvres.

La surprise de Rose avait été immense de les voir revenir cinq jours plus tard. Informé que ses enfants prenaient le chemin de l'exil, Alexandre avait envoyé de Strasbourg une estafette avec l'ordre d'arrêter la voiture et de les ramener à Paris. Il était hors de question que le fils et la fille du général Alexandre de Beauharnais, un fervent patriote, puissent émigrer. Fidèle à sa parole, le prince de Salm était revenu avec eux. Gardé étroitement, il ne pouvait plus quitter son hôtel, mais se réjouissait du succès du voyage de sa sœur, désormais à l'abri en Angleterre.

Le deux septembre, d'horribles massacres avaient eu lieu dans les prisons, aux Carmes surtout où avaient été regroupés environ cent quatorze prêtres réfractaires. Dans une ville sans gouvernement, sans maîtres, les instincts les plus sanguinaires avaient le champ libre pour s'exprimer. Et le bruit que les Prussiens étaient à Verdun ne faisait que les accroître. En trois jours, l'ennemi pouvait atteindre Paris, libérer les prisonniers royalistes, massacrer les patriotes.

Il avait fait beau ce deux septembre, un jour de fin d'été tout en bourdonnements d'abeilles et en chants d'oiseaux. Beaucoup de Parisiens étaient partis à la campagne, heureux de profiter de la douceur du temps, mais surtout désireux de se tenir à distance de la capitale, de fuir les tambours battant le rappel des patriotes et les incessants coups de canon d'alarme tirés du Pont-Neuf.

Au couvent des Carmes, les prêtres avaient déjeuné comme de coutume à onze heures trente avant de sortir dans le beau jardin auquel on accédait par la sacristie. Il faisait bon sous la voûte des marronniers. Au bout d'une allée, l'oratoire était pour beaucoup le but de leur promenade. Là, ils se reposaient et priaient. Mais en dépit du calme apparent, certains prêtres étaient inquiets. N'entendait-on pas sonner le tocsin ? Puis les événements s'étaient précipités. Un groupe d'hommes armés avaient fait irruption en hurlant : « Vive la Nation ! Mort aux réfractaires ! » Ils agitaient des sabres, des piques, des haches, tendaient le poing. Le vieil archevêque d'Arles avait tout de suite compris. Ils allaient tous être massacrés. Avec autorité, il avait réuni les prêtres autour de lui, certains ahuris, d'autres terrorisés, la plupart calmes. S'il leur fallait mourir, ils offraient leur vie pour une belle cause, celle de la fidélité à leur foi.

Un peu à l'écart, assis sur un banc, un abbé lisait son bréviaire. En passant, un patriote lui fendit la tête d'un coup de hache et, sans même vérifier s'il était mort, se rua à la suite de ses compagnons vers l'oratoire. Le massacre avait été effroyable : flots de sang, membres coupés, cervelles répandues sur la poussière des allées. Les prêtres qui tentaient de fuir avaient été vite rattrapés, regroupés devant l'autel et tués avec sauvagerie. Les marches, les murs, les bancs dégoulinaient de sang, tandis que tout près de là, au Luxembourg, des soldats faisaient tranquillement l'exercice, sourds aux hurlements des victimes. Regroupés par un certain Maillard dans l'église des Carmes, chaque survivant avait été interrogé. « Avait-il prêté le serment ? » Sur la négative, l'ecclésiastique était prié de sortir. Dehors l'attendaient ses assassins qui le mettaient en pièces. À la nuit tombée, cent quatorze cadavres gisaient dans le jardin.

Aux prisons de l'Abbaye et de la Force se perpétraient les mêmes tueries. Après un semblant de jugement, les « prisonniers » étaient élargis et massacrés dès qu'ils atteignaient la rue. Leurs dépouilles, la plupart du temps horriblement mutilées, étaient empilées les unes sur les autres. Avec effroi, on avait appris l'horrible mort à la Force de la princesse de Lamballe. Sa tête avait été fichée en haut d'une pique pour être montrée au Temple à la reine. On avait massacré à Gisors le duc de La Rochefoucauld, libéral et grand ami d'Alexandre de Beauharnais, sous les yeux de sa vieille mère, la duchesse d'Éneville, âgée de quatre-vingt-dix-huit ans. Montmorin, l'ancien gouverneur de Fontainebleau, et le duc de Brissac avaient été eux aussi sauvagement exécutés à Versailles puis dépecés.

De Strasbourg, Alexandre tentait d'expliquer ces épouvantables débordements. Il y avait trop de haine chez certains, trop de désir de vengeance. Incapables de comprendre que la République allait leur octroyer enfin la dignité qui leur avait toujours été refusée, ils obéissaient à d'aveugles pulsions. Mais tout allait rentrer dans l'ordre. Aux frontières, les soldats de la République se battaient avec courage. La défaite de Longwy n'était plus qu'un mauvais souvenir. Sûr de la victoire de la France, Alexandre voulait qu'Eugène le rejoigne et participe à ces moments glorieux. Rien n'était plus formateur pour un jeune garçon que la vie des camps.

Le cœur serré, Rose avait mis son fils en voiture. Il n'avait que onze ans et, bien que mûr pour son âge, n'avait rien à faire à côté de son père. Mais les ordres de celui-ci ne pouvaient être discutés. La loi lui avait octroyé la garde de son fils.

Mi-septembre, de nombreux amis républicains de Rose et de Désirée de Holstein étaient accourus pour tenter de se justifier, Jean-Lambert Tallien en particulier, que l'on accusait de complicité dans les massacres. Il était vrai qu'il se trouvait à l'Hôtel de Ville le deux septembre, exact aussi que l'on avait vérifié devant lui les noms des personnes écrouées à la Force, à l'Abbaye et aux Carmes. Mais contrairement à Billaud-Varennes qui avait qualifié les massacres de « vengeance nationale légitime » et à Danton qui avait lancé : « *Vox populi, vox dei* », il ne les avait pas un seul instant approuvés. Ces événements étaient inadmissibles, avait-il affirmé, et auraient dû provoquer la rigueur des lois. Mais dans un temps de révolution, mieux valait les oublier.

Ses amies, Rose, Thérésia, Germaine de Staël, toutes avaient pris sa défense. En route pour la Suisse, la fille de Necker avait même précisé que, chargé d'escorter sa voiture jusqu'aux barrières de Paris, Tallien lui avait confié qu'il avait protégé maints de ses amis, Hue en particulier, valet de chambre de Louis XVI, l'avocat Bonnières, vingt-quatre dames incarcérées à la Force ainsi que toutes les prisonnières de Sainte-Pélagie. La Nation devait réunir toutes les bonnes volontés, rester sourde aux suspicions et vengeances personnelles.

Réal avait chaudement approuvé Tallien, le seul capable selon lui de s'opposer au redoutable Robespierre dont l'ombre s'étendait de plus en plus menaçante sur l'Assemblée législative. N'était-il pas décidé à éliminer tous ceux qui lui déplaisaient ?

Thérésia de Fontenay avait pris le parti de quitter Paris pour s'installer à Bordeaux. Elle pressentait que les récentes violences n'étaient point, comme le prétendait Tallien, « une page tournée ». Un discours enflammé, une menace venue des frontières, la peur, le goût du sang tout simplement pouvaient les ranimer. À Bordeaux, elle avait de la famille et grâce à sa fortune pouvait s'installer confortablement avec son fils Théodore, Joseph Bidos, son valet dévoué qui l'avait suivie d'Espagne avant son mariage, et sa femme de chambre, Anne Frenelle. La voiture était prête, ses effets empaquetés, mais auparavant elle voulait faire ses adieux à Tallien, son plus fidèle soupirant. S'il n'avait pas encore assez d'envergure pour être son amant, l'homme lui plaisait et elle désirait conserver leurs liens d'amitié.

Élu député, en dépit de la vive opposition de Robespierre, Jean-Lambert l'avait conviée au fameux restaurant Gervais situé dans la cour du Manège, à deux pas de l'Assemblée où les séances se prolongeaient quelquefois fort tard dans la nuit. Quand la jeune femme avait fait son entrée, Tallien s'était précipité à sa rencontre. Sur la robe de grosse soie brochée bouton d'or au collet de mousseline, elle portait un spencer de velours émeraude fermé par des boutons de vermeil. Le gros béret planté sur l'arrière de la tête et recouvert de petites plumes multicolores laissait échapper des boucles brunes qui, savamment disposées, auréolaient le délicieux visage. Consciente de l'effet qu'elle produisait, la jeune femme s'était laissé guider vers le petit salon où Tallien l'avait installée. D'emblée le jeune homme lui avait fait remarquer que ce dîner marquait le début d'une ère toute neuve car, le jour même, ce vingt-deux septembre 1792, l'Assemblée venait de décréter l'adoption d'un nouveau calendrier. On entrait dans l'an I de la République. Une atmosphère joyeuse régnait tant au Manège que dans les jardins du Palais-Royal. Le peuple, qui venait d'apprendre la victoire de Valmy, la célébrait avec des chansons, des chahuts, des sonneries de trompettes, des battements de tambours. La République une et indivisible allait montrer à ces foutus rois qu'ils s'illusionnaient en croyant l'abattre. Thérésia avait levé sa flûte de vin de Champagne et regardé Jean-Lambert droit dans les yeux. Ils se reverraient à Bordeaux, elle en avait le pressentiment.

Le lendemain, sa voiture prenait la route de la Charente-Inférieure où son oncle, Émile Galabert, le frère de sa mère, l'attendait.

La vie à Paris était devenue très difficile et Euphémie revenait souvent les mains vides de la boulangerie. Le pain était si rare que des émeutiers envahissaient les boutiques et pillaient le peu de denrées qu'elles contenaient. Pour se nourrir convenablement, Rose l'avait fort bien compris, il fallait être dans les bonnes grâces de ceux qui détenaient le pouvoir, ses amis Tallien et Réal, le banquier Emmery qui lui faisait parvenir du beurre, des œufs et des volailles de la propriété qu'il possédait près de Sceaux. Son titre définitivement escamoté, elle était devenue sans difficulté la « citoyenne Beauharnais » et n'éprouvait aucune gêne à nommer « républicainement » ses amis comme à tutoyer des inconnus. Mais comme l'approvisionnement, l'argent était rare et chaque jour voyait se déprécier un peu plus les assignats. Si les cadeaux des soupirants de Rose amélioraient la vie des Beauharnais, ils ne subvenaient pas à tous les besoins de la vie quotidienne. La jeune femme s'était décidée à agir. Le commerce des colifichets et articles dits « de Paris » avec la Hollande et la Belgique restait lucratif ; elle s'y était lancée discrètement, comme beaucoup de ses amies. À Paris, elle avait été la cliente de nombreux dentelliers, brodeurs, passementiers, modistes, corsetières qui végétaient dans ces temps difficiles. Il y avait aussi les peintres sur éventails, porcelaines, bibelots qui ne demandaient qu'à travailler à bas prix. Rose avait assez de goût pour commander de jolis articles faciles à expédier et payables à la livraison. Le bénéfice n'était pas très gros mais il complétait la somme qu'envoyait Alexandre, toujours insuffisante. Ne savait-on pas aux armées qu'avec dix assignats on n'acquérait pas ce qui en valait un quelques semaines plus tôt ? L'interdiction pour un noble de se livrer au commerce sous peine de déchoir était de l'histoire ancienne. En cette fin d'année 1792, on ne pensait qu'à survivre. Avec leurs grands mots de Vertu et de Patrie, les députés, comme les autres, ne pensaient qu'à eux, Robespierre et Marat en particulier, tous deux audacieux mais lâches, vindicatifs et sournois, entourés de gens qui avaient de graves reproches à se faire, prompts à transformer les erreurs en crimes et les crimes en erreurs. Qui les attaquait s'en prenait à la Liberté. Et dans ce qu'il restait des salons, on ne pouvait s'empêcher de brocarder l'acteur Fabre qui se faisait appeler Fabre d'Églantine, Collot se parant du nom de Collot d'Herbois et Robespierre devenu Maximilien de Robespierre. Le ridicule ne tuait plus.

Mais très vite aucun aristocrate demeuré à Paris n'avait plus eu envie de plaisanter. Roland, ministre de l'Intérieur, venait de produire les papiers découverts dans une armoire en fer aux Tuileries, papiers excessivement compromettants concernant les relations du roi avec Mirabeau et sa correspondance avec les autres souverains. Le salon de madame Roland, une jolie femme très érudite, ne désemplissait pas. Chacun venait aux nouvelles. Les conséquences de cette découverte seraient à coup sûr funestes pour le roi. Il était certain maintenant que Louis XVI allait être jugé. Tallien serait chargé de la rédaction d'un journal relatant les séances de la Législative avant le procès, en réalité la chronique d'un crime annoncé. Le quinze décembre, il condamnait la proposition d'autoriser Louis XVI à retrouver sa famille. Il n'était pas approprié, selon lui, de laisser le prisonnier s'entretenir avec ses complices, la ci-devant reine et la citoyenne Élisabeth Capet. Position qui bannissait pour toujours Jean-Lambert des cercles conservateurs. Ce fils de maître d'hôtel laissait enfin voir ses ambitions et sa brutalité ! Il avait, en outre, exigé que la sentence du tribunal une fois prononcée, l'exécution en cas de peine de mort soit immédiate et sans appel au peuple. En vain, ses amis rétorquaient à ses délateurs qu'envoyé au Temple, Tallien s'était montré plein de respect et de compassion envers le ci-devant roi et lui avait même prêté des livres de sa propre bibliothèque. Pour Rose, l'attitude contradictoire de Jean-Lambert avait un sens clair : comme elle, il naviguait au plus près pour sortir indemne de la tempête.

Pendant toute la durée du procès du roi, les Parisiens avaient retenu leur souffle. Chacun comprenait que le verdict aurait une signification qui dépassait la vie ou la mort d'un homme. Même les habitants les plus enragés des faubourgs ne soufflaient mot. À la tribune de la Convention nationale se succédaient les harangues : Louis avait fait couler le sang français. Montauban, Nîmes, Nancy, le Champ-de-Mars et la journée du dix août avaient été les témoins indiscutables de ses crimes. Les rares défenseurs de Louis Capet étaient écartés sans ménagement. Le vingt janvier, Louis-Michel Le Peletier de Saint-Fargeau, frère de « Blondinet », qui avait voté la mort du roi, était assassiné par un ancien garde du corps de Louis XVI qui, plantant son sabre dans sa poitrine, s'était écrié : « Voilà pour ta récompense ! »

Bordeaux restait calme, on y donnait encore des fêtes, des concerts. La promenade des Quinconces voyait passer d'élégantes voitures occupées par de jolies femmes, des hommes tirés à quatre épingles. Le marquis de Fontenay avait le projet de quitter la France pour s'installer aux îles d'Amérique et les démarches en vue d'obtenir son divorce se poursuivaient à Paris. Thérésia avait été bien accueillie et voyait souvent ses frères en garnison à La Rochelle. La jeune femme n'avait point caché à Tallien d'anciennes avances inopportunes faites par son frère Paco. Elle le voyait sans lui témoigner de marques d'affection afin de le tenir à distance. Avec son frère Domingo, en revanche, elle entretenait les liens les plus fraternels. Les deux frères allaient incessamment rejoindre l'armée des Flandres, mais Thérésia avait assez d'amis à Bordeaux pour profiter pleinement de cette ville avec son joli théâtre, ses majestueux hôtels s'alignant le long du « Port de la Lune ». On ne voyait à Bordeaux comme signe des temps que l'occupation du château Trompette par les partisans des idées nouvelles.

Dans un Paris silencieux, chacun, en ce début de l'année 1793, vivait avec anxiété. Les comités se multipliaient : Comité de sûreté générale, Comité des amis des citoyens et, surtout, le Comité de salut public auquel l'Assemblée avait octroyé tous les pouvoirs, créant de fait un gouvernement révolutionnaire au-dessus de tous les autres. Dirigé par Barère, Billaud-Varenne, Collot d'Herbois, Carnot, Couthon, Maximilien de Robespierre, Hérault de Séchelles, Lindet, Prieur de la Côte-d'Or, Prieur de la Marne, Jean-Bon Saint-André et Saint-Just, tous se prétendant les représentants du peuple, le Comité était devenu à la fois le cœur et le bras de la Révolution. Pour sauver l'unité et l'indivisibilité de la République, ses membres étaient prêts à tout.

À l'Assemblée, les Montagnards se radicalisaient et comptaient sur Paris pour les soutenir, tandis que les Girondins avaient étendu leur influence sur la province. Il était clair qu'une lutte sans merci opposait les deux partis.

Tandis que Thérésia profitait des charmes de la vie bordelaise, Rose poursuivait avec un certain succès son petit négoce d'articles de Paris. L'argent qu'elle en tirait ne durait qu'un instant. Il fallait payer le domestique, la gouvernante, nourrir et vêtir Euphémie et Lavinia, entretenir les enfants. Eugène était rentré de Strasbourg enchanté par la vie des camps. Comme son père, il serait officier et se battrait pour la France. Avec ses rares amis demeurés à Paris, la jeune femme restait prudente dans ses propos. Les espions étaient partout et, pour une phrase jugée anti-révolutionnaire, on pouvait être envoyé à la guillotine. Celle-ci, installée sur l'ancienne place Louis-XV, fonctionnait quotidiennement. On « expédiait » des aristocrates jugés dangereux mais aussi des artisans, des domestiques aux idées prétendues conservatrices et qui avaient été dénoncés. Leurs dépouilles, comme celle du roi, étaient jetées dans la fosse commune du cimetière tout proche de la Madeleine.

La Vendée se soulevait, à Lyon il y avait de graves émeutes que l'Assemblée était décidée à réprimer avec sévérité. Rien ne portait à la gaîté. Et comme si le ciel était en harmonie avec cette morosité, il ne cessait de pleuvoir, une pluie fine et glacée qui empêchait toute promenade et ruinait un peu plus les rares commerces de luxe qui subsistaient.

En mars, Rose apprit par une lettre triomphante d'Alexandre qu'il était promu général. « Rue Dominique », les noms des saints ayant été abolis, Rose était considérée comme une personnalité importante. Tallien la visitait régulièrement, apportant toujours des fruits, des gâteaux, des sucreries pour les enfants. Sa réputation croissait à l'Assemblée, il faisait partie de ceux avec lesquels on devait compter. Le prince de Salm se montrait lui aussi un ami fidèle ainsi que le banquier Emmery et Pierre François Réal. Amant occasionnel, ce dernier ne manquait jamais d'offrir à la jeune femme un chapeau, un colifichet, des cols de mousseline, des fichus de linon. Second substitut du procureur général Chaumette, il jouait un rôle actif dans la police et était un indispensable allié. Deuxième enfant d'un garde-chasse qui en avait engendré douze, son intelligence avait été remarquée par Bertin, contrôleur général des Finances qui possédait les terres que Réal surveillait, et il avait pu faire de bonnes études avant d'acquérir une charge de procureur au Châtelet. Affable mais discret sur ses activités, il comptait beaucoup d'amis et appréciait les jolies femmes. Tant d'aristocrates, pourtant favorables à la démocratie, avaient émigré que Rose était heureuse d'entretenir des relations avec les hommes bien éduqués qui restaient à Paris. Bien qu'il ait prétendu n'être que pour un temps à Londres, Talleyrand lui-même venait d'être inscrit sur la liste des émigrés. La comtesse du Barry, quant à elle, était revenue d'Angleterre afin que les scellés ne soient pas posés sur son château de Louveciennes. Une imprudence que toutes ses amies regrettaient.

En avril, l'événement mondain qui avait évoqué les beaux jours d'antan avait été le mariage du riche banquier Récamier avec Juliette Bernard. Il avait quarante-trois ans, elle quinze, et on prétendait que cette beauté était en réalité sa fille naturelle. Il ne l'épousait que pour pouvoir lui laisser sa fortune en toute légalité. La très jeune fille avait reçu une excellente éducation, elle jouait du piano, de la harpe, chantait agréablement et dansait à merveille. Récamier, qu'il fût ou non son père, l'adorait. Certain que la guillotine ne l'épargnerait pas, il se contraignait à assister à des exécutions afin d'affermir son courage, tout en meublant et décorant l'hôtel qu'il partageait avec le philosophe Simonard autour duquel se réunissaient des gens de lettres.

Fragile, gracieuse, adorable, Juliette avait suscité autour d'elle l'admiration la plus vive. Rose, qui allait fêter ses trente ans, s'était sentie soudain menacée. Elle gardait certes tout son charme, son corps restait parfait, mais son visage n'avait plus la fraîcheur de ceux de Thérésia de Fontenay ou de Juliette Récamier. Elle devait prendre grand soin d'elle, tirer profit des onguents et crèmes qui camouflaient les imperfections de la peau, utiliser largement le rouge qui procurait une mine éclatante mais coûtait fort cher lorsqu'il était de qualité. Chaque mois, elle harcelait Alexandre pour qu'il se montre plus généreux, mais, à la tête de l'armée du Rhin, il avait d'autres soucis que de répondre aux sollicitations de sa femme. Mayence révolté était assiégé par les Prussiens. Fallait-il intervenir ? Le citoyen général de Beauharnais hésitait. Ne valait-il pas mieux écrire des rapports afin de recevoir des directives de l'Assemblée ? À Paris, on commençait à critiquer ce freluquet qui, à la tête de soixante mille hommes, tergiversait face au combat. Mayence tombé aux mains de l'ennemi, Rose eut l'humiliation d'apprendre que son mari avait donné sa démission de l'armée pour se retirer chez lui dans le Blésois. « Ma tête, écrivait Alexandre à son père, n'est point oisive, elle se fatigue en combinaisons pour le salut de la République comme mon cœur s'épuise en efforts et en vœux pour le bonheur de mes concitoyens. » Quand Rose avait lu le billet, elle s'était contentée de hausser les épaules. Alexandre, qui était remonté dans son estime lorsqu'il occupait une place éminente à la Convention ou recevait le titre de général de corps d'armée, venait de redescendre à la place qu'il n'aurait jamais dû quitter, celle d'un fat, d'un bravache et d'un lâche. À ses enfants, cependant, elle ne disait jamais de mal de lui. Eugène comme Hortense devaient rester fiers du nom qu'ils portaient. Entre Fontainebleau, Croissy et Paris, la jeune femme s'était organisé en ces temps troubles une vie aussi agréable que possible. À Croissy, Tallien était toujours un visiteur fidèle et Rose, tout en clamant ses convictions républicaines, le sollicitait pour sauver de la guillotine ceux qui lui étaient chers, comme la veuve du gouverneur de Montmorin. Sur les conseils de son ami, elle avait mis Eugène en apprentissage chez un menuisier de Croissy, tandis que mademoiselle Lannoy apprenait la couture à Hortense. À quelque âge que ce fût, vivre oisif passait pour antirépublicain.

Le soir du trente et un mai, on apprit à Croissy la victoire de Marat et de Robespierre sur les Girondins. Avec eux, c'étaient la terreur et la tyrannie qui allaient prévaloir, il n'y aurait plus de délibérations, plus de tolérance envers les opposants. Les comités allaient remplacer une Convention nationale rendue muette. Aux frontières, les généraux montagnards allaient s'imposer et cette cohésion entre l'armée et le pouvoir arracherait enfin des victoires. Hoche, Pichegru, Kellermann n'avaient qu'un but, qu'une volonté : vaincre au nom de la République une et indivisible.

Quelques jours plus tard, Tallien s'était montré à Croissy et avait tenté de convaincre le petit cercle des amis de Rose que tout était au mieux et que, sous la férule d'hommes forts, la Révolution allait vaincre, le pays s'apaiser. Nul n'avait osé le contredire mais on savait que la presse allait être muselée et que ceux qui seraient soupçonnés de désapprobation seraient impitoyablement éliminés. On avait peur et on ne comptait plus que sur Danton et Camille Desmoulins qui venaient de proposer la création d'un gouvernement d'union républicaine et d'exiger la dissolution des comités révolutionnaires.

Après la chute des Girondins, Lyon, Marseille, Bordeaux s'étaient soulevés. À Bordeaux, la chaleur était étouffante, l'humidité insupportable. Les citoyens, condamnés à dormir la nuit dehors sur leurs matelas, avaient l'esprit prêt à s'échauffer. Divorcée, libre de toute surveillance familiale, Thérésia avait décidé de quitter la demeure de son oncle pour prendre un vaste appartement au premier étage de l'hôtel Franklin, situé sur l'agréable cours du Jardin-Public. L'agitation qui commençait à perturber la vie des Bordelais ne les empêchait point cependant de partir à la campagne ou de se réunir dans leurs beaux jardins privés pour d'agréables soupers en musique. Là, le soulèvement vendéen, pourtant soutenu par la plupart d'entre eux, semblait au bout du monde. Le ton n'était devenu vindicatif et même violent qu'après l'arrestation de leurs députés, condamnés d'avance à la guillotine. La dictature parisienne, clamait-on, était intolérable. Le Conseil général de la Gironde devait prendre les choses en main et montrer à monsieur de Robespierre qu'il ne régnait pas à Bordeaux. L'accueil fait aux deux délégués de la Convention avait été glacial et il avait même fallu les faire protéger par des gardes armés pour éviter qu'ils ne fussent massacrés. On les avait écoutés puis expulsés.

Le dix juillet, Thérésia avait eu la surprise d'apprendre que, ulcéré, Robespierre avait expédié à Bordeaux quatre nouveaux représentants détenant les pleins pouvoirs pour ramener l'ordre. Parmi eux se trouvait Jean-Lambert Tallien. Par prudence, la jeune femme avait décidé de différer leurs retrouvailles. On leur vouait la même haine qu'envers les précédents délégués et quiconque les approcherait serait mis au ban de la société. Thérésia ne pouvait l'envisager. Elle jouissait à Bordeaux d'une excellente réputation et comptait déjà de nombreux amis. Remettre en cause sa position sociale pour Tallien, si séduisant fût-il, était hors de question. Par ailleurs, ostracisés, menacés par la population, les quatre délégués s'étaient repliés dans la commune de La Réole. On craignait un blocus de la ville, des mesures féroces de rétorsion. Ce pressentiment avait été confirmé par la nouvelle de l'arrivée imminente de mille cinq cents hommes de troupe commandés par le général Brune. L'été, qui avait commencé dans la joie de l'indépendance, allait-il se terminer en massacre ?

Les nouvelles en provenance de Paris étaient tout aussi alarmantes. Le dix-sept septembre avait été votée la loi des suspects qui exigerait des nobles ayant des émigrés dans leur parenté un certificat de civisme. Il fallait désormais manifester haut et fort son attachement pour la République, éviter tout propos, tout contact susceptible de faire naître des soupçons par peur d'une arrestation. Les femmes sans exception devaient porter des cocardes tricolores sous peine d'être fouettées en public. Au théâtre, les acteurs devaient aussi orner leurs vêtements de la cocarde et il y avait eu une discussion cocasse au sujet d'un ours qui apparaissait sur la scène dans *Les Chasseurs et la Laitière*, un opéra-comique à succès. Après des palabres sans fin, la décision d'encocarder le plantigrade avait été prise à cinq voix contre trois. En Dordogne, on avait contraint un curé à fixer une cocarde sur le tabernacle de son église et sur les statues des saints.

Bordeaux était en état de siège. Les denrées qui passaient pour superflues avaient vu leur prix multiplié par dix. Des queues interminables se formaient devant les boulangeries et les boucheries. Mais on fréquentait assidûment les débits de boissons où les esprits s'échauffaient. Sans-culottes et Girondins en venaient souvent aux mains et la maréchaussée avait renoncé à intervenir.

Avec stupeur, les Bordelais apprirent un matin au réveil que les soldats commandés par le général Brune avaient ouvert une brèche près de la porte Sainte-Eulalie et étaient entrés sans résistance dans la ville. Où donc étaient les jeunes gens qui la veille paradaient devant le château Trompette ? Tous s'étaient évaporés.

Remontant les rues désertes, passant devant les boutiques closes, la troupe avait investi la ville. De la fenêtre de sa chambre, Thérésia avait eu la surprise de découvrir, juste derrière le général Brune, Jean-Lambert debout dans une calèche tirée par deux chevaux, suivie par quinze cents hommes de troupe et cent cinquante cavaliers. Vêtu d'une redingote de drap bleu ceinturée d'une écharpe tricolore, il portait des plumes à son chapeau et un sabre au baudrier. Mieux valait sans doute ne pas tergiverser davantage et aller le trouver. Elle-même et quelques-unes de ses amies craignaient l'attention qui pouvait se porter sur leurs personnes. Et madame de La Tour du Pin avec laquelle elle était fort bien cherchait à embarquer pour les Îles. Sans appui, ses chances étaient très minces.

D'emblée, Thérésia avait voulu afficher une certaine distance afin de tenir en laisse celui qui à présent était le maître de la ville. Tout d'abord, elle l'avait convoqué à l'hôtel Franklin pour que ce fût lui et non elle qui se déplaçât. Les premières civilités échangées, Thérésia avait aussitôt reproché à Jean-Lambert les massacres qui avaient eu lieu à Tours au cours d'une de ses missions. Il y avait bien eu des exécutions, mais elle était mal renseignée, avait-il rétorqué. De nombreux suspects, en particulier les amis du marquis de Bercy, avaient été sauvés de la mort grâce à son intervention. Messieurs de Fleury, de La Motte-Baracé, de Boucherville, de Rochecotte, des Réaux, tous royalistes notoires, étaient libres aujourd'hui. Comme Thérésia s'inquiétait du sort de Bordeaux, Tallien l'avait rassurée. Il sévirait, certes, mais avec un constant souci de justice. Ignorait-elle les ordres du Comité de salut public ? Il avait reçu la consigne de réduire Bordeaux à un tas de cendres mais ne la suivrait pas. La ville allait passer sous administration militaire et un comité de sept membres serait formé pour juger les aristocrates, les prêtres réfractaires, les fédéralistes et les traîtres. Comme Jean-Lambert souriait en énonçant cette liste, Thérésia s'était apaisée. Mais elle n'ignorait pas que, quelle que soit sa volonté d'infléchir celle de son ami, il y aurait des exécutions. Par tous les moyens, elle devait se protéger et tenter de secourir ses proches. Ils s'étaient quittés gênés, incapables de retrouver la liberté de ton qui était la leur à Paris.

Les têtes tombaient. Le vingt-trois octobre, celle de l'administrateur général de la Marine, le lendemain celle du Girondin Birotteau. Le surlendemain, on exécutait un prêtre réfractaire et le maire de Bordeaux, monsieur de Saige ; le vingt-six, c'était le tour de Marandon, rédacteur du *Courrier de la Gironde*.

La population n'avait pas réagi. Une peur incontrôlable faisait se terrer chez eux les plus irréductibles. Thérésia, quant à elle, recevait avec la même grâce, se vêtait avec plus de recherche encore. Par un miracle que seules les élégantes étaient capables de susciter, des fichus de mousseline, des pierrots, des bonnets de linon brodé étaient parvenus d'Angleterre. Elle avait acheté deux jolis chevaux isabelle et une voiture légère qu'elle avait eu l'audace de faire vernir en rouge framboise. L'intérieur était doublé d'un satin rose pâle. Là, sa beauté brune prenait toute sa valeur et il n'y avait pas une tête qui ne se tournât sur son passage.

Tallien, qu'elle voyait presque quotidiennement, avait apporté des nouvelles de Paris. Rose de Beauharnais s'était installée à Croissy pour se mettre à l'abri de la loi des suspects. Elle y recevait sa société habituelle, Barère, Réal, madame Campan, les Vergennes, un assemblage hétéroclite qu'elle seule était capable de réunir. Barras, qu'elle aimait bien, était à Nice, alors en pleine révolte, où il pouvait malgré tout satisfaire son goût du luxe. Ami jusqu'au bout de Philippe Égalité, duc d'Orléans, il avait mis celui-ci en garde contre ses prétendus amis à l'Assemblée. Son exécution en avril l'avait affecté, même s'il n'en avait rien laissé paraître. Toulon s'était donné aux Anglais avec onze vaisseaux de ligne et Barras songeait à un jeune officier artilleur, un certain Napoléon Bonaparte sorti de l'école royale de Brienne, pour participer à la reprise de la ville. Par madame Panoria Permon, que Désirée Holstein voyait beaucoup et qui était corse, on avait appris que la famille Bonaparte avait fui la Corse dominée par Paoli pour se réfugier à Marseille. Toute une bande de garçons et de filles sans le sou.

Tout en l'écoutant avec attention, Thérésia lui laissait sa main. Les yeux dans ceux de la femme qu'il désirait avec tant d'ardeur, Tallien continuait à deviser. On avait vidé les tombeaux des rois à Saint-Denis et jeté les ossements pêle-mêle dans une fosse. Thérésia voulait qu'il lui parle de l'exécution de la reine mais il y avait peu à dire, affirmait-il. La ci-devant Capet était morte avec courage. C'était une femme vieillie prématurément qui était montée à l'échafaud. Qui aurait pu reconnaître la créature rayonnante qui régnait dans son domaine adoré du Petit Trianon au milieu de ce qu'elle nommait son Cercle enchanté ? Les Polignac, Coigny, Besenval, Dillon, Esterhazy, tant d'autres à ses pieds ?

Avec la fin du mois d'octobre, les pluies étaient venues. Le ciel était gris, bas, la ville plongée dans la tristesse. On venait d'apprendre l'exécution de madame Roland qui avait tout fait pour la cause girondine et le suicide, deux jours plus tard, de son mari. On disait que leur ami Pétion se cachait en Normandie. Et le terrible Fouché était arrivé à Lyon pour noyer dans le sang la révolte des habitants de cette ville. À Bordeaux, Dieu merci, Tallien et ses compères se montraient plus cléments, et après la série d'exécutions d'octobre, personne n'était plus monté à l'échafaud. Les dénonciations cependant étaient nombreuses. On écrivait des billets anonymes pour se débarrasser d'un vieil ennemi, d'un voisin acariâtre, d'une épouse infidèle.

Thérésia se moquait de ces infamies. Qui pouvait lui vouloir du mal ? Elle se dépensait toujours pour madame de La Tour du Pin et pour madame Boyer-Fonfrède, originaire de Saint-Domingue, dont le mari et les deux frères avaient péri sous la guillotine. La jeune femme avait été heureuse de l'héberger à l'hôtel Franklin en attendant que Tallien fasse lever les scellés qu'on avait apposés à son domicile rue du Chapeau-Rouge. La résistance qu'elle opposait à Jean-Lambert allait prendre fin. Il était temps pour elle de consolider sa position à Bordeaux. Et l'homme lui plaisait. Si certains le prétendaient ambitieux, froid et cruel, il n'était que charme et amabilité à son égard. Invitée aux fêtes patriotiques, elle s'y rendait avec grâce. On n'y était pas plus obtus que dans les cercles royalistes et on s'y amusait bien davantage.

Elle devint la maîtresse de Tallien avant un court voyage qu'il devait entreprendre dans le nord du département. Sa sensualité, sa joie de vivre avaient été pleinement satisfaites. Tallien était un bon amant et l'avait amusée. Que pouvait-elle souhaiter de plus ? Quant aux avantages concernant sa vie quotidienne, ils étaient innombrables.

À peine Tallien éloigné, la dénonciation était arrivée au Comité révolutionnaire de Bordeaux : la ci-devant marquise de Fontenay, qui se faisait appeler citoyenne Cabarrus, était accusée d'être une royaliste qui infiltrait les cercles révolutionnaires afin de préparer leur anéantissement. Son charme, son amabilité la rendaient particulièrement dangereuse.

Aucun citoyen digne de ce nom ne pouvait la laisser nuire ainsi à la République.

Il faisait doux quand les commissaires s'étaient présentés à l'hôtel Franklin. Au premier étage, sur le balcon qui longeait l'appartement occupé par Thérésia, fleurissaient les derniers hélianthropes mêlés à des asters violines. Ses fleurs avaient fait l'admiration des Bordelais. Entre les jardinières changées à chaque saison, elle avait fait disposer des orangers en pots qui lui rappelaient son pays. On venait juste de les rentrer et ils avaient été remplacés par des lauriers-cerises qui supportaient bien l'hiver bordelais. Quand on lui avait annoncé brutalement qu'on l'amenait au fort du Hâ transformé en prison, et qu'elle devait rassembler quelques hardes, Thérésia n'avait voulu montrer aucune émotion et d'une voix sereine avait demandé à Frenelle d'empaqueter une robe chaude, deux jupons de flanelle, des bas, un fichu de laine et des bonnets. À aucun moment elle n'avait perdu son optimisme. Tallien la laisserait-il guillotiner ? Frenelle, pour sa part, était plus anxieuse du sort de sa maîtresse. On pouvait la juger le soir même et l'expédier dès le lendemain. Lorsque Tallien regagnerait Bordeaux, le corps de Thérésia pourrirait dans la fosse commune. Afin de conjurer ce pressentiment, elle avait glissé dans le sac de sa maîtresse des biscuits et des noix, de quoi survivre quelques jours dans un endroit qui passait pour sinistre.

Tout d'abord, Thérésia ne vit que les judas qui trouaient les portes alignées le long d'un interminable corridor. Puis elle avait discerné des visages derrière ces ouvertures, des yeux qui la dévisageaient.

Elle aurait voulu reconnaître un regard, la forme d'une bouche, mais on l'entraînait sans ménagement. Combien de malheureux avait-on entassés par cellule ? Avec quelles femmes devrait-elle partager la sienne ? La clé que tenait un de ses gardiens ouvrit une forte serrure et elle fut poussée dans un réduit éclairé par une mince fenêtre qui avait dû être une meurtrière. Un peu de lumière tombait sur un lit de sangles recouvert d'un matelas d'où pendaient des lambeaux de crin. Il y avait aussi dans la cellule une chaise paillée, une table sur laquelle étaient posés une cruche en faïence et un seau.

Il fallut un moment à Thérésia pour laisser ses yeux s'acclimater à la pénombre. La pièce sentait le moisi et l'urine, on discernait des toiles d'araignées, des crottes de souris, des mouches mortes. Un instant, la jeune femme eut l'impression qu'on venait de l'enterrer vivante. Et si Tallien n'avait jamais connaissance de son incarcération ? Si on lui affirmait qu'elle avait quitté Bordeaux pour l'Espagne ?

Elle ne devait pas céder à la panique, il fallait s'installer, attendre. D'abord arranger le lit, y jeter un jupon, couvrir l'oreiller crasseux d'un fichu. Thérésia regrettait de ne pas avoir demandé à Frenelle de joindre une houppelande à ses effets pour lui servir de couverture. Sur la surface de l'eau dans le pot de faïence flottaient des insectes morts. Du seau montait une odeur nauséabonde. La jeune femme soupira. Sa bonne étoile ne l'avait jamais abandonnée. Tôt ou tard, elle allait voir surgir Jean-Lambert. Elle avait vingt ans, elle était belle, rien n'était perdu.

Rose avait décidé de quitter Croissy pour regagner la rue Dominique. À la campagne, on se rongeait les sangs en imaginant le pire. Les nouvelles n'arrivaient qu'avec les visiteurs, qui se faisaient de plus en plus rares. Et le mauvais temps rendant toute promenade impossible, on mourait d'ennui.

En décembre, madame Permon donnait un de ses dîners brillants et bon enfant tout à la fois dont elle avait le secret, et pour rien au monde la jeune femme ne voulait le manquer. Elle ne pensait plus qu'à sa toilette, une robe de soie mordorée bien décolletée avec des manches au coude bordées de dentelle de Venise, une ceinture de satin rose mollement enroulée autour de la taille. Emmery paierait la note. Que signifiait pour un banquier aussi riche une poignée d'assignats de plus ou de moins ? Euphémie et Lavinia remplissaient les malles, le valet avait commandé une voiture, des chevaux. Désirée Holstein souhaitant rester à Croissy quelque temps encore, Rose serait seule rue Dominique avec ses enfants et cette perspective ne lui déplaisait pas. Son rêve était de posséder un jour sa propre maison qu'elle décorerait selon ses goûts, un jardin où elle pourrait faire pousser les plantes et les fleurs qu'elle aimait, une volière, une serre peut-être pour acclimater les végétaux qui l'avaient entourée durant son enfance. Comprenant qu'il allait y avoir du changement, son carlin tant chéri, Fortuné, ne cessait d'aboyer de peur d'être oublié et Rose se plaisait à le tenir dans ses bras comme un bébé. Elle aimait les chiens, les chats, toutes les bêtes en réalité et, sans le ferme réalisme de Désirée, elle aurait eu une ménagerie autour d'elle.

En quelques semaines, Paris avait encore changé. Un nombre de plus en plus grand de boutiques fermées, des gens faméliques, la dégradation des bâtiments donnaient aux rues un aspect d'abandon. Seuls les multiples cabarets et clubs improvisés avaient prospéré. Il n'était plus question de se déplacer en voiture élégante, de faire des effets de toilette, sinon dans l'intimité des demeures. On préparait Noël sans joie et en secret, les fêtes religieuses étant bannies. Corse, très catholique, madame Permon avait pu dénicher un prêtre non assermenté qui viendrait célébrer la messe dans son boudoir pour quelques-uns de ses amis restés attachés à la religion. Rose n'en était pas.

Le dîner de Panoria Permon n'avait pas été aussi gai que les précédents. Rien, dans l'époque qu'on traversait, ne portait à la joie. La comtesse du Barry, à laquelle la vieille noblesse était attachée comme au symbole d'une époque vénérée, avait péri sur l'échafaud en dépit d'une pétition des habitants de Louveciennes qui imploraient la grâce de leur « bonne dame ». Les généraux Marceau, Kléber et Westermann bloquaient Le Mans où s'étaient réfugiés les Vendéens. Le massacre avait été effroyable. Les survivants s'étaient repliés sur Laval puis Saint-Nazaire où avait eu lieu une nouvelle tuerie. Charette et La Rochejaquelein avaient dû battre en retraite sur la rive gauche de la Loire. Près d'Angers, on avait fusillé mille huit cent quatre-vingt-seize détenus, des centaines d'autres avaient été passés par les armes aux

Ponts-de-Cé, tandis qu'à Nantes, Carrier avait noyé cinq mille prisonniers liés les uns aux autres.

Pour donner à son souper un peu de gaîté, Panoria avait évoqué son compatriote, un brillant officier d'artillerie qui, protégé par Barras, avait pu obtenir de rejoindre l'état-major chargé de reprendre Toulon. Il s'y était distingué et on ne parlait que de ce jeune homme ambitieux qu'elle avait connu enfant, quand son père s'opposait à Paoli. Ses exploits lui avaient valu le grade de général, mais Toulon avait beaucoup souffert. En se retirant, les Anglais avaient brûlé l'arsenal, les chantiers navals et les vaisseaux qu'ils ne pouvaient évacuer. Comme des rapaces se jetant sur un animal blessé incapable de se défendre, Barras et Fréron avaient fondu sur la ville. Sans le général Dugommier, qui conservait un peu d'humanité dans le cœur, les Toulonnais qui n'avaient pas été fusillés seraient passés sous le couperet de la guillotine. On parlait même d'en créer une à cinq places pour « expédier » plus vite les condamnés. De trente mille habitants, la population était tombée à sept mille. Bonaparte, quant à lui, avait regagné Marseille où il avait retrouvé ses frères et sœurs. Lucien s'était fait surnommer Brutus et se clamait bon sans-culotte, tandis que l'aîné, Joseph, courtisait Julie, la fille du riche négociant Clary.

Panoria n'avait pas assez de mots flatteurs pour dépeindre Bonaparte qu'elle considérait comme un membre de sa famille. Ce jeune homme irait loin, il faudrait compter avec lui.

Rose écoutait distraitement. Ces jeunes gens ambitieux et faméliques ne l'intéressaient guère. Fort arriviste, Alexandre de Beauharnais possédait au moins quelque fortune. Même si elle n'en avait guère bénéficié, elle jouissait d'un nom et d'un rang dans le monde. Aristocrate quand il le fallait, bonne républicaine lorsque la situation l'exigeait, elle n'avait pour réelle ambition que de survivre aussi bien que possible et d'offrir à ses enfants un avenir convenable. Que signifiait en réalité le mot « vertu » que tous, Robespierre en premier, avaient sur les lèvres ? Fouché, Barras, Fréron, bien d'autres n'obéissaient qu'à celui d'« opportunité ». La vie était ainsi.

Au dessert, une pyramide de fruits exotiques avait fait s'écarquiller les yeux des convives. On avait évoqué la belle Thérésia, ex-marquise de Fontenay redevenue Cabarrus après son divorce. Par amour, Jean-Lambert Tallien l'avait fait libérer de sa geôle bordelaise. On disait qu'il voulait l'épouser. Rose, cette fois, avait prêté l'oreille. Tallien et Thérésia ? Pourquoi pas, après tout ? Celle qu'elle n'avait croisée qu'en quelques occasions à Paris lui paraissait fort désireuse de se tailler une place de choix au soleil. Avec un petit pincement au cœur, elle avait regretté de ne pas être amoureuse. Mais qu'importait ? Au moins évitait-elle, comme lorsqu'elle avait succombé aux charmes d'Alexandre, d'être assujettie et stupide. Par ailleurs, elle ne voulait aucun mal à son mari, elle l'avait aimé, détesté, admiré, mais jamais il ne lui avait été indifférent. Il était en disgrâce à présent et elle ne ménageait pas ses efforts pour intervenir en sa faveur. Ses enfants avaient besoin d'un père respecté, susceptible de les protéger.

Noël rue Dominique, en l'absence de Désirée Holstein et de sa fille qui avait à peu près l'âge d'Hortense, avait été maussade. On avait échangé quelques cadeaux et tenté de partager un repas de fête. Mais Rose n'avait pas la fortune de madame Permon et les denrées un peu délicates coûtaient une fortune. Alexandre, qui avait promis de les rejoindre, avait finalement préféré rester hors de Paris. Il était toujours étroitement surveillé par le Comité de salut public pour avoir perdu Mayence et abandonné l'armée. Rose allait écrire à Vadier, un Jacobin pur et dur qui avait de l'influence. Elle l'avait rencontré deux ou trois fois et, malgré son âge mûr, il lui avait fait un brin de cour.

Le vingt et un janvier, la Convention avait célébré l'anniversaire de l'exécution du roi. Tout bon citoyen était censé participer à la fête, mais, prétextant la froidure, beaucoup étaient restés chez eux. Au pied de la guillotine s'était arrêté un char portant une statue en papier mâché de la déesse de la Raison, traîné par douze bœufs couronnés d'épis. Effrayés par la foule, ceux-ci s'étaient mis à beugler désespérément et ces mugissements lamentables avaient découragé les rares spectateurs. On avait quand même entamé avec enthousiasme *La Marseillaise* lorsque avait surgi une autre charrette, celle-ci amenant vingt condamnés de choix à la guillotine : Lamourette, évêque de Lyon qui avait siégé à l'Assemblée législative, messieurs de Coëtmempré et de Grenadan, deux chouans, un capitaine et un lieutenant de vaisseau qui avaient servi le ci-devant Capet et, pour faire bonne mesure, une pauvre femme qui, la semaine précédente rue du

Faubourg-Antoine, avait crié : « Vive le roi ! » Même les plus endurcis parmi ceux qui étaient venus participer à la cérémonie avaient été révoltés. Ces exécutions n'avaient rien à faire au milieu d'une fête patriotique où on était venu en famille. Le lendemain, Danton avait interpellé Robespierre en pleine assemblée : celui-ci n'avait-il pas senti une pluie de sang tomber sur lui ? Muet, impassible, Robespierre s'était contenté de désigner du doigt la statue de la Liberté qui dominait l'hémicycle. Écœuré, Danton avait quitté l'Assemblée en clamant : « J'en ai assez des hommes ! »

Comme Paris et les grandes villes de France, Bordeaux avait célébré le vingt et un janvier l'anniversaire de la mort du roi, puis l'abolition de l'esclavage. Dans un port tourné vers les Antilles, cette loi n'avait pas été la bienvenue, mais nul n'avait osé manifester son hostilité. Hommes et femmes de couleur s'étaient réunis en habits de fête dans le local du Club national et de là on s'était mis en marche vers le temple de la Raison. Chaque Noir était escorté d'un Blanc. En tête du cortège, à côté de Tallien, le président du Club national et un homme de couleur portaient la *Déclaration des droits de l'homme* dont on fit la lecture sitôt parvenus au temple. Tallien avait ensuite prononcé un discours très applaudi au cours duquel il avait dénoncé la tyrannie, l'esclavage et glorifié la Révolution. Au premier rang des spectateurs, Thérésia vêtue de blanc et de rouge, portant un bonnet de dentelle blanche sur lequel était épinglée la cocarde tricolore, se félicitait d'être la première dame de Bordeaux. C'était à l'hôtel Franklin qu'allait avoir lieu le banquet qui suivrait la cérémonie. Elle y était chez elle et allait jouer le rôle d'hôtesse. Ayant prononcé quelques semaines plus tôt un petit discours fort apprécié sur l'éducation, elle était désormais une figure célèbre. Tout était prêt : le repas, les vins et l'arrivée « inopinée » au dessert de quelques Bordelais venus supplier Tallien d'exprimer à la Convention, en leurs noms à tous, les vœux qu'ils formaient d'être envoyés comme missionnaires dans les colonies pour y apporter, avec le décret, la paix et le bonheur, plairaient aux convives. Après le souper, on donnerait *Paul et Virginie* au Grand Théâtre.

Sachant que la Convention épiait le moindre faux pas de Tallien, Thérésia avait dépensé avec prudence. Pour satisfaire son goût de l'ostentation, celui-ci recevait des fonds secrets payés par de riches Bordelais auxquels on épargnait emprisonnement, procès et sans doute la guillotine. C'était une mesure juste dont Thérésia était fière. Elle avait horreur de la cruauté, du sang versé, et accorder la vie sauve à d'honnêtes gens contre de l'argent lui semblait conforme à la justice. Avec les sommes accumulées, Tallien avait pu construire un hospice pour les vieillards de Sainte-Croix, une école pour les sourds-muets. On savait le rôle qu'elle jouait auprès de Tallien pour limiter le nombre des exécutions, aider les miséreux qui la nommaient « Notre-Dame du Bon-Secours ». C'était pour elle un motif de grande fierté. Mais Tallien se savait espionné, on lui reprochait sa clémence, sa liaison avec une ci-devant marquise qui protégeait les nobles, les financiers, toutes sortes d'accapareurs. Elle le dominait et l'entraînait à des dépenses personnelles que le Comité ne pouvait tolérer. Des rapports dans le sens désiré leur arrivaient du président du Comité de surveillance, Peyraud d'Herval, que Tallien et son confrère Isabeau étaient bien décidés à éliminer. Le cinq février 1794, la chose était faite. Le Comité révolutionnaire, devenu la terreur du département, car il se permettait les actes les plus arbitraires, les vols les plus éhontés, les humiliations les plus inacceptables envers les prisonniers, était dissous. Tallien et Isabeau ne doutaient pas que la Convention nationale ne puisse les approuver. Mais celle-ci n'ayant pas fait connaître aussitôt sa position sur cette « lutte de palais », Tallien comme Thérésia restaient inquiets.

Ce fut le Comité de salut public qui riposta. Un blâme sévère condamnait le « modérantisme » de Tallien et d'Isabeau et ordonnait la remise en place d'un Comité de surveillance.

Thérésia n'avait formulé aucune objection lorsque Jean-Lambert avait décidé de se rendre à Paris pour se justifier. Afin de dédramatiser la situation, elle-même resterait à Bordeaux, y menant son existence habituelle. Hormis une poignée de pisse-vinaigre, elle ne pensait pas avoir de sérieux ennemis. Tant de familles lui devaient la vie d'un des leurs ! Madame de La Tour du Pin était partie saine et sauve pour les Îles, de nombreux passeports avaient été délivrés par Tallien à des aristocrates et le général Brune, qui restait à Bordeaux, ne lui cachait pas qu'il se considérait comme son protecteur avant d'espérer devenir son amant. Et « Blondinet » de Saint-Fargeau, le frère de Louis-Michel assassiné au lendemain de l'exécution du roi, avait fait en Gironde une apparition soudaine, suscitant la vive jalousie de Tallien qui n'ignorait pas la relation passionnée qu'avaient eue les deux jeunes gens et connaissait la sensualité de Thérésia. Cette femme était à lui, il voulait l'épouser, avoir des enfants d'elle.

De surcroît, la personnalité de celui qui le remplaçait comme commissaire de la République le préoccupait. Marc-Antoine Jullien n'avait que vingt ans et se croyait missionné par l'Être suprême en personne. Bourré d'illusions, de partis pris, d'idées toutes faites, il risquait de faire régner la terreur à Bordeaux. Thérésia aurait-elle à pâtir de ses excès, même si elle se montrait une patriote sans reproches ? Avec attendrissement, Tallien se souvenait des quelques interventions de sa maîtresse dans les clubs, de ses petits discours simples et bien tournés. Le jour où elle avait parlé de l'éducation, elle portait un habit d'amazone en casimir gros bleu avec des boutons jaunes, un collet et des parements de velours rouge. Ses beaux cheveux coiffés « à la Titus » bouclaient autour de sa tête. Un peu de côté, elle y avait planté un bonnet de velours écarlate bordé de castor. Avec sa morale inflexible, Jullien pouvait trouver ses interventions hors de propos et chercher à la faire taire. Et à travers Thérésia, ne serait-ce pas lui qui serait visé ?

Sitôt à Orléans, Tallien avait écrit à sa maîtresse. Il était inquiet, elle devait se tenir sur ses gardes et être prête, le cas échéant, à quitter Bordeaux.

Thérésia avait haussé les épaules. Qui pouvait lui vouloir du mal ? Elle était estimée dans la ville, les personnes âgées lui étaient reconnaissantes de la bonne influence qu'elle avait sur Tallien. Si on avait tenté récemment d'assassiner celui-ci, n'était-ce pas parce qu'il contrariait les plans des sans-culottes ? Elle émerveillait les jeunes par ses trouvailles vestimentaires, ses coiffures « à la romaine », sa voiture laquée de rouge, ses chevaux isabelle dont les crinières nattées étaient mêlées de rubans vermillon.

La jeune femme, cependant, ne pouvait s'empêcher d'envier Jean-Lambert d'être bientôt à Paris. En dépit de ce qu'elle savait : la hausse constante des prix, la misère, la peur permanente d'être dénoncé par un voisin malveillant, un fou, un jaloux, un ambitieux voulant se frayer une place dans les allées du pouvoir, la vie y était sans pareille. Elle y comptait des amis et d'autres qui pourraient le devenir, comme Rose de Beauharnais, si énergique malgré sa langueur créole. Thérésia avait envie de mieux connaître cette femme de dix ans son aînée, comme elle séparée d'un mauvais mari qui l'avait humiliée.

Et sans Tallien, elle n'était plus la reine de Bordeaux. Certes, on recherchait sa compagnie, mais le nouveau commissaire se montrant insensible à son charme, elle n'avait plus grand pouvoir. Fort heureusement, le général Brune était encore en Gironde et, habitué de l'hôtel Franklin, y attirait des Jacobins de bonne compagnie, eux-mêmes fort critiques à propos du petit Jullien qui échafaudait ses théories rigides au milieu d'un cénacle d'autant plus dangereux qu'il était restreint et fanatisé.

Mars, comme chaque année ou presque, avait été pluvieux à Bordeaux. Thérésia y avait appris plusieurs nouvelles d'importance. Tallien était bien arrivé à Paris et s'était justifié avec éclat. Il avait même su faire taire l'hostilité de Robespierre, être réadmis au Comité de sûreté générale et se faire nommer président de la Convention pour le terme légal de deux semaines établi par la loi. La jeune femme revoyait cette salle dont son amant occupait le pupitre de président, une sorte de théâtre de quarante mètres de longueur sur environ onze mètres de largeur, haute et plate comme un tiroir, avec sur un côté un demi-cirque où étaient assis les représentants. Devant la tribune, un buste du frère de son ex-amant Le Peletier de Saint-Fargeau et le fauteuil du président encadré des statues de Socrate et de Lycurgue. Sur la table, contrebutée par quatre monstres ailés à un seul pied, s'alignaient une cloche, un encrier dans lequel trempait une plume d'oie, un gros livre in-folio où l'on inscrivait les procès-verbaux. Le tout était solennel, sinistre, à l'instar de beaucoup de révolutionnaires. Une autre nouvelle avait frappé Thérésia : l'arrestation d'Alexandre de Beauharnais, jugé coupable d'avoir abandonné le siège de Mayence et laissé la ville aux Prussiens. Il avait été incarcéré aux Carmes, rue de Vaugirard. Rose devait être aux cent coups. Dans les temps troubles qu'ils vivaient, une arrestation signifiait trop souvent un arrêt de mort.

Le soir même, lors d'un souper chez Brune, Thérésia allait exposer son projet d'exploiter une ancienne fabrique de salpêtre pour produire de la poudre à canon et le succès qu'elle prévoyait la réconforterait. Dans cet atelier seraient embauchés des Bordelais dont le patriotisme jugé trop tiède avait besoin d'être affermi.

Avec l'arrivée de Jullien, la guillotine était de retour sur la place Nationale. Il fallait agir vite. Étant le frère d'un héros de la Révolution, « Blondinet », qu'elle voyait fort souvent, lui rendait mille services dont elle le remerciait par de petites privautés. Joseph Bidos, son valet qui l'avait suivie d'Espagne, ainsi que Frenelle l'aidaient à cacher passeports et faux papiers et elle pouvait continuer à secourir ceux qui venaient se jeter à ses pieds. Les soutenir était une question de cœur mais aussi d'orgueil. Elle adorait manipuler les esprits et les cœurs, être admirée, recherchée, aimée. Son surnom de « Notre-Dame du Bon-Secours » lui plaisait infiniment.

Dès qu'elle avait su son ami Tallien rentré en grâce et président de l'Assemblée constituante, Rose avait décidé de quitter Croissy pour revenir à Paris afin de le presser d'intercéder en faveur d'Alexandre. La guillotine ne cessait de fonctionner. Maints Cordeliers, dont Hébert, avaient été exécutés et on venait d'apprendre le suicide de Condorcet dans sa prison de Bourg-la-Reine. Le prince de Salm, son cher ami, était lui aussi emprisonné aux Carmes avec madame de Lameth. Tout autant que d'Alexandre, elle se souciait d'eux. Savoir des personnes de cette qualité dans ce lieu sinistre était insupportable.

Dans un court billet, Tallien avait supplié Rose de rester à Croissy. Ignorait-elle la loi des suspects qui interdisait aux aristocrates de regagner la capitale ? Pour Alexandre de Beauharnais, le prince de Salm, il allait faire de son mieux, mais il n'était pas assez bien vu de Robespierre pour être sûr de réussir. Et les actes d'accusation contre ces prévenus étaient graves. Les connaissait-elle seulement ? Elle devait songer à ses enfants et se tenir tranquille. Mais Rose n'avait rien à faire de tels conseils. Elle avait dans la capitale beaucoup d'amis qui seraient prêts à la soutenir.

La jeune femme débarqua rue Dominique avec Eugène, Hortense, Euphémie, Lavinia et son valet pour apprendre l'arrestation de Danton, de Lacroix et de Fabre d'Églantine. L'atmosphère était lourde, angoissée. Craignant des émeutes, beaucoup de boutiques avaient préféré fermer ; Danton avait des amis fidèles, des alliés politiques et l'homme lui-même ne se laisserait pas traiter comme un mouton. Grand, athlétique, le visage léonin, redoutable tribun, il allait défier Robespierre jusqu'au pied de l'échafaud.

Chaque jour, Rose lisait *La Gazette* pour suivre les procès de ceux qui avaient été l'âme de la Révolution. La défense acharnée qu'ils opposaient au tribunal avait paniqué Robespierre. Le procès allait être clos et tous les accusés envoyés promptement à la guillotine.

Quoique le moment n'y fût guère favorable, Rose était décidée à frapper à toutes les portes en faveur d'Alexandre et de ses amis. Réal avait encore du pouvoir ainsi que les banquiers Emmery et Récamier. Juliette, la femme de ce dernier, avait un cœur d'or, elle la soutiendrait certainement.

Au Comité de salut public, outre Tallien, elle avait de bonnes relations avec Barère. S'il le fallait, elle irait voir Charlotte, la sœur de Maximilien de Robespierre, avec laquelle autrefois elle avait entretenu des liens d'amitié, mais on la disait en froid avec son frère.

Chaque matin, Euphémie lui tirait les cartes, décrétant la journée favorable ou non. Rose en tenait compte. Depuis sa petite enfance, elle croyait en toutes sortes de pouvoirs occultes, craignait les jeteurs de sorts, se fiait aux bons ou mauvais présages. Et l'annonce de l'arrestation de sa belle-sœur Françoise de Beauharnais, revenue à Paris pour sauver ce qui restait de la fortune familiale et éviter la saisie de leur hôtel, était tombée sur elle comme la foudre. Elle n'avait jamais été très proche du frère d'Alexandre et de sa femme, mais les liens familiaux étaient sacrés. Elle ne pouvait l'abandonner.

Chaque jour, elle entendait au loin passer les charrettes menant les condamnés à l'échafaud. Certains, disait-on, étaient résignés, d'autres pleuraient ou priaient, mais il n'y avait nul cri, nulle agitation. Innocents ou non, tous mouraient avec la même dignité.

Sa lettre expédiée à Vadier, président du Comité de sûreté générale, était restée sans réponse.

> « Alexandre, avait-elle tracé d'une écriture élégante, n'a jamais dévié de ses principes : il a constamment marché sur la ligne. S'il n'était pas républicain, il n'aurait ni mon estime ni mon amitié. Je suis américaine, Citoyen, et ne connais que lui de sa famille et s'il m'eût été permis de te

voir, tu serais revenu de tes doutes. Mon ménage est un ménage républicain. Avant la révolution, mes enfants n'étaient pas distingués des sans-culottes… Adieu, estimable citoyen, tu as ma confiance entière.

Citoyenne Beauharnais. »

Avec les jours qui passaient, Rose s'affolait. Quelle sonnette pouvait-elle encore tirer ? Tallien n'avait pas le pouvoir de faire élargir Alexandre. En réalité, seuls Robespierre, Saint-Just et Fréron pouvaient signer le décret, mais le feraient-ils ?

Ce dont la jeune femme ne se doutait pas, c'était que ses incessantes sollicitations et pétitions avaient attiré sur elle l'attention du Comité de salut public. Rose de Beauharnais était une ci-devant vicomtesse qui avait enfreint la loi des suspects en s'installant à Paris en aristocrate avec trois serviteurs dont deux Noires et une gouvernante. Pour qui se prenait-elle ? On venait d'exécuter Lucile Desmoulins, une femme qui n'avait jamais fricoté avec les ci-devant nobles, et la veuve Hébert, une vraie matrone qui avait pour seul tort de rester fidèle à la mémoire de son mari. Il fallait incarcérer cette Américaine et perquisitionner à son domicile pour réunir des preuves à charge.

Rose dormait lorsque les citoyens Georges et Élie Lafoste s'étaient présentés au 253, rue Dominique. L'aube en ce jour d'avril pointait et une lumière rosée tamisait les légers nuages. La chambre de la jeune femme, gris tourterelle et bleu myosotis, ressemblait à un écrin. Là, Rose avait rassemblé les quelques meubles, les objets qu'elle aimait, des portraits de famille, des aquarelles de ses enfants. Fortuné, qui dormait aux pieds de sa maîtresse, avait grondé dès le premier coup frappé à la porte. Vêtue d'un peignoir, Euphémie s'était hâtée d'ouvrir. La jeune Martiniquaise avait aussitôt compris. Elle allait empaqueter quelques effets et se garder d'éveiller Eugène et Hortense profondément endormis.

Rose était partie sans se retourner. À mademoiselle Lannoy, elle avait confié ses enfants et la maisonnée. Rien n'était très clair encore dans son esprit. Faisait-elle un cauchemar ? Derrière la rue de Grenelle le soleil se levait, ce serait une belle journée. Dans le jardin allaient éclore les gentianes, les myosotis et les tulipes panachées qu'elle avait fait planter à l'automne. Bientôt le couple de rouges-gorges qui venait nicher chaque année dans le trou du tronc du vieil acacia entasserait duvet et brindilles. Fortuné pourchasserait les chats des voisins, le gros Gaspard en particulier, un matou noir et blanc qui le bravait. Des maraîchers passaient, tirant leurs charrettes pleines de choux et de carottes, légumes de pauvres que les Parisiens étaient heureux d'acheter hors de prix. Des coqs chantaient.

Quelques jours après que les portes de la prison des Carmes se furent refermées sur la jeune femme, un décret paraissait à Bordeaux, interdisant aux ci-devant aristocrates de résider dans les villes portuaires de la France. Étonnée, contrariée, Thérésia avait pris la décision de quitter la ville. Tallien lui manquait, elle allait lui faire la surprise de le retrouver à Paris. Divorcée, elle n'était plus marquise. Qui pourrait vouloir du mal à une jolie femme, une bonne citoyenne amoureuse d'un Jacobin estimé de tous ? Elle partait avec Frenelle, Joseph Bidos et Jean Guéry, un jeune homme de quatorze ans, fils d'un ami qui voulait l'envoyer dans la capitale. Son propre enfant resterait à Bordeaux. Le petit garçon ressemblait de plus en plus à Le Peletier de Saint-Fargeau, mais elle avait laissé derrière elle « Blondinet », sans état d'âme. Il appartenait au passé. Son avenir l'attendait à Paris.

Les prisons de la Terreur

Après deux jours passés aux Ursulines, où on avait attendu en vain qu'une condamnée libère une place, Rose avait été transférée à la prison des Carmes. Tout y rappelait le massacre des religieux. Du sang tachait les murs, marques brunes des mains qui avaient voulu y prendre un dernier soutien et des sabres qu'on y avait appuyés. Précédée d'un perron, la bâtisse de pierre donnait sur un beau jardin, lieu de promenade et de prières pour les religieux assassinés le deux septembre 1792. En silence, deux gardiens avaient conduit Rose dans le réduit qu'elle allait occuper. Comme il était tard dans l'après-midi, les détenues étaient revenues du jardin et, avec une immense surprise, Rose découvrit mesdames de Custine, Grace Elliott, une Anglaise qui avait été la maîtresse du duc d'Orléans, madame de Lameth, la duchesse d'Aiguillon et bien d'autres visages croisés au hasard des salons parisiens. Sans les murs gris, les paillasses et l'odeur d'urine, elle se serait crue à Penthemont aux heures heureuses où elle avait découvert la liberté et le « ton » du grand monde. On l'accueillit avec effusion, certaines l'embrassèrent. Elle devait poser son balluchon, s'installer, l'heure du souper allait bientôt sonner. Celui-ci était pris en commun avec les hommes et, outre son mari, leur amie allait y retrouver maints visages familiers.

Ahurie, Rose s'était laissé entraîner. Elle avait découvert assis autour de la table Alexandre, qui s'était levé pour la serrer dans ses bras, le prince de Salm, le chevalier de Champcenetz, le duc de Rohan-Montbazon, d'autres encore en chemise, sans cravate, barbus, jambes et pieds nus dans des chaussures avachies, mais tous ayant conservé leurs manières affables, l'élégance de leur conversation. Fêtée, complimentée, Rose, tout étourdie, s'était assise entre Alexandre et Delphine de Custine, sans comprendre qu'elle séparait deux amants passionnés. Blonde avec des yeux clairs, une bouche bien dessinée, un gracieux port de tête, Delphine était ravissante. Occupant le lit voisin de Rose, elle l'avait aidée à tendre les draps de grossière toile grise, à tirer une couverture de laine malodorante. En quelques mots, elle lui avait révélé les difficultés de la vie quotidienne : latrines puantes, insectes innombrables qui la nuit venaient les harceler, rats attirés par les moindres miettes. Il ne fallait conserver dans le dortoir aucun aliment. Mrs Elliott, avec laquelle elles partageaient leur cellule, était fort aimable, très propre. Elles étaient les rares prisonnières à balayer leur réduit, à tenter de le tenir aussi accueillant que possible, une tâche difficile qui rebutait les autres. En bonne Britannique, Grace Elliott avait même pu, avec la complicité de quelques gardiens compatissants, ramener du jardin une touffe de pensées violines qu'elle avait mises en terre dans une cruche de toilette fendue. Les fleurs, qui avaient bien repris, leur apportaient le sentiment fragile et fugitif de faire encore partie du monde.

Le mari de Delphine, Adam de Custine, venait d'être guillotiné, et celle-ci n'avait pas caché à Rose sa passion pour Alexandre. D'ailleurs, avait-elle expliqué le souffle court, la proximité de la mort donnait une si furieuse envie de vivre que les liens amoureux étaient innombrables aux Carmes, comme sans doute dans les autres prisons. Les détenus se retrouvaient en cachette et en hâte au fond d'un couloir, dans un abri de jardin, dans une cellule laissée intentionnellement vide par ses occupants, pour s'aimer avec passion, avant le fatal appel qui les conduirait d'abord à la Conciergerie où ils entendraient la sentence de mort les livrant à la guillotine.

Avec surprise et chagrin, Rose avait vu arriver aux Carmes, dès le lendemain de son incarcération, sa vieille amie Désirée Holstein, sa fille âgée de quinze ans et son mari Henri de Croiseuil qu'on avait, hélas, aussitôt dirigé vers le Châtelet. La voix étouffée par les larmes, aucune des trois femmes n'avait été capable de se parler. Mais aux Carmes, le désespoir était vite banni. Messieurs de Robespierre, Saint-Just et consorts pouvaient les emprisonner, les envoyer à la mort, ils ne livreraient jamais leurs prisonniers à la détresse. Dans l'infortune même, il s'agissait de montrer que, bien nés et éduqués, ils leur restaient supérieurs. Ni Grace Elliott ni Delphine de Custine n'ayant d'enfants, Rose n'osait évoquer trop souvent Eugène et Hortense dont le sort la tourmentait. Mademoiselle Lannoy était certes irréprochable, mais sans argent, qu'allaient-ils devenir rue Dominique ? Elle ne mettait ses espoirs que dans Réal et Tallien pour les protéger. Ceux-ci, elle en était sûre, ne failliraient pas. La passion réciproque de Delphine et d'Alexandre ne lui causait nulle jalousie. Depuis longtemps son mari n'était plus qu'un ami et elle se réjouissait même qu'il puisse jouir de cette consolation. Fille du comte et de la comtesse de Sabran, Delphine avait passé longtemps pour maladivement timide et craintive. Aujourd'hui, dans cette infecte prison, loin des charmes de Versailles qu'elle avait connus si jeune, elle était sereine et même radieuse. Dans sa bouche, Alexandre était paré de toutes les qualités et, en son for intérieur, Rose pensait qu'elle avait connu un homme tout à fait différent.

Comme tous les prisonniers, Rose avait été surprise par la facilité avec laquelle on s'adaptait à cette vie lamentable, aux repas infects, aux odeurs putrides, aux poux, aux puces et aux rats. Entre personnes de bonne compagnie, on passait le temps à se promener, à deviser, à jouer aux dés ou aux cartes, à s'aimer. Rose avait vite remarqué le général Lazare Hoche, un bel homme âgé de vingt-cinq ans qui lui-même ne semblait pas insensible à son charme. Elle le savait marié, mais qu'importait, aux Carmes ? Le monde extérieur était si éloigné, si étranger. Qu'il soit fils de palefrenier était oublié en faveur de sa brillante carrière. Général de brigade puis de division, on l'avait jeté en prison pour trahison à l'armée du Rhin-et-Moselle qu'il commandait, en réalité à cause de la haine qu'il avait suscitée chez Robespierre en tant que membre des Cordeliers. Athlétique, d'une beauté un peu lourde mais très sensuelle, il avait aussitôt remarqué la fragile créole qui restait élégante dans sa simple robe de coton et son fichu de tarlatane. Il aimait la façon dont elle nouait un mouchoir autour de sa tête, sa démarche indolente, sa voix mélodieuse aux accents chantants. L'attirance étant réciproque, Rose n'avait pas longtemps tergiversé. Ce bel homme lui permettait des moments voluptueux rendus plus nécessaires encore par le spectacle des passions qui l'entouraient. La première rencontre en tête à tête avait eu lieu dans sa cellule libérée avec grâce par Mrs Elliott, Delphine étant à ce moment-là entre les bras d'Alexandre. Après ses étreintes utilitaires d'autrefois, Rose avait été subjuguée. Séparée des siens, au seuil de la mort peut-être, elle découvrait un monde de plaisirs qui faisait tout oublier.

Et pour comble de bonheur, la bonne mademoiselle Lannoy avait trouvé un moyen pour lui faire parvenir de courts billets. À l'heure de la promenade, elle lâchait son carlin Fortuné par une trouée dans le mur qui cernait le jardin, un message soigneusement plié et glissé sous son collier. Le chien filait rejoindre sa maîtresse avec de grands jappements de joie. Attendris, les gardiens laissaient volontiers la jeune femme le caresser avant de réexpédier l'animal d'où il venait. Ainsi, Rose lisait de petits mots de ses enfants, les savait en bonne santé. Jean-Lambert Tallien venait souvent les voir avec des friandises et s'efforçait de trouver des solutions aux problèmes de toutes sortes que rencontrait leur gouvernante. Nul ne les inquiétait rue Dominique. Mais l'absence de Désirée Holstein et sa fille, de leur chère maman surtout leur pesait. Quand pourraient-ils la revoir ? Serait-il possible d'obtenir un droit de visite ? Cette demande ayant rencontré un refus catégorique, une issue avait été trouvée par Alexandre. Quelques fenêtres de la maison des Carmes donnaient rue de Sèvres. En face de la prison s'élevait un immeuble modeste, occupé principalement par des employés subalternes de la Ville de Paris, balayeurs, jardiniers, petits fonctionnaires. Payée avec générosité, une des locataires avait accepté d'ouvrir sa porte à Eugène et à Hortense pour qu'ils se placent devant une des fenêtres. En face, Alexandre et Rose avaient pu leur envoyer des baisers. Le moment était si intense, si heureux qu'Hortense n'avait pu s'empêcher de les appeler. Alerté, un garde avait levé la tête et on avait promptement évacué les enfants. Pour la première fois depuis des mois, Rose et Alexandre étaient tombés dans les bras l'un de l'autre.

Quelques nouvelles parvenaient aux Carmes de l'extérieur. On avait transféré la guillotine à la barrière du Trône, désormais appelée « barrière du Trône renversé ». Vingt-sept fermiers généraux et le grand chimiste Lavoisier avaient été exécutés. On se moquait de l'Incorruptible, certains imitaient ses tics, son port de tête, la façon qu'il avait de pincer les lèvres. Tout le monde riait à gorge déployée, c'était une nécessité dans la tension des jours, le drame de ces vies brutalement interrompues. Alexandre écrivait des lettres tendres à ses enfants auxquelles Rose ajoutait quelques lignes, elles aussi pleines d'affection. Ces liens avec la famille étaient essentiels pour supporter l'appel matinal. Indifférent, un garde posté au bas de l'escalier de pierre lisait les noms de ceux qui allaient être transférés à la Conciergerie puis à la guillotine. Groupés à chaque étage, les prisonniers guettaient. Ceux qui entendaient leur nom serraient des mains d'amis, enlaçaient un être cher, descendaient les marches et se livraient avec panache aux porteurs des ordres de Fouquier-Tinville. Les ducs, les marquises partaient côte à côte avec des domestiques comme Lecoq, valet de Roland, coupable d'avoir porté un cahier de musique à sa femme, un autre nommé Pascal, postillon du ci-devant duc du Châtelet, le dentiste Advenal, fautif pour avoir soigné le prince de Lambesc et le maréchal de Broglie, quelques habitants de Pamiers, en Ariège, que leur compatriote Vadier, le grand pontife du Comité de sûreté générale, avait recommandés par ces mots à Fouquier-Tinville : « Ce serait une grande calamité publique s'il en échappait un seul au glaive de la Loi. » On tuait par fournées, sans motif réel et le bruit de possibles massacres comme en septembre 1792 glaçait les prisonniers les plus courageux.

L'apparente nonchalance, le sourire de Rose frappaient le soldat qu'était Lazare Hoche. Cette femme avait un caractère qui lui permettait de traverser avec la même égalité d'humeur les bons ou les mauvais moments. Les joies de l'amitié, de la conversation semblaient compenser son désespoir d'être séparée de ses enfants. Le petit corps souple de cette créole, sa naissance aristocratique comblaient sa sensualité et son orgueil. Bien que sincèrement amoureux de sa très jeune femme, souffrant de la savoir seule, il était enivré par Rose, ses caresses, une science innée de l'amour.

Fin mai, on avait appris l'exécution de Madame Élisabeth, la sœur du roi. Monsieur de Soyecourt, un homme fort respecté, père d'une carmélite, dont la femme venait de mourir à Sainte-Pélagie où végétaient encore sa mère et sa sœur, avait prononcé une courte homélie. Chacun avait eu les larmes aux yeux. Qui demeurait encore au Temple ? Madame Royale et le Dauphin, disait-on, mais nul n'en était sûr. Rien ne transpirait des murs de la sinistre prison.

Le ventre de la fille de Désirée Holstein, qui venait d'avoir quinze ans, s'arrondissait. Grâce à des ruses qui tenaient du miracle, quelques dames avaient pu se procurer des aiguilles, de la laine et tricotaient des brassières, des bas. Mais la future maman semblait elle-même se réfugier dans l'enfance, jamais elle n'évoquait son bébé à naître et se plaisait à jouer dans le jardin à chat perché, à cache-cache avec les plus jeunes détenues. La voir ainsi fuir la réalité fendait le cœur.

De temps à autre, Tallien parvenait à faire passer un billet à Rose. Ses enfants se portaient bien et il veillait sur eux autant que le lui permettait une situation politique très menacée. Fouché, Babeuf cherchaient à l'abattre, mais il saurait se défendre.

Aux Carmes, ces luttes intestines au sein des Jacobins semblaient faire partie d'un autre monde. Et cependant le sort de chacun dépendait de Robespierre, le *deus ex machina* qui envoyait à la mort qui il voulait, quand il le voulait. Pour mieux rester seul maître à bord de son navire devenu fou, il avait fait supprimer toute garantie judiciaire aux accusés : interdiction d'avoir recours à un avocat, de se défendre soi-même ou de produire un témoin à décharge. À ses yeux les prisonniers n'existaient déjà plus. Par ailleurs, d'autres idées lui occupaient l'esprit, celle en particulier de célébrer en juin la fête de l'Être suprême qui se devait d'être inoubliable. Les prisonniers avaient écouté le récit enthousiaste des gardiens avec tout le sérieux possible. Un seul sourire garantissait le couperet. Cette fête, ce qu'elle représentait « faisait devancer, aux yeux de l'ancien avocat d'Arras, de deux mille ans le reste de l'espèce humaine ». Les Parisiens étaient bien fiers, en effet, en ce matin de prairial[1] où allaient défiler les dieux politiques, Fouché compris, devenu contre l'avis de Robespierre président des Jacobins.

À la tête des députés, l'Incorruptible avait quitté les Tuileries pour se rendre au milieu d'une foule immense au Champ-de-Mars, vêtu de bleu céleste, ceint d'une écharpe tricolore, tenant à la main fleurs et épis de maïs. Derrière lui, le cortège progressait au milieu des vivats de la foule. Un orchestre militaire fermait la marche avec ses flûtes, ses tambours et ses cymbales qui soulevaient chez tous des ardeurs patriotiques. Au Champ-de-Mars, devant la statue en carton de la Sagesse, il avait mis le feu à des mannequins baptisés Athéisme, Ambition, Égoïsme et Fausse Simplicité. Dans le crépitement des flammes,

1. Juin.

il avait semblé au peuple voir un de ces prêtres antiques dont les images illustraient les livres proposés aux enfants, ou même Moïse en personne montrant aux Hébreux le chemin de la Terre promise. Il avait été follement applaudi. Mais la joie populaire avait atteint son paroxysme quand Robespierre avait pris la tête du cortège de retour qu'ouvrait un char traîné par des bœufs aux cornes peintes en or. Les canons avaient tonné, provoquant un instant de panique chez les paisibles bovidés. Les soldats avaient déchargé leurs fusils vers le ciel et tout le monde avait hurlé : « Vive la République ! »

Du coin de l'œil, les narrateurs, tout échauffés par tant de gloire, observaient le misérable troupeau placé sous leur garde. Le Tribunal révolutionnaire, on venait de l'apprendre, allait désormais envoyer les condamnés à « la Veuve » par six ou sept charrettes à la fois. Un terrain avait été acheté dans le quartier de Picpus, voisin de la barrière du Trône renversé, afin d'y ouvrir une fosse commune. Comme il commençait à faire chaud et que l'odeur du sang empestait, il fallait faire vite, entasser les cadavres dépouillés de leurs vêtements dans des tombereaux et déverser sur eux de la chaux vive. La République ne voulait pas incommoder ses patriotes.

Chaque jour, la liste de ceux qui allaient quitter les Carmes pour la mort était un peu plus longue. Alexandre de Beauharnais ne se faisait plus d'illusions. Son nom serait prononcé demain, après-demain ou le jour suivant. Il avait écrit à Delphine, à Rose, à ses enfants. Des lettres passionnées pour sa maîtresse, amicales pour sa femme, très tendres pour

Eugène et Hortense. À Delphine, il laissait sa bague arabe et une mèche de ses cheveux. Fortuné avait pu lui apporter un ultime message d'Eugène et d'Hortense qui venaient d'adresser une requête au Comité de sûreté générale afin qu'on libère leur papa et leur maman innocents.

L'appel du nom d'Alexandre de Beauharnais eut lieu en effet dans les jours qui suivirent ses ultimes dispositions. Il serra Delphine une dernière fois entre ses bras mais ne vit pas Rose dont il craignait les larmes et les pâmoisons.

Le cinq thermidor[1], Alexandre, ci-devant vicomte de Beauharnais, montait sur l'échafaud avec le prince de Salm, une poignée de domestiques et de petits commerçants, le prince de Rohan-Montbazon, le chevalier de Champcenetz et le marquis d'Arcy. Rose pleura beaucoup, avant de trouver un peu de consolation entre les bras de Lazare Hoche. Un court instant lui vint à l'esprit que, si celui-ci divorçait de sa très jeune femme, il pourrait l'épouser. Grâce à l'influence de ses amis, Hoche allait être élargi, chacun l'affirmait et il avait un brillant avenir devant lui.

Fin mai, après un voyage sans histoires, Thérésia s'était arrêtée dans sa vieille demeure de Fontenay-aux-Roses. À Blois, elle avait pu faire la connaissance d'un charmant jeune homme, le comte Joseph de Caraman, qui avait exprimé avec chaleur le vœu de

1. Vingt-trois juillet (1794).

la revoir. Mais en ces temps troublés, pouvait-on faire ce genre de promesse ?

Sitôt installée tant bien que mal dans le château abandonné qui avait connu de meilleurs jours, la jeune femme avait écrit à Tallien pour lui demander de venir la retrouver au plus vite. Elle ne doutait pas que, dès le lendemain, il accourrait. Avant l'heure du souper, Jean-Lambert sautait en effet à bas de son cheval et la prenait dans ses bras, l'enlevait, l'amenait dans sa chambre, la jetait sur le lit.

Le lendemain, avant que Tallien ne regagne Paris, ils eurent le temps de converser longuement. Les scellés avaient été posés sur la porte de son hôtel de l'île Saint-Louis et Thérésia ne pourrait y loger. Le mobilier avait dû être pillé car la maison était vide. Sans broncher, elle avait appris ces mauvaises nouvelles. Manifestement le destin voulait qu'elle tourne une page, la marquise de Fontenay n'existait plus. Elle allait demeurer à Fontenay le temps que son amant lui trouve un logement décent. Il avait proposé qu'elle emménage chez sa mère, rue de la Perle, mais c'était hors de question. Madame Tallien et elle n'avaient rien en commun. Et sa liberté depuis son divorce lui était devenue si chère qu'elle n'était pas prête à y renoncer. Lorsque Jean-Lambert lui aurait trouvé un toit, elle ferait venir ceux qu'elle avait laissés derrière elle à Bordeaux et verrait quelle vie elle pourrait mener. Se mêler de politique était dangereux, le sort de la pauvre Olympe de Gouges, qui avait voulu proclamer les droits de la femme et de la citoyenne, en était un exemple frappant, mais l'influence qu'elle pouvait exercer en sous-main n'était pas négligeable. Hormis Robespierre qui haïssait tout ce que sa féminité représentait, elle pouvait amadouer sans peine des hommes importants.

Tallien était reparti moins optimiste que sa maîtresse. Il craignait qu'elle ne fût espionnée par le Comité de sûreté générale et que Robespierre s'apprêtât à signer son ordre d'arrestation. À travers Thérésia, c'était lui, Tallien, l'homme à succès qui avait du cœur et le sens de la justice, qu'il frapperait. Lui-même n'ignorait pas qu'il était surveillé et sa visite à Thérésia serait rapportée à l'Incorruptible avant même son retour à Paris.

Le vingt-deux mai, Robespierre, dans une séance du Comité de salut public, avait rédigé l'ordre d'arrestation de « la nommée Cabarrus, fille d'un banquier espagnol et femme d'un nommé Fontenay, ex-conseiller au Parlement de Paris » qui impliquait une mise sous écrou immédiate et la pose de scellés sur sa demeure de Fontenay, ses biens, ses papiers. Cet ordre d'arrestation avait été cosigné par Carnot, Barère, Billaud-Varenne, Collot d'Herbois et Prieur, certains étonnés de tant d'acharnement envers une femme qui, somme toute, s'était montrée bonne républicaine et ne semblait pas dangereuse.

Tallien fut prévenu par Taschereau, un de ses amis du Comité de correspondance. Sa consternation n'avait eu d'égale que son impuissance à agir. Il ne pouvait qu'expédier un messager discret à Thérésia pour l'informer et l'implorer de se cacher. Elle ne devait plus chercher à le revoir car, quel que soit l'endroit où elle pourrait trouver refuge, elle serait espionnée. Fidèle à son amitié pour Tallien, Taschereau lui-même avait porté la lettre. Thérésia devait rassembler quelques affaires au plus vite et tenter de se noyer dans l'anonymat parisien. Il comptait sur un ami, notaire rue Saint-Honoré, qui acceptait de la cacher pendant quelques jours. Celui-ci lui communiquerait ensuite diverses filières. Tout contact avec Tallien signifierait un arrêt de mort pour tous les deux.

En prenant le coche pour Paris, Thérésia avait ressenti de la peur pour la première fois de sa vie. Lors de son arrestation à Bordeaux, elle avait gardé une certaine sérénité. Tallien était le maître de la ville, il ne pouvait l'abandonner. Mais à Paris, son amant avait du mal à conserver de l'influence. Pourrait-il agir en sa faveur ? Elle l'espérait. S'il avait un peu d'honneur, il ne laisserait pas mener à l'abattoir la femme qu'il disait adorer.

Dès lors, sa vie ne fut plus que précarité et angoisse. Après deux jours passés chez le notaire Gibert, Thérésia s'était réfugiée chez un autre ami de Taschereau, un certain Desmousseau qui logeait à deux pas des Champs-Élysées. Lorsqu'elle avait appris que le propriétaire de la maison était le menuisier Duplay chez qui logeait Robespierre, son anxiété n'avait fait que croître. L'Incorruptible considérait les Duplay comme sa propre famille et on disait même qu'il s'apprêtait à épouser une des filles de son hôte. À la tombée de la nuit seulement, Thérésia faisait quelques pas dans le quartier devenu désert afin de se détendre. Près de la Seine, allée des Veuves, elle était tombée en arrêt devant une délicieuse chaumière entourée d'un jardin anglais où poussaient à profusion, entre des arbres fruitiers redevenus sauvages, des campanules, des églantines, du lilas, du sainfoin. Qui habitait cette jolie demeure ? Les volets étaient clos. Un bref instant, Thérésia eut envie de s'y réfugier, s'y cacher du monde.

Le lendemain même, monsieur Desmousseau lui avait demandé de partir. Il avait réservé pour elle une chambre meublée dans un hôtel de Versailles, une ville paisible depuis les événements de 1789. Deux heures seulement après son départ, deux hommes s'étaient présentés chez les Desmousseau. On avait signalé chez eux la présence d'une femme en état d'arrestation.

Tandis que Thérésia s'installait tant bien que mal dans son nouvel abri versaillais, Frenelle, à Fontenay, voyait surgir un groupe d'hommes portant des écharpes tricolores. Ils venaient perquisitionner, appréhender la citoyenne Cabarrus s'ils la trouvaient et chasser tout le monde de cette demeure pour y apposer les scellés. Sans hésiter, Frenelle avait déclaré être madame Cabarrus. On pouvait l'arrêter, elle était prête. Le général Boulanger, qui commandait la petite troupe, s'était contenté de sourire. La citoyenne Cabarrus avait vingt et un ans, on la disait d'une grande beauté. Le prenait-on pour un imbécile ? De fond en comble, ses hommes avaient fouillé le château, l'appartement de Thérésia en particulier, jetant à terre le contenu des tiroirs, faisant sauter les serrures du secrétaire. Là étaient rassemblées des lettres que Boulanger avait parcourues, un peu déçu.

Rien de ces écrits ne laissait supposer des activités contre-révolutionnaires, une intelligence avec l'ennemi. Outre les billets doux, il y avait toutes sortes de recommandations pour aider l'un, placer l'autre, solliciter un nanti en faveur d'un démuni. Beaucoup de vanité, de puérilité.

Dans la chambre de Frenelle, ils avaient enfin trouvé ce qu'ils cherchaient : l'adresse d'un hôtel meublé à Versailles. En quelques minutes, Frenelle comme Joseph Bidos avaient été mis en état d'arrestation et embarqués sans ménagement à la Force où leur belle maîtresse ne tarderait pas à les rejoindre.

Des bruits de bottes suivis de violents coups frappés à sa porte avaient réveillé Thérésia. Elle sautait hors de son lit quand la serrure avait cédé. Devant elle se tenait un officier emplumé ceint de tricolore, accompagné d'un sous-officier à l'air sournois et escorté d'hommes de troupe. Fallait-il une petite armée pour arrêter une femme seule ?

On lui avait accordé du bout des lèvres la permission de passer une robe et d'emballer quelques effets. Le soleil se levait, il faisait déjà chaud et la journée promettait d'être torride. Depuis quelques semaines, un soleil ardent accablait les Parisiens.

À Paris, la voiture s'était arrêtée devant le siège d'un des nombreux comités révolutionnaires qui jugeaient sommairement les suspects avant de les disperser dans les différentes prisons : les Ursulines, les Carmes, le Luxembourg, la Grande et la Petite-Force, le Châtelet, l'Abbaye, Sainte-Pélagie. Toutes étaient bondées, il n'y avait pas une paillasse de libre et les commissaires attendaient avec impatience que quelques charrettes en route pour la guillotine procurent un peu d'espace aux nouveaux arrivants. Thérésia était restée une journée entière enfermée dans une pièce meublée de deux chaises et d'une table, sans manger ni boire. L'odeur des repas servis aux soldats l'avait presque fait défaillir. Mais il fallait tenir bon, ne pas appeler, ne rien réclamer.

À la tombée de la nuit, un officier suivi de trois gardiens était venu la chercher. Sans le moindre égard, on l'avait poussée dans une voiture tirée par deux haridelles. Une horrible tournée des prisons avait commencé. Toutes l'avaient refusée. Enfin la Petite-Force avait bien voulu ouvrir ses portes, on trouverait une place à la citoyenne. La nuit était avancée, chaude encore. À l'intérieur de la prison, tout le monde dormait.

Le registre d'écrou avait été aussitôt signé. Thérésia Cabarrus, femme Fontenay, âgée de vingt ans environ, native de Madrid en Espagne, sans état, demeurait à Versailles. Taille : quatre pieds onze pouces, cheveux et sourcils bruns, nez moyen, bouche petite, menton rond. Envoyée dans cette maison pour y être détenue au secret en vertu de l'ordonnance du Comité de salut public en date du trois prairial.

Vingt-cinq jours durant, la jeune femme avait survécu dans une pièce sans lumière, à la paillasse infestée de poux, de punaises et de puces. Déshabillée devant les soldats qui ne lui avaient épargné aucune plaisanterie salace, elle s'était vu remettre une chemise, une tunique de toile constellée de taches, des bas raides de crasse, des sabots. Enfin elle avait eu droit à un bol d'eau et à une tranche de pain, avant d'être poussée dans le réduit où elle allait croupir, plus vraiment consciente de la succession des jours et des nuits. Son balluchon ayant été confisqué, elle n'avait en sa possession ni brosse ni peigne ni savon ni mouchoir.

Une sorte de non-temps la tenait éveillée, hébétée, somnolente ou au contraire pleine de colère ou d'angoisse. La rue du Roi-de-Sicile où se situait la Petite-Force était toute proche de la rue de la Perle. Tallien devait passer devant la prison, tenter de voir s'il l'apercevait par une des fenêtres. Savait-il le sort qu'on lui avait réservé ? Se doutait-il qu'elle était enterrée vivante ? Le pain qu'on lui servait était infect, la viande avariée, les légumes graisseux. Elle en avalait cependant quelques bouchées pour ne pas mourir, mais ses forces commençaient à l'abandonner. Il lui fallait regagner sa dignité, et elle avait imploré qu'on lui donnât de l'eau, du savon, un peigne. Goguenard, le gardien l'avait assurée qu'il en parlerait au citoyen Robespierre. Il avait fait transmettre sa requête à l'Incorruptible qui, enchanté de la déchéance de cette femme qui heurtait toutes ses convictions, s'était contenté de répondre : « Qu'on lui donne un miroir ! »

Dans les moments où la rage l'animait, Thérésia collait l'œil à sa lucarne. Elle voyait des groupes lamentables d'hommes, de femmes qui se promenaient dans la vaste et lugubre cour intérieure. Les hommes étaient sans veste, les femmes vêtues de robes qui, bien que modestes, n'avaient rien à voir avec l'ignoble camisole qu'on lui avait fait endosser.

Ces gens-là avaient droit à de maigres consolations. Si on la traitait comme une bête, c'était parce qu'elle était belle, qu'elle avait triomphé à Bordeaux et rendu humain un Jacobin jusqu'alors inflexible. À d'autres moments, allongée sur sa paillasse, les yeux ouverts, elle se demandait si elle éprouvait vraiment de l'amour pour Jean-Lambert. Bon amant, il était un homme tendre, mais sous sa force apparente, elle devinait son manque de confiance en lui. Il pouvait se montrer ferme sur une impulsion, mais son ambition ne s'appuyait ni sur un véritable pragmatisme ni sur une froide volonté. Elle avait eu trop d'amants pour pouvoir les compter sur les doigts d'une seule main, mais pas assez pour se servir des deux. Certains, comme son mari, ne lui avaient jamais inspiré d'amour, d'autres avaient fait naître en elle des sentiments aussi passionnés que brefs. « Blondinet » l'avait retenue plusieurs mois, puis elle était tombée enceinte et ce « petit Fontenay » les avait séparés. De son amant, elle gardait le fils attribué à Jacques de Fontenay et des souvenirs. Tallien occupait une place différente dans sa vie. Il s'était imposé, avait pris de l'importance en la faisant participer à son rôle politique. À Bordeaux, elle avait été fière et heureuse d'être sa compagne. Aujourd'hui, il tenait sa vie entre ses mains. Qu'elle l'aime ou non n'avait guère d'importance, sans lui elle n'avait nul avenir.

À différentes reprises, des représentants du Tribunal révolutionnaire, tous inféodés à Robespierre, avaient surgi dans sa cellule pour l'interroger. Elle avait pris le parti de leur répondre avec franchise en les regardant droit dans les yeux. On ne pouvait rien lui reprocher. Ils voulaient l'envoyer à la guillotine ? Ce serait un assassinat pur et simple. Jamais elle n'avait participé à un complot, elle ne souhaitait nullement le retour de la royauté. La devise « Liberté, Égalité, Fraternité » lui semblait être la plus belle du monde. Elle mourrait en lui restant fidèle.

La beauté de cette jeune femme en haillons, échevelée, son calme, sa dignité, le charme sensuel qui émanait de toute sa personne avaient troublé ses interrogateurs. On ne la tourmentait plus. Pour combien de temps ?

Depuis deux semaines, Tallien ne cessait de harceler son ami Taschereau pour que Thérésia fût incarcérée dans des conditions moins inhumaines. Il fallait, répétait celui-ci, attendre des circonstances propices pour intervenir. Tout faux pas pouvait être fatal. Tallien ne savait-il pas que la politique avait des motivations bien différentes de celles de l'amour ? Se sentant menacé, Robespierre durcissait ses positions. Après son bref triomphe à la fête de l'Être suprême, les rivalités avaient repris à la Convention comme au Comité de salut public, et l'affaire burlesque de Catherine Théot, qui voyait dans l'Incorruptible un nouveau Messie, avait amené sur lui un ridicule qu'il ne tolérait pas. Domestique puis diseuse de bonne aventure, se prétendant la mère de Dieu, cette demi-folle avait écrit à Robespierre comme à un nouveau et ultime « Prophète ». La lettre avait été rendue publique. Comprenant que l'affaire avait été montée par ses ennemis, l'Incorruptible avait exigé de Fouquier-Tinville qu'il lui remît le dossier Théot, puis, désireux d'empêcher une nouvelle humiliation, il avait ordonné que la citoyenne fût laissée en liberté. Cette décision prise au Comité de salut public, alors que la Convention voulait la traduire devant le Tribunal révolutionnaire, avait fait prononcer pour la première fois le mot de « dictateur ». Tallien devait comprendre que le moment n'était pas propice pour irriter davantage Robespierre en lui parlant de la citoyenne Cabarrus.

Le vingt-sept juin enfin, plus de trois semaines après la mise au secret de Thérésia à la Petite-Force, Taschereau avait pu profiter du désordre qui régnait au Tribunal révolutionnaire pour escamoter le dossier Cabarrus et le placer dans la pile des détenus ordinaires. Une dernière fois, elle avait tenu tête à ses interrogateurs qui lui proposaient de l'argent et un passeport si elle dénonçait les trahisons de Tallien. « J'ai vingt ans, avait-elle rétorqué, mais j'aime mieux mourir vingt fois. »

Jean-Lambert était à bout de nerfs, un rien le faisait sortir de ses gonds et à la Convention, la méfiance à son égard croissait. On le voyait de plus en plus souvent avec Vadier, Billaud-Varenne, Carnot, lui-même ennemi irréductible de Robespierre mais qu'on n'avait pu éliminer en raison de la gloire dont il s'était couvert aux armées. L'Incorruptible n'allait plus au Comité de salut public, ne paraissait plus à la Convention et n'intervenait que rarement aux Jacobins. Si cette retraite ne présageait rien de bon, au moins permettait-elle de respirer un peu.

Avec bonheur Thérésia s'était vue accueillie par les prisonniers, hommes comme femmes. Dans cet univers irréel, tout le monde semblait ami.

L'ambition et la vanité n'y ayant plus cours, les rapports entre les êtres étaient simples et spontanés.

L'après-midi, on autorisait une promenade dans la cour. Thérésia imaginait Tallien derrière un des hauts murs. N'avait-il pas le pouvoir de la faire sortir ? Quelle peur de déplaire l'immobilisait-il ? Il n'ignorait pourtant pas que chaque jour son nom pouvait être appelé.

Un soir où l'orage menaçait, le guichetier lui avait remis un billet « de la part de sa maman ». Thérésia, incrédule, l'avait ouvert aussitôt. La lettre était de Tallien qui avait dû la faire porter par sa mère. « Je veille sur vous », disait-il en exergue. La phrase avait été soulignée.

Aussitôt, la jeune femme avait établi un contact amical avec le portier. Sa vieille maman pouvait mourir si elle restait longtemps sans nouvelles de sa fille unique. Était-il père ? L'homme avait accepté sa lettre quand, pour apaiser les ultimes débats de sa conscience, Thérésia lui avait remis un pendentif en or, le seul bijou qu'on lui avait laissé.

Par les crieurs de journaux qui déambulaient derrière les murs, les prisonniers étaient au courant de ce qui se passait. André Chénier avait été exécuté. Guillotiner un grand poète ? Où en était-on arrivé ? On savait aussi que Robespierre préparait un discours décisif. Allait-il vider les prisons en les envoyant tous à la guillotine ? Transféré des Carmes, un prisonnier avait raconté la fin du prince de Salm, de Beauharnais, de Rohan-Montbazon et de bien d'autres. Les femmes allaient suivre, on disait que le nom de Rose, la veuve du vicomte de Beauharnais, était sur la liste noire. Un détenu arrivé du Luxembourg avait soulevé la plus vive émotion en racontant le calvaire des trois dames Noailles : la vieille maréchale, sa fille et sa petite-fille Louise, belle-sœur de La Fayette, mère de trois jeunes enfants. Ces dames avaient été condamnées sans être jugées. À l'instant où il parlait, elles étaient sans doute déjà mortes. La marquise de La Fayette, qui avait passé deux semaines à la Force, avait été transférée au Plessis, l'ancien collège où avait étudié son époux. Elle ignorait sans doute le sort réservé à son aïeule, sa mère et sa sœur aînée, et c'était mieux ainsi. L'avenir de son mari de l'autre côté des frontières suscitait en elle suffisamment d'alarmes. Alors au secret, Thérésia n'avait pas rencontré Adrienne de La Fayette, mais la mort d'Alexandre de Beauharnais l'avait beaucoup frappée. Elle se souvenait d'un homme aimable, d'un bon danseur, d'un utopiste aussi qui croyait que la République avait besoin de lui. Rose avait dû verser quelques larmes avant de se consoler. Comme Thérésia, Rose était pragmatique. Une femme ne pouvait survivre qu'en s'adaptant aux hasards de l'existence. Quant à la politique, qu'importait à Rose de Beauharnais, délicieuse et nonchalante créole, que la France soit monarchiste, républicaine ou dirigée par un tyran ? Elle était ce qu'on voulait qu'elle soit. Comme l'affirmait le dicton populaire : « Il fallait se mettre du côté du manche. » C'était tout simple.

Par son ami portier, elle avait reçu une deuxième lettre de Tallien. À deux reprises il était allé voir Robespierre, mais cet homme n'était point un être humain. Son accueil avait été glacial et méprisant.

On le surveillait, il le savait. La veille, en se rendant de la rue des Quatre-Fils à la rue du Temple en passant par les rues Réunion et Montorgueil, il avait remarqué un homme attaché à ses pas. Après s'être arrêté un moment à la Convention, il croyait s'en être débarrassé mais l'avait aperçu à nouveau sur la terrasse des Feuillants, à trois pas des échoppes de bouquinistes où il avait marchandé quelques livres, puis à la porte du Manège. Désormais, il savait que, tout comme Thérésia, ses jours étaient comptés. Il allait agir, et dans un court billet, il avait fait part à sa maîtresse de sa détermination. Thérésia doutait. Tallien était un indécis et le temps pressait. Elle devait le mettre au pied du mur. Le portier s'était montré pessimiste. L'administrateur de police lui avait confié qu'elle avait de fortes chances de faire partie d'une charrette le surlendemain. Il ne lui restait qu'un jour ou deux au maximum. La jeunesse de Thérésia, sa beauté, le désarroi qu'il voyait dans ses yeux l'avaient décidé à faire passer une dernière lettre à sa vieille maman.

Aussitôt, dans sa cellule, Thérésia, qui avait pu se procurer du papier, une plume et de l'encre grâce à une codétenue assez fortunée pour payer un prix exorbitant ces précieuses nécessités, avait écrit à Jean-Lambert. Il fallait le contraindre à agir par tous les moyens.

« L'administrateur de police sort d'ici. Il est venu annoncer que demain je monterai au tribunal, c'est-à-dire à l'échafaud. Cela ressemble bien peu au rêve que j'ai fait cette nuit. Robespierre n'existait plus et les prisons étaient ouvertes. Mais grâce à votre insigne lâcheté, il ne se trouvera bientôt plus personne en France capable de réaliser mon rêve. »

La lettre de Thérésia, le mépris qu'il y décelait avaient aiguillonné Jean-Lambert. Pour ne pas perdre cette femme, il était prêt à tout. Que lui importait de mourir si elle était exécutée ?

Les circonstances l'avaient servi. En clamant à la tribune du club des Jacobins que les têtes de quatre ou cinq représentants allaient tomber, et en prenant le parti de ne point nommer ceux-ci, l'Incorruptible avait signé sa perte.

Barras, Fouché, Rovère, Tallien s'étaient unis aussitôt pour contre-attaquer au plus vite. C'était une partie d'échecs qui se jouait là. D'un côté, un groupe résolu à tout pour l'emporter, de l'autre Robespierre, Saint-Just, Couthon. En pleine séance de la Convention, traité de dictateur par Billaud-Varenne et Collot d'Herbois, Robespierre était sorti en clamant : « Sauvez la patrie sans moi. » Il ne lui restait plus que le soutien des Jacobins, soutien sur lequel lui-même ne se faisait guère d'illusions. La fatigue, le découragement l'envahissaient. Il lutterait encore, certes, mais pendant combien de temps ? Il avait à ses trousses des hommes de grande envergure comme Fouché et Barras et des opportunistes qui se croyaient indispensables comme Tallien, l'amant d'une ci-devant marquise qui faisait de lui ce qu'elle voulait. L'Incorruptible haïssait ce que représentait Thérésia, la vanité, l'outrecuidance, un amour démesuré du luxe. Cette jeune femme portait en elle toutes les tares de l'Ancien Régime et les faiblesses du nouveau.

Derrière Robespierre, Tallien avait quitté la Convention, le cœur serré par l'angoisse. Le soir même, avec Fouché, Barras, Billaud-Varenne, Collot d'Herbois, Vadier et Fréron, ils avaient décidé de rallier à leurs plans la « Plaine » modérée et de gagner les comités.

Le lendemain, c'était Saint-Just qui avait prononcé le discours que l'on attendait de Robespierre. « Je ne suis d'aucune faction, je les combattrai toutes... » Dès les premières phrases, il y avait eu des protestations, des huées. Puis Tallien s'était levé. La colère, la peur aussi le rongeaient, mais il était prêt à aller jusqu'au bout, à faire rendre gorge au tyran pour être réuni à Thérésia. Dans une de ses poches, il sentait le poignard qu'il y avait caché le matin pour appuyer ses menaces du geste s'il le fallait.

L'hallali avait duré cinq heures. Onze fois, Robespierre avait essayé de faire face, d'imposer le silence, de faire cesser les cris de « À bas le tyran ! » qui fusaient de partout, comme si ses ennemis occupaient dans la salle des places stratégiques afin de donner l'impression qu'ils étaient la voix de tous. Ses mots « brigands, lâches, hypocrites » étaient couverts aussitôt par des tonnerres de protestations, des apostrophes : « Est-ce le sang de Danton qui t'étouffe ? »

Robespierre, Saint-Just, Couthon et Le Bas avaient été enfin décrétés en état d'arrestation. Mais à huit heures la Convention apprenait que les prisonniers avaient été libérés par la Commune qui les abritait. Pour les anéantir tout à fait, il fallait les déclarer « hors la loi » ainsi que le Conseil général de la

Commune. Il n'y avait pas un instant à perdre. Barras avait pris la tête des factieux, tous le savaient audacieux et déterminé.

Réfugiés à l'Hôtel de Ville, Robespierre et ses amis avaient trop longtemps tardé à faire appel au peuple. Déjà la troupe commandée par Barras cernait l'édifice public. Nul ne lui avait opposé de réelle résistance. On était patriote mais pas suicidaire. La poignée des derniers fidèles n'avait rien pu empêcher. Augustin, le frère de Robespierre, avait sauté par la fenêtre, se fracassant les jambes, Couthon avait jeté son fauteuil dans l'escalier de l'Hôtel de Ville et était blessé, Robespierre lui-même gisait par terre, la mâchoire fracassée par un coup de pistolet. Tentative de suicide ? Agression ? Nul ne pouvait le dire. On allait rassembler les blessés et les transporter devant le Tribunal révolutionnaire où leur arrêt de mort était certain. Le jour même, une charrette les emmènerait place de la Révolution, là où le roi et la reine avaient été exécutés. Leurs corps seraient jetés dans la même fosse que les souverains qu'ils avaient tant haïs.

Le triomphe de Tallien était total. En quelques heures, il était devenu un nouveau sauveur, celui qui allait faire ouvrir les portes des prisons, libérer les innocents.

Aux Carmes, à la Petite-Force, partout, on avait appris la chute du dictateur grâce au courage d'une poignée d'hommes dont Tallien faisait partie. Thérésia était entourée, fêtée. On savait le rôle qu'elle avait joué. N'était-elle pas « Notre-Dame de Thermidor » ? D'abord stupéfaits, incrédules, les Parisiens défilaient bras dessus bras dessous en criant :

« Vive la République, vive l'Égalité, à bas les tyrans ! » On félicitait les députés qui avaient sauvé la patrie. Assailli par ses admirateurs, Tallien ne pouvait plus faire un pas dans les rues. Il allait s'employer à faire élargir Thérésia bien sûr, mais aussi ses amies comme Rose de Beauharnais et Désirée Holstein.

Deux jours plus tard, il avait surgi en personne à la Petite-Force. Le portier avait déjà signifié à Thérésia sa libération et elle était prête. Ils étaient tombés dans les bras l'un de l'autre. Dans la rue du Roi-de-Sicile, une foule les attendait pour les applaudir. On voulait les toucher, les embrasser. Après ces années de terreur, la vue de ce jeune couple radieux était comme la promesse de temps nouveaux.

Huit jours plus tard, Rose, Désirée Holstein et sa fille se trouvaient libres. Un fiacre les attendait pour les mener rue Dominique où Eugène et Hortense guettaient leur arrivée. Les yeux écarquillés, les trois femmes découvraient une ville qui avait beaucoup changé en quelques mois. L'herbe poussait dans les rues, les maisons sous scellés offraient des façades mortes, sinistres. Où étaient les propriétaires ? Exilés ? Encore en prison ? Partis en province ? En lignes interminables, des gens patientaient devant les boulangeries, les boucheries. Beaucoup de magasins étaient fermés. Établis dans des abris de fortune, des bourgeois, des familles entières de pauvres gens subsistaient misérablement. Des poules, des moutons, des cochons erraient çà et là.

Rue Dominique, les femmes constatèrent avec stupeur qu'on avait réquisitionné leur demeure, ne laissant que deux pièces à l'usage de mademoiselle Lannoy, des enfants Beauharnais et des deux Martiniquaises. Il fallait trouver un autre logement. Se rendre à Fontainebleau chez son beau-père et sa tante qui n'avaient jamais été inquiétés ? Rose ne le souhaitait pas pour elle-même, mais elle leur confierait ses enfants. Dès que possible, Hortense rejoindrait à Saint-Germain-en-Laye la pension pour jeunes filles de madame Campan. Seule, Rose n'aurait besoin que d'un modeste appartement et pourrait survivre. Lazare Hoche, son amant, viendrait souvent la retrouver. Elle avait besoin de lui. Il avait promis sa présence lors de la fête donnée par Désirée Holstein pour célébrer leur liberté retrouvée et s'était déjà engagé à remettre une petite somme à Rose pour qu'elle puisse s'installer en toute indépendance. Une ancienne gouvernante au service du prince de Salm, madame Kreny, proposait un logement rue de l'Université, entre la rue de Poitiers et la rue de Belle-Chasse. Elle l'avait loué et, pour compléter la somme demandée, avait emprunté de l'argent au beau-frère de mademoiselle Lannoy. Il fallait être réaliste. De la Martinique, elle ne recevrait plus rien et les derniers biens d'Alexandre avaient été confisqués.

Demeurée dans les deux pièces disponibles de l'hôtel de la rue Dominique, Désirée Holstein avait réussi à arranger, en dépit de la pénurie d'approvisionnement, une fête charmante. Chaque invité avait été prié d'amener son propre pain et une bouteille de vin. Une sorte de grâce faisait oublier aux convives les jours, les mois atroces qu'ils avaient vécus. Propres, habillés simplement mais avec goût, à peine reconnaissait-on les pauvres hères de la prison des Carmes. On avait parlé bien sûr de Robespierre. Taschereau, qui l'avait bien connu, avait fait de l'Incorruptible un portrait saisissant. « L'astuce, avait-il expliqué, était après l'orgueil le trait le plus marqué de son caractère. Il n'était entouré que de gens qui avaient de graves reproches à se faire. D'un mot, il pouvait les placer sous le glaive. Il transformait les erreurs en crimes et les crimes en erreurs. Toutes les fois qu'il était attaqué, c'était la Liberté qui était attaquée. Il a joué une partie d'échecs, les membres de la Convention étaient les pions, le peuple la principale pièce. » On l'avait applaudi.

Puis la conversation avait porté sur l'héroïne de Paris, « Notre-Dame de Thermidor », Thérésia Cabarrus. Les horreurs subies à la prison de la Force une fois derrière elle, la jeune femme avait retrouvé son panache et ce qui restait de la société à Paris se la disputait. Après avoir fait revenir son fils de Bordeaux pour l'installer avec Joseph Bidos à Fontenay, la belle Thérésia avait voulu loger rue Saint-Louis-en-l'Isle, mais, les scellés étant toujours posés sur son hôtel, Tallien lui avait déniché un logement rue Georges, ancienne rue Saint-Georges. On s'y pressait pour la féliciter, solliciter une faveur. Bonne, attentive, elle promettait et on espérait.

Les théâtres ne jouaient plus que des fariboles républicaines, les promenades où on avait tant aimé se délasser étaient encombrées d'hommes en carmagnoles, de femmes en sabots, mais puisqu'on criait

« Vive l'Égalité ! », ne fallait-il pas faire bonne figure ? Par ailleurs, tout allait changer. Les grands acteurs Talma, la Dugazon, mademoiselle Contat étaient toujours à Paris avec une nouvelle venue de talent, mademoiselle Lange. Les salles qui avaient fermé allaient rouvrir.

La chaleur étant extrême, toutes les fenêtres donnant sur la rue Dominique étaient restées ouvertes. Aux odeurs de chèvrefeuille et de rose montant des jardinets des alentours se mêlaient celles, nauséabondes, des égouts qui n'avaient pas été curés depuis belle lurette, des ordures de toutes sortes abandonnées dans la rue et épisodiquement ramassées. Mais par miracle, Désirée Holstein avait pu se procurer du café, du chocolat, du sucre, et déguster à nouveau ces breuvages dans des tasses en porcelaine apparaissait comme le comble du bonheur. On avait papoté alors au sujet de petits événements. Qui était responsable de l'incendie de la bibliothèque de l'abbaye de Saint-Germain-des-Prés au cours duquel tant de précieux ouvrages avaient disparu ? Le jeune général Bonaparte, qui s'était couvert de gloire à Toulon, était emprisonné pour avoir été l'ami d'Augustin Robespierre, frère de l'Incorruptible, mais il jouissait de la protection de Barras dont l'influence ne cessait de croître. Rose le savait. Si elle voulait survivre d'une manière décente, elle devait se tourner vers Barras et surtout les Tallien. Déjà, elle avait rendu visite à Thérésia qui lui avait réservé le plus charmant accueil. Une sympathie immédiate avait attaché les deux femmes l'une à l'autre. Dans la même situation, elles essaieraient de se soutenir. Thérésia était prête à épouser Tallien, même si leurs caractères semblaient trop différents pour une union durable. Rose, quant à elle, ne désespérait pas de voir Hoche divorcer de sa très jeune femme. Il avait devant lui un superbe avenir militaire et lui plaisait passionnément.

Hoche avait précisément surgi chez Désirée Holstein à l'heure du café. Radieux, il venait annoncer qu'on lui avait confié le commandement de l'armée de l'Ouest. Il allait partir pour Cherbourg. On l'avait félicité avec chaleur.

Seule enfin avec son amant dans l'appartement de la rue de l'Université, Rose avait versé des torrents de larmes. Comment pouvait-il la quitter, l'abandonner dans une ville où la survie était si difficile ! Elle était veuve, démunie. Avec Euphémie, Lavinia, ses enfants et l'homme à tout faire, elle avait quatre bouches à nourrir.

Après des reproches mêlés de mots d'amour et de larmes, Rose avait dû accepter l'inéluctable. Lazare allait s'éloigner. Au moins pourrait-il prendre Eugène avec lui, procurer à son aîné les bases d'une éducation militaire. Il avait quatorze ans et elle ne pouvait le garder dans un cocon.

Le vingt-deux août, Hoche prenait la route de Cherbourg avec Eugène, partagé entre son chagrin de quitter sa mère et sa joie de retrouver la vie des camps découverte six ans plus tôt avec son père.

En dépit des dix années qui les séparaient, les goûts, la sensibilité, les ambitions de Rose et de Thérésia étaient semblables. Après l'horreur de la prison, une soif de vivre intensément les animait. La mort côtoyée de si près donnait aux douceurs du quotidien un prix inestimable. Dans la société nouvelle qui se formait, toutes deux voulaient se tailler la part du lion. Pour Thérésia, cette ambition était déjà réalisée. Devenue une sorte d'idole, follement admirée par les jeunes gens qui la trouvaient irrésistible, elle ne pouvait faire un pas dans la rue sans être assaillie. On voulait la voir de près, la toucher, au point qu'effrayée par ces démonstrations indiscrètes elle hésitait à mettre le nez dehors. Sa voiture rouge ayant été vendue à Bordeaux, elle avait commandé un cabriolet vert sapin et acheté deux hongres souris. Comme Rose, Thérésia vivait de crédit, mais elle avait bon espoir de récupérer bientôt une partie de sa dot, alors que la créole ne pouvait compter que sur elle-même. On lui avait promis la restitution des quelques biens d'Alexandre, mais en termes vagues. Elle était résolue à remuer ciel et terre pour obtenir justice.

En villégiature à Croissy, Rose apprit le premier septembre que la poudrerie de la plaine de Grenelle avait explosé. Les morts se comptaient par centaines ainsi que les blessés. Les malheurs ne cesseraient-ils point ? Pour se changer les idées, la jeune femme avait accompagné Hortense chez madame Campan où elle allait être pensionnaire. L'ancienne femme de chambre de Marie-Antoinette, qu'elle connaissait bien, lui avait fait visiter de fond en comble son établissement. Les jeunes personnes qu'elle éduquait venaient toutes des familles les plus respectables et elle les préparait à devenir, outre des femmes du monde, d'excellentes épouses et de bonnes mères. Hortense se ferait chez elle des amies de qualité.

Assez jolie en dépit d'un visage un peu long, le regard doux, Hortense de Beauharnais ne donnait que des satisfactions à sa mère. Contrairement à beaucoup de filles de son âge, elle était très heureuse d'entrer en pension, de se faire des amies, d'apprendre la musique et la peinture pour lesquelles elle avait des dons réels. Et, par-dessus tout, elle avait beaucoup d'estime pour madame Campan qui, bien que très ferme, sévère même, se montrait toujours intéressante, parfois amusante lorsqu'elle citait des anecdotes de la cour de Versailles. Auprès de cette femme un peu ronde, vêtue de noir, Hortense se sentait en sécurité. Et son grand-père Beauharnais, sa grand-tante Renaudin projetaient de quitter Fontainebleau pour s'installer à Saint-Germain, tout près de la pension. Le marquis lui parlait de son fils, Alexandre, et la fillette écoutait avec avidité des souvenirs où son père faisait figure de héros.

Après un court séjour à Fontainebleau, Rose avait regagné seule Paris où l'attendait Thérésia. Il fallait surmonter les difficultés de la vie quotidienne, se faire jolie, recevoir, sortir. Les théâtres rouvraient les uns après les autres, on osait à nouveau y arriver en voiture, dans d'élégantes toilettes. La mode avait beaucoup changé en cinq ans. On ne portait plus de jupes amples, de corsages ajustés, de manches s'arrêtant au-dessous du coude, de chapeaux encombrants. Les fichus, les bonnets de linon, les bérets, les turbans s'imposaient plus que jamais, avec des robes souples, aux corsages flous souvent en mousseline. Les tailles étaient à peine soulignées d'un ruban. Libres, ondulés, les cheveux flottaient dans le dos, laissant de courtes boucles encadrer le visage. Il n'était plus question de poudres que seules portaient encore quelques douairières épargnées par la guillotine. Mais pour être correctement vêtue, il fallait beaucoup d'astuce et d'efforts. Tout était cher, parfois introuvable. On devait transformer les vieilles robes, retaper les chapeaux démodés ou racheter dentelles, plumes et rubans à des dames de la noblesse qui, ruinées, vendaient tous leurs biens pour survivre.

Hoche en Vendée, Rose s'était tournée vers deux banquiers, monsieur Rougemont et monsieur Emmery, tous deux fort riches, pour lui prêter de l'argent sur un éventuel et aléatoire héritage martiniquais. Mais son charme, une fois encore, avait fait merveille et elle avait pu courir les derniers magasins de mode restés ouverts à Paris pour renouveler sa garde-robe.

Arpenter les rues de Paris autrefois si animées était devenu désolant. Il semblait qu'une armée de Huns s'était abattue sur la ville. Les fontaines étaient sans eau, des animaux erraient dans les rues ; de beaux hôtels fermés, saccagés souvent, offraient des façades abîmées aux volets arrachés. Sur les portes cochères on avait placardé des affiches : « Propriété nationale à vendre ». À deux pas, sur des tréteaux, des chiffonniers vendaient des dentelles, des portraits de famille, de la porcelaine, des meubles, certains charmants, qui n'avaient pas été cependant jugés assez beaux pour figurer au catalogue de l'hôtel de Bullion, rue Jean-Jacques-Rousseau, dont les magasins étaient pleins, les salles bondées. On bradait tout, jusqu'aux ornements d'églises, aux chasubles brodées des prêtres. Sur les calvaires au coin des rues, on voyait encore plantés des bonnets phrygiens tandis que le Palais-Royal était devenu un gigantesque bazar. On vendait la Folie-Boutin rue de Clichy, les biens des Calonne émigrés, des Noailles guillotinés, les effets de Monsieur, frère du ci-devant roi. Rue Antoine et rue Beaubourg, des meubles sans prix étaient alignés dans le ruisseau. Le toit de la fontaine de la Samaritaine s'était effondré, la statue dorée avait disparu. Au Palais de justice se tenait le marché des colifichets, des brochures de mode, des livres reliés. Ses reliques dispersées, l'ostensoir en argent et les calices enrichis de pierreries fondus, la Sainte-Chapelle était devenue un magasin de papiers de justice. Les églises désaffectées menaçaient ruine. Beaucoup étaient habitées par des indigents, certaines transformées en ateliers, en théâtres populaires ou même en débits de boissons. Le chœur de Notre-Dame servait de resserre à des barriques de vin, les statues en bois des rois de France pourrissaient.

Sur la porte cochère du bel hôtel Carnavalet où avait vécu la marquise de Sévigné, à la façade ornée de reliefs sculptés par Jean Goujon, on lisait : « À vendre belle maison cinquante mille livres pouvant servir de manufacture ou de maison de commerce ». Dans la cour pavée s'amoncelaient des ordures de toutes sortes. Et à proximité se trouvait un des six lieux d'aisances publics qu'offrait la capitale. On ne pouvait passer devant sans devoir s'appliquer un mouchoir sur le nez.

Avec Thérésia, Rose s'était rendue dans l'île Saint-Louis. Les jeunes femmes avaient été bouleversées de voir les belles maisons abandonnées ou occupées par des bureaux, des logis d'ouvriers. Dans la plupart d'entre elles, sauf à l'hôtel Lambert, demeuré indemne par miracle, les boiseries avaient été arrachées, les fresques et les plafonds peints étaient écaillés, éraflés. Devant l'hôtel de Fontenay, transformé en resserre à bois, Thérésia avait pleuré puis s'était reprise. Tout allait changer, elle le savait.

Pour oublier leurs idées noires, elles s'étaient rendues dans le cabriolet de Thérésia au Jardin des Plantes que Rose aimait tout particulièrement. Certaines espèces de plantes et de fleurs lui rappelaient son enfance. L'espace réservé aux animaux s'était agrandi depuis qu'on y avait installé les ménageries de Versailles et du Trianon. On y admirait deux lions, des girafes, de gracieuses gazelles, un éléphant, des singes, certains ayant été jetés à la rue après l'arrestation de leurs maîtres.

En rentrant par la rue Dominique où résidait toujours Désirée Holstein, Rose avait constaté avec tristesse la décrépitude de l'hôtel de Luynes où elle avait été parfois invitée. Dans les salons se pressaient, se chamaillaient, hurlaient des enfants placés là pour la journée par leurs parents contre une somme modique. Quant à l'hôtel de Salm, elle préférait ne pas y penser. Un barbier s'y était installé, devenu riche grâce à l'agiotage. Il donnait des fêtes où accouraient ses amis d'autrefois et les nouveaux, attirés par l'argent facile.

À deux reprises déjà, Thérésia avait entraîné son amie dans l'allée des Veuves, une voie qui allait des Champs-Élysées à la Seine. Elle lui avait montré une chaumière cachée par de grands arbres et entourée de massifs, de buissons de rosiers grimpants. Les tripots avaient disparu et ne vivaient plus là que quelques solitaires, des familles que les ombrages des Champs-Élysées attiraient. Tallien était enfin décidé à acquérir cette maison, à la faire restaurer, à la décorer selon sa fantaisie. L'argent n'avait pas d'importance, seul comptait le bonheur de la femme qu'il aimait. Comme son amie, Rose rêvait d'avoir une vraie maison avec un jardin pour y recevoir dans un décor choisi par elle : des couleurs gaies, des meubles délicats, des tapis de Perse, mille bibelots charmants. Pour le moment, elle ne pouvait y songer, mais sa chère Thérésia avait raison : les temps allaient changer.

Vivre avant tout

Les temps changeaient, en effet. Très vite. Installée dans sa luxueuse « Chaumière » allée des Veuves, Thérésia lançait la mode. À deux pas, sur le carré Marigny, bateliers, saltimbanques, lutteurs attiraient badauds, enfants, domestiques oisifs, ouvriers sans ouvrage. Le long des Champs-Élysées, devant de pauvres maisons, des cabarets louches, des potagers, indifférentes aux joueurs de boules qui se retrouvaient là chaque après-midi pour disputer d'interminables parties conclues par de petits verres de vin de Suresnes, des vaches pâturaient.

On voyait Thérésia partout, à la promenade, au théâtre, dans les bals ouverts par souscription avec ses proches amis, Tallien bien sûr, mais aussi Barras, Rose de Beauharnais, le banquier Hamelin et sa femme Fortunée, une excentrique pleine de verve qui se piquait de pouvoir défier les normes de ce que l'on nommait « le bon goût ». Elle s'était débarrassée de ses corsets et adorait les robes fluides qui caressaient le corps. Thérésia avait fait de même et très vite Rose les avait imitées. De plus en plus gênée financièrement, la jeune femme en était arrivée à emprunter de l'argent à ses domestiques pour payer les nécessités de la vie quotidienne que la dépréciation presque journalière des assignats rendait exorbitantes. Et comment résister à la mode des bagues de « cardinaux » qu'avait lancée Thérésia ? On boudait les rubis, émeraudes, saphirs au profit des opales, topazes, améthystes, onyx, grenats de Syrie. Faute de moyens, les élégantes avaient adopté le strass, le vermeil, les bijoux en argent aussi, bracelets en forme de serpent, médailles à l'antique.

En cachette, Rose avait repris ses négoces qui lui rapportaient de quoi se payer d'indispensables petits luxes. L'argent pouvait être facile si on se montrait astucieux. Hoche, auquel elle écrivait de temps à autre de brûlantes missives, ne l'aidait guère financièrement. L'oubliait-il ? Le général s'en défendait, tout au contraire il ne rêvait que des caresses de sa Rose, qui ne le croyait qu'à moitié. Son seul amour était en vérité sa toute jeune femme. Il fallait qu'elle se trouve aussi vite que possible un autre adorateur, riche bien sûr. Au cours des réceptions données par Thérésia dans sa Chaumière, elle rencontrait les hommes qui comptaient à Paris. Il fallait les écouter avec admiration, les cajoler, les convier aussi à des dîners qui l'obligeaient à atteindre des prodiges d'imagination. La vaisselle, les verres, les couverts étaient empruntés à des amies, mais elle devait acheter à crédit vins, volailles, fruits, denrées rares et fort chères, raviver des toilettes déjà mises, les agrémenter de colifichets, de babioles qu'elle savait arranger avec un chic inimitable. Pour porter les robes fluides à la mode, il fallait être mince. Rose était maigre, très fardée. Elle avait maintenant une connaissance parfaite de l'art de se rajeunir avec des crèmes comme la pâte des sultanes ou celle des fées, du rouge, des onguents, d'allonger ses cils, de mettre ses yeux en valeur. Sa voix aux langueurs créoles étant un de ses atouts majeurs de séduction, elle en jouait à la perfection comme d'un instrument de musique.

La fin du mois de septembre avait été délicieuse. Remise de l'émotion que lui avait causée la nouvelle tentative d'assassinat de Tallien, Thérésia était décidée à l'épouser. Pouvait-elle dissocier son sort du sien ? Et Barras, dont l'influence ne cessait de s'étendre, semblait mettre beaucoup d'espoir dans l'avenir de Jean-Lambert. Il avait en fait deux protégés, Tallien et Bonaparte qui, accusé de jacobinisme et emprisonné, avait été relâché. On le disait très épris de la jeune Désirée Clary, la fille d'un riche négociant marseillais. Julie, la sœur de celle-ci, allait épouser Joseph, l'aîné des Bonaparte. On avait nommé Napoléon à la tête d'une expédition pour reprendre la Corse livrée aux Anglais par Paoli et il faisait ses préparatifs.

Bien qu'ayant horreur d'écrire, Rose adressait de nombreuses lettres à sa mère pour l'implorer de l'aider. Elle avait bon espoir qu'on lui restitue les biens d'Alexandre, mais la bureaucratie était si lente en France qu'on pouvait attendre un temps infini avant de recevoir son dû. Les banquiers étaient las de lui prêter sur de vagues promesses. Elle devait cependant payer les études d'Hortense chez madame Campan et comptait inscrire Eugène au collège voisin pour garçons tenu par monsieur McDermott.

Les fils des meilleures familles y étudiaient et elle ne pouvait laisser Eugène de retour de Vendée sans éducation. Madame Tascher répondait en termes imprécis dans des lettres qui, avec le blocus anglais, mettaient parfois plus de trois mois à atteindre la France. Ces contraintes étaient bien plus importantes pour la jeune femme que les événements dont les Parisiens s'entretenaient, comme le transfert du corps de Marat au Panthéon ordonné par Barras afin d'endormir les sans-culottes qu'il comptait frapper à mort en évitant tout mouvement populaire. En revanche, Rose avait prêté attention à l'histoire d'amour que vivaient Germaine de Staël et Benjamin Constant en Suisse, un coup de foudre qui avait étonné tous les amis parisiens de la redoutable fille de Necker. Désireux de s'enrichir tout autant que d'écrire, Benjamin Constant achetait en sous-main de nombreux biens nationaux. L'or suisse était si convoité qu'il pouvait les obtenir pour une bouchée de pain.

Déçue par Hoche dont la présence physique lui manquait, Rose cherchait à découvrir dans son entourage l'homme qui lui procurerait la sécurité. Thérésia évoquait le nom du général Brune qui, affirmait-elle, comptait parmi ses soupirants. Et il y avait toujours Réal, le fidèle Réal, mais quelle bonne surprise pouvait-il lui offrir ? Elle le connaissait trop bien. Et Barras ? interrogeait son amie. L'homme fort de cette année 1794 qui s'achevait lui avait fait des avances qu'elle avait refusées, mais ils restaient attachés l'un à l'autre, bons amis. Le vicomte provençal adorait les belles créatures à quelque sexe qu'elles appartiennent et ne pouvait qu'être touché par la grâce de Rose si elle se donnait la peine de le séduire. Dès que Tallien serait remis du coup de pistolet qu'il avait reçu à bout portant dans le bras, Thérésia donnerait un bal à la Chaumière. Rose se devait d'y être éblouissante.

Dès lors, la jeune femme n'avait plus pensé qu'à cette fête. Peu lui importait l'exécution de l'abominable Carrier, responsable des noyades nantaises. Justice était faite. On avait massacré tant d'innocents, elle avait côtoyé elle-même de si près la mort que seule subsistait en elle une inextinguible soif de vivre. Les jeunes gens qui avaient vécu cachés sans connaître les plaisirs de leur âge sortaient désormais en plein jour, parfumés, coiffés de façon extravagante, prêts à s'étourdir de danses, de théâtre, de soupers. Les restaurants, les débits de boissons, les bals publics étaient innombrables. On dansait la valse, la gaillarde, la polonaise, la gigue et les danses bon enfant rapportées d'Amérique, plutôt paysannes que de salon mais qui dispensaient beaucoup de gaîté et d'entrain. On ne pouvait imaginer que trois mois plus tôt, la plupart des joyeux danseurs attendaient la mort dans les prisons de la République et disaient quotidiennement adieu à leurs amis, à leurs amours dont les noms venaient d'être appelés. On voulait oublier à tout prix.

À partir d'une pièce de mousseline de cinq aunes, de soie nacarat, de bouts de rubans de satin, d'une aigrette de huppe rousse achetée sur un trottoir rue de Grenelle, Lavinia et Euphémie avaient pu confectionner à leur maîtresse une toilette originale qui ne passerait pas inaperçue. Passée sur une jupe de mousseline blanche, la robe de soie d'un rouge nacré, ouverte sur le devant comme un déshabillé, était nouée sous la poitrine par des rubans torsadés. Les manches courtes étaient serrées autour des bras par une tresse de fils d'argent. Entortillées en turban autour de la tête, deux bandes de mousseline de soie blanche et nacarat où était plantée l'aigrette enserraient les cheveux bouclés très serré que Rose avait voulu remonter en chignon afin de montrer sa jolie nuque. Tombant sur le front, encadrant le visage en accroche-cœurs, les bouclettes mettaient en valeur ses yeux qu'elle allait souligner de khôl un peu bleuté, son teint rendu laiteux par une abondante couche de poudre nacrée, sa petite bouche peinte en rouge, mais surtout les superbes perles prêtées par Fortunée Hamelin. La tenue que porterait la jeune femme du riche banquier intriguait tout le monde. Qu'allait-elle imaginer pour surprendre et même étourdir les invités de Thérésia ? Les scandaliser n'était guère possible. Depuis quelques mois, les limites de la bienséance ou d'un bon goût établi de toute éternité avaient volé en éclats.

Au bras de Pierre François Réal, qui lui aussi avait sauvé sa tête grâce à la chute de Robespierre et se taillait à nouveau une place au soleil entre ses amis Fouché et Barras, Rose avait fait à la Chaumière une entrée remarquée. Au centre de maintes affaires fort souvent très lucratives, l'ancien substitut du procureur général Chaumette affichait un brillant train de vie et était venu chercher Rose rue de l'Université dans un superbe équipage. Ces moments-là, où elle se savait élégante, désirable, traitée en princesse, lui procuraient un bonheur extrême. C'était la vie parisienne dont elle avait rêvé en quittant la Martinique. Il lui avait fallu attendre quinze années, avoir failli mourir et devenir veuve pour la mener.

Dès le vestibule de la Chaumière, les invités étaient saisis par la clarté que diffusaient lustres, appliques, candélabres et par l'odeur suave du mélange de rose, de jasmin et de musc qu'ils respiraient. Il y avait déjà foule et Rose put jouir de l'admiration qu'elle suscitait. Sa douceur, son comportement aimable plaisaient à ceux qui relevaient de l'ancien monde, sa classe à ceux qui faisaient partie du nouveau. Rose savait qu'elle n'était rejetée ni par les uns ni par les autres et elle n'épargnait aucun effort pour demeurer dans cet entre-deux qui convenait à son désir profond de régler sa conduite selon les circonstances et selon ses intérêts.

Une Thérésia resplendissante dans une robe de soie jaune canari l'avait accueillie. Très décolleté, le corsage un peu flou à manches courtes laissait voir les seins jusqu'à la limite de la décence, tandis que la jupe épousait les contours de son corps. Résolument à la dernière mode, la taille placée très haut sous la poitrine était entourée d'un ruban de velours vert d'eau. Elle avait osé se parer de bijoux de prix qu'elle portait avec tant de naturel que nul n'y voyait d'offense à la misère des Français. Sa popularité était telle que « Notre-Dame de Thermidor » pouvait tout se permettre. On la trouvait divine, on tentait de l'imiter, on commentait avec passion les moindres de ses faits et gestes. Prenait-elle un enfant pauvre dans ses bras ? On la qualifiait de sainte. Déambulait-elle dans les rues ? On s'exclamait sur sa simplicité, sa modestie. Portait-elle des robes en tissu hors de prix, des bijoux de princesse ? Le chœur de ses admirateurs l'encensait pour son élégance, son incomparable beauté. Et comme nul n'ignorait la considérable influence qu'elle avait sur Tallien comme sur ceux qui détenaient le pouvoir, on était prêt à tout pour l'approcher, compter parmi ses connaissances, à défaut d'être de ses amis.

La duchesse d'Aiguillon, l'ancienne indéfectible protectrice de madame du Barry, que Marie-Antoinette avait tenue à l'écart, une femme très digne qui avait pu traverser sans dommages la Terreur, venait de se mettre au piano quand Fortunée Hamelin avait fait son entrée. Petite, vive, la beauté du diable, le regard frondeur, Fortunée avait été élue dans *Le Journal des modes* « la plus jolie polissonne de Paris ». Sa tenue ce soir-là avait étonné les plus blasés. Moins qu'une robe, c'était une tunique blanche qu'elle portait, sans manches, très décolletée, échancrée le long des jambes jusqu'aux cuisses. Coupés court au grand scandale des plus âgés mais à l'étonnement admiratif des plus jeunes, les cheveux étaient bouclés « à la Titus » – autour de son joli minois auquel ils donnaient un air de pâtre antique. Deux rubans de velours mauve s'y croisaient, sur lesquels elle avait piqué quelques violettes fraîches.

Madame d'Aiguillon avait joué une mélodie de Cherubini tandis qu'on passait à la ronde des flûtes de vin de Champagne. Une fois les invités rassemblés, on danserait avant de souper. Barras était en retard et Rose l'attendait avec impatience. Elle le connaissait peu et comptait sur Thérésia pour établir entre eux une relation plus intime. Dans l'état de gêne financière où elle se trouvait, jouir de la protection d'un homme comme lui revêtait une importance primordiale.

Enfin le vicomte provençal avait fait son apparition. Grand, mince, il avait un visage sensuel avec des traits lourds, de beaux yeux au regard à la fois ironique et désabusé. Allié aux Blacas, aux Castellane, aux Mirabeau, il avait abandonné ses défroques aristocratiques dès 1789 pour endosser le plus strict habit républicain, sans renoncer pour autant à son goût du luxe et des plaisirs de toutes sortes. Ami du duc d'Orléans, puis de Marat, régicide, il s'était taillé une place importante au club des Jacobins, avant de basculer dans le clan des ennemis de Robespierre dès qu'il avait flairé que le vent tournait. Combatif, acharné contre ses adversaires, il savait rendre coup pour coup avec un cynisme que rien ne semblait pouvoir démonter. Bien que bon ami avec des aristocrates, il craignait comme la peste un retour royaliste et attendait son heure pour imposer par la force son autorité. Mais ce soir-là, vêtu avec élégance, cravaté haut de mousseline blanche d'où émergeait un col de batiste immaculée, chaussé de souliers à boucles d'argent, il était tout charme et tout sourires.

D'un geste câlin, Thérésia s'était emparée du bras de son ami pour l'entraîner vers Rose qui conversait avec le peintre David. Ami de Robespierre, celui-ci avait été incarcéré après le neuf thermidor et venait d'être libéré. Échanger des propos sur l'air du temps avec une femme dont l'époux avait été guillotiné sous la Terreur par l'homme qu'il avait défendu jusqu'au bout ne semblait pas embarrasser le grand artiste.

Tout était oublié, sauf le goût du bonheur et les ambitions personnelles.

Barras avait des femmes une connaissance trop approfondie pour ne pas avoir jugé Rose au premier coup d'œil. Il aimait sa personnalité, un mélange de soumission et de détermination, de fragilité féminine et de calcul. Elle parlait volontiers d'amour sans être le moins du monde sentimentale, du prix de l'amitié qu'elle accordait tout en soumettant celle-ci à sa vanité ou à ses besoins d'argent. Frivole, coquette, elle avait la sagesse de ne pas donner d'avis sur la politique.

Avec insistance, Barras baisa la main qui lui était tendue. Rose de Beauharnais était ce soir très en beauté. Son chic, son charme, la douceur de sa voix procuraient cet attrait qui suscitait le désir des hommes. On la disait fort experte dans l'art d'aimer, mais Barras avait la certitude que même au milieu des plus ardentes étreintes, elle gardait une distinction qui enflammait un peu plus ses amants. Ce soir, l'envie lui prenait soudain de goûter à ces plaisirs. Thérésia Cabarrus ne se refuserait pas éternellement, mais, en cette fin d'année, attendre le bon vouloir d'une femme capricieuse l'ennuyait. Une invitation à souper au Luxembourg où il résidait serait un attrait irrésistible pour l'ambitieuse petite créole et comme on la disait folle des parures à la mode et des colifichets, un ou deux jolis cadeaux auraient vite raison d'une résistance de bienséance.

Du coin de l'œil, Thérésia observait Barras qui faisait des grâces à son amie. Barras et Rose ? Pourquoi pas ? Il était généreux, elle était dépensière, il aimait jouer au sultan, elle serait une parfaite odalisque. Son Hoche la laisserait vite tomber, jamais il ne divorcerait et la naissance prochaine d'un enfant achèverait de le décider à rompre tout à fait. Les souvenirs des prisons de la Terreur s'éloignaient. Nul ne voulait plus y penser.

Dès la mi-octobre, le froid avait été mordant. L'hiver s'annonçait fort difficile : avec la dévaluation quasi quotidienne des assignats, le chômage s'aggravait et la population parisienne connaîtrait bientôt une famine pire que du temps des rois. Déjà, afin de se chauffer, de pauvres gens venaient la nuit couper des arbres sur les Champs-Élysées ou au bois de Boulogne. Les quelques gardes mis en faction n'avaient ni le pouvoir ni le désir de les appréhender. Et les soldats étaient tous sur les frontières. On enrôlait de force s'il le fallait et les jeunes gens ne cherchaient pas à attirer l'attention des recruteurs. La vie était trop excitante à Paris pour désirer partir se battre, même au nom de la République une et indivisible.

Ne sachant quoi inventer pour étonner, choquer les bourgeois, les filles comme les garçons avaient adopté des tenues extravagantes. Portant monocle, les hommes se vêtaient de vert bouteille ou de couleur crottin de chèvre avec de longues vestes à queue-de-morue aux cols de velours noir, des culottes moulantes, des bas chinés, des bottes à l'anglaise ou des escarpins fort échancrés. Leurs cravates de mousseline enroulées plusieurs fois autour du cou montaient si haut sur le visage qu'à peine pouvaient-ils ouvrir la bouche. Coupés en oreilles de chien, les cheveux raides ou tressés en cadenettes étaient coiffés de grotesques chapeaux à la calotte excessivement haute ou de bicornes plats et démesurés. Un bâton à la main, le rosse-coquin, ils se disaient prêts à l'abattre sur le dos des sans-culottes ou des Jacobins qui auraient l'audace de se trouver sur leur chemin. On ne prononçait plus les *r*, bien roulés autrefois, à peine un léger son de gorge à la créole. Plus de « R »évolution, plus de « R »obespierre, plus de p« r »isons, plus de bou« rr »eau, mais une évolution, un obespierre, une pison, un boueau.

Les femmes ne cédaient en rien en extravagance à leurs compagnons. Suivant l'exemple de Fortunée Hamelin, Thérésia Cabarrus, Rose de Beauharnais et la ravissante petite actrice Élise Lange osaient de plus en plus la transparence, les tuniques « à la grecque », les cheveux courts et frisés ou cachés par des perruques déclinées dans toutes les nuances. Tout ce que l'imagination pouvait inventer était permis. *L'Orateur du peuple*, le journal anti-sans-culottes à la main, on se retrouvait dans les jardins du Palais-Royal, au café de Chartres ou aux Canonniers. S'ils passaient par là, on acclamait Barras et Fréron, qui avaient trempé dans les massacres de Septembre mais s'étaient rachetés en participant activement à la chute de Robespierre. Envers tous ceux qu'on soupçonnait d'avoir été les sympathisants de l'Incorruptible, l'époque de la vengeance était arrivée. Après des expéditions nocturnes menées par ces hommes parfumés au musc, la seule odeur, disait-on, susceptible de recouvrir celle du sang, on retrouvait, pendus à des lanternes ou égorgés, des sans-culottes qui osaient encore porter le bonnet phrygien ou tout simplement susceptibles d'avoir été vus hurlant avec les loups le long du passage des charrettes des condamnés ou autour de la guillotine. Quant aux femmes qu'ils croyaient reconnaître comme ayant été des tricoteuses, elles étaient fessées publiquement. Deux muscadins les tenaient fermement pendant que deux autres retroussaient leurs jupes et qu'un cinquième administrait sur leurs séants plusieurs coups de canne, à la grande joie des flâneurs et des garnements. La conscience nette, ils allaient retrouver leurs « merveilleuses » amies dans les jardins de plaisir ou dans des bals qui faisaient tourner les têtes. Au Tivoli, rue Saint-Lazare, autrefois nommé la Folie-Boutin, on dansait la valse, regardait des spectacles de jongleurs et d'acrobates au milieu de plantes rares et exotiques, au Jardin d'Italie, rue Marbeuf, on pouvait s'attabler au fond d'une grotte pour boire du café ou déguster un nouveau breuvage : le thé, dispensateur de toutes les vertus curatives. Là, Ruggieri tirait des feux d'artifice à la nuit tombée et on s'installait sur des chaises de jardin pour assister à des pièces de théâtre, des pantomimes, des spectacles lyriques. Au Jardin Monceau, autrefois propriété du duc de Chartres, on trouvait un décor indien avec des palmiers, des bananiers, et on y sirotait des breuvages à base de rhum, des punchs à l'anglaise. Des ascensions en aérostat avec saut en parachute enthousiasmaient les promeneurs. On y avait applaudi à tout rompre la première aéronaute.

Le froid précoce avait fait se rabattre la jeunesse dorée sur les théâtres, l'Opéra, les cafés. Thérésia, qui avait recouvré une partie des biens de son ex-mari émigré et sa dot, finançait des journaux antijacobins dans lesquels écrivaient des journalistes à la mode et parfois les hommes au pouvoir qui étaient ses amis. À deux pas de sa chaumière, les doigts et les pieds gelés, les Parisiens faisaient la queue pour obtenir du pain, de la viande, du bois, du charbon, des chandelles, du savon, tout ce qui était nécessaire à la survie. Pour jouir d'une existence agréable, il fallait avoir recours au marché noir. On trouvait de tout sous le manteau à des prix exorbitants.

Égérie de ce qui comptait à Paris, hôtesse recherchée, Thérésia s'était sentie l'âme d'une protectrice des arts et avait lancé une souscription pour la restauration du hameau construit par le prince de Condé dans son château de Chantilly. Elle patronnait aussi la manufacture de porcelaine de Chantilly, à son déclin depuis le succès du Sèvres et du Wedgwood anglais. Ce rôle de bienfaitrice continuait à la combler. Les plus grandes dames de l'Ancien Régime, celles qui appartenaient à l'antique noblesse d'épée, ne refusaient pas ses invitations. Chez Thérésia Cabarrus, on pouvait tout obtenir : une protection, un avancement, une position pour un fils, un bon mariage pour une fille. On y maudissait les Jacobins, mais la plupart des amis de la belle Thérésia n'en avaient-ils pas été ? Robespierre jeté aux gémonies, on affirmait n'avoir admiré que Danton, ce grand homme que l'Incorruptible avait livré aux loups. Parmi les parias on comptait Barère, Billaud-Varenne, Collot d'Herbois sur lesquels on se plaisait à vomir des flots de bile. Hommes parfumés de musc, femmes en perruques blondes, anciens Jacobins, amants à présent de ci-devant comtesses, des veuves, des filles d'émigrés buvaient du vin de Champagne dans de jolis salons meublés avec les dépouilles des anciens hôtels, avant de déguster des volailles, du poisson, des pâtisseries, quand Paris crevait de faim. Grande avait été la réprobation quand on avait lu dans *La Tribune du peuple* un article de Babeuf qui fustigeait les thermidoriens : « Français, vous êtes revenus sous le règne des catins, les Pompadour, les du Barry, les Antoinette revivent et c'est elles qui vous gouvernent. C'est à elles que vous devez en grande partie toutes les calamités qui vous assiègent et la rétrogradation déplorable qui tue votre Révolution. Pourquoi taire plus longtemps que Tallien, Fréron, Barras décident du destin des humains, couchés mollement dans l'édredon et les roses à côté des princesses ? »

Thérésia, Fortunée Hamelin et Rose de Beauharnais avaient souri en parcourant l'article. Babeuf était un jaloux, un pisse-vinaigre qui rêvait de société égalitaire où tout se partagerait. N'était-ce pas encourager la stupidité et la fainéantise ?

Au début du mois de novembre, des jeunes gens armés de bâtons et de sabres avaient attaqué le club des Jacobins rue Saint-Honoré, créant la panique parmi ceux qui y tenaient séance. Cherchant à fuir, hommes comme femmes avaient été bombardés de cailloux ou avaient reçu sur la tête des coups de plat de sabre. Une femme qui tentait de se défendre avait même vu ses jupes retroussées pour être fouettée. Le onze novembre, les mêmes jeunes gens répandaient dans Paris le bruit que les Jacobins s'apprêtaient à marcher sur la Convention. La riposte avait été immédiate. Deux mille muscadins et contre-révolutionnaires s'étaient à nouveau portés rue Saint-Honoré, avaient expulsé les occupants du Club sous les cailloux et les crachats. Le Club devait être fermé. Il fallait en finir une fois pour toutes avec cette bande d'assassins.

Escortée d'un commissaire de police, de Tallien et de Fréron, Thérésia était venue elle-même fermer la porte de l'infâme local où tant d'atrocités avaient été décidées. Tallien lui avait demandé de faire ce geste symbolique qui appartenait de droit à « Notre-Dame de Thermidor ». Elle avait aussitôt accepté. Comme le temps était glacial, la jeune femme avait jeté une cape de velours bleu sur sa robe de linon rouge doublée de soie chair et très décolletée. Un turban blanc « à la de Staël » serrait ses cheveux noirs et bouclés. Pour une occasion aussi sérieuse, ses extravagantes perruques n'auraient pas été de bon goût, elle l'avait parfaitement compris. Dans la rue, on l'avait ovationnée.

Désormais les thermidoriens avaient les mains libres. On allait liquider les derniers meneurs, Billaud-Varenne, Barère, Collot d'Herbois, Vadier en les expédiant à Cayenne. On pourrait annoncer aux Français que, grâce aux généraux Kléber, Marceau et Pichegru, il n'y avait plus un seul pouce du territoire national occupé par l'ennemi.

En se préparant pour un souper au Luxembourg auquel Barras l'avait conviée, Rose avait eu le temps de mettre quelques lignes à Lazare Hoche.

L'amnistie qu'il avait proposée aux chouans, ses succès en Vendée allaient-ils le ramener à Paris ? Mais, dans ses lettres, il ne lui faisait plus aucune promesse et elle sentait que leur liaison touchait à son terme. Il fallait le quitter avant qu'il ne l'abandonne.

La mauvaise réputation de Barras, les vices qu'on lui attribuait ne l'effrayaient pas. Il faisait preuve dans le monde d'une parfaite éducation, se montrait délicieux avec les femmes et généreux. Il ne fallait pas demander l'impossible. Et être si près du pouvoir, côtoyer chaque jour des hommes puissants la flattait. Depuis le souper chez Thérésia, Barras lui faisait une cour charmante. Grâce à lui, elle avait de beaux fruits, du gibier, des fromages fins, du café, du thé, du sucre en abondance, elle pouvait convier ses chères amies Thérésia, Fortunée Hamelin et la délicieuse mademoiselle Lange à des « thés » que toute femme à la mode se devait d'organiser.

Enceinte, Thérésia allait épouser Tallien avant la fin de l'année. Une fête intime mais qui réunirait les hommes au pouvoir et les femmes à la mode. Seule Juliette Récamier, délicate et ravissante comme une porcelaine de Saxe, courtisée, adorée, restait à l'écart. On la voyait cependant dans les cérémonies officielles, les inaugurations et dans certaines soirées où paraissait aussi Germaine de Staël qui venait de regagner Paris, escortée de Benjamin Constant.

Son petit chien Fortuné couché à ses pieds, Rose se laissait coiffer par Duplan, le figaro à la mode, comme l'avait été autrefois l'infortuné Léonard, guillotiné la veille de la chute de Robespierre. Elle avait voulu des cheveux plats, juste bouclés autour du visage et retenus en chignon par un peigne d'écaille incrusté de petits diamants, une bagatelle achetée à la vente aux enchères des toilettes et bijoux de la duchesse de Cossé-Brissac.

Par une fierté, un orgueil que Rose trouvait un irraisonnable entêtement, certaines dames de la haute noblesse dont les maris avaient émigré refusaient de se mêler à la société nouvelle. Leurs châteaux, leurs meubles, leurs tableaux vendus, elles s'étaient regroupées dans l'ancien couvent des Minimes, près de la place des Vosges. Acheté comme bien national par les frères Christophe, il avait été transformé en maison de retraite qui n'acceptait que les nobles à quatre quartiers. Un parfum de vieux monde y flottait avec son orgueil, ses bonnes manières, son respect des formes de la vie sociale et de la religion. Les habits brodés, les robes de soie et de satin, les perruques poudrées avaient fait place à des vêtements chauds souvent usagés, les escarpins de daim et de taffetas à de confortables souliers. Pour rien au monde Rose n'aurait voulu rejoindre ce cercle d'épaves du passé.

Tout en roulant les boucles, Duplan évoquait les derniers potins parisiens. On disait que le riche fournisseur aux armées, Michel Simons, fils d'un grand carrossier de Bruxelles, courtisait Élise Lange qu'il traitait en princesse dans son château de La Chauvennerie. Elle le menait par le bout du nez tout en se laissant aimer ailleurs, par Lenthrand en particulier qui se prétendait comte de Corligny. Il était en réalité le fils d'un garçon perruquier de Moulins enrichi dans la fabrication des savons. Rose écoutait avec attention. Elle enviait à Fortunée Hamelin son phaéton, ses deux superbes chevaux anglais, sa vaisselle de Sèvres, son argenterie. Un jour ou l'autre, elle connaîtrait à nouveau ces luxes indispensables. Hoche n'étant pas, hélas, celui sur lequel elle pouvait compter, il restait Barras. Ses autres amis, bien que prêts à lui avancer un peu d'argent, n'avaient pas ce genre de générosité. À la Chaumière, Thérésia transformait son jardin un peu sauvage en parc à l'anglaise, faisait dorer les colonnes de sa salle à manger. Toutes ces folies tournaient la tête. Les lèvres fines de Rose s'étaient pourtant pincées quand Duplan avait parlé de la date choisie, le vingt et un janvier, pour la fête nationale. C'était, disait-on, afin de justifier cette décision, « le jour de la juste punition de Louis Capet, dernier roi des Français ». Élevée dans le respect de la monarchie, mariée à une famille qui était fière de sa noblesse, en admiration devant la pompe royale, la jeune femme ne pouvait se réjouir de la chute des Bourbons, même si elle l'acceptait comme une fatalité. À Penthemont, elle avait appris ce que représentait l'aristocratie et avait tout fait pour être l'égale des grandes dames dans le langage, les manières, la politesse, les attitudes qui faisaient juger quelqu'un en un clin d'œil. Il lui était impossible de nier qu'elle se sentait toujours une aristocrate, même si les préjugés de ceux-ci n'étaient plus les siens.

À La Provence et l'Italie, le magasin de beauté à la mode, Euphémie avait acheté pour sa maîtresse une crème faite à base d'amidon de Hollande qui blanchissait la peau, dissimulait les rides, et de l'eau de pigeon incomparable pour la fraîcheur du décolleté et des bras. Rose avait pris l'habitude d'user largement du rouge qu'elle étalait du haut des pommettes au coin de la bouche. Appliqué avec une éponge il prenait une certaine transparence, sculptait le visage. Avec habileté, elle parvenait à donner un peu de volume à ses lèvres et, surtout, elle avait atteint la perfection dans l'art de dissimuler ses dents noircies : éventail, mouchoir, une jolie main baguée, tout était bon et utilisé à propos.

Thérésia lui avait prêté une rareté qui coûtait une fortune, un châle de cachemire venu des Indes d'une couleur rouge orangée. Le moelleux, le chic du drapé étaient sensationnels et Rose ne rêvait plus que d'en posséder un à son tour.

À près de trente-deux ans, elle avait perdu toute naïveté et n'ignorait pas qu'en acceptant un souper au Luxembourg, elle offrait à Barras un consentement tacite. Il n'était pas homme à supporter les longues coquetteries ou autres interminables simagrées. Les femmes savaient qui il était et ce à quoi elles s'engageaient. Par ailleurs, l'homme ne lui déplaisait pas.

Dans la voiture de louage qui l'amenait au palais du Luxembourg, la jeune femme s'était sentie parfaitement calme. Elle avait des responsabilités, des besoins, des envies. Barras était l'homme de la situation.

Le premier janvier 1795, Rose s'était rendue à Saint-Germain pour souhaiter la bonne année à son beau-père, à sa tante Edmée et pour embrasser ses enfants. À l'intention de tous, elle avait de petits cadeaux achetés en compagnie de Thérésia rue Saint-Honoré où abondaient les marchands de colifichets parisiens, les joailliers, les horlogers. On était étonné, en venant d'autres quartiers, de trouver encore tant de richesses. D'ailleurs, depuis la chute de Robespierre, la confiance revenue, les affaires allaient bon train. Banquiers, négociants, hommes d'affaires n'hésitaient plus à afficher leur aisance. Le soupirant d'Élise Lange, par exemple, Michel Simons, qui possédait l'exclusivité des fournitures aux armées du Nord, avait hôtel particulier, équipage et château. Quant à Benjamin Constant, le tendre ami de Germaine de Staël, avec ses agiotages et achats de biens nationaux dont les revenus couvraient en trois ans le dérisoire prix de vente, sa fortune n'était plus à faire, pas plus que n'était à constituer celle de Jacques Laffitte, tout d'abord employé chez le banquier Perrégaux dont il était vite devenu l'associé.

Même si on se moquait des parvenus, leur argent attirait les plus malveillants. Chez eux on soupait royalement au milieu de meubles rares, de tableaux de maîtres, servi par des domestiques attachés autrefois aux plus grandes familles.

Avec l'âge, le marquis de Beauharnais souffrait de multiples maux. Edmée enfin devenue veuve avait pu épouser son vieux compagnon qu'elle soignait avec dévouement. Hortense et Eugène étaient enchantés de leurs pensions réciproques. Entourée d'amies très chères, en particulier les nièces de madame Campan, Églé et Adèle Auguié et proche de sa cousine Émilie de Beauharnais, la fille de François dont la mère, libérée après le neuf thermidor, avait épousé, à la consternation de sa famille, un mulâtre des Îles, monsieur Castaing, Hortense s'épanouissait. En dépit des lois de sécularisation, les fillettes préparaient leur communion sous la direction d'une ancienne religieuse, madame de La Gouttaye.

Âgé de quatorze ans, Eugène changeait à vue d'œil. Grand, élancé, blond comme son père, il en avait le visage fin, le sourire charmeur. Mais de sa mère il tenait un cœur d'or, une vraie générosité, une grande facilité à s'adapter à toutes les situations. Dans le collège de monsieur McDermott, il préparait une carrière militaire tout en acquérant une bonne culture générale et les manières du monde.

Il avait été décidé qu'Hortense passerait le mois de janvier à Paris avec sa mère, afin qu'elle puisse faire ses tout premiers pas dans la société et mette en pratique les belles manières enseignées par la rigide madame Campan. Pour la fillette ce séjour était une contrainte. Timide, habituée à une agréable routine au milieu de ses compagnes, elle jouissait à Saint-Germain d'une sécurité qui lui avait été trop souvent refusée dans sa prime enfance. Les belles amies de sa mère la rendaient gauche, leurs conversations semblaient être menées dans une langue étrangère à la sienne.

Rue de l'Université, on s'était un peu serré et Hortense avait dû se contenter d'un cabinet jouxtant la chambre de Rose. La grande affaire était le dîner offert le vingt et un janvier, fête nationale, par Barras au Luxembourg. On ne parlait plus que de toilettes, de coiffures, de bijoux. Euphémie et Lavinia s'activaient du matin au soir à coudre, retoucher, nettoyer, repasser, empeser, aidées par Hortense qui ne savait trop quoi faire d'elle-même et se souvenait des leçons de couture données autrefois par mademoiselle Lannoy. Celle-ci jouissait désormais de sa retraite dans une maison champêtre.

Tout en sachant qu'elle allait jouer au Luxembourg le rôle de maîtresse de maison, Rose n'en avait rien dit à sa fille. Hortense, elle l'espérait, était trop jeune pour s'en apercevoir.

Le thermomètre n'était pas monté une seule fois au-dessus de zéro depuis le début du mois. On gelait à Paris mais, en dépit des extrémités du temps, on avait manifesté quelques jours plus tôt dans un désordre indescriptible pour que le corps de Marat fût retiré du Panthéon. Les muscadins qui se déclaraient « la jeunesse française » étaient déchaînés. Avec leurs gourdins plombés, leur esprit de vengeance, ils semaient la terreur et aucune contre-manifestation n'avait eu lieu dans les faubourgs. Barras et Tallien, eux-mêmes fort inquiets de ce retour en force des royalistes, n'avaient pu agir. À Nîmes, à Marseille, à Toulon, on traquait les Jacobins ou ceux soupçonnés de l'avoir été, on rossait et tuait parfois. À la Terreur bleue succédait la Terreur blanche et maints Français souhaitaient l'arrivée d'un homme fort qui puisse imposer l'ordre et le respect des lois. Des noms circulaient : Hoche ? Pichegru ? Marceau ? Quelques rares personnes avançaient celui du jeune Bonaparte qui venait d'arriver à Paris, mais ce nom était étranger à presque tous. Barras le prononçait parfois avec amitié, parfois avec froideur.

Embarrassée, Hortense avait suivi sa mère le long des corridors du palais du Luxembourg. Tout au bout, la porte menant aux appartements de Barras, encadrée par deux valets en livrée bleu et rouge, était ouverte à double battant. De nombreux invités se pressaient déjà dans le grand salon aux boiseries tout juste repeintes et redorées. Le buffet avait été dressé dans la bibliothèque, les petits salons étant réservés à ceux qui désiraient s'entretenir en privé. Tout ce que Paris comptait de femmes élégantes était là et en particulier les « reines » : Thérésia, Élise Lange, Fortunée Hamelin. Toutes avaient fait des prodiges d'imagination pour étonner et elles y étaient parvenues. Pieds nus dans des sortes de cothurnes à l'antique, Thérésia portait à chaque doigt de pied des bagues dont les pierres étaient en harmonie avec celles qui paraient ses mains. Sans se concerter, les trois amies s'étaient vêtues de tuniques coupées dans une étoffe transparente, fendues le long des jambes et ceinturées sous la poitrine. Les tétons colorés de rouge pâle, les seins de Thérésia ressemblaient à deux roses épanouies. Entortillées, tressées, bouclées, entrelacées de rubans, les chevelures étaient des œuvres d'art pour lesquelles Duplan s'était surpassé. L'arrangement capillaire le plus original revenait à mademoiselle Lange qui n'avait pas hésité à y disposer un cobra de vermeil aux yeux d'émeraude dont la tête dressée semblait menacer les soupirants trop hardis. L'exotisme étant à la mode, cette allusion aux reines égyptiennes avait beaucoup plu.

Rose ne s'était pas laissé impressionner. Tout sourires, Barras était venu à sa rencontre, lui avait longuement baisé les mains, en possesseur, avant de la complimenter sur la robe de linon pêche qui, portée sans chemise, laissait deviner les contours de son joli corps. Dans sa simplicité, elle était irrésistible.

Comme Hortense s'ennuyait, Rose avait dû partir dès minuit. Mais elle n'était pas fâchée que sa fille ait pu se rendre compte de ce qu'offraient l'argent et le pouvoir. Ce genre de réflexion pouvait l'empêcher de faire un sot mariage avec un gandin sans le sou ou le fils d'un hobereau retiré sur ses terres. Quand on avait goûté au luxe et au pouvoir, on n'y renonçait pas facilement. Personne ne pouvait le nier, ni les aristocrates dits « adaptés », ni les bourgeois enrichis, ni les petits officiers à la maigre solde devenus de brillants généraux.

On voyait souvent Rose de Beauharnais au Luxembourg où elle était chez elle. On l'apercevait aussi dans les multiples bals au prix d'entrée suffisamment élevé pour écarter les indésirables, au théâtre, à l'Opéra. Elle possédait maintenant un joli cabriolet tiré par deux chevaux anglais alezans et conduit par un cocher qui faisait également office de portier. Son ambition était de posséder aussi vite que possible sa propre maison. Elle en rêvait tout haut devant Barras qui jusqu'alors avait fait la sourde oreille.

Avec ses amies, elle avait applaudi à tout rompre quand, le deux février, le buste de Marat qui trônait au Théâtre Montansier avait été jeté à terre, brisé, piétiné. Quelques jours plus tard, la Convention avait ordonné que soit ôtée des lieux publics toute effigie de Marat ou de Le Peletier de Saint-Fargeau, les martyrs de la Révolution.

Le premier avril, alors que le peuple affamé manifestait pour exiger du pain et la Constitution de 1793, la jolie Élise Lange menait une action d'éclat qui avait tenu en haleine ses amies et rivales. Pour prouver sa totale liberté et avec le culot d'une comédienne, elle avait décidé de remonter les Champs-Élysées en ne portant qu'une jupe transparente et des sandales à la romaine, un défi qui ne manquerait pas de faire du bruit. En dépit d'un temps frais, mademoiselle Lange n'avait point renoncé. Bien que brève, l'impression produite avait été au-delà des espérances de la jeune actrice. Dans la rue, les passants ahuris s'étaient aussitôt immobilisés et bon nombre d'entre eux lui avaient emboîté le pas. On l'avait applaudie, huée, sifflée et le charivari était tel qu'à peine devant les Tuileries, la police avait dû intervenir au milieu des éclats de rire et des lazzis. Personne ne pouvait garder son sérieux et la maréchaussée avait eu le plus grand mal à remplir son devoir sans céder à l'hilarité générale.

Relâchée quelques heures plus tard, Élise Lange avait pu rejoindre la joyeuse assemblée qui l'attendait chez les Tallien pour souper. On avait bu, mangé et chanté jusqu'à l'aube. Lorsque les invités avaient quitté l'allée des Veuves dans leurs brillants équipages, ouvriers, apprentis, commerçants se hâtaient vers leur travail. Une pluie froide trempait les paletots, s'insinuait dans les godillots, ruisselait sur les bonnets ou chapeaux de laine bouillie. Le soir, ils rapporteraient chez eux une poignée d'assignats un peu plus dépréciés que la veille, à peine suffisants pour acheter un mauvais pain, une tranche de lard, un morceau de fromage.

Dans sa voiture, Rose somnolait. Barras l'avait déçue en courtisant de trop près Thérésia. Incapable depuis les premiers temps de son mariage de maîtriser sa jalousie, elle avait dû faire un gros effort pour que son amant ne puisse la déceler. Il haïssait les scènes et ne lui était point suffisamment attaché pour faire la moindre exception. Par ailleurs, il n'exigeait de ses maîtresses nulle fidélité et elle gardait elle-même de la tendresse pour le vieux marquis de Caulaincourt qui l'avait consolée de l'abandon de Lazare Hoche. Par Barras, elle avait obtenu d'avantageux pourcentages sur des fournitures aux armées, sommes fort bienvenues pour régler une partie des dettes qui ne cessaient de s'accumuler.

Ces privilèges valaient bien un effort. L'argent coulait entre ses doigts et ceux de ses amies. On s'amusait, se parait sans compter. Dans le monde qu'elle fréquentait, on prisait le luxe, le persiflage, les commérages, les affaires. Cela lui convenait parfaitement. Le cercle intime des merveilleuses se composait de banquiers, d'agioteurs, de trafiquants aux armées, d'aristocrates désargentés, de jeunes gens rongés d'ambition. Ce monde nouveau surgi après thermidor ne faisait guère regretter l'ancien, trop compassé, trop hiérarchisé, trop donneur de leçons.

Avec le retour du beau temps, Paris bourdonnait comme une ruche. Les restaurants à la mode comme Le Veau qui tète et La Marmite perpétuelle affichaient complet. On dansait dans les six cent quarante bals recensés dans Paris, dont les plus prisés étaient le bal Thélusson et le bal de l'hôtel Richelieu où les femmes s'ingéniaient à étonner, frapper, choquer. Vêtues de robes transparentes, couvertes de pierres précieuses, chaussées à l'athénienne ou à la turque, d'extravagantes perruques sur leurs cheveux courts et frisés, elles voltigeaient au bras des incroyables que l'on appelait aussi bichons et des muscadins qui abandonnaient à l'entrée leurs gourdins.

L'accouchement de Thérésia Tallien avait marqué l'apogée de la saison. À la Chaumière, Notre-Dame de Thermidor avait mis au monde une petite fille, Rose-Thermidor, dont Rose de Beauharnais était la marraine. Tout Paris se rendait allée des Veuves pour complimenter la jeune mère à laquelle Tallien venait d'offrir un phaéton mauve et une paire de chevaux espagnols blancs.

Déjà Thérésia préparait son retour dans les salons. Rose, qui se débattait dans les problèmes financiers, savait parfaitement ce qu'elle voulait : la sécurité, l'argent. L'homme ou les hommes capables de lui offrir ces deux nécessités absolues étaient tous à son goût. On était heureux à Paris.

Barras la gâtait, mais pas autant qu'elle l'avait espéré. Ce qui la flattait était la place qu'elle occupait désormais au Luxembourg et l'intimité partagée avec l'homme le plus puissant de France. Scandaleux, haï, il avait suscité de violentes oppositions, toutes matées avec la dureté tranquille qui caractérisait le quasi-dictateur de la France. Billaud-Varenne, Barère, Collot d'Herbois, tous opposants au régime, avaient été déportés en Guyane. Vadier avait pu s'échapper et se terrait. Mais le mécontentement latent commençait à se faire violent. Le jacobinisme ne s'était pas éteint, ni chez certains intellectuels ni dans les faubourgs où sévissait la famine. Des voitures transportant du grain avaient été pillées rue de Seine. Exaspérées de faire la queue devant des boulangeries vides, des ménagères formaient des cortèges qui revendiquaient à grands cris du pain pour tous.

Du côté opposé, les royalistes avaient reformé de puissants réseaux et se regroupaient ouvertement. Le dix-huit mai, une foule surexcitée avait forcé les portes de la Convention et décapité le député Féraud dont la tête fichée sur un pieu avait été présentée au président Boissy d'Anglas. Gardant tout son sang-froid, celui-ci avait salué la dépouille en silence, tandis que sur les bancs les députés montagnards Bourlotte et Duquesnoy fraternisaient avec les émeutiers.

Tallien et Fouché avaient réagi vite et brutalement. Le faubourg Saint-Antoine avait été encerclé et désarmé par la force, tandis que les montagnards passaient devant un tribunal hâtivement réuni. Leur seule alternative à la guillotine était claire : s'il leur restait un peu d'honneur, ils devaient opter pour le suicide.

La riposte était venue aussitôt. Comment Tallien et Fouché, qui avaient les mains pleines de sang, pouvaient-ils s'ériger en juges ? Un citoyen s'était même présenté à la barre de la Convention pour réclamer justice au nom des hommes et des femmes massacrés à Lyon sur les ordres de Fouché. Celui-ci s'était défendu en attaquant. Les bourreaux des Lyonnais avaient été Maximilien Robespierre et ses partisans. Depuis leur exécution, il n'y avait plus eu de rébellion dans la ville de Lyon. Et pour mettre Tallien en difficulté, Fouché n'avait pas hésité à rencontrer le vieil ennemi de celui-ci, Gracchus Babeuf, le défenseur du collectivisme, une théorie économique et sociale opposée à la propriété. La joute entre Fouché et Tallien était à présent sans merci. Attaqué à la Convention, Tallien, pressé par ses amis, avait désigné Fouché comme l'homme manœuvrant Babeuf en sous-main. On l'avait vivement applaudi. Au moment où la Convention glissait à droite, l'attaque du héros de Thermidor frappait Fouché de plein fouet. Et d'autres accusations pleuvaient sur lui. N'était-il pas l'auteur des massacres qui avaient eu lieu dans la Nièvre et l'Allier ? En hâte, il rassemblait des signatures d'habitants de ces départements qui le disculpaient et honoraient même son rôle de conciliateur. N'avait-il pas tenu tête à Robespierre ? Haines et vengeances devaient s'apaiser et les rumeurs être ignorées. En dépit de quelques erreurs, la République une et indivisible avait atteint la quasi-totalité de ses objectifs et pouvait être fière d'elle-même.

Toujours assidu aux réceptions des Tallien dans leur Chaumière de l'allée des Veuves, Barras restait neutre en apparence. Mais ses rares intimes n'ignoraient pas qu'il plaçait Fouché bien au-dessus de

Tallien. En outre, des affaires personnelles très lucratives le liaient à l'ancien séminariste devenu un indicateur hors pair.

Paris ne s'apaisait pas. Il semblait qu'on allait revoir les pires journées de la Révolution. Dans les faubourgs, les cortèges hurlaient : « Du pain et la Constitution de 1793 ! » Des canons leur avaient répondu et le vingt-trois mai, le général Menou, à la tête d'un détachement de dragons, avait chargé. Le faubourg avait capitulé. L'insurrection populaire était matée.

Thérésia et ses amies ne cachaient pas leur satisfaction. Enfin on allait pouvoir circuler sans danger dans Paris, retourner à l'Opéra, au théâtre, danser. Avait-on idée de faire des émeutes au mois de mai quand il faisait si bon vivre !

La séduisante, l'adorable comédienne Élise Lange avait donné le ton en achetant un joli hôtel rue Saint-Georges dans lequel elle avait donné une fête superbe. Y avaient été invité le monde du spectacle et de la finance. Au cours de la soirée, Julie Carreaux, séparée de Talma, son mari, avait annoncé qu'elle mettait en location son délicieux petit hôtel niché dans une impasse de verdure au fond de la rue Chantereine. Rose avait aussitôt senti battre son cœur. À plusieurs reprises, elle avait été invitée par les Talma et leur maison l'avait charmée. Elle la voulait. Trouver l'argent nécessaire ne pouvait être impossible. En quittant la rue Saint-Georges, elle s'était promis de faire dès le lendemain une longue visite à Barras.

Elle l'avait trouvé très irrité. Son jeune protégé Napoléon Bonaparte, qui avait manœuvré avec talent l'artillerie lors du siège de Toulon, venait d'arriver à Paris. Avide d'un commandement, d'une position quelconque en réalité, il avait refusé avec hauteur de conduire l'armée de l'Ouest en Vendée. Hoche ne venait-il pas de signer un accord de paix avec les chefs chouans ? « On dit qu'il loge dans un hôtel miteux avec son frère Louis rue des Fossés-Montmartre, avait pesté Barras, qu'il y reste ! Je déteste les fortes têtes. » Toujours gracieuse, attentionnée, câline, Rose l'avait laissé parler. Ce petit Bonaparte n'était-il pas protégé par Panoria Permon, sa compatriote ? Celle-ci en disait le plus grand bien et sa fille Laure, à cause de sa petite taille et de sa maigreur, le surnommait « le Chat botté ». Quand enfin Barras avait abandonné le général corse à son triste sort, Rose avait pu évoquer la charmante maison que Julie Carreaux allait louer. Ne serait-ce pas un bonheur de disposer d'un endroit aussi charmant et discret ? La rue Chantereine, nommée ainsi à cause des grenouilles qui y donnaient concert par temps de pluie, était proche de tout ce qui avait de l'intérêt à Paris, tout en restant presque provinciale. Seules quelques belles maisons s'y dissimulaient derrière leurs jardins. Barras n'écoutait que d'une oreille. Maîtresse charmante, Rose était une redoutable quémandeuse à laquelle il cédait trop souvent. Mais elle n'était pas la seule femme à laquelle il s'intéressait et il ne pouvait consentir à tous ses caprices. Trop soucieuse de ses intérêts pour se donner tout entière, Rose n'avait pas un tempérament de feu. Au lit, elle prodiguait ses caresses en pensant à sa récompense. À l'instant même, Barras songeait plutôt au petit Dauphin qui se mourait au Temple. Après le neuf thermidor, il était allé rendre visite à l'enfant et, sidéré par le spectacle de sa déchéance, avait donné des ordres pour qu'on le lave, qu'on nettoie sa chambre et lui permette de prendre l'air de temps à autre. Ses ordres n'avaient pas dû être exécutés, car on ne donnait plus que quelques jours à vivre à l'héritier du trône de France. Sitôt l'enfant mort, son oncle le comte de Provence prendrait le titre de Louis XVIII et réunirait autour de lui tous les nostalgiques de l'Ancien Régime. La France n'avait pas besoin de ces nouveaux fauteurs de troubles. Il fallait les écarter avec la détermination dont il avait usé envers les Jacobins pour renforcer le pouvoir central à son profit.

Rose attendait un encouragement qu'il se garda bien de donner. Elle était délicieuse, cependant, dans sa tenue de mousseline blanche qui laissait deviner ses petits seins aux aréoles brunes. Ainsi vêtue, avec ses cheveux simplement bouclés, son accent créole, elle avait un charme tout particulier. Sans doute viendrait-il lui rendre visite chaque semaine dans sa maison de Croissy, comme il le lui avait promis. Dès la fin du mois de juin, elle s'y retirerait pour l'été, laissant ses enfants aux Beauharnais.

Rose avait quitté le Luxembourg dépitée. Ses nombreuses allusions à la maison de la rue Chantereine étaient tombées dans l'oreille d'un sourd. Vers qui se tourner ? Elle allait demander conseil à Thérésia.

Dans son boudoir de satin jaune et blanc, celle-ci s'entretenait avec mesdames de Château-Renault et d'Aiguillon du débarquement des royalistes à Quiberon, une armée constituée d'émigrés, trois mille hommes, tous portant la cocarde blanche, désireux de s'emparer du pouvoir au nom du futur Louis XVIII pour rétablir les trois ordres, punir les régicides et restituer à leurs propriétaires les biens nationaux. Hoche les attendait de pied ferme. Rose ne recevait plus de nouvelles de lui et s'était résignée à perdre cet amant qui avait rendu possible sa survie dans les atroces conditions de la prison des Carmes. D'elle, il possédait des lettres brûlantes qu'un jour ou l'autre elle lui réclamerait.

Tallien, accompagné de son ami Rouget de Lisle, avait surgi dans le boudoir pour apprendre à sa femme qu'on l'envoyait à Vannes. Il allait prendre la route le soir même.

Soudain les beaux projets de bals et de fêtes champêtres s'étaient trouvés compromis. Thérésia ne se faisait aucune illusion. On expédiait son mari en Bretagne pour se venger de lui. Qu'il réussisse en se montrant impitoyable ou qu'il échoue, il allait être le bouc émissaire du gouvernement. Pas assez autoritaire pour s'imposer, pas assez habile non plus, son nom était sur la liste secrète des héros de Thermidor à éliminer. Mais elle survivrait, de cela elle était sûre.

Barras était en effet venu chaque semaine à Croissy. La veille de la date fixée pour sa visite, la route entre Nanterre et le portail de la maison de

Rose était interdite à la circulation. N'y passaient que les convois amenant vins, gibiers, poissons, légumes, fruits et pâtisseries destinées à l'hôtesse. Tout provenait du Luxembourg et était apporté par deux cuisiniers accompagnés de trois marmitons. Tandis qu'ils s'affairaient dans la modeste cuisine, Rose, dans son cabinet de toilette, se préparait, aidée par Euphémie. Le bain parfumé à l'essence de jasmin, la coiffure, le maquillage occupaient l'après-midi entier. Entourée de bouilloires, de seaux, de cuvettes, de boîtiers contenant pinces, brosses, pinceaux, éponges, elle s'installait devant sa coiffeuse où s'alignaient les pots de fard blanc, ceux de rouge, de poudre, les onguents noirs pour les cils, rouges pour la bouche, les flacons de parfum. À trente-deux ans, elle voyait avec effroi apparaître les premières ridules. Des cernes creusaient ses yeux lorsqu'elle avait abusé des joies nocturnes. Ses amies Thérésia, Fortunée et Élise étant beaucoup plus jeunes, avaient gardé une fraîcheur, un éclat qui déjà lui faisaient défaut. Mais elle maîtrisait parfaitement l'art de s'embellir et de mettre son joli corps en valeur, de jouer avec la douceur câline de son regard et de cacher soigneusement ses dents noircies qu'elle frottait cependant d'une poudre composée de pain brûlé, de charbon pilé et de sucre, censée pouvoir les bonifier tout en adoucissant son haleine. Tous ces soins coûtaient fort cher mais il était exclu qu'elle s'en passât. Le rouge de chez Martin, le fournisseur à la mode, lui coûtait à lui seul plus de deux mille francs par an, les eaux de toilette achetées chez Gervais-Chardin près de mille francs, le blanc pour unifier le teint la même somme.

Baignée, coiffée, maquillée, elle passait une chemise de percale garnie à la gorge de valenciennes, des bas de soie rosée qui ne nécessitaient pas l'emploi de jarretières, chaussait des souliers de taffetas ou de satin sans talon dont la semelle légère interdisait toute marche en dehors de la maison. Sur la chemise enfin, Lavinia lui passait une robe de batiste brodée avec un art exquis qui épousait le décolleté et suivait en les suggérant seulement les lignes du corps. Barras était sensible à un certain mystère et n'appréciait pas les femmes se présentant devant lui à demi nues. Son éducation aristocratique avait laissé en lui le goût délicat du déshabillage, de la découverte progressive du corps de la personne désirée.

En tête à tête, ils soupaient en causant. En réalité, Rose n'ayant ni le pouvoir ni l'envie de mener une conversation sérieuse, c'était Barras qui la plupart du temps monologuait, encouragé par les regards admiratifs de son hôtesse, son amorce de sourire qui ajoutait à son charme. Les serviteurs amenés dans la suite du maître de la France s'activaient en silence. Rose goûtait chaque instant de ces soirées. Que la vie était belle et bonne au milieu de ces mille luxes qui ôtaient tout souci, effaçaient la difficulté des temps.

Visiblement, Barras mijotait un grand coup car il parlait d'alliances, d'amis sûrs, citait des noms. Celui du général Bonaparte revenait souvent. Il l'avait rencontré récemment au Jardin des Plantes, en compagnie de son ami Junot qui lui procurait l'essentiel de ses moyens de survie. On disait celui-ci amoureux de Paulette, une des trois jolies sœurs du petit Corse, mais deux bourses vides ne faisaient pas vivre un ménage. On chuchotait aussi que Napoléon s'intéressait à Panoria Permon, de vingt ans son aînée, veuve, riche, très proche des Bonaparte. Il voyait dans cette alliance un moyen de sortir de la gêne et de s'introduire dans la société parisienne. Ce sujet intéressait Rose bien plus que le débarquement royaliste à Quiberon. Par Thérésia elle en connaissait déjà tous les détails.

Tallien, Hoche et Rouget de Lisle avaient écrasé une sortie le dix-sept juillet et les Blancs étaient pris comme des rats dans la presqu'île. On allait incessamment les y attaquer, capturer leur chef, Sombreuil, et les exterminer. Au fond de son cœur, Rose ne pouvait se réjouir du prochain massacre qu'annonçait Barras.

Pour changer de conversation, elle avait refait une allusion à la maison de Julie Carreaux toujours à louer rue Chantereine. Barras enfin lui prêta l'oreille et, soit par désir de lui plaire, soit par lassitude, envisageait de prendre à sa charge les premiers loyers. Le bonheur causé par ce geste procurait à Rose une joie dont elle saurait remercier son amant. Enfin elle allait être chez elle, avoir sa maison, son jardin, une écurie où elle pourrait remiser sa jolie voiture et abriter les deux chevaux. Son esprit s'emballait. Elle songeait aux meubles, aux rideaux, aux tapisseries. Petite, mais bien agencée, la maison pouvait offrir de multiples possibilités. Elle engagerait un vrai cocher, un cuisinier. Avec Euphémie et Lavinia, son personnel de maison serait complet.

Le bail signé, elle n'avait guère eu envie de prolonger son séjour à Croissy. Thérésia par ailleurs la réclamait. L'armée des émigrés exterminée, Tallien avait voulu montrer de la clémence et, comme elle l'avait prévu, on se retournait contre lui. Hoche avait fait exécuter sept cent vingt royalistes et fusillé Sombreuil, leur héroïque général. Par tactique politicienne, on se servait de Tallien comme bouc émissaire. Quiberon et les vies qu'il avait pu sauver ajoutaient encore à l'amertume d'un homme dont Thérésia déjà se détachait. Tout sombrait autour de lui. Promis à la gloire après le neuf thermidor, il allait être mis au rebut et ne se relèverait pas.

Par ailleurs, on préparait à Paris l'adoption de la Constitution de l'an III (août 1795) qui serait soumise en septembre aux électeurs. Le pouvoir exécutif serait assuré par un directoire de cinq membres et le pouvoir législatif partagé entre deux conseils, celui des Cinq-Cents et celui des Anciens. Les royalistes, les derniers Jacobins voyaient d'un très mauvais œil cette Constitution bourgeoise conçue seulement pour parer à tout retour d'un pouvoir absolu. Mais il fallait rétablir l'économie, enrayer le chômage, conclure la guerre.

Pas tout à fait décidée à lâcher Tallien qu'elle voyait élu député dans la nouvelle Assemblée, Thérésia réunissait à la Chaumière ceux qui allaient peser de toute leur influence sur les prochaines élections. Elle voulait rester la reine incontestée du Tout-Paris qui s'amusait, décidait, dépensait, voulait consolider ses relations dans le monde de la banque, plus sûr que celui de la classe politique, et dans celui du spectacle, plus amusant que les deux autres réunis.

On la voyait partout avec ses perruques extravagantes allant du blond le plus clair au noir de jais, courtes ou longues, raides ou bouclées, dans ses robes de linon transparentes qu'elle portait sur des chemises de mousseline légère comme des toiles d'araignée, drapée dans des châles, un accessoire tout nouveau devenu aussitôt indispensable, même s'il était fort coûteux, qu'elle faisait voltiger autour d'elle comme des ailes de papillon, ses doigts de pieds ornés de bagues, ses ceintures, ses bracelets incrustés de pierres précieuses.

Jaloux, Tallien souffrait de l'extrême liberté de sa femme, du nombre de ses admirateurs qui faisaient le siège de la Chaumière, une maison qu'il avait tant aimée mais où il ne se sentait plus vraiment chez lui, de l'abandon affectif où se trouvait leur petite Rose-Thermidor laissée aux soins des domestiques. Ce qu'il voulait, ce qu'il aimait était une vie calme au milieu de ses livres, de sa famille et on lui imposait un tourbillon permanent, des intrigues, des fêtes où il se morfondait. Il supportait de plus en plus mal de voir Thérésia rentrer au milieu de la nuit, un peu grise, étourdie de musique, de danses, de compliments. Ses amis eux-mêmes avaient changé. Elle ne cachait pas qu'elle s'ennuyait avec ceux qui avaient accompagné et soutenu la carrière de son mari. Ses favoris étaient des banquiers, des diplomates et même des aristocrates ne cachant guère leurs sympathies royalistes. Par orgueil, il se tenait à l'écart et, incapable de s'imposer auprès de sa femme, laissait le fossé s'élargir entre eux jusqu'à devenir infranchissable.

Et aucune des amies de Thérésia ne faisait le moindre effort pour les rapprocher. Toutes folles de plaisirs, elles ne pensaient qu'à lancer des modes, recevoir, danser.

Rose de Beauharnais, désormais locataire d'une charmante maison rue Chantereine dont les premiers mois de loyer avaient été réglés par Barras, courait les tapissiers, les ébénistes, les horticulteurs, dépensant par poignées un argent qu'elle ne possédait pas. Fortunée Hamelin, qui pouvait s'appuyer sur les ressources de son mari banquier, épatait ses amies par l'excentricité de ses fêtes, ses perruques en forme de ruche ou de nid d'oiseau, ses robes coupées sous les genoux qui mettaient en valeur ses superbes jambes autour desquelles s'entrelaçaient les lacets de ses cothurnes. Élise Lange dépensait à profusion l'or de ses protecteurs, organisait des banquets privés chez les meilleurs restaurateurs du Palais-Royal. Elle avait installé chez elle des tables de jeu où l'on passait ses nuits à perdre des fortunes. Au cours de ces joyeuses réunions, comme des chiens prêts à mordre la main qui les nourrissait, les convives évoquaient avec sérieux une possibilité de restauration. Louis XVIII, qui semblait désormais conciliant, venait de prononcer un discours largement publié dans la presse où il proposait de restaurer l'ordre, rétablir les finances, conclure la paix. On jouait avec le feu. C'était excitant.

La seule amie de Thérésia que Tallien admirait était Juliette Récamier, élégante sans extravagance, bienveillante, cultivée. Chez elle, on parlait de littérature, on écoutait la musique de Mozart et celle de Gluck, on rencontrait des artistes de talent.

Avant les élections, Thérésia avait tenu à offrir un grand dîner à la Chaumière. Outre Barras, plus que jamais le héros du jour, était convié Talleyrand, tout juste revenu des États-Unis après une intervention décisive de sa grande amie Germaine de Staël qui elle-même espérait pouvoir bientôt regagner la France en compagnie de son inséparable Benjamin Constant.

En cette fin d'août 1795, le temps était à l'orage et les Parisiens, nerveux, découragés par le prix du pain et le manque de travail, vitupéraient le gouvernement. Le débarquement royaliste et sa sévère répression n'avaient enfiévré que les muscadins devenus plus agressifs que jamais en dépit de leur accoutrement qui frisait le ridicule. Engoncés dans leurs gigantesques cravates, serrés dans des vestes étroites, moulés dans leurs pantalons, coiffés de chapeaux extravagants d'où s'échappaient leurs cadenettes, ils vivaient en cercle fermé, hantant les jardins du Palais-Royal, courtisant les merveilleuses, méprisant les incroyables trop efféminés qui, pour être à la hauteur de leurs excentriques compagnes, ne savaient quoi inventer. Certains avaient adopté les toges romaines et on voyait de petits groupes d'hommes en longues tuniques blanches, pieds nus dans des sandales lacées, spectacle qui faisait rire aux éclats les passants. On devait être grec, romain, ou mourir.

Outre Barras et Talleyrand, Thérésia avait invité ses amies Rose de Beauharnais et Élise Lange, les banquiers Hamelin, Ouvrard et Perrégaux, Michel Simons, lui-même dans les affaires et toujours amoureux fou d'Élise qui le menait par le bout du nez,

Eugénie de La Bouchardie, une proche amie de Talleyrand, qui pour survivre avait ouvert un cercle de jeux dans sa maison rue Saint-Honoré, l'abbé Sieyès grave mais amateur de bonne chère, le célèbre acteur Talma, le chanteur Garat qui avait promis d'offrir un échantillon de son talent aux convives après le souper, accompagné au piano-forte par la marquise de Montpezat, et enfin le petit général Bonaparte que Barras venait de caser au bureau de topographie du Comité de salut public. Désireux de faire un riche mariage avec une femme lancée, il venait de demander la main de l'amie de sa mère, Panoria Permon. Elle lui avait ri au nez. Mortifié, il cherchait ailleurs.

Paris s'intéressait à ce petit homme maigre au teint olivâtre. Il y avait en lui une volonté de s'imposer, une autorité laissant présager qu'il ne s'éterniserait pas au bureau de topographie. Thérésia voulait en faire un ami de Tallien. Sans appui, son mari allait couler à pic et elle ne le suivrait pas dans ce naufrage. Sur Barras, elle avait cessé de se faire des illusions, mais elle aimait lui plaire, susciter son désir. Il avait pour le moment un nombre suffisant de maîtresses, son tour viendrait plus tard.

Dès le début de la soirée, le petit Corse n'avait pas quitté Thérésia des yeux. Il était clair que Désirée Clary, sa fiancée marseillaise, madame Permon et les autres étaient oubliées. Pourquoi ne pas jeter son dévolu sur la plus belle femme de Paris ? Celle-ci pouvait lui ouvrir bien des portes et il avait grand besoin de puissantes relations pour profiter de toutes les opportunités. À Rose il avait adressé quelques mots, mais ébloui qu'il était par Thérésia, ne s'était guère attardé auprès d'elle.

Le dîner suivi d'un concert avait été parfait. Garat avait été très applaudi et on avait terminé la soirée en dégustant des sorbets aux pêches dans le jardin illuminé.

Pour une fois, Rose s'était retirée de bonne heure. Elle ne songeait qu'à son emménagement rue Chantereine qui devait se faire quelques jours plus tard. La maison était prête. Recouverts de nankin bleu galonné de rouge et de jaune, les fauteuils avaient été livrés la veille par le tapissier. Peinte en lilas, l'entrée en rotonde était meublée de banquettes à la romaine tapissées de rouge écarlate et d'urnes à la grecque terre de Sienne et noires. Partout elle avait misé sur des peintures en trompe-l'œil qui palliaient le manque de mobilier. Sa bourse n'était pas suffisante pour acheter une belle vaisselle et de l'argenterie. Elle comptait sur Thérésia et sur Barras pour les lui prêter lorsqu'elle donnerait des dîners. Les domestiques, le cocher Gontier, le cuisinier Gallyot, un jardinier, Euphémie et Louise Compoint, sa nouvelle femme de chambre, coucheraient dans des chambrettes aménagées dans le grenier. Lavinia était restée à Fontainebleau auprès des Beauharnais. Désormais mari et femme, le marquis et Edmée vieillissaient sereinement côte à côte, se contentant de leur maigre fortune et chérissant leurs petits-enfants.

Conviée à accompagner Rose qui désirait passer quelques jours à Fontainebleau, Thérésia avait décliné l'invitation. La veille, un député avait vivement attaqué son mari à la tribune et les journaux avaient imprimé ses accusations : « Tallien, compare ce que tu es avec ce que tu fais. Tu vivais dans l'indigence, tu es maintenant gorgé de richesses. Tu as jeté le masque à tous les tournants de la Révolution. Je te dénonce comme étant le responsable des troubles et des dissensions qui nous accablent. Je dénonce tes complots, toi qui t'es fait l'apologiste des massacres de Septembre ! Je vous accuse toi et ton complice Fréron d'avoir organisé et armé ces énergumènes furieux qui prétendent nous imposer leur loi : les muscadins. » La riposte opposée par Tallien avait semblé dérisoire à Thérésia. Son mari s'était contenté de se défendre au lieu de contre-attaquer. Sa richesse ? Il n'avait rien d'autre que sa bibliothèque. Ses rentes venaient de sa femme qui jouissait du revenu de cinq cent mille livres, le capital ayant constitué sa dot. Thérésia avait jeté les journaux au feu. L'ardent orateur de Thermidor s'était changé en homme acculé par de viles calomnies. Elle avait honte.

Radieuse, Rose avait monté les quelques marches de son perron. Tous ses amis lui avaient envoyé des fleurs et sa maison ressemblait à une serre. De chaque côté de la cour-jardin, les minuscules pavillons qui encadraient la maison abritaient déjà son cabriolet et ses chevaux. Les hauts arbres, les massifs ordonnés avec talent par le jardinier donnaient au terrain exigu une allure de parc. Quatre fenêtres ouvraient sur la façade principale flanquée d'une rotonde d'où, par des portes-fenêtres, on pouvait gagner le jardin.

À pas lents, Rose avait fait le tour de son domaine. Après avoir été hébergée depuis son mariage par les uns et les autres, elle était enfin chez elle. Dans l'antichambre, les domestiques avaient installé à leur place l'armoire, le buffet et la fontaine murale. Le petit salon qui servirait de salle à manger était ravissant, avec sa table ronde dont les pans se rabattaient et ses deux consoles peintes en faux marbre. Des estampes encadraient des placards-vitrines dans lesquels elle avait arrangé quelques bibelots et le peu d'argenterie récupérée sur la succession d'Alexandre. Dans la rotonde, un piano-forte, des fauteuils et, derrière un paravent peint, son coin de toilette avec une coiffeuse et des murs entièrement recouverts de miroirs afin qu'elle puisse se contempler sous tous les angles. Les portes de sa chambre s'ouvraient sur ce boudoir. Rose aimait celle-ci à la folie. Barras lui avait prêté l'argent nécessaire pour acheter des chaises « à dossier renversé » recouvert de nankin bleu et un lit de bois des Îles incrusté de bronze doré. Là étaient déposés sa harpe, son secrétaire en citronnier de la Guadeloupe, une table au dessus de marbre et un buste de Socrate qui donnait à la pièce l'indispensable touche antique. Avec sa maison de Croissy dont Barras payait le loyer, elle allait mener une vie charmante.

Thérésia était accourue. Ensemble elles avaient inauguré le boudoir en y prenant le thé. Les fenêtres ouvertes sur le petit jardin laissaient pénétrer un air frais qui faisait ondoyer les rideaux de mousseline. On n'entendait que le chant des oiseaux. Thérésia s'était réjouie des dîners intimes que Rose allait donner chez elle. À la Chaumière, il y avait toujours trop de monde et elle commençait à être lasse de voir toujours les mêmes figures. Une seule sortait du lot, celle émaciée de Napoléon Bonaparte, un personnage étrange que l'on ne parvenait pas à oublier. Comme il était honteux de la vétusté de son uniforme, elle avait volé à son secours en lui procurant des culottes et un gilet neufs. Restaient les bottes éculées et la veste qui semblait venir de chez le fripier du coin.

En baissant le ton, la belle Thérésia avait demandé à son amie des nouvelles de ses petites « affaires ». Elle tenait une bonne piste : l'armée avait grand besoin de souliers et elle connaissait un fabricant… Rose avait écouté avec attention. Toute source d'argent frais était bonne à exploiter. Puis le ton s'était égayé pour évoquer Élise Lange et ses tarifs à dix mille livres la nuit. Elle lui avait fait visiter récemment sa maison nouvellement redécorée aux frais de Simons. Dans sa chambre, pilastres, chambranles, portes, piédestaux, fenêtres, tout était en acajou. Autour du lit était accroché un filet aux mailles frangées d'or et de perles. Deux cygnes de bronze en ornaient les montants, le cou entouré d'une guirlande de fleurs. À gauche une statue antique de marbre, à droite un candélabre de bronze. Il fallait reconnaître que leur amie possédait le don de surprendre. Son mouchoir de dentelle devant la bouche, Rose riait aux éclats. Élise trouverait encore le moyen de les épater au bal Thélusson où elles avaient projeté d'aller danser le lendemain. On s'y retrouvait entre personnes de la même société, valsant ou causant en regardant par les hautes fenêtres de l'ancien hôtel bâti par Ledoux l'enfilade de la rue Cerutti qui aboutissait au boulevard. Lorsque la nuit était belle et que l'on voulait un peu s'attarder, il était de bon ton d'aller boire un thé en dégustant les gâteaux de Rouget, le meilleur pâtissier de Paris.

Ces soirées, délicieuses, laissaient aux femmes la plus extrême liberté. Rien ne leur était défendu et la jalousie était devenue si ridicule que nul homme n'osait l'afficher. Toute dame « curieuse d'un homme » le poursuivait au spectacle, au bal, lors de ses promenades. Elle le trouvait, le suivait, le harcelait, l'obtenait, pour recommencer le même manège avec un autre galant quelques semaines plus tard. L'amour sentimental prêtait à rire. Les femmes n'y voyaient plus qu'un piège prêt à les asservir. Un homme plein d'imagination, le sieur Liardot, venait même d'ouvrir rue de la Tixanderie une agence de rencontres ayant pour but le mariage. Toute femme qui souffrait de sa solitude pouvait y trouver chaussure à son pied. Avec soin, il constituait des fiches où étaient enregistrés le caractère de la dame, ses mœurs, sa fortune et toutes les conditions convenables. Dans son appartement, il avait réservé un salon où pouvaient se trouver ensemble les deux partis. Discrétion et délicatesse étaient ses mots d'ordre. Il faisait de si bonnes affaires qu'il avait décidé de publier un journal, *L'Indicateur des mariages*, dont la lecture soulevait une grande gaîté chez les amateurs d'indiscrétions. Le divorce étant par ailleurs reconnu, accepté, répandu, tout le monde avait droit désormais à l'erreur. Le mariage semblait devenir un simple commerce. Se plaisait-on ? On se mettait en ménage. Ne se plaisait-on plus ? On rompait avec la plus grande facilité, résiliant un bail qui ne courait plus que de semaine en semaine, presque de nuit en nuit. On voyait des comtesses épouser d'anciens domestiques enrichis, des soldats se marier le temps que durait leur casernement. Des petits refrains à la mode étaient sur toutes les lèvres :

Je n'avions qu'une femme et queuque'fois
C'était de trop dans le ménage
J'en aurons deux, j'en aurons trois
Queue delic' ! Queue ramage !
Maintenant qu'on peut divorcer
Queue plaisir tous les ans de se ramarier !

Rose ne montra aucune surprise quand, raccompagnant son amie jusqu'à la rue, elle la vit prendre elle-même les rênes de son léger whiski, cette petite voiture à deux places, haute sur roues, qui filait comme l'éclair. Plus d'un piéton avait été renversé sans que leurs plaintes fussent prises en considération. Il fallait aller de plus en plus vite et quand on ne fouettait pas ses chevaux, on faisait de la course à pied. Tout homme se piquant d'élégance devait être un athlète. Les Grecs, les Romains n'étaient-ils pas de fervents adeptes des activités physiques ? Il fallait vivre vite, pleinement, et les jeunes gens imposaient leurs goûts. Vieillir était devenu une malédiction et lors des enterrements, personne ou presque ne suivait les voitures funèbres. Des entreprises spécialisées dans les obsèques proposaient aux familles de les dispenser de ces soins ennuyeux. En leur absence, les autorités avaient dû décider que, par décence, lorsqu'un cercueil serait acheminé sans cortège au cimetière, un officier de police suivrait avec un crêpe à son chapeau.

Consciente du total discrédit qui frappait hommes et femmes vieillissants, Rose passait des moments de plus en plus longs à sa toilette. Tout était possible avec les fards modernes, surtout si on avait l'art de les poser. Avec son charme, son élégance, sa distinction, cet accent créole qu'elle accentuait pour mieux séduire, elle avait encore les hommes à ses pieds. À l'avenir, elle n'aimait pas songer. Se remarier ? Il le faudrait bien un jour pour assurer sa sécurité et celle de ses enfants.

Au bout de la rue, les deux amies avaient aperçu un nouveau rassemblement. Il n'y avait plus de jours sans défilés de mécontents scandant des revendications. Barras ne cessait d'accuser les royalistes et leurs bandes de muscadins pomponnés et féroces.

Le cinq septembre, le Provençal avait à nouveau prononcé à la tribune de la Convention un discours enflammé. Il mettait en garde ces « misérables royalistes » dont les provocations étaient incessantes. Les hommes du neuf thermidor étaient vigilants, tout comme l'avaient été ceux du dix août. Ensemble, ils représentaient toute la Convention.

Le maître de la France se gardait de rappeler que, tout comme les royalistes, les Jacobins étaient proscrits. Pour le moment, il ne voulait aucun mécontentement supplémentaire dans les faubourgs où la faim, le chômage sévissaient. Un chansonnier, Ange Pitou, déjà maintes fois arrêté puis relâché, rimaillait et bonimentait au coin des rues sur la misère du temps. Le public se pressait autour de lui, ouvriers, artisans, marchands des rues. On l'applaudissait à tout rompre. Son succès l'avait poussé à venir place Saint-Germain-l'Auxerrois où il attaquait les nouveaux riches, les profiteurs, la main sur le cœur en signe de patriotisme. Il fallait très vite resserrer l'étau, instaurer un gouvernement fort pour faire taire l'opposition. Barras, qui avait besoin d'un homme ambitieux et décidé pour le seconder, avait fait porter le trois octobre une lettre au jeune Bonaparte qui logeait dans un hôtel meublé, le convoquant toutes affaires cessantes dans sa villa de Chaillot. Celui-ci était venu aussitôt.

Nommé commandant en chef de l'armée de Paris, il était prêt à agir au premier ordre. La capitale, il ne l'ignorait pas, voyait en ces journées d'octobre se rassembler émigrés rentrés clandestinement, chouans, prêtres réfractaires, muscadins accourus de leurs provinces, tous portant perruque blonde et collet noir. Bagarres, conflits entre Jacobins et royalistes étaient quotidiens. On échangeait insultes et coups dans la rue, dans les jardins publics, au théâtre, dans les cafés. Le quatre octobre, on avait estimé à vingt-cinq ou trente mille les insurgés prêts à marcher sur la Convention. Le général Menou, envoyé par Barras, n'ayant pas fait preuve de l'énergie nécessaire, celui-ci avait songé au jeune Bonaparte que rien ni personne n'arrêterait si tel était son intérêt. Il n'avait, en effet, pas hésité. L'affrontement prenait une allure non pas d'échauffourée mais de bataille rangée, et cette bataille, il allait la gagner.

Il pleuvait des torrents mais les terribles rafales de vent d'ouest n'avaient guère intimidé les révoltés. Depuis le début de la nuit on entendait battre la générale et ces roulements de tambour, le grondement de la foule, le crépitement de la pluie contribuaient à rendre l'atmosphère terrifiante. La plupart des Parisiens étaient restés chez eux, l'oreille aux aguets, incapables de dormir. Des rumeurs circulaient. Bonaparte avait demandé à un jeune officier, Joachim Murat, d'aller chercher les canons qui se trouvaient à la plaine des Sablons pour pouvoir les disposer à des endroits stratégiques. Ce Corse volontaire, bref, aux ordres coupants comme l'acier, encore vêtu d'un vieil uniforme froissé, le regard noir, avait d'abord interloqué les soldats, avant de les enthousiasmer. Enfin, ils avaient un chef. À six heures du matin, les cataractes avaient fait place à une pluie fine. Les députés, très effrayés pour la plupart, avaient reçu des armes au cas où ils auraient à se défendre contre les insurgés.

Deux canons venaient d'être placés dans la rue Neuve-Saint-Roch, en face de l'église. Les boulets pouvaient balayer tous ceux qui remontaient la rue ou se réfugiaient devant le sanctuaire. Rue Saint-Honoré, on combattait au corps à corps, mais la déroute des royalistes avait été totale quand Bonaparte, qui dirigeait lui-même le combat, avait fait tirer six pièces d'artillerie. Les fuyards se repliaient sur l'ancienne place Vendôme ou dans le Palais-Royal, et on comptait déjà un nombre élevé de morts. À onze heures du matin, le crachin avait remplacé la pluie. Paris restait sous le choc des événements de la nuit. Beaucoup de femmes de députés étaient venues aux Tuileries pour soutenir leurs maris et partager leur sort. Elles faisaient maintenant de la charpie pour panser les blessés qu'on avait transportés à l'intérieur du château. Le calme des esprits n'était revenu que tard dans l'après-midi. Deux personnalités triomphaient : Barras, qui devenait directeur, un des cinq personnages puissants du nouveau régime, en réalité le seul tenant véritablement les rênes du pouvoir, et Napoléon Bonaparte, nommé quelques jours plus tard commandant de l'armée intérieure. Il pouvait alors quitter sa chambre d'hôtel pour s'installer rue des Capucines et dans la résidence attachée à ce poste, située sur la ci-devant place Vendôme, désormais place des Piques.

L'insistance de ses amies avait décidé Rose. Elle irait en personne remercier Bonaparte de son geste amical envers Eugène. Dès le lendemain des événements d'octobre, la population parisienne avait été désarmée. On était sommé d'aller porter pistolets, épées et sabres à des points précis de chaque quartier de la ville. Tout contrevenant se verrait infliger une peine de prison.

Désespéré d'avoir à remettre le sabre de son père, Eugène était allé en personne demander au héros du jour la permission de garder cette relique à laquelle il tenait plus que tout. Bonaparte l'avait reçu. Il se souvenait bien d'avoir rencontré, chez les Tallien, Rose de Beauharnais et, désireux de prouver par un geste noble à ces dames qu'il n'était pas un rustre, avait accordé cette faveur sur-le-champ au jeune homme. Rose lui devait une visite de courtoisie.

Depuis les récents événements, le jeune général ne lui était plus aussi indifférent. On ne pouvait plus l'écarter du groupe des hommes qu'il fallait s'attacher. Bien que rude, parfois agressif, nullement formé aux usages du monde, il y avait en lui un charme très spécial dû à la fragilité de son apparence physique alliée à la force de son caractère. Et le fait que Barras semblait désormais se défier de lui indiquait qu'il fallait compter avec le nouveau venu. Thérésia avait fait ajouter son nom sur la liste de ses invités permanents et Bonaparte pouvait se présenter chez elle quand il le désirait, faveur dont jusqu'alors il n'avait pas profité. La jeune femme comptait de plus en plus sur ses amis.

Son ménage sombrait. Amer, pessimiste, jaloux, Tallien l'attendait un soir où elle était rentrée chez elle fort tard. Il l'avait menacée avec un pistolet. En réalité, il ne supportait plus de n'être que le mari de « Notre-Dame de Thermidor ». Toutes ses amies, qu'elles fassent partie du clan des merveilleuses comme Fortunée Hamelin, Rose de Beauharnais, Élise Lange, ou des femmes de la haute noblesse comme la marquise de La Tour du Pin, la duchesse d'Aiguillon, madame de Chastenay, avaient fait bloc autour d'elle. Tallien ne la méritait pas. Devenu indésirable de tous les côtés de l'échiquier politique, entaché par son passé révolutionnaire, il n'avait réussi qu'à se rendre suspect à tous. On le voyait arpenter comme une âme en peine les couloirs de l'Assemblée, prêt à se mêler aux intrigues les plus mesquines. Que faisait une femme comme Thérésia, qui avait les hommes les plus brillants à ses pieds, avec un tel mari ! Et l'on savait que, bien qu'amant de Rose de Beauharnais et de quelques autres dames, Barras ne songeait qu'à la conquérir. Il était élégant, parfait homme du monde, généreux... Pouvait-elle souhaiter mieux que le maître de la France ? Bonaparte n'avait d'yeux que pour elle, et elle pouvait avoir besoin de lui dans l'avenir, mais Thérésia lui préférait Barras. Bonaparte était trop jeune, trop maladroit, trop rude aussi. Elle avait besoin d'un homme mûr, puissant, qui la flattât.

Rose n'était pas un obstacle. À aucun moment elle n'avait eu l'illusion d'être la seule conquête de Barras. Par ailleurs, les incessantes sollicitations sexuelles du Provençal la lassaient. Ce qu'elle désirait, c'était régner au Luxembourg, à Chaillot, recevoir en maîtresse de maison et, parmi les bonnes fortunes de Barras, elle était incontestablement celle qui connaissait le mieux les usages du monde, la plus apte à « donner le ton » aux soirées du directeur.

Tout en se parant pour sa visite au général Bonaparte, Rose songeait à ses enfants, heureux dans leurs pensions respectives. Enfin, ils avaient trouvé un peu de stabilité et surtout de sécurité chez madame Campan comme chez monsieur McDermott. Hortense protégeait Émilie de Beauharnais, sa cousine germaine. L'émigration de son père, François, et la disgrâce sociale dans laquelle était tombée sa mère en épousant un mulâtre avaient laissé la fillette bien seule. Le marquis de Beauharnais la recevait à Saint-Germain aussi souvent que possible avec Eugène et Hortense. Au milieu de ses amies, certaines issues de la meilleure noblesse, elle aimait régner et son amitié était recherchée par toutes. Quant à Eugène, il se préparait avec enthousiasme au métier des armes. Plus pondéré et modeste que sa sœur, il brillait surtout par ses bons résultats scolaires et son sens inné de la camaraderie. Rose était fière de ses enfants et, si elle ne les voyait guère, elle recevait chaque semaine de leurs nouvelles.

Fortuné jappait autour des jupes de sa maîtresse. Le petit chien lui rappelait les terribles souvenirs des Carmes, mais aussi des moments de passion partagée avec Lazare Hoche.

Dans la rue Chantereine, son cocher l'attendait. Rose se contempla une dernière fois dans un des miroirs cernant son petit cabinet de toilette. Sachant les mœurs austères du général, elle avait misé sur la simplicité avec juste la pointe de provocation qu'il fallait pour attirer son attention. Aucun homme n'était indifférent à Rose : vieux ou jeune, disgracié ou beau, elle désirait toujours plaire, être admirée.

Un châle hors de prix, dernier cadeau de Barras, donnait beaucoup de grâce à sa simple robe de linon rebrodée aux manches et autour du décolleté. Mieux que Thérésia, elle savait le draper, l'enrouler, le laisser couler sur ses bras. Couleur fuchsia, il réveillait son teint, la rajeunissait.

Bonaparte, qui jusqu'alors n'avait guère été sensible aux attraits de Rose, trouva sa visiteuse charmante. Et elle ne se piquait pas de bel esprit, ne semblait pas avoir d'opinions politiques arrêtées. Elle se contentait de l'écouter et de l'approuver, qualités qu'il prisait avant tout chez les femmes. Il avait toujours trouvé insupportables les Olympe de Gouges, Germaine de Staël et autres pécores qui revendiquaient des droits et jetaient au dépotoir leurs devoirs.

Après quelques compliments sur Alexandre de Beauharnais et son rôle glorieux dans les premiers temps de la Révolution, d'autres sur le jeune Eugène qui promettait de marcher sur les traces de son père, Bonaparte avait écourté l'entretien. Bien que la citoyenne de Beauharnais fût charmante et son gazouillement créole ravissant, il avait d'autres chats à fouetter. Mais en la raccompagnant lui-même à sa voiture, le général avait promis à Rose de lui rendre sa visite. Tout comme Thérésia, cette femme avait des relations et il n'avait rien à perdre en fréquentant son salon.

Dès le lendemain, il s'apprêtait à assister à la première réunion des Cinq-Cents dans la salle du Manège en présence des cinq directeurs. Tallien serait au bureau en tant que secrétaire. En croquant les costumes des députés et des directeurs, David avait perdu tout sens du ridicule, longues robes blanches ceinturées de bleu, capes de casimir rouge brodées, toques grecques de velours mauve garnies de plumes. Quant aux directeurs : Barras, La Révellière-Lépeaux, Letourneur, Rewbell et Carnot qui avait pris la place de Sieyès, démissionnaire, leur accoutrement dépassait l'imagination. Tous installés au Luxembourg, ils vivaient dans la plus grande opulence. Régicides, ils se prenaient pour des rois. Après trois années d'existence, la Convention nationale appartenait au passé. Après tant d'heures de gloire, de grandeur et de tragédies, les députés s'étaient séparés dans l'indifférence de la population. Mais avant leur dispersion définitive, pour mettre le sceau de la paix sur la place la plus prestigieuse et la plus sanglante de Paris, ils avaient décidé de baptiser place de la Concorde celle qui, du temps des rois, avait porté le nom de place Louis-XV.

À présent chargé de la Police et de l'Intérieur, Barras comptait chaque jour de nouveaux amis. Mais il restait fidèle aux anciens, les hommes qui l'avaient toujours soutenu, les femmes qui l'avaient aimé même si, comme Rose de Beauharnais, certaines commençaient à devenir pesantes. On le nommait « le roi Barras » et, en effet, il était la figure dominante du nouveau régime. Les quatre autres directeurs ne prenaient aucune décision sans le consulter, Carnot surtout qui, ayant été un proche ami de Robespierre au sein du Comité de salut public, tenait à donner de lui une image neuve. Sans hésiter, Barras s'était attribué le plus bel appartement au premier étage du palais du Luxembourg. Dans sa garde-robe, il contemplait avec satisfaction le costume de directeur que David avait peaufiné : manteau écarlate orné de fils d'or, veste blanche brodée, écharpe bleue frangée d'or, col en mousseline garni de dentelles, ceinture bleu azur, glaive à la romaine, souliers à bouffettes, chapeau de feutre à plumes d'autruche tricolores.

Au milieu d'un mobilier royal, servi dans de la porcelaine de Sèvres, foulant aux pieds les plus précieux tapis d'Orient, peu lui importaient les diffamations le dénonçant comme le chef de la crapule qui s'entourait d'aristocrates corrompus, de femmes perdues, de mignons, d'agioteurs, de brasseurs d'affaires louches. Il avait de l'argent, il avait le pouvoir, il s'en moquait. En réalité, il aimait recevoir les artistes, les étrangers de passage, les journalistes, les officiers, les jolies femmes. Il prisait l'esprit, l'intelligence, l'insouciance, la gaîté, la bonne chère, les vins fins.

Avec la reine de Paris, Thérésia Tallien, il formerait un couple incomparable, mais celle-ci se refusait toujours. Son ménage sombrait cependant. Qui avait-elle en tête ? Elle ne cessait de l'étonner par sa vitalité, son sens de la fête, le goût qu'elle montrait dans ses vêtements les plus simples comme les plus extravagants. Dépenser quarante louis pour une robe ne la faisait pas reculer si le résultat était à la hauteur de ses espérances. Quels trésors d'imagination allait-elle déployer pour être la reine du bal donné en novembre, qui consacrerait l'intronisation des directeurs ? Barras était réaliste, un jour ou l'autre Thérésia serait sa maîtresse. Maintenant que Tallien comptait pour rien, elle avait trop besoin de lui. Son compagnon du neuf thermidor était un homme fini.

Mais avant de gagner Thérésia, il devait se débarrasser de Rose de Beauharnais. Il lui fallait un jeune ambitieux sensible à ses manières d'aristocrate et qui la croirait riche. Un nom revenait de plus en plus souvent à son esprit : Napoléon Bonaparte.

Lorsqu'on avait annoncé le général Bonaparte, Rose se trouvait dans son salon en train de pincer les cordes de sa harpe. Elle ne put réprimer un sourire de satisfaction. Ainsi ce jeune homme, jusqu'alors plutôt indifférent, accourait rue Chantereine seulement quarante-huit heures après la visite qu'elle lui avait faite. C'était flatteur pour la femme et avantageux pour la mondaine qui ne pouvait se passer de compter parmi ses amis celui dont tout Paris s'entretenait.

Alors qu'il franchissait sa porte, elle avait quitté avec grâce son tabouret pour venir à sa rencontre. Il avait fait un effort d'élégance et portait les culottes offertes par Thérésia.

Devant une tasse de café, ils avaient causé de tout et de rien, de l'Institut national réparti entre trois classes, les sciences mathématiques et physiques, les sciences morales et politiques, la littérature et les beaux-arts. Quand Rose s'était exclamée qu'il méritait une place dans la classe sciences et mathématiques, il s'était contenté de sourire d'un air convenu. Puis la conversation s'était arrêtée sur Talleyrand. L'infatigable, le brillant ci-devant évêque d'Autun s'intéressait à l'Égypte, passage obligatoire des Anglais vers les Indes, au développement du Sénégal et du Liberia créé pour enrayer la traite des Noirs et offrir un asile en Afrique à ceux qui voulaient la regagner. Sa grande amie, Eugénie de La Bouchardie, étant une proche de Rose, elle était au courant des grandeurs comme des petitesses de celui qui était en train de s'imposer avec Joseph Fouché dans le nouveau régime. Talleyrand ne manquait presque jamais les thés de Thérésia à la Chaumière où il rencontrait parfois Barras, mais il ne se rendait jamais au Luxembourg dont il jugeait la société trop peu distinguée. Chez Thérésia, on ne rencontrait cependant pas que des gens de haute éducation. Talma, le chanteur Garat, Fortunée Hamelin, le banquier Perrégaux, mademoiselle Lange accompagnée de son protecteur du jour, Sophie Arnould y venaient avec régularité. Le génie de Thérésia était de les faire se côtoyer harmonieusement avec madame de Chastenay si prude, Juliette Récamier mystérieuse et diaphane, la marquise de Montpezat, cousine de Barras, la duchesse de Brancas, mesdames de Mailly, de Girardin, de Listenay qui appartenaient toutes à l'ancienne noblesse. Thérésia et Rose n'ignoraient pas qu'il existait à Paris des salons comme celui de la duchesse de Luynes, née Guyonne de Montmorency, où Talleyrand était le bienvenu mais dont les portes leur étaient fermées. Il fallait s'y résigner.

Pour changer de conversation, Rose avait tenté d'évoquer celui qui épouvantait le cercle des privilégiés, l'animateur du club du Panthéon, Gracchus Babeuf. Ses amis intellectuels d'extrême gauche ne comptaient-ils pas parmi eux un Corse ? Bonaparte avait-il une opinion sur Buonarroti ? Encore une fois le général avait esquivé la question. Tout le monde savait pourtant que les Buonarroti avaient quitté la Corse en même temps que les Bonaparte après les succès de Paoli. Le club du Panthéon voulait construire une société nouvelle basée sur la communauté des biens. Barras était décidé à éliminer ces rêveurs, qui pouvaient devenir dangereux. De son ton délicieusement chantant, Rose avait fourré dans le même sac ces communautaires, les Jacobins et les royalistes, espérant une réaction qui n'était pas venue. Désarçonnée, elle s'était levée : ils se reverraient au bal donné au Luxembourg, si toutefois Bonaparte voulait lui faire l'immense plaisir d'y être présent.

Pendant plusieurs jours, Paris n'avait parlé que de l'arrivée sensationnelle de Thérésia Tallien au Luxembourg. Bien que cette soirée de novembre fût fraîche et humide, elle avait fait son entrée dans le grand salon de Barras, illuminé par de multiples lustres, girandoles et chandeliers, en robe de mousseline si transparente qu'on voyait nu son délicieux corps poudré de rose. Deux anneaux d'or piqués de diamants entouraient ses seins qui ressemblaient, ainsi cerclés, à des coupes d'albâtre. Ni Tallien ni Bonaparte ne s'étaient montrés, mais Fouché, toujours froid et distant, avait fait une brève apparition au bras de sa femme. Il n'avait toutefois pu contenir son sourire lorsque les directeurs avaient fait leur entrée dans leurs costumes burlesques. La femme de Merlin de Douai, plus vulgaire que jamais, exhibait une parure de turquoises qui lui allait on ne peut plus mal et celle de La Réveillère-Lépeaux, en bonne bourgeoise qu'elle était, portait une robe de velours prune que tout le monde avait déjà vue cent fois.

Les fastes de la fête, la somme considérable qu'elle avait coûtée avaient été vite publiés dans la presse, au grand scandale de ceux qui criaient misère et auxquels on demandait de nouveaux efforts financiers. Au Luxembourg, on dégustait des ortolans quand les boulangers proposaient aux ménagères un méchant pain de son qui coûtait deux heures de travail d'un ouvrier. Babeuf, avec sa volonté de partager terres et salaires afin de créer une société sans riches ni pauvres, n'était-il pas dans le vrai ? Le danger qu'il représentait n'échappait pas à Barras. À la première opportunité, il interviendrait. Mais les temps n'étaient pas propices, on allait annoncer incessamment un emprunt forcé de six cents millions. Les impôts ne rentrant plus, les taxes n'étant pas payées, les caisses étaient vides et les cinq directeurs avaient décidé de mettre en gage les diamants de la Couronne. Le Régent avait trouvé preneur. Un négociant prussien qui fournissait des chevaux à l'armée française avait prêté une somme importante avec la fabuleuse pierre en garantie. On bradait les biens nationaux, vendait des forêts domaniales, fermait hospices et orphelinats qui, après le départ forcé des religieuses, étaient dirigés par des fonctionnaires. Ceux-ci pullulaient, le rêve de chaque jeune homme étant de travailler pour l'État avec un revenu garanti à vie. Devenir ouvrier, artisan, employé était se vouer au chômage et à la misère.

Le vingt et un décembre, le Directoire avait envoyé un message dramatique aux Cinq-Cents comme aux Anciens. Les armées étaient sans solde, sans vivres, sans fourrage, sans souliers, sans vêtements, sans tentes, sans effets de campement, sans moyens de transport, les hôpitaux étaient sans personnel, sans remèdes, la cavalerie était pour ainsi dire à pied, les artilleurs sans canons, la marine était dans un état déplorable. Les chouans faisaient d'effrayants progrès et des déserteurs grossissaient leurs bandes pour subsister. Faute de moyens pour se déplacer, l'armée d'Italie était immobilisée.

Les députés avaient pris bonne note de cette communication sans que personne puisse suggérer une solution. L'État allait, comme au temps du ci-devant roi, vers la banqueroute.

Abandonnant pour le moment l'armée à son triste sort, on s'était contenté de remplacer Pichegru, soupçonné de sympathies royalistes, par Moreau au commandement de l'armée du Rhin-et-Moselle. Sambre-et-Meuse restait sous les ordres de Hoche, très populaire après ses succès en Vendée. Mais les généraux Augereau et Masséna, eux-mêmes fort appréciés dans l'armée, le soupçonnaient d'avoir des relations avec les émigrés. Un déplorable climat empoisonnait les rapports des officiers entre eux.

De plus en plus, Barras songeait à Bonaparte pour l'armée d'Italie. Il prenait trop de place à Paris et il serait habile de l'éloigner pour quelque temps. On verrait bien ce qu'il pourrait accomplir à la tête de soldats indisciplinés, mécontents, nu-pieds. Cette idée s'imposait. Auparavant, le moment était venu d'arrêter Babeuf, de le juger et de l'expédier à Cayenne où il pourrait à loisir convaincre les bagnards du bienfait du communautarisme. Buonarroti n'étant qu'un second fusil, il le laisserait tranquille pour le moment. Ses journaux *Le Tribun du peuple* et *L'Égalitaire* n'avaient qu'une poignée de lecteurs. Il avait davantage à l'œil Richer-Sérisy, un journaliste royaliste agressif qui remplissait les colonnes de *L'Accusateur public*, et surtout Lacroix, un fouille-merde avide de scandales, qui mettait son nez dans la vie des riches pour les dénoncer à ses lecteurs, tous des jean-foutre. « Promenez-vous, avait-il écrit la veille dans *Le Journal de France*, par la grande ville, à tout hôtel à cour d'honneur, à fronton sculpté, demandez le nom du propriétaire. Vous aurez celui d'un conventionnel, d'un ministre, d'un directeur. Sortez par toutes les portes de la ville à ces châteaux clôturés d'une lieue de verdure, demandez encore le nom du propriétaire : un nom de directeur, de ministre, de conventionnel vous sera jeté. Les palais et leurs splendeurs, la forêt et ses ombres sont les jetons de cette Académie du sang, la Convention ! » Tour à tour étaient dénoncés les nouveaux riches qui, soi-disant au service de la Révolution, accaparaient les honneurs, les terres, les somptueuses demeures. Le peuple était leurré, volé de sa part de bonheur. À cause des fournitures infectes négociées par ceux qui mettaient dans leur poche l'argent de l'État, les soldats étaient voués à la mort. *L'Accusateur public* dénonçait sans cesse la corruption, les profits illicites, le vol d'objets d'art appartenant à l'État, des tapisseries et tapis du Garde-meuble, du mobilier de Versailles.

Et les chansonniers en rajoutaient. On venait d'arrêter pour la dixième fois Ange Pitou, mais face au mécontentement général, on avait dû encore le relâcher après qu'il eut entonné, au poste de police même, ses ignobles chansons. Oserait-on comme au temps des Jacobins lui couper le cou ? Et il mettait les rieurs de son côté.

Mais il n'était pas possible de faire taire la presse, d'acheter tous les journalistes. Il fallait s'en accommoder. Que pouvait par ailleurs faire le peuple ? Il avait sa République. N'était-ce pas ce qu'il avait voulu ?

La truffe, en cette année 1796, était particulièrement bonne et les restaurants comme Beauvilliers, Velloni, Léda en tiraient magnifiquement parti. La nouvelle du jour était la séparation des époux Tallien. La belle Thérésia avait quitté son mari et la Chaumière pour s'installer rue de la Chaussée-d'Antin seule, ou enfin presque, car on la soupçonnait de commencer avec Barras une liaison passionnée. À vingt-deux ans, sa beauté s'épanouissait et même ses ennemis devaient reconnaître qu'avec son visage et son corps parfaits, le Créateur ne lui avait rien refusé.

Rose elle-même, avec sa grâce languide, se savait impuissante face à la sensualité, la gaîté, l'énergie de sa meilleure amie. Son réalisme lui faisait fort bien comprendre qu'elle ne pouvait plus compter sur Barras et qu'elle devait porter les yeux ailleurs. Elle prenait des leçons de danse avec le célèbre Despréaux, de valse surtout où son joli corps encore très souple pouvait attirer les regards.

Par ailleurs, le général Bonaparte commençait à lui faire une cour assidue et, bien que peu encline à répondre à ses avances, elle pensait aux encouragements prodigués par ses amies. À son âge, elle devait songer à se remarier. Bien que sans le sou, Bonaparte avait un bel avenir. N'allait-on pas le nommer commandant en chef de l'armée d'Italie ? Il était jeune, pouvait être séduisant s'il le désirait, possédait une brillante intelligence… Elle devait réfléchir. Et

Barras ne cessait de l'encourager à prendre une décision positive. Le Corse allait partir en Italie et, marié, il emporterait sa femme dans ses bagages. Pour ne pas paraître mesquin, Barras laisserait à Rose, aussi longtemps qu'elle serait à Paris, sa voiture et ses chevaux. Le petit général paierait le reste.

Dans les salons de madame Récamier et de madame de Staël, les conversations portaient davantage sur la politique, la littérature que sur les ragots parisiens, mais la rumeur de cette idylle intéressait. Tout le monde aimait Rose de Beauharnais, toujours de bonne humeur, toujours obligeante, et une alliance avec le général Bonaparte semblait un projet pouvant servir les intérêts de leur amie. Ses enfants étaient maintenant de jeunes adultes et il leur fallait un père solide sur lequel s'appuyer. Germaine de Staël avait pour le Corse une grande admiration. Il pouvait être le bon républicain susceptible de gouverner avec poigne. Dans son hôtel de la Chaussée-d'Antin, Juliette recevait merveilleuses et incroyables, mais aussi des membres de l'Institut, des écrivains, des philosophes, des généraux comme Moreau et Bernadotte, Lucien Bonaparte, aussi ambitieux que son frère mais fin lettré, plus intéressé que lui par la vie artistique et intellectuelle. On y croisait aussi Talleyrand et parfois Joseph Fouché. Chez Germaine Necker, rue du Bac, on était sûr de retrouver Benjamin Constant, le banquier Ouvrard, des ambassadeurs, des philosophes, de jeunes républicains ambitieux qui rêvaient d'en découdre avec les muscadins. À plusieurs reprises, Germaine de Staël avait invité Napoléon Bonaparte qui ne s'était jamais montré.

Outre les projets matrimoniaux de Rose de Beauharnais, il était impossible en ce mois de janvier de ne pas se mêler de l'échange négocié entre Madame Royale et Jean-Baptiste Drouet, l'homme de Varennes, qui venait d'être admis au conseil des Cinq-Cents. Une parade des directeurs magnifiquement vêtus avait scandalisé le peuple. Comment ceux qui les gouvernaient osaient-ils les braver en étalant leur magnificence ? Le temps des rois et des aristocrates était terminé. Mais la petite société des merveilleuses et des incroyables avait applaudi ce spectacle excentrique de cinq hommes couverts de broderies, de plumes et escortés de la foule de leurs commensaux en tenues aussi bariolées que celles de leurs maîtres. En plein mois de janvier, le cortège avait égayé les élégantes et leurs compagnons qui, bien au chaud dans leurs voitures, les pieds posés sur des chaufferettes qui ne les quittaient pas de l'hiver, n'avaient pas ménagé leurs acclamations.

Après le spectacle, Rose avait demandé à son amie Aimée de Coigny, comme elle rescapée de la Terreur, de l'accompagner rue Chantereine. Après de très nombreuses réflexions, elle cédait aux conseils de toutes ses amies et allait accepter de considérer Bonaparte comme un mari possible. Formellement, Barras lui avait assuré qu'il aurait l'armée d'Italie, c'était une position de premier ordre et, surtout, l'Italie regorgeant de richesses en œuvres d'art, une source de gros profits. De plus, Bonaparte l'adorait. Ne l'avait-il pas, la veille, baptisée « Joséphine » afin que ce nom tout neuf marque le début d'un amour désormais exclusif ?

Ancienne égérie de Chénier dans la prison des Carmes, divorcée du duc de Fleury, Aimée de Coigny était mariée à Casimir de Mombrand. Imprévisible, capricieuse, gaie, passionnée jusqu'à l'imprudence, la jeune femme avait pris fait et cause pour ce mariage. Avec son regard d'aigle, sa fragilité apparente, son sourire rare mais irrésistible, son intelligence, Bonaparte était follement romantique. Un tel homme devait savoir aimer. Rose hasardait les noms des jeunes filles ou femmes qui avaient refusé cette alliance ou qui, comme Désirée Clary, sœur de la femme de son frère aîné Joseph, n'avait su retenir son attention très longtemps. Mais Aimée affirmait que les temps étaient tout autres.

Bonaparte avait pris son envol et avait besoin d'une compagne élégante, d'une femme du monde à ses côtés. Leur différence d'âge, six ans, avait peu d'importance. Quand il avait courtisé Panoria Permon, le Corse avait clairement dévoilé qu'il appréciait les femmes mûres. Rose, que son âge préoccupait beaucoup, avait admis qu'un mari juvénile rajeunissait sa femme.

Sans l'interrompre, Rose avait laissé parler son amie. Il était vrai que son soupirant était empressé, touchant, mais pour le moment il n'avait pas le sou. « Il sera riche », avait rétorqué Aimée. Tout le monde disait que ce jeune ambitieux voulait de l'argent, toujours plus d'argent, du pouvoir, toujours plus de pouvoir. Or le pouvoir à Paris passait par les femmes. Ne le savait-elle pas ? Joséphine, quant à elle, connaissait ses priorités. Barras détaché d'elle, les hommes prêts à lui offrir ce dont elle avait besoin n'étaient guère nombreux. Récamier n'aimait que sa femme, Ouvrard faisait les yeux doux à Thérésia, le riche Simons à Élise Lange et on ne connaissait pas de liaison à Hamelin. Avec ses extravagances, sa femme vidait suffisamment sa bourse. Son beau-père et sa tante eux-mêmes poussaient l'ancienne Rose à ce mariage. Avec affection, ils s'occupaient d'Eugène et d'Hortense. Certes, les enfants n'accepteraient pas de bon cœur cette nouvelle union, mais elle était dans leur intérêt. Eugène, qui se destinait à la carrière militaire, ne pourrait que tirer avantage d'avoir un beau-père général. Pressée par sa famille, ses amies, Joséphine était presque décidée. Elle allait recevoir le Corse à souper et s'il voulait prolonger sa visite de quelques heures, elle ne le mettrait pas dehors.

Dès cette première soirée d'amour, Bonaparte avait été envoûté. Lui qui n'avait connu jusqu'alors que des prostituées ou de bonnes fortunes passagères découvrait un monde de tendresse, de sensualité, de raffinement. Le délicieux corps de Joséphine l'enchantait. À la fois pudique, impudique, généreuse, égoïste, câline, toujours extrêmement féminine, elle l'avait aussitôt enflammé et il avait quitté la rue Chantereine au milieu de la nuit, la passion dans le cœur et dans le sang.

Accourue à l'heure du petit déjeuner, Thérésia avait écouté avec ravissement tous les détails de cette première nuit. N'était-ce pas merveilleux d'avoir un amant aussi « neuf », aussi peu blasé ? Et ce nom de Joséphine qu'il lui avait attribué ! Seule l'imagination d'un amoureux pouvait concevoir de rebaptiser sa maîtresse. C'était rare et charmant.

En déshabillé de fin lainage entouré au col et aux manches de dentelles d'Angleterre, ses cheveux serrés dans un mouchoir noué à la créole, Rose faisait la nonchalante. Elle avait si peu dormi ! Sans maquillage, sans rouge, elle faisait son âge, mais Thérésia avait gardé pour elle cette réflexion. Joséphine avait raison de se marier, le temps n'allait plus jouer en sa faveur.

Alors qu'elles savouraient leur tasse de tisane de fleurs d'oranger, un messager était venu porter une lettre. Elle venait de Bonaparte. Sans se presser Rose l'avait décachetée et lue à haute voix.

> « Il est sept heures du matin, je me réveille plein de toi… Ton portrait et le souvenir de l'enivrante soirée d'hier n'ont point laissé de repos à mes sens. Douce et incomparable Joséphine, quel effet bizarre faites-vous sur mon cœur ! Vous fâchez-vous ! Vous vois-je triste ! Êtes-vous inquiète ! Mon âme est brisée de douleur et il n'est point de repos pour votre ami… Mais en est-il davantage pour moi lorsque, me livrant au sentiment profond qui me maîtrise, je puise sur vos lèvres, sur votre cœur une flamme qui me brûle. Ah ! c'est cette nuit que je me suis aperçu que votre portrait n'est pas vous ! Tu pars à midi, je te verrai dans trois heures. En attendant, *mio dolce amor*, reçois un millier de baisé (*sic*) mais ne m'en donne pas car ils brûlent mon sang. »

Le voilà ensorcelé, avait pensé Thérésia. Mais elle n'ignorait pas que Bonaparte croyait Joséphine détentrice d'importants biens martiniquais. Quand il aurait à affronter la réalité lors du contrat de mariage, il serait trop tard pour reculer.

Sa meilleure amie allait bientôt se marier et Thérésia s'en réjouissait. Bien que panier percé, Joséphine était exquise et méritait d'être heureuse. Avec ce nom qui lui allait à ravir, elle allait commencer une nouvelle vie.

La sienne reprenait soudain intérêt et vitalité. Il n'y avait pas un jour sans qu'au moins un journal ne parle d'elle, de ses toilettes, de ses soirées, de sa façon de parler, de rire, de danser. Dans les plus lointaines bourgades de province, les femmes tentaient de copier la coupe de ses robes, ses chapeaux, ses trouvailles, comme celle de porter un petit flacon de parfum attaché à son poignet. Le sien était en or incrusté de brillants, les imitations en cuivre ou en argent piquées de pierres du Rhin, tout comme ses précieux châles de cachemire se transformaient en écharpes de laine ou de coton dans les échoppes des marchandes à la toilette ou dans les sacs des colporteurs.

Mais régner sur Paris n'était pas sans servitudes. Sans cesse un ami, un ami d'ami, un parent si éloigné que son nom lui était inconnu venaient la solliciter pour un emploi, une rente, pour négocier un mariage, caser à l'armée un jeune oisif. Elle lisait les billets, écoutait avec attention ses visiteurs et faisait de son mieux. Obliger ceux qui n'avaient pas eu sa chance lui tenait à cœur, mais bien qu'on la prît pour

Notre-Dame, elle ne pouvait faire des miracles. Son cœur allait vers les aristocrates ruinés par la Révolution ou ceux qui, clandestinement rentrés en France, se démenaient pour être rayés de la liste des émigrés. Ses puissantes relations lui permettaient souvent d'accomplir ses promesses, mais s'il lui arrivait d'échouer, et en dépit des efforts investis, on lui en voulait.

Libre, heureuse maîtresse du « roi Barras » auquel elle passait de courtes aventures tant avec des femmes qu'avec des jeunes gens, elle s'imposait au Luxembourg et dans la campagnarde maison de Chaillot, point de mire qui attirait les Français comme les étrangers importants. Plus que Joséphine qui ne lisait que des romans d'amour, elle attirait les lettrés, les artistes, ceux qui fréquentaient les salons de Germaine de Staël ou de Juliette Récamier. On ne pouvait plus colporter que dans ces salons on causait, tandis qu'au Luxembourg on s'enivrait.

Officiellement commandant en chef de l'armée d'Italie, Bonaparte, en dépit de la vive opposition de sa famille qui considérait cette union comme une absurdité, avait obtenu de Joséphine la publication de leurs bans de mariage. Épouser une « vieille » veuve nantie de deux grands enfants n'ayant aucun lien avec leur clan ? Qu'il ne compte pas sur la présence de sa mère et de ses frères et sœurs le jour du mariage. Il la disait riche ? Ce n'était pas ce qu'on affirmait à Paris. Ses biens, si biens il y avait, viendraient d'une source beaucoup moins honorable. Mais, amoureux fou, Bonaparte n'écoutait personne. Ses nuits d'amour brûlantes le faisaient dépendre de cette femme comme d'une drogue. Et elle ne l'ennuyait jamais. Fasciné par sa voix chantante, ses attitudes nonchalantes et gracieuses, il pouvait l'écouter de longs moments. Joséphine était la femme de sa vie.

À la signature du contrat, Bonaparte avait dû cependant admettre que de fortune il n'y avait point, Joséphine ne pouvait compter que sur des espérances. Madame de La Pagerie avait besoin du revenu de la plantation pour survivre et ne pouvait envoyer que de modestes et irrégulières sommes à sa fille. Mais cette désillusion avait été de courte durée. L'homme était trop épris pour reconnaître qu'il avait fondé cette relation sur de fausses espérances. Joséphine n'avait point de fortune ? Il en amasserait une à la pointe de son épée. Elle lui devrait tout et cette dépendance convenait parfaitement à sa conception des rapports entre hommes et femmes. Son ami Frémilly l'avait inutilement moqué en parlant du mariage de la faim et de la soif. Son rire lui resterait bientôt dans la gorge. Certes, il n'avait lui-même, comme l'avait fait remarquer le notaire maître Raguideau, que « la cape et l'épée », mais pas pour longtemps.

Le mariage avait été fixé pour le neuf mars au soir. Tallien, Barras, Calmelet, l'homme de confiance de Joséphine, Jean Lemarois, un jeune homme de vingt ans, tous témoins, devaient se rassembler dans le salon de la mairie du deuxième arrondissement rue d'Antin, à dix-neuf heures, en présence du commissaire Collin-Lacombe.

La nuit allait tomber, froide et humide, quand Joséphine, en robe de satin brodée de fleurs multicolores, un châle de cachemire incarnat sur les épaules, les cheveux enserrés de rubans croisés, était arrivée entre Barras et Tallien. Elle n'avait pas jugé bon d'inviter ses enfants. Tous deux vénéraient la mémoire de leur père et pourraient lui reprocher ce mariage. Elle avait chargé madame Campan de le leur annoncer. Aucun Bonaparte n'était présent et Thérésia, qui souffrait d'un rhume, s'était fait excuser. Elle voulait en réalité laisser à Jean-Lambert une place importante dans la cérémonie et ne pas éclipser Joséphine.

Dans des chandeliers de cuivre des bougies étaient déjà allumées, pas assez nombreux cependant pour donner de la gaîté à la vaste pièce meublée sans élégance. Derrière Joséphine et les témoins, le maire avait fait son entrée, suivi du commissaire Collin-Lacombe. On n'attendait plus que le futur marié.

Après un moment de conversation animée, l'ennui et l'impatience commençaient à gagner la petite assemblée. Barras, en particulier, montrait son énervement en faisant les cent pas, tandis que Tallien tendait les mains devant le poêle à bois qui ne parvenait pas à procurer à la pièce une chaleur convenable. Neuf heures sonnaient quand le maire, incapable de faire davantage antichambre, s'était levé et sans un mot était sorti, claquant la porte derrière lui. Joséphine était au bord des larmes. Bonaparte avait-il changé d'avis ? Elle qui avait pris son union à la légère s'inquiétait maintenant. De quoi aurait-elle l'air en se trouvant abandonnée ainsi sans un mot ?

Tout Paris se moquerait d'elle. En outre, elle s'était faite à l'idée de redevenir une femme mariée, la générale Bonaparte, jouissant de l'estime et du respect de tous. Vivre d'expédients commençait à lui peser.

Bien qu'elle se fût promis de ne point y penser, Joséphine ne pouvait s'empêcher de revoir la jeune mariée que l'on nommait encore Yeyette dans l'église de Noisy-le-Grand aux côtés d'Alexandre de Beauharnais. Elle était si jeune alors, tellement provinciale avec ses joues rondes, ses manières naturelles, son amour pour le beau jeune homme qui devenait son mari. Ce qu'elle voulait alors ? Aimer, être aimée, fonder une famille, mais aussi s'amuser, danser, aller au spectacle, profiter de Paris. À la Martinique, elle avait tant rêvé de cette vie élégante et légère ! Pas un instant elle n'avait songé qu'Alexandre aurait honte de son ignorance, de son manque d'affectation et la consignerait à la maison après l'avoir assommée de conseils et de directives. Mais les tireuses de cartes et voyantes qu'elle aimait tant consulter avaient raison : tout avait un sens. Quelques instants plus tôt, Tallien lui avait montré les alliances. À l'intérieur, Bonaparte avait fait graver : « Au destin ».

Morts d'ennui et d'impatience, Barras et le commissaire allaient rentrer chez eux quand des pas avaient sonné dans l'escalier. En coup de vent, sans s'excuser, Bonaparte avait pénétré dans la pièce et exigé : « Allons, mariez-nous vite. » Sans autorité pour procéder à une union, le commissaire n'avait eu cependant qu'à s'exécuter. On lui avait présenté les actes de naissance, celui de Joseph pour Napoléon qui n'avait pas eu le temps d'obtenir le sien et qui se voyait vieilli de deux ans, celui de feu sa sœur Manette pour Joséphine qui perdait ainsi quatre années.

Les témoins s'étaient rassemblés. Nul ne s'était soucié de vérifier leur état civil. On n'avait pas détecté que Lemarois, étant mineur, ne pouvait remplir cette fonction.

Le mariage prononcé, le groupe s'était retrouvé cinq minutes plus tard par un froid mordant sur le trottoir de la rue d'Antin.

Rue Chantereine, boudant la petite collation qui avait été préparée au coin du feu, Bonaparte avait voulu se coucher aussitôt. Déjà installé sur le lit de sa maîtresse, Fortuné avait grondé en voyant approcher l'intrus avant de le mordre au mollet. Joséphine avait consenti à le mettre dehors.

Le lendemain, le jeune couple s'était rendu à Saint-Germain afin de rencontrer Eugène et Hortense dans leurs pensions réciproques. C'était un moment difficile pour Joséphine qui mettait ses enfants devant le fait accompli. De caractère facile, attiré par l'armée, Eugène accepterait son beau-père sans façon, mais en serait-il de même pour Hortense ? Ne verrait-elle pas celui-ci comme un rival dans l'affection de sa mère ?

En effet, bien que préparée par madame Campan, Hortense était restée sur la réserve. Pourtant Bonaparte s'était montré affectueux et avait même risqué quelques taquineries. La fille de sa femme lui plaisait. Avec un visage trop allongé, un grand nez, elle ne serait pas une beauté mais déborderait de charme et serait sans doute très attirante. Joséphine, en outre, la décrivait comme joyeuse, amicale, généreuse. Ce qu'elle ne discernait pas, c'était la légèreté de sa fille, sa coquetterie, sa nonchalance, tous défauts hérités d'elle-même. Bonaparte serait un bon père et lui donnerait une place dans le monde où elle ferait bientôt ses débuts. Le souvenir mortifiant d'une soirée au bal Thélusson où elle avait amené sa fille la consternait encore. Alors qu'Hortense et elle s'apprêtaient à s'asseoir, deux dames dont l'élégance stricte et démodée dévoilait une origine aristocratique s'étaient levées en lui jetant un regard de mépris. À voix assez haute pour être entendue, l'une d'elles avait même prononcé : « Trouvons, ma chère, meilleure compagnie. »

À Bonaparte, madame Campan avait fait mille grâces. Il s'était engagé à lui confier sa plus jeune sœur, Caroline, qui, totalement ignorante, avait grand besoin d'une bonne éducation. La fillette n'ayant jamais quitté sa mère, on comptait sur Hortense et sa cousine Émilie pour l'aider à s'acclimater.

À la cour de Versailles, l'ancienne femme de chambre de la reine Marie-Antoinette avait vu beaucoup de jeunes ambitieux, mais aucun n'avait le regard de ce général. Il n'était pas affable, ne faisait pas de bel esprit, n'était pas tiré à quatre épingles, mais une volonté de fer se lisait sur son visage.

Joséphine avait rassuré sa fille de treize ans : mariée, elle l'aimerait tout autant et pourrait, ses études finies, lui offrir un vrai foyer. On avait partagé une tasse de thé, quelques petits gâteaux confectionnés par les élèves, puis le jeune ménage avait repris la route de Paris.

Dès le lendemain, Bonaparte partait pour Nice avec son ami Junot et Chauvet pour prendre le commandement de l'armée d'Italie forte de seulement trente-sept mille hommes qui manquaient de tout.

En montant dans la chaise de poste, Bonaparte avait serré Joséphine dans ses bras. Lui promettait-elle de le rejoindre aussitôt qu'il serait prêt à l'accueillir dignement en Italie ? La jeune femme avait eu son délicieux rire de gorge. Fortuné aboyait, le cocher avait fouetté les chevaux et la voiture avait vite disparu au coin de la rue Chantereine.

Merveilleuses

Jamais Joséphine ne s'était autant amusée. Mariée et libre, ses affaires financières renflouées par une lettre de change de quinze mille francs envoyée par Bonaparte, elle pourrait faire de nouveaux achats, quelques robes pour le printemps, des chapeaux, des souliers, des objets pour sa maison, comme une délicieuse paire de vases étrusques aperçue chez un antiquaire et dont elle était tombée aussitôt amoureuse. Et la vie à Paris était plus plaisante que jamais. Rejoindre Bonaparte aux armées ? Quelle absurdité ! À chaque étape, il lui avait écrit des lettres brûlantes de passion.

« Tu es l'objet perpétuel de ma pensée… Écris-moi, écris-moi, ma tendre amie, et bien longuement. Reçois les mille et un baisers de l'amour le plus tendre et le plus vrai… Au milieu des affaires, à la tête des troupes, en parcourant les camps, mon adorable Joséphine est seule dans mon cœur, occupe mon esprit, absorbe ma pensée, chaque nuit je te serre dans mes bras… Je n'ai pas pris une tasse de thé sans maudire la gloire et l'ambition qui me tiennent éloigné de l'âme de ma vie... Ton portrait bat dans mon cœur... Bon Dieu que je serais heureux si je pouvais assister à l'aimable toilette, petite épaule, un petit sein blanc élastique, bien ferme, par-dessus cela une petite mine avec son mouchoir à la créole à croquer. Tu sais bien que je n'oublie pas les petites visites, tu sais bien la petite forêt noire... Je lui donne mille baisers et j'attends avec impatience le moment d'y être... Vivre sans Joséphine, c'est vivre sans l'Élysée... Baiser à la bouche, aux yeux, sur l'épaule, au sein, partout, partout. »

Joséphine riait en lisant les lettres. Qu'il était « drolle » ce Bonaparte, disait-elle avec son charmant accent des Îles, et comme il était facile d'asservir les hommes ! Elle répondait parfois, quand elle en avait le temps, mêlant la froideur aux termes les plus érotiques. Un mélange éprouvé qui faisait perdre la raison à ses amants.

Thérésia à ses côtés, Barras donnait au Luxembourg des soirées inoubliables. De multiples emprunts au Mobilier national procuraient à ses salons une touche de luxe raffinée qui offrait à certains les souvenirs de la douceur de vivre d'avant la Révolution. La chère chez lui était exquise, les vins de grand cru. On s'amusait, dansait, écoutait de la musique, jouait, festoyait jusqu'à l'aube tandis que, comme un souverain, Barras passait de groupe en groupe, adressant quelques mots aimables à chacun. Les merveilleuses, plus imaginatives que jamais, rivalisaient d'excentricité, de gaîté, reines de conversations libres où les allusions les plus légères étaient autorisées. Élise Lange et Fortunée Hamelin s'étaient brouillées pour une question de chapeau puis réconciliées, et il n'était pas de soirée réussie sans ce duo rivalisant d'audace et d'entrain. La mode de la Grèce antique s'orientait petit à petit vers la Turquie. Fortunée Hamelin la première avait osé les babouches brodées à bout recourbé, les turbans noués autour de cheveux ébouriffés, les petits poignards ciselés accrochés à une ceinture étroite qui soulignait les seins. Les cafés, les maisons de jeu ne désemplissaient pas. On y jouait gros, buvait sec, y rencontrait des femmes ravissantes et faciles. Les théâtres faisaient salle comble, les pièces légères remplaçaient le répertoire classique jeté aux oubliettes.

Partout Thérésia, souvent accompagnée de Joséphine, triomphait. Un bal sans ces deux reines de Paris n'était plus une fête. Quelqu'un avait-il une sollicitation à faire parvenir à Barras ? On se rendait chez Thérésia Tallien. Pour caser un parent, c'était chez Joséphine qu'il fallait aller. On les comparait à voix haute à la Pompadour, et en chuchotant, à la du Barry. Dépensières, élégantes, les merveilleuses semblaient pouvoir reconstituer la cour de Versailles avec ses abus, ses clans, sa joie de vivre. Elles menaient la danse et y entraînaient qui voulait les suivre. Tout ce que Thérésia commandait, tout ce qu'elle osait était applaudi. On se pâmait devant ses trouvailles, son chic, son culot.

Une autre femme avait fait son apparition sur la scène parisienne, une beauté italienne, madame Visconti, devenue aussitôt l'amie de Thérésia et de

Joséphine. D'une beauté classique, elle imposait l'élégance italienne faite de tissus somptueux, de bijoux de prix montés avec originalité.

La mode, pour Joséphine comme pour ses amies, était un retour à la sensualité, au charme que les falbalas de l'Ancien Régime avaient étouffés. Libre, deviné, le corps avait une importance aussi grande que le visage et on se devait de l'entretenir avec soin, de le garder mince et souple, parfaitement épilé, parfumé. Pieds et mains exigeaient les soins quotidiens d'un spécialiste et ceux-ci, débordés, couraient d'un coin à l'autre de Paris du matin au soir. À l'heure du thé, les dames se réunissaient chez l'une ou chez l'autre, accompagnées d'un mari, d'un amant, d'un soupirant. Chez Thérésia et Joséphine, on voyait mesdames de Château-Renault, de Grandmaison, de Vigny, de Noailles, de Puységur, toutes élégantes et jolies, portant dans leurs bras d'adorables toutous parfumés et frisottés. On disait de bons mots, rapportait les nouvelles du jour en omettant de commenter les articles qui accablaient Thérésia. « Cette femme remplace aujourd'hui Marie-Antoinette, elle affiche le luxe le plus insolent au milieu de la misère publique, paraît en spectacle couverte de diamants, vêtue à la romaine, à la grecque, à la turque et donne le ton à tout ce que Paris renferme d'impur dans les deux sexes. » Ou : « En regardant madame Tallien, ce sont les bijoux de la couronne que l'on considère. » Un autre journal exigeait qu'on la respectât comme une propriété nationale.

Le matin, Thérésia, Joséphine et madame Visconti montaient à cheval dans les allées du bois de

Boulogne, vêtues de flamboyantes tenues d'amazones qui ébahissaient les promeneurs. Le trio mettait pied à terre pour prendre une tasse de lait à Bagatelle, avant de rentrer se préparer pour un déjeuner en ville. Franchir l'ancienne place Louis-XV, désormais place de la Concorde, avant de passer sur la rive gauche de la Seine, leur serrait le cœur. Là, le roi, la reine et tant d'autres avaient trouvé la mort durant la Terreur ! On disait l'endroit hanté et lorsque à l'aube les maraîchers et mareyeurs la traversaient dans leurs charrettes pour se rendre aux Halles, les bœufs qui les tiraient refusaient de passer sur l'emplacement où s'était dressé l'échafaud. Toujours bordée de fossés remplis d'eau croupie et de détritus, la place n'était par ailleurs guère accueillante.

Pour Joséphine, quitter ces délices était impensable. Bonaparte allait de victoire en victoire ? Il rassemblait autour de lui les Italiens dont il parlait la langue aussi bien que le français ? C'était parfait. Elle était fière d'être sa femme, mais une femme parisienne. En outre, lors d'un thé chez Thérésia, elle avait rencontré un jeune officier d'une drôlerie irrésistible, Hippolyte Charles. Imitateur de génie, il savait emprunter la voix, les attitudes des puissants comme contrefaire un paysan breton, normand, alsacien, un marchand de charbon auvergnat, un serveur de buvette provençal. Derrière son mouchoir de dentelle ou son éventail, Joséphine pouffait de rire. Après les reparties pleines d'esprit, les inénarrables calembours d'Hippolyte, ce que Bonaparte lui écrivait – « Tu me brûles le sang, tu me hantes… » – semblait fort ennuyeux. Mais ces lettres passionnées avaient hâté sa décision de récupérer au plus vite et de détruire celles envoyées au général Hoche au temps de leurs amours. À l'époque, c'était elle qui utilisait ce genre de termes. Un ami s'était chargé de jouer les intermédiaires. Bonaparte ignorait beaucoup de choses de son passé. Peut-être se doutait-il de sa liaison avec Barras, et encore. Il en parlait souvent comme d'un homosexuel appréciant la seule compagnie des jolies femmes. Le « roi Barras » avait, en effet, du goût pour les jeunes garçons, ce qui ne l'empêchait nullement de priser ses belles maîtresses. Mais Joséphine préférait écarter avec habileté ce sujet délicat.

C'était au théâtre de l'Odéon, appelé Odeum, que se retrouvaient souvent incroyables et merveilleuses. Redécoré avec un goût parfait, tapissé de papier tricolore, orné d'un lustre de quarante-huit lampes à quinquet, lui-même entouré de douze autres lustres à cristaux reliés par des guirlandes de roses, le plafond peint des douze signes du zodiaque chassés par Apollon et les Muses, le théâtre proposait à nouveau des loges d'avant-scène et une galerie embellie de peintures de combats d'athlètes et de courses de chevaux. Lors d'une représentation des *Apparences trompeuses*, Rose y avait appris la victoire de Mondovi. Bonaparte était entré avec ses troupes dans la ville, acclamé par la population. Le billet, laconique, avait été porté par un courrier qui avait fait la route en trois jours. Barras allait être satisfait. La ville était riche et ses trésors renfloueraient les caisses de l'État.

Le soir même, Thérésia avait tenu à célébrer cette victoire et Joséphine s'était vue entourée, complimentée. On disait que Joseph, l'aîné des Bonaparte, et Junot étaient en route pour Paris afin de présenter au Directoire les drapeaux pris à l'ennemi. Barras ouvrirait sans doute le Luxembourg pour une mémorable célébration dans laquelle Joséphine aurait la place d'honneur. Devenue le centre des regards, des conversations, elle pouvait côtoyer Thérésia, Fortunée et les autres la tête haute. Un tourbillon l'emportait qui la grisait et les supplications presque quotidiennes de Bonaparte pour qu'elle vienne le rejoindre la faisaient sourire. Hippolyte était son amant, aussi joyeux dans son lit que dans son salon. Il la rajeunissait, lui faisait voir la vie sous un jour léger et drôle. Cet homme était une coupe de vin de Champagne sucré et enivrant qu'elle dégustait à petites gorgées.

Sans dissimuler ses sentiments, elle avait présenté le bel officier à Talleyrand, à Juliette Récamier, à Tallien, à Fortunée Hamelin, à Élise Lange et à madame Visconti. Dans son uniforme bleu ciel, ceinturé d'écarlate, il avait une beauté sensuelle un peu lourde qui ne pouvait passer inaperçue. Si sa fossette au menton, ses cheveux noirs, ses yeux bleus, sa large bouche aux lèvres bien dessinées, sa coquetterie éclipsaient la plupart des hommes, c'était sa drôlerie qui l'imposait. La sérieuse Juliette Récamier n'avait pu elle-même s'empêcher de rire de l'un de ses calembours. « Hippolyte est si drôle, se met avec tant de goût que nul avant lui ne peut prétendre avoir su arranger sa cravate », avait confié Joséphine à Thérésia. De lui elle acceptait tout. Aurait-il exigé une lettre quotidienne qu'en dépit de son aversion pour l'écriture elle se serait exécutée. Comment songer à aller en Italie ? Paris était une fête ininterrompue. Chaque jour elle côtoyait les directeurs, des ministres, des officiers, des députés et ses amis proches, aristocrates aux manières sentant l'Ancien Régime, artistes, filles réputées légères, une société hétéroclite qu'elle adorait. Avec les aristocrates elle s'était affligée de la récente arrestation et exécution à Nantes de Charette, le chef chouan. Avec les artistes, elle s'était intéressée au départ de Talma et de mademoiselle Petit pour Bordeaux. Le Grand Théâtre faisait avec eux une acquisition de choix, mais Paris les regretterait. En compagnie de Fortunée et d'Élise elle parlait chiffons, parures, s'enivrait d'achats, tous faits à crédit. Et sa maison engloutissait aussi des sommes considérables ; elle ne cessait d'acheter des tableaux, des bibelots, faisait composer trois fois par semaine des bouquets enchanteurs.

Joséphine courait les voyantes, les diseuses de bonne aventure. Un certain monsieur Martin faisait fortune en lisant les lignes de la main des merveilleuses et des incroyables. Cul-de-jatte, posé sur une caisse, il recevait ses clients dans une chambre obscure pleine de squelettes, de grimoires rangés sur des étagères poussiéreuses. La file des voitures patientant devant sa porte était aussi longue que celle formée devant chez Corcelet, l'épicier à la mode, ou Garchy qui vendait les meilleurs sorbets et glaces de Paris. On se pressait aussi chez madame Lenormand, surnommée « la Sorcière », qui avait prédit la chute de Robespierre et la montée au firmament de Barras. Madame Lenormand surprenait toujours ses clientes par la façon dont elle pratiquait ses voyances : bris de miroir, blancs d'œuf, cendres, marc de café ou simplement cartes et tarots. On la quittait fasciné et enchanté.

L'arrivée soudaine d'Italie de Murat, porteur d'une lettre de Bonaparte lui ordonnant de le rejoindre, avait mis Joséphine sens dessus dessous. Devait-elle faire la morte, trouver un prétexte ? La solution était venue d'Hippolyte : elle était enceinte et ne pouvait entreprendre une si longue route.

Aussitôt Bonaparte avait expédié un court message où il manifestait sa joie : comme elle devait être attendrissante avec son petit ventre rond !

Le marquis et la marquise de Beauharnais allaient donner à Fontainebleau une fête familiale à laquelle Joséphine avait promis de venir. Elle y retrouverait ses enfants qu'elle n'avait pas revus depuis de longues semaines. Eugène rêvait de rejoindre son beau-père en Italie et Hortense brillait chez madame Campan par ses dons en musique et en dessin. Pourtant, la lettre portée par Murat laissait à Joséphine un vague sentiment de culpabilité. Son mari l'aimait trop, sa passion, quoique flatteuse, l'étouffait. Pourrait-elle réussir à mener librement sa vie sans lui faire aucun mal ? Et elle craignait sa jalousie corse. S'il la savait infidèle, la quitterait-il ? « Tu vas venir, n'est-ce pas, avait-il écrit, tu vas être ici à côté de moi, sur mon cœur, dans mes bras, sur ma bouche. Je te donne un baiser au cœur et puis un peu plus bas, bien plus bas. » Ces trois derniers mots avaient été soulignés.

La fête des Beauharnais avait été chaleureuse. Le temps était doux, ensoleillé, les invités, tous des intimes, rappelaient le bon vieux temps d'avant la Révolution, quand la petite société de Fontainebleau se retrouvait chez les uns et les autres pour causer, faire de la musique, arpenter les belles allées des jardins ou celles du château qui, en l'absence du roi, leur étaient toujours ouvertes. Ces souvenirs attendrissaient et blessaient Joséphine. Une vie paisible ? Certes, mais à quel prix ! Celui de sa soumission, de ses humiliations, celui d'une sécurité payée trop cher. Autant à court d'argent qu'aujourd'hui, elle se résignait alors à une existence provinciale qui achevait d'éloigner d'elle son jeune et exigeant mari.

Maintenant elle avait des ressources. Elle avait recommandé le banquier Collot comme fournisseur aux armées, il avait payé une grande partie de ses dettes et lui avait laissé un pourcentage sur ses bénéfices. Elle avait fait de même avec quelques seconds fusils et toujours reçu quelques miettes au passage. Hippolyte s'intéressait de près à ses « petites affaires », il avait de l'ambition, des idées et rêvait lui aussi de s'enrichir pour s'acheter des terres, un château, une position.

Joséphine avait quitté Fontainebleau, les Beauharnais, leurs amis et ses enfants, à la fois un peu nostalgique et soulagée. Chacun des invités avait gardé son monarchisme au fond du cœur, mais tout royaliste déclaré encourant depuis le seize avril la peine de mort, on gardait pour soi ses convictions. Avec l'effondrement de l'assignat, beaucoup de ces vieux ménages étaient au seuil de la pauvreté, un état qu'ils supportaient avec beaucoup de dignité. Joséphine les admirait et les plaignait. La vie était si brève ! Ne fallait-il pas en profiter ?

Joseph Bonaparte et Junot étaient arrivés à Paris au début du mois de mai, porteurs d'une brassée de drapeaux qu'ils devaient remettre aux cinq directeurs de la part de leur général victorieux.

Pour la fête, Barras, secondé par Thérésia, s'était plus que jamais surpassé. Un courtisan ayant quitté la France en 1789 pour y revenir en ce mois de mai 1796 se serait cru à Versailles, hormis les drapeaux bleu, blanc, rouge pavoisant l'escalier éclairé *a giorno* par des torchères que portaient des valets vêtus à la française. Chaque invitée se voyait remettre par des pages un petit bouquet de jasmin attaché par une épingle d'or pour décorer son corsage. Le vestibule, l'escalier intérieur, le grand salon ressemblaient à un jardin par l'abondance de somptueux bouquets disposés dans de grands vases de Sèvres bleus. Un orchestre de chambre jouait du Lully, du Mozart, du Salieri, du Gluck, toutes musiques peu approuvées durant les temps révolutionnaires. Barras avait réuni des artistes de l'Opéra qui ne chanteraient, dès l'arrivée des héros Junot et Joseph Bonaparte, qu'en italien. Quant aux buffets, on y avait rassemblé tout ce que la chère pouvait compter de plus exquis et de plus exotique : saumons, esturgeons, turbots, saint-pierre, filets de bœuf, chapons en gelée, filets mignons d'agneau rôtis, faisans, cailles, perdreaux, foies gras en terrine, caviar, aucune délicatesse qui puisse flatter le palais des plus blasés ne manquait. Sans cesse les valets proposaient du vin de Bourgogne, de Bordeaux, de Champagne, de Madère, de Chypre, de Hongrie, du ratafia de jasmin, d'œillet et de rose.

Junot et ses glorieux drapeaux se faisaient attendre. On parlait des éclatants succès de Bonaparte, des richesses qu'il ramènerait d'Italie, des œuvres d'art qui allaient rejoindre le Louvre et les salons des ministères. Bien que nul n'ignorât que bon nombre de ces tableaux, statues, bustes antiques allaient décorer les demeures des directeurs, de certains privilégiés et la maison du général lui-même, personne n'y faisait allusion.

Enfin Junot était apparu, resplendissant de galons, de broderies d'or, ceinturé de tricolore, moulé dans des culottes blanches, portant un tricorne empanaché. Après avoir salué les directeurs, baisé la main de Joséphine, il avait présenté les vingt-deux drapeaux pris à l'ennemi, certains troués de balles. On avait applaudi à tout rompre. L'orchestre avait entamé *La Marseillaise* et tout le monde avait vu Barras essuyer une larme qui lui était venue aux yeux fort à propos.

Entourée, courtisée, Joséphine était au comble du bonheur. Le matin même, elle avait reçu une nouvelle lettre de son mari. « Prends des ailes, viens, viens. » Elle l'avait lue à Hippolyte avant de la fourrer dans un tiroir. Son amant était là, à deux pas, vêtu de son uniforme de hussard à la hongroise, bleu et blanc brodé d'argent, une pelisse garnie de gorge de renard jetée sur son épaule, les jambes gainées dans de hautes bottes qui mettaient ses cuisses musclées en valeur. Ne l'avait-il pas fait rire en disant que « le général était sur le Pô, ce qui était bien sans Gênes » ? Ce soir-là, nul n'aurait pu décider qui, de Joséphine, Thérésia, madame Visconti ou Fortunée Hamelin, était la plus élégante. Elles avaient toutes rivalisé d'audace, de recherche dans le luxe, d'heureuses trouvailles, toutes coiffées à ravir par le même Duplan qui s'était ingénié à les rendre différentes. Pour cette occasion où elle allait apparaître en invitée d'honneur, Joséphine avait acheté pour un prix exorbitant un collier, des boucles d'oreilles, un bracelet, un peigne en perles et turquoises que Bonaparte ne manquerait pas de rembourser. Et encore s'était-elle montrée raisonnable, car les rubis lui plaisaient davantage.

Tard dans la nuit, la foule était restée massée devant le Luxembourg pour voir sortir Junot, la générale Bonaparte, la belle madame Tallien. Lorsqu'ils étaient apparus, Junot donnant son bras droit à Joséphine et son bras gauche à Thérésia, on les avait acclamés. Junot avait l'air si jeune, les femmes étaient si élégantes ! On criait : « Vive la République, vive le général Bonaparte ! » Il faisait doux. Venant des jardins, le vent portait des fragrances de géranium, de chèvrefeuille.

Les jours sombres semblaient définitivement surmontés. On allait avoir la paix, du pain, de l'ouvrage. La République une et indivisible allait offrir le bonheur promis à ses enfants.

La certitude de toucher à la prospérité était si grande que l'arrestation de Babeuf, de Buonarroti et de Darthé le lendemain n'avait suscité que peu de réactions. Leurs affiliés étant cependant dangereux, c'était en cage qu'on les avait amenés à Vendôme afin qu'ils soient jugés. Leur condamnation était certaine. Comment laisser des illuminés répandre l'illusion que les biens pouvaient être partagés ?

Quoique Joséphine vécût encore dans l'euphorie de la soirée au Luxembourg, elle avait, plantée dans le cœur, la crainte de devoir partir pour l'Italie. Bonaparte savait maintenant qu'elle n'était pas enceinte et son ton se faisait plus impératif que jamais. Plusieurs fois par semaine, elle continuait à recevoir des lettres. Il avait pris Milan où il avait fait une entrée spectaculaire sur son cheval blanc, Bijou. On avait allumé des feux de joie, festoyé, dansé. Le lendemain, Bonaparte s'installait au palais Serbelloni et écrivait à Barras : « Nous tirerons de ce pays dix millions. »

Dans le tiroir où elle jetait les lettres de son mari, Joséphine, perplexe, avait rangé la dernière.

> « Je ne pense qu'à toi, cela me rend tout insupportable… je me suis en alle (*sic*) me coucher tristement en me disant : voilà ce réduit vide, la place de mon adorable petite femme. »

C'était attendrissant, mais elle avait aussi reçu des missives d'un autre ton :

> « Saurais-tu comment on guérit de l'amour ? Je paierais ce remède bien cher. Tu devais partir le cinq prairial[1], bête que j'étais, je t'attendais

1. Mai.

le treize. Comme si une jolie femme pouvait abandonner ses habitudes, ses amis, sa madame Tallien et un dîner chez Barras et une représentation d'une pièce nouvelle, et Fortuné, oui Fortuné. Tu n'aimes plus du tout ton mari. »

La fin de cette lettre, certes, ne comptait que des termes amoureux, mais les reproches étaient là. Devait-elle se résoudre à partir ?

Barras la pressait maintenant. De Bonaparte, il avait reçu une lettre disant clairement que si Joséphine ne le rejoignait pas, il viendrait à Paris la chercher. Le Provençal ne voulait en aucun cas voir le glorieux petit général débarquer. Joséphine devait prendre la route. Qu'elle emmène Hippolyte, Fortuné, Louise Compoint, sa chère femme de chambre et la plus mauvaise langue de Paris, ses Martiniquaises, toute sa troupe, mais qu'elle s'en aille, qu'elle parte ! Les Autrichiens ne s'apprêtaient-ils pas à aider Mantoue assiégé ? Pouvait-on abandonner Milan et compromettre l'armistice ?

Entre les bras de Thérésia, Joséphine avait beaucoup pleuré avant de se résigner. Puisque Hippolyte, Fortuné, ses servantes seraient du voyage, elle ne serait peut-être pas trop malheureuse, après tout. Mais elle avait fait jurer à son amie de lui écrire chaque semaine pour l'informer par le menu des événements parisiens. Et elle pourrait venir la rejoindre, n'est-ce pas ? Visiter ensemble l'Italie serait charmant.

En traversant la campagne française, la jeune femme avait été surprise par le mauvais état des routes, la découverte d'églises abandonnées aux cloches muettes. Des champs étaient en friche, les paysans, pauvrement vêtus, circulaient à pied ou dans de mauvaises charrettes. Tout au long du chemin, elle découvrait des abreuvoirs pour les chevaux, des cabarets, des auberges affichant des enseignes aux couleurs criardes : « À l'écu de France », « Au chat noir », « Au bœuf couronné », « À l'âne rouge ». Là s'arrêtaient les diligences qui déchargeaient pour un repas hâtivement avalé les voyageurs trop peu fortunés pour posséder leurs propres voitures. Les yeux écarquillés, des enfants en sabots regardaient passer son bel équipage, quatre voitures, les courriers qui préparaient les relais et la petite escorte armée accordée par Barras. Incapable de supporter la vue de la misère, Joséphine distribuait des pièces, des friandises, des breloques. Elle aurait aimé faire davantage, mais il fallait filer vers l'Italie, être belle, fraîche, élégante pour les étapes chez les notables qui organisaient des dîners en son honneur. Dieu merci, le banquier Hamelin, mari de sa chère Fortunée, lui avait prêté l'argent nécessaire pour régler ses dettes en échange de l'obtention de marchés lucratifs, et elle avait pu faire quelques achats destinés à impressionner les Italiens. Madame Visconti l'avait conseillée : des couleurs gaies, des bijoux, des plumes, des étoffes fines et précieuses, une touche parisienne sans exagération. La belle Italienne avait recommandé d'éviter la transparence, la quasi-nudité, inadmissible dans ces pays restés fort catholiques, mais Joséphine, sachant que son corps était sa plus belle parure, n'était pas décidée à suivre son avertissement.

Ses toilettes remplissaient un fourgon entier qui fermait la marche. La précédaient les voitures de ses domestiques Euphémie, Lavinia, Louise Compoint, son valet de chambre, les valets de Junot et de Joseph, puis la voiture où étaient installés Hippolyte qui officiellement rejoignait le général Leclerc, les aides de camp de Junot, elle-même précédée de celle où avaient pris place Antoine Hamelin et son ami et associé Monglas, tous deux impatients de signer des contrats à Milan. Dans la première voiture enfin, se côtoyaient Joséphine, avec sur ses genoux Fortuné agacé par son nouveau collier sur lequel était gravé « J'appartiens à madame Bonaparte », Joseph Bonaparte et Junot. Le courrier personnel de Napoléon, Moustache, trottait à la portière.

Joséphine s'ennuyait, la route était longue, les étapes officielles assommantes. Et elle songeait à Milan où allaient sans doute accourir les Bonaparte. Tous et toutes, à l'exception peut-être de Caroline, pensionnaire chez madame Campan, la détestaient. C'était une humiliation et une blessure. Ils estimaient que Napoléon avait déchu en l'épousant. Parce qu'elle était plus âgée ? Veuve ? Mais sa noblesse surpassait de loin celle des Bonaparte. Charles, le père de la fratrie, avait eu bien du mal à dénicher les quatre quartiers de noblesse nécessaires à l'obtention d'une bourse royale. Napoléon était entré de justesse à Brienne alors que les propres ancêtres de Joséphine avaient participé aux croisades.

À Lyon, bien que la région fût en émoi à cause du récent assassinat du courrier qui portait une quantité importante d'assignats à Bonaparte, elle avait dû écouter discours, cantates et poèmes, recevoir des bouquets de fleurs, avant d'assister à la représentation d'*Iphigénie en Aulide*. Comme étaient loin les théâtres parisiens et leurs pièces si amusantes.

Heureusement, le convoi s'arrêtait souvent pour la nuit dans des auberges de campagne. Elle pouvait y occuper une chambre d'hôte à côté de celle d'Hippolyte. Junot et mademoiselle Compoint qui filaient le parfait amour ne les dérangeaient guère, mais un soir où elle avait prié son amant de rester un moment de plus auprès d'elle, elle avait surpris le regard glacé de Joseph. Voudrait-il lui nuire au point d'éveiller des soupçons dans l'esprit de son frère ? Deux jours durant, elle s'était efforcée d'être prudente.

Après Lyon, les voitures avaient gagné Chambéry et se dirigeaient vers le Mont-Cenis. Elle qui haïssait écrire mettait chaque jour un mot à Thérésia. Son amie lui manquait. L'ennui l'abattait. Elle avait un peu de fièvre, souffrait d'un point de côté persistant. Les voyages ne lui valaient rien. Comme elle aurait aimé s'éveiller dans son grand lit de la rue Chantereine, ses fenêtres ouvertes sur le petit jardin ! Sans Hippolyte, elle serait morte de chagrin. Le paysage qui changeait quotidiennement l'enchantait cependant. Pour la première fois, elle voyait des montagnes couvertes de neige, des sentiers abrupts et rocailleux, humait une odeur délicieuse de pin, de mousse et d'herbes sauvages. Aux oliviers avec leurs feuilles argentées avaient succédé des vignobles escaladant les collines, puis des forêts de chênes et de sycomores. Plus la route s'élevait, plus l'air fraîchissait et, pelotonnée dans son châle, Joséphine songeait vaguement à l'existence nouvelle qui l'attendait. Énervé par l'indolence, les coquetteries de sa belle-sœur si éloignées du caractère des femmes corses, Joseph s'enfonçait dans le mutisme. Atteint de syphilis, il se faisait soigner et était de méchante humeur. Tôt ou tard, il dirait à Napoléon ce qu'il pensait de Joséphine.

Parfois la jeune femme demandait à faire quelques pas, elle suivait un ruisseau ou un chemin de chèvres. L'air frais était grisant, la végétation sombre, drue, vigoureuse. Elle se faisait nommer les arbres, les buissons, les fleurs. Elle espérait posséder un jour un domaine, une belle maison entourée d'un parc où elle pourrait acclimater toutes sortes de plantes.

Pour franchir le Mont-Cenis, il avait fallu vider et démonter les voitures et charger le tout sur des mules qui avaient également transporté les voyageurs. Ravie, Joséphine ne sentait plus sa fièvre, son point de côté, son ennui. Et en culotte de daim, botté, sanglé dans une veste de drap de laine écarlate, Hippolyte était si séduisant. Il n'avait pas son pareil pour la faire sourire en lui offrant une fleur, une plume d'oiseau, un galet à la forme ou aux couleurs surprenantes.

La route descendait maintenant, on allait pouvoir remonter en voiture, filer vers Turin. La chaleur revenait progressivement, pour devenir écrasante en plaine où prospéraient les champs de maïs, de blé et les vignobles.

À Turin, une lettre de Thérésia l'attendait, portée par courrier. Récamier allait acquérir pour Juliette le château de Clichy où elle pourrait séjourner à sa convenance en compagnie de sa mère. En prévision de l'été, les femmes à la mode achetaient le fameux bonnet en colimaçon qu'elle-même avait lancé récemment lors d'un bal à Tivoli. Joséphine revoyait la jolie coiffure de crêpe soulignant le front d'un tulle plissé. Une légère guirlande de roses pompons, d'œillets ou de petites fleurs des champs s'élevait en spirale pour se terminer au sommet du crâne. À travers l'ouverture passait une touffe de cheveux ébouriffés ou soigneusement bouclés. Deux tresses que l'on nouait sous le menton encadraient le visage.

La coiffure « au repentir » allait passer de mode. Lors de la réception de Junot au Luxembourg, Joséphine avait imposé les peignes d'or incrustés de perles et de turquoises, ou en nacre, en corne, en écaille de tortue. « La mode est de plus en plus époustouflante, confiait Thérésia. Reviens vite pour en être l'égérie avec moi. » Se souvenait-elle du dernier anniversaire de Thermidor au Cours-la-Reine ? Avec madame Visconti, elles en avaient été les reines, les amazones, les muses. Et les hommes ? Thérésia se remémorait en termes sensuels les pantalons noisette, les bottes molles à mi-mollet, les vestes rouge sombre à collet de velours noir, les deux montres à breloques enfouies dans les poches des gilets, les chapeaux à cocarde.

La prochaine célébration sans Joséphine ne pourrait avoir le même panache, mais elle promettait à son amie de tout lui raconter dans sa lettre suivante.

On était loin des défilés jacobins avec des bœufs aux cornes enrubannées tirant des statues de la Fraternité et de la Paix en papier mâché.

En *nota bene*, Thérésia avait ajouté : « La Lange a rompu avec son banquier hollandais Hope. Il veut reprendre son argent et leur fille. Elle ne se laissera pas faire. En attendant de livrer bataille, elle se fait peindre par Girodet. » Avec délectation, la reine de Paris précisait enfin qu'Élise était représentée en Danaé, nue sous une pluie d'or, avec à ses côtés un gros dindon qui ressemblait à s'y méprendre à Michel Simons.

Après la lecture de cette lettre, Joséphine, en dépit de la chaude présence d'Hippolyte, avait eu du mal à trouver le sommeil. Paris sans elle ? La blessure était trop douloureuse. Et à la nostalgie s'ajoutait la perspective de ne bientôt plus pouvoir retrouver son amant qu'en cachette. À Milan, sans nul doute, elle serait espionnée. Où était sa tranquille maison de la rue Chantereine ? Ils trouveraient bien des moyens pour se voir, mais ce serait si difficile !

Le lendemain matin, c'était une lettre de Bonaparte écrite à Vérone que Joséphine avait reçue.

> « Nous avons fait six cents prisonniers et pris trois pièces de canons. Le général Brune a eu sept balles dans ses habits sans avoir été touché par aucune, c'est jouer de bonheur. Je te donne mille baisers. »

Il allait galoper vers Milan pour l'accueillir.

Bonaparte était là, en effet, et l'avait, devant tous, couverte de baisers. Ses compagnons de voyage, y compris Hippolyte Charles, avaient été fort bien traités. On allait les installer en ville confortablement. Joseph et Junot, bien sûr, les accompagneraient au palais Serbelloni.

Les retrouvailles avaient été brûlantes. Depuis des semaines, Bonaparte rêvait de cette femme adorée ! Joséphine s'était laissé aimer. Au lit, son mari n'avait pas la lente sensualité de son amant. C'était tout à la fois un soulagement et une frustration.

À Milan, on avait donné fête sur fête pour « la générale ». Elle s'y ennuyait la plupart du temps. Les conversations manquaient de légèreté, on la pressait, la questionnait, elle n'avait pas un moment à elle. Fourbue, elle se couchait tard dans la nuit tandis que Bonaparte travaillait. Il la rejoignait à l'aube pour la prendre dans ses bras. Elle était épuisée. Quand son mari aurait rejoint ses armées, elle pourrait enfin respirer, revoir brièvement Hippolyte. Lui-même allait bientôt retrouver le quartier général de Leclerc. Il avait promis de s'en échapper aussi souvent que possible.

À peine Bonaparte en route pour Mantoue, elle avait reçu une lettre.

> « Je croyais t'aimer il y a quelques jours mais depuis que je t'ai vue, je sais que je t'aime mille fois plus encore. Depuis que je te connais, je t'adore tous les jours davantage. Ah, je t'en prie, laisse-moi voir quelques-uns de tes défauts ; sois moins belle, moins gracieuse, moins tendre, moins

bonne surtout ; surtout ne sois jamais jalouse, ne pleure jamais, tes larmes m'ôtent la raison, brûlent mon sang ! »

Tant de passion était pesant, presque affolant. La lettre lue, Joséphine avait soupiré.

Tant bien que mal, elle s'adaptait à la vie milanaise, aux promenades à la tombée du soir sur le Corso en voitures basses, les « bastardelles », qui permettaient d'échanger quelques mots avec des amis à pied, conversations faites de ragots qui ne l'intéressaient pas. Pour s'amuser, elle s'était fait une queue de cheval torsadée semée de fleurs. Le lendemain, dix dames sur le Corso l'avaient imitée. Le soir, il fallait recevoir à dîner les hauts fonctionnaires français et leurs femmes, les représentants du doge de Venise, du grand-duc de Toscane, du roi de Sardaigne. Elle osait des robes semi-transparentes qui allumaient le regard des hommes.

Il fallait assister aux multiples fêtes données en son honneur. Dans les jardins illuminés, on dînait *al fresco*, on écoutait de la musique, on dansait. Les Italiens lui faisaient la cour, elle se laissait aller le temps d'une valse sous les pins. Convalescent, Joseph la surveillait. Bientôt, tout le clan Bonaparte allait surgir à Milan !

Juillet s'achevait. Le mois d'août promettait d'être très chaud. Levée tard, Joséphine ne pouvait profiter de la fraîcheur du matin. Elle savourait au lit sa tasse de tisane de fleurs d'oranger puis prenait un bain avant de se livrer à son coiffeur, à son pédicure, à ses femmes de chambre pour être habillée. Elle se maquillait elle-même, car nul ne savait mieux la rendre belle, effacer les traces de la fatigue et du temps. Pour le déjeuner, elle réunissait quelques dames. On parlait de tout et de rien. Après le café, on flânait dans une allée, autour d'un bassin.

Fortuné, qui souffrait de la chaleur, trottait le souffle court derrière sa maîtresse. Aux causeries succédaient quelques visites, puis elle montait dans son appartement lire son courrier, écrire à ses amis parisiens, se reposer.

Bonaparte la réclamait à Parme, à Brescia. La perspective de ces voyages la lassait. Elle aurait préféré rester à Milan à ne rien faire ou à se composer des tenues époustouflantes. Hippolyte, qu'elle n'avait pas vu depuis deux semaines, n'écrivait pas, mais lorsque, enfin, elle avait reçu un court billet l'avertissant qu'il serait à Brescia, son énergie était revenue. Il lui fallait de la lingerie, des dentelles pour ses déshabillés. Sur un coup de tête, elle avait acquis un collier de camées antiques, un tour de cou en soie rose semée de petits rubis qui irait à ravir avec sa robe d'après-midi en percale aubépine.

Le vingt-neuf juillet, une Joséphine radieuse rejoignait Bonaparte à Vérone où elle ne comptait séjourner que quelques jours. Avec émotion, elle avait appris qu'elle serait logée dans une maison qu'avait occupée le comte de Provence, le frère du roi Louis XVI, celui-là même qu'elle apercevait de loin à Fontainebleau durant la saison des chasses, entouré des aristocrates portant les plus prestigieux noms de France.

La maison était délicieuse, nichée au milieu de pins parasols, de cyprès, de bouquets de myrtes qui embaumaient. Dans l'air sec, le chant des grillons vibrait d'une façon obsédante, sensuelle. Bonaparte, en public, posait des baisers sur son front, ses lèvres, au creux de son cou. Elle riait : « Finis donc, finis donc. » Les généraux et aides de camp détournaient pudiquement la tête.

À Brescia, elle était tombée dans les bras d'Hippolyte. Deux jours de bonheur fou. Elle avait consacré ses nuits à l'amour, ses matinées à rêvasser dans son lit, les fenêtres grandes ouvertes sur la campagne vallonnée où les ifs s'élançaient dans le ciel immuablement bleu. Puis, Brescia étant menacée par l'ennemi, il avait fallu partir pour Florence. Bonaparte attendait l'infanterie de Masséna, Junot et ses dragons, Marmont et son artillerie. En arrivant dans la capitale toscane, désespérée d'avoir dû si vite se séparer d'Hippolyte, Joséphine avait appris l'éclatante victoire de Castiglione. Tout le lac de Garde était désormais aux mains de son mari.

Thérésia avait laissé Barras songeur. Les victoires du « petit Corse échevelé », comme il l'appelait, l'inquiétaient plus qu'elles ne le ravissaient. Ses victoires allaient décupler ses désirs déjà démesurés de pouvoir et d'honneurs. Rassasié d'Italie, ne tournerait-il pas ses regards vers la France ? Déjà il fallait songer à une stratégie pour l'en éloigner coûte que coûte. Il l'enverrait aux Indes s'il le fallait, pourvu qu'il ne s'installât point à Paris.

Il faisait chaud, orageux. Thérésia avait envie de quitter la petite maison de Chaillot où Barras passait l'été. Ne pouvait-il acheter un château, une terre ? La jeune femme avait appris que Grosbois, qui avait appartenu au comte de Provence, désormais un bien national, pourrait être acquis pour un prix dérisoire. L'hiver, lorsque son amant se plaindrait du Luxembourg, elle lui en parlerait résolument. Dans ce magnifique château, elle pourrait vivre pleinement la vie qu'elle aimait, rétablir un certain protocole qui ne déplaisait pas au « roi Barras ».

Thérésia était montée dans sa nouvelle voiture vert anglais qui l'attendait. De retour chez elle, elle allait écrire à Joséphine. Celle-ci devait vite revenir. Paris s'ennuyait d'elle. La petite Lange avait définitivement repris sa liberté, sa fille Palmyre sous le bras, Fortunée Hamelin recevait avec satisfaction les nouvelles que son mari lui envoyait d'Italie. Pour une armée victorieuse, Bonaparte se devait d'obtenir des équipements neufs, une nourriture abondante, de fournir à la cavalerie de bons chevaux qui exigeaient un fourrage de qualité. Les fournitures variées parvenaient aux troupes grâce à des intermédiaires dont il avait la satisfaction de faire partie. Il n'était pas le seul, mais il y avait assez d'or à se mettre dans les poches pour que tout le monde soit satisfait. Juliette Récamier était à Clichy avec son mari et sa mère, toujours faussement candide. Mais chacun savait qu'elle aimait séduire pour séduire, sans offrir plus qu'elle ne voulait donner. Sous son air angélique, elle était froide et résolue. Germaine de Staël, quant à elle, ne parlait que du nouvel ouvrage de son cher Benjamin Constant, *De la force du gouvernement actuel de la France et de la nécessité de s'y rallier.* Bannie à nouveau de Paris, elle restait, depuis son château de Coppet, si présente qu'on avait l'impression de la côtoyer tous les jours.

Entre son père, son ancien amant Narbonne, le nouveau, Benjamin Constant, et son mari le baron de Staël, la vie à Coppet n'était pas toujours sereine. La tempétueuse Germaine avait été mise en furie par un article du *Moniteur* la qualifiant d'« intrigante et dangereuse créature ». Ces potins occupaient les salons et faisaient rire aux dépens d'une femme dont la forte personnalité jetait de l'ombre autour d'elle.

Thérésia narrerait aussi à Joséphine l'ouverture du Salon qui faisait une place d'honneur aux artistes de l'école française. Dans son discours inaugural, le ministre de l'Intérieur avait déclaré aux peintres qui étaient exposés : « Ayez un orgueil, un caractère national, peignez notre héroïsme et que les générations qui vous succèdent ne puissent vous reprocher de n'avoir pas paru français dans l'époque la plus remarquable de notre histoire. » Le grand succès du Salon autour duquel on se pressait à s'en étouffer était *Les Amours de Psyché et de l'Amour.* Mais les encres de Chine illustrant le roman *Daphnis et Chloé* étaient aussi fort prisées. Par comparaison, les portraits de Juliette Récamier par Ducreux, de madame de La Bouchardie, la maîtresse de Joseph Chénier, le sien où on la voyait dans son cachot à la Force tenant à la main ses cheveux coupés attiraient moins d'admirateurs. Elle-même se montrait réservée sur le choix de cette scène un peu outrée.

Le jour de l'inauguration, elle avait croisé le peintre Périer, vêtu à la romaine et portant une barbe démesurée. David ne s'était pas montré, enfermé dans son atelier que Joséphine connaissait bien, au milieu de bas-reliefs antiques et des portraits d'Horace et de Brutus. Dans son coin, l'ébauche du *Serment du Jeu de paume* semblait toujours abandonnée. Il tempêtait contre l'arrivée d'Italie des Raphaël, Giorgione, Vinci, Corrège, Véronèse, Carrache destinés à rejoindre le Louvre. La galerie du Bord de l'eau étant trop étroite, on allait ouvrir de nouvelles salles pour recevoir le butin de Bonaparte, celle d'Apollon allait être restaurée. Comment, protestait David, avait-on l'audace de dépouiller un pays de ses trésors, de les lancer, mal protégés, sur les routes où ils pouvaient subir d'irréparables dommages ? Mais le convoi approchait de Paris. Dans une dizaine de jours, les merveilles de l'Italie et de la Grèce seraient promenées dans les rues de la ville. On parlait du *Discobole* de Myron, du *Gladiateur mourant*, de statues d'Éros et de Terpsichore, de deux Antinoüs, de *L'Apollon du Belvédère* et de beaucoup d'autres comme de véritables chefs-d'œuvre. Suivaient des végétaux pétrifiés, des lions, des dromadaires, des chameaux d'Afrique, des charretées de manuscrits, de médailles, de partitions, d'imprimés. Le cortège serait escorté par des représentants de l'École polytechnique, du Collège de France, des administrateurs du musée, des professeurs de l'École de peinture et de sculpture, des ouvriers typographes, des commissaires de l'armée d'Italie, des patriotes défenseurs de la patrie, et s'étendrait sur près d'un kilomètre. Arrivé au Champ-de-Mars, on s'arrêterait devant la statue de la Liberté.

Le récit de cette grande parade viendrait dans une prochaine lettre. Elle y révélerait bien sûr les toilettes portées par les merveilleuses, sur lesquelles toutes déjà s'affairaient. Quant à elle, elle gardait encore un peu son secret, mais ne doutait pas que sa chère amie Joséphine serait fort surprise.

Thérésia ne savait si elle enviait la belle créole de voler en Italie sur les pas de son victorieux mari, d'être fêtée dans les plus beaux palais, ou si elle la plaignait d'avoir dû renoncer à toute liberté, d'être constamment en représentation, sans amie intime, loin de sa jolie maison, des objets et meubles qu'elle avait choisis avec tant d'amour, privée des petites réceptions pleines de bonne humeur et de laisser-aller, des promenades où, des collégiens aux vieillards, tous les hommes les désiraient.

Thérésia était heureuse, elle menait la danse, soutirait à Barras tout ce qu'elle souhaitait, on rayait à sa demande le nom d'un immigré de l'infamante liste des proscrits, elle obtenait faveurs, bourses, pensions, mais lançait aussi une pièce de théâtre, un opéra, une promenade. Au Luxembourg, par amour de la musique, elle avait fait rassembler les partitions ayant appartenu à Marie-Antoinette, à Madame Victoire, à Madame Élisabeth, avait racheté pour rien des meubles, des tableaux venant de Marly, de Choisy, de Fontainebleau. Sèvres était-elle en difficulté ? Elle commandait un service, des vases, des statuettes et Paris suivait. La manufacture était sauvée. Aimait-elle Barras ? Peut-être pas, mais elle lui était très attachée en dépit de ses défauts. Dénué de prévoyance, vivant au jour le jour avec son or, ses maîtresses, ses mignons, ses œuvres d'art, elle ne savait pas s'il avait ou non une conscience. Sa vanité l'avait poussé à faire baptiser *Le Barras* un vaisseau lancé à Toulon et, parfois, il se posait crânement en souverain entouré de ministres bourgeois à ses ordres, embarrassés par leurs broderies, leurs plumes, leur sabre, qui s'appelaient entre eux « monsieur » et nommaient leurs domestiques « citoyens ».

De plus en plus souvent, Thérésia pensait à rejoindre Joséphine pour échapper à son envahissant amant et se retrouver libre, à Milan ou à Florence où elle pourrait se choisir un nouvel amoureux.

La lettre achevée, Thérésia avait jeté un châle sur ses épaules. Le grand Garat l'attendait pour sa leçon de chant. Elle l'adorait.

La victoire de Bassano avait surpris Joséphine en train de rassembler les cadeaux achetés pour le vieux couple Beauharnais, ses enfants et ses amis. Elle les confierait au duc de Serbillon sur le point de se rendre à Paris en mission diplomatique : une montre en or entourée de perles fines pour Eugène, une robe rose, un porte-monnaie en fils d'or pour Hortense, pour Émilie de Beauharnais une robe et un étui à épingles en or, des bouteilles de vin d'Asti et des fruits secs pour les Beauharnais. À l'intention de Thérésia, elle avait fait empaqueter une pièce de crêpe et des chapeaux de paille ; pour Barras, un portefeuille en maroquin à coins d'or ; pour Élise Lange, qui en était friande, des liqueurs de Turin. Une autre caisse, scellée celle-là, partirait remplie d'objets de prix qu'elle chargerait Fortunée Hamelin de négocier au mieux. Son mari était satisfait des marchés qu'elle lui avait procurés et n'oubliait jamais de lui remettre quelques enveloppes. La somme allouée par Bonaparte étant insuffisante, cet argent lui était bien nécessaire.

D'un jour à l'autre, elle attendait à Milan son mari et sa chère amie Visconti. Le motif de son voyage était de revoir le général Berthier dont elle était tombée amoureuse à Paris. Avec l'air de la capitale française, madame Visconti lui avait apporté des lettres de toutes ses amies, qu'elle avait lues à plusieurs reprises. La nostalgie de leur présence, celle de sa maison la tenaillaient toujours, mais elle devait admettre qu'elle commençait à se plaire en Italie où elle était le centre d'une cour à sa dévotion. Bonaparte allait repartir en campagne. Comme Barras, il s'inquiétait de la forte poussée royaliste en France. « Si vous avez besoin de forces, lui avait-il écrit, appelez les armées. » Celui-ci avait aussitôt répondu : « Nous acceptons avec plaisir toutes les offres que vous nous faites pour venir au secours de la République. Soyez sûr que nous n'en ferons usage que pour sa tranquillité, son bonheur et sa gloire. » Mais Barras s'était contenté de rappeler le général Augereau après la bataille d'Arcole afin de le mettre à la tête de la division militaire de Paris. Les royalistes, quant à eux, recrutaient près de mille deux cents jeunes gens prêts à s'armer au premier ordre.

La fin de l'année 1796 à Paris était tendue. On attendait les élections législatives qui devaient avoir lieu en avril et les campagnes politiques se faisaient agressives. À des adversaires évoquant devant elle la démocratie, Thérésia avait répondu : « La démocratie, c'est l'amour. »

Vainqueur à Arcole où il avait fait preuve d'un très grand courage sous la mitraille ennemie et avait échappé à la mort grâce à son aide de camp, Muiron, qui l'avait protégé de son corps, la gloire du « petit Corse » était immense et on avait rebaptisé « rue de la Victoire » leur calme rue Chantereine.

Séjournant à Gênes avec Hippolyte, Joséphine n'avait pu accueillir à Milan le héros qui, déçu, lui avait écrit une lettre pleine de reproches. « Tu cours les villes avec des fêtes, tu t'éloignes de moi lorsque j'arrive. Tu ne te soucies pas de ton cher Napoléon. Un caprice te l'a fait aimer, l'inconstance te le rend indifférent. Le bonheur est fait pour toi. Le monde entier est trop heureux s'il peut te plaire et ton mari seul est bien, bien malheureux. » Il avait de toute évidence rouvert la lettre pour ajouter : « Ah, Joséphine. Joséphine. » Celui qui faisait trembler l'Europe rampait devant une délicieuse créole qui ne pensait qu'à son plaisir. Sans réponse de sa femme, Bonaparte était tombé malade et Berthier avait dû supplier Joséphine de regagner Milan au plus vite.

Mais à son arrivée, quelque chose avait changé en lui. Il semblait avoir compris que sa passion n'était pas réciproque. Maigre, plus jaune que jamais, agité, il avait certes serré Joséphine dans ses bras, mais ses illusions l'avaient quitté.

Pour tromper l'hiver milanais, Joséphine, dès le mois de janvier, avait invité au palais Serbelloni Fortunée Hamelin et une cohorte de leurs amies communes. Elle avait même prié l'ancienne chanteuse d'opéra, madame de Saint-Huberty qui, après avoir collectionné les amants, n'était pas avare de croustillants souvenirs.

Toutes de peu de vertu, ces dames avaient mis sens dessus dessous la vie quotidienne au palais. On riait du matin au soir, on échangeait des chiffons, essayait des coiffures, organisait des bals. Les hommes se pressaient autour d'elles, prêts à les conquérir. On buvait du vin doux, on jouait du piano-forte, de la harpe, on médisait beaucoup. Madame Visconti, lasse de Berthier, avait tenté de séduire Bonaparte qui, en dépit de sa beauté, était resté de marbre. Joséphine et elle régnaient en aristocrates sur le groupe qui ignorait parfois les limites de la bienséance. Leur parfaite éducation octroyait à l'une comme à l'autre le grand air qui faisait défaut à Fortunée Hamelin dont les excentricités frôlaient le mauvais goût.

En février, étaient arrivés le demi-frère de madame Letizia, mère de Napoléon, Paulette, la deuxième fille de celle-ci, une beauté qui venait de fêter ses seize ans, et le cardinal Fesch. Paulette était irrésistible et personne ne lui résistait. Amoureuse à quatorze ans de Junot puis de Fréron, l'ancien Jacobin aux mains pleines de sang, elle avait maintenant le cœur libre, se moquait de tout, de tout le monde et ne montrait aucun égard envers sa belle-sœur qu'elle appelait « la Vieille ». Après seulement trois semaines, Joséphine ne pouvait plus la supporter et quand elle avait appris que Paulette l'accompagnerait à Bologne, sa joie s'était envolée. Pour se changer les idées, elle avait écrit à son cher Barras afin de réveiller en lui des souvenirs heureux. Elle l'aimait toujours, elle l'adorait. C'était un besoin très fort, dans son insécurité, de renouer des liens, de s'assurer que si Bonaparte mourait, elle ne serait point seule. Hippolyte était délicieux mais incapable de la mettre à l'abri du besoin.

Thérésia lui écrivait avec régularité. L'hiver était glacial à Paris, mais on faisait la queue devant le Théâtre Tricolet pour voir *Madame Angot ou la Poissarde parvenue*. Wiskis, phaétons, cabriolets et vis-à-vis attelés à un seul cheval sans queue ni oreilles déversaient chaque soir des spectateurs et des spectatrices dont elle aurait pu citer tous les noms. On riait à gorge déployée, c'était un succès inimaginable. Mais si le rire était permis, on devait aussi éprouver de la compassion pour les ouvriers, les artisans, les petits commerçants qui devaient se priver de viande et n'achetaient que du pain noir. Chandelles, tabac, savon, tout était hors de prix et la soupe coupée de vin où l'on trempait du pain remplaçait le ragoût et même le lard.

La préparation des élections agitait tous les esprits et dans les salons on ne parlait que de l'incertitude des résultats. Barras était satisfait. L'or envoyé d'Italie par Bonaparte, une cinquantaine de millions, était parvenu à bon port. Il était content de son général. Hoche, en revanche, avait échoué dans sa tentative de débarquement en Irlande, Moreau et Jourdan n'avaient pas pu marcher sur Vienne.

Thérésia et Tallien commençaient leur procédure de divorce pour incompatibilité d'humeur. Leurs amis tentaient de les réconcilier, mais si Jean-Lambert était prêt à reprendre la vie conjugale, elle ne voulait plus en entendre parler.

Hortense et Eugène se portaient fort bien. Elle était allée les visiter à Saint-Germain, les bras pleins de bonbons et de gâteries. Hortense devenait une jeune fille. Ses beaux yeux bleus, ses cheveux blonds rendaient agréable un visage dont la maturité accentuait les traits. Eugène et elle n'avaient que des amis.

La mort horrible de Fortuné, tué par le berger allemand d'un des cuisiniers, les avait bouleversés. Hortense avait beaucoup pleuré, autant à cause de sa propre peine que par compassion pour sa mère. Fortuné avait été le compagnon des jours heureux mais aussi de moments de mortelles angoisses. Jaloux, il avait haï Bonaparte et celui-ci le lui avait bien rendu, concluait Thérésia avec humour.

En mars, Joséphine avait gagné Bologne où son mari l'attendait. Ce diable d'homme ne pensait, ne vivait que pour l'action, alors que sa paresse créole la poussait à ne rien faire. À Barras, elle avait écrit : « Il rêve de se retirer à la campagne mais il se ment à lui-même. C'est l'esprit le plus inquiet, la tête la plus active, la plus féconde en projets, l'imagination la plus ardente et la volonté la plus obstinée qu'il y ait au monde, et s'il cessait d'être occupé de grandes affaires, il bouleverserait chaque jour sa maison, il serait impossible de vivre avec lui. »

Barras l'avait compris depuis longtemps. En se rapprochant de la Macédoine, Bonaparte ne pouvait que penser à Alexandre le Grand. S'il rêvait d'Orient, il ne lui refuserait pas cette aventure. On disait qu'en Italie il se comportait en souverain. Aussi longtemps qu'or et œuvres d'art parviendraient en France, il s'en moquait. Mais passé les Alpes, le Corse devrait retrouver le sens des réalités. Celui qui gouvernait la France, c'était lui, Paul Barras.

Les élections approchant, la tension montait à Paris. Pour faire face aux dépenses que causaient les réunions, voyages en province et autres opérations de propagande républicaine, les directeurs avaient décidé la vente de certains bâtiments publics, hospices, hôpitaux, ministères sous-occupés. L'armée, heureusement, coûtait peu grâce aux « prélèvements locaux » et à l'activité des intermédiaires qui se chargeaient des achats de fournitures comme de leur vente. Hamelin était maintenant concurrencé par le puissant Julien Ouvrard. Fils d'un papetier, il avait fait fortune avec l'essor de la presse. Maître des fournitures à la Marine, il avait avancé des sommes importantes au Directoire et avait étendu son influence en Amérique grâce à l'un de ses frères établi à Philadelphie. Très lié à Barras, Ouvrard courtisait avec assiduité Thérésia Tallien en présence même de son amant qui, par ailleurs, n'y attachait aucune importance. Tout comme Joséphine, sa belle maîtresse commençait à lui coûter les yeux de la tête. Au Luxembourg ou à Chaillot, elle jouait les hôtesses et ne pouvait évoluer que dans le luxe. Régner au château de Grosbois était devenu son idée fixe. Il céderait sans doute, car posséder cette magnifique demeure flattait son sens du décorum. Bien national, Grosbois serait à lui quand il le désirerait.

Parmi les puissants banquiers, il fallait compter aussi sur Michel Simons. Fils d'un carrossier de Bruxelles, il avait fait de juteuses affaires avec l'armée de Dumouriez au début de la Révolution. Pendant la Terreur, il s'était enfui à Altona. Revenu à Paris dès Thermidor, il avait fourni des grains au Directoire et obtenu de s'associer avec Ouvrard. Riche à millions, il était fou amoureux d'Élise Lange qui venait de négocier âprement sa séparation d'avec le banquier hollandais Hope et obtenu la garde de sa fille, Palmyre. La belle actrice semblait sensible à la cour que lui faisait Simons. On parlait même mariage et le petit monde des merveilleuses bruissait. La fille de comédiens ambulants devenue l'épouse d'un des hommes les plus riches de Paris ? Mais on l'applaudissait. Élise était aimée de tous et ses extravagances alimentaient tant de conversations que, sans elle, on n'aurait su trop quoi dire.

La corruption était générale aussi bien dans le monde politique que dans celui de la banque ou des affaires. Nul ne trouvait à redire à ces fortunes considérables amassées en quelques années. Quant aux ministres, Fouché avait été compromis dans un élevage de cochons vendus cinq fois leur prix aux fournisseurs de l'armée qui eux-mêmes faisaient d'énormes bénéfices. Le porc salé du soldat était facturé au prix des ortolans.

Maisons de prostitution et de jeu avaient leurs « protecteurs », souvent des hommes déjà fortunés qui avaient mis la main sur ces activités lucratives. On agiotait partout et à tous les niveaux. Grâce à la presse, nul n'ignorait les « petites affaires » des merveilleuses et des incroyables qui, proches des dirigeants, savaient avant tout le monde où et comment investir.

En province, on n'ignorait point ce qui se passait à Paris, même si des soucis plus immédiats remplissaient les colonnes des journaux locaux. La mendicité qui ne cessait de se développer tournait au brigandage. Les bandes de malfrats se multipliaient dangereusement, organisées par des malfaiteurs professionnels : soldats déserteurs, anciens chouans qui savaient faire parler les muets et rendre généreux les avares. On attaquait les diligences, on tuait, on pillait, souvent sous le prétexte de se montrer « bon républicain » ou « bon royaliste ». Des « chauffeurs » attaquaient les fermes isolées et torturaient leurs habitants en leur brûlant la plante des pieds. Une bande se déclarant « jacobine » avait assassiné à Clichy le banquier Petitval, soupçonné d'avoir fourni des fonds pour faire évader Louis XVII. Menacés d'exécution immédiate, les brigands n'étaient guère impressionnés. Encore fallait-il les attraper.

Royalistes comme partisans de Babeuf disaient au peuple qu'on l'avait trompé. Selon les uns, il fallait faire revenir Louis XVIII ; selon les autres, mettre en commun tous les biens, abolir la notion de riches et de pauvres.

La tentative d'assassinat de l'abbé Sieyès avait fait grand bruit, et avant toute enquête on avait établi la culpabilité des royalistes.

Benjamin Constant était entré en lice en publiant en mars, un mois avant les élections, un pamphlet. Il établissait que la Révolution correspondait à un progrès irrévocable de l'esprit humain et qu'une restauration de l'Ancien Régime serait une tentative vouée à l'échec pour reconstruire l'édifice du passé sur un sol incapable de le porter. Thérésia avait imité la célèbre duchesse de Devonshire, amie de Marie-Antoinette, qui militait dans les rues de Londres pour les Whigs. On l'avait vue vêtue de bleu, blanc et rouge, coiffée de fleurs des champs en soie dans des banquets « républicains », levant son verre de vin de Champagne à la victoire des démocrates français.

Mais les résultats des élections avaient été catastrophiques. Les directoriaux avaient été écrasés dans plus de quatre-vingt-dix départements. Une douzaine seulement de ceux-ci avaient voté républicain. Le nouveau tiers de l'Assemblée que l'on venait d'élire renforçait la droite monarchique d'une façon très significative. Pour les conventionnels sortants, la déroute avait été totale. Ils n'avaient vu que onze des leurs réélus sur deux cent seize et, sur ces onze, six seulement étaient des républicains convaincus. Le Directoire récoltait ce qu'il avait semé. En voulant diaboliser Babeuf, il avait poussé tous les bourgeois craintifs dans les bras des royalistes.

Stimulés par leur brillante victoire, ces derniers avaient aussitôt fondé un club qu'ils espéraient voir devenir puissant, le club de Clichy. Les émigrés, encouragés, rentraient par milliers avec les prêtres réfractaires qui pouvaient retrouver leurs cures et faire sonner à nouveau les cloches de leurs églises. Leurs anciens paroissiens les accueillaient à bras ouverts.

Les bandes de brigands dits royalistes en avaient profité pour sévir avec plus de brutalité encore. Près de Lyon, les compagnons de Jéhu, un groupe formé principalement d'anciens chouans, de déserteurs, d'insoumis, assassinaient des propriétaires de biens nationaux et des gendarmes portant la cocarde républicaine.

Barras avait voulu réagir vite. Il lui fallait des ministres à poigne et Talleyrand avait commencé à être invité avec régularité au Luxembourg. Dans sa jolie voiture tirée par deux hongres pommelés, l'ancien évêque d'Autun constatait, le sourire aux lèvres, qu'on arrachait les arbres de la Liberté dans les rues et que les jeunes gens royalistes en habits gris et collets noirs, dix-huit boutons à leur veste pour symboliser Louis XVIII, tenaient le haut du pavé.

Les idées de Talleyrand avaient été vite adoptées. En particulier celle de fonder un club « anti-Clichy », le Club constitutionnel, dont Barras serait le président d'honneur. Ce club avait recruté rapidement plus de six cents membres et fondé un quotidien national, *L'Éclair*, et *Le Journal de la France et de l'Europe*, largement diffusé dans le nord de la France et en Belgique, régions qui gardaient de fortes sympathies jacobines. La France, tous les lecteurs de *L'Éclair* en étaient convaincus, avait pour mission d'apporter la liberté aux autres peuples.

Désireux de s'imposer comme seul maître à la tête des armées françaises, Bonaparte avait coupé l'herbe sous le pied de Hoche et de Moreau qui marchaient sur Vienne en négociant de sa propre autorité la future paix de Campoformio à Leoben. On lui reprocherait d'agir en souverain ? Eh bien, mieux valait s'adapter vite à ses méthodes. Réaliste, il connaissait le prix politique des négociations de paix. La France souhaitait la fin des hostilités, récupérer ses fils pour les mettre au travail dans les ateliers, les échoppes, aux champs. À l'avantage de l'Autriche les conditions de paix dépouillaient la République de Venise en dépit de l'amitié qui la liait au Directoire. La France héritait des îles Ioniennes qui contrôleraient l'expansion turque. Pour l'Autriche, ces accords ressemblaient à un miracle. Ils préservaient l'intégrité de son empire et détruisaient les visées de la Prusse sur l'Allemagne, ainsi que les espoirs français sur le Rhin. Certes, les Autrichiens abandonnaient la Belgique, mais ils obtenaient un accès à l'Adriatique, l'Istrie, la Dalmatie. Leclerc, expédié à Paris, s'était fait accueillir fraîchement par Barras, mais la rue avait réagi avec enthousiasme. On avait défilé, chanté et illuminé les jardins. Personne ne saisissait que, grande gagnante, l'Autriche devenait une menace permanente pour la France. En cas de nouvelle guerre, la Maison d'Autriche l'entreprendrait avec de précieux avantages.

Une paix définitive serait signée en mai à Monbello, près de Campoformio, où Bonaparte et Joséphine s'étaient installés pour l'été.

Loué aux Crivelli, le château de Monbello offrait tout ce dont l'homme le plus difficile pouvait rêver et Joséphine avait dû admettre qu'elle y était heureuse. À grands frais, elle avait fait aménager des volières, des serres, agrandir l'étang et acheté cygnes et canards chinois. Un nouveau carlin, offert par

Hippolyte, avait remplacé Fortuné. Elle y était très attachée.

Deux immenses galeries longeaient le château au rez-de-chaussée et au premier étage, peintes de fresques et décorées de bustes antiques. Au coucher du soleil, les murs ocre prenaient une teinte rosée en harmonie avec le rouge orangé de la cage d'escalier où étaient suspendus les portraits des princes Serbelloni. Les deux grands salons étaient meublés à la française, le sol orné de tapis de la Savonnerie. Une belle collection de verres irisés venus du Levant côtoyait des statuettes phéniciennes, grecques et romaines, de délicates pièces en porcelaine de Sèvres. Les fêtes, très prisées, données par Joséphine gardaient le caractère aimable et naturel qu'elle appréciait. Après des remarques désobligeantes qui lui avaient été rapportées, elle avait abandonné les robes transparentes. Que penseraient d'elle ses chères merveilleuses ? Qu'elle s'assagissait ? Autant que possible elle tentait de bannir les conversations politiques. En Italie, après l'occupation de Venise et le pillage de la ville, la situation était équivoque. Certes, les Milanais se distinguaient des Vénitiens, mais ils étaient tous italiens de cœur et les excès commis par Joseph Bonaparte avaient choqué, tout comme l'hémorragie des œuvres d'art en route vers Paris. Le lion de Venise lui-même et les quatre chevaux de bronze de Saint-Marc avaient été arrachés à la ville. Venise étant considérée comme une république amie du Directoire, celui-ci avait réagi avec colère. Bonaparte avait proposé sa démission. Mais, vainqueur, couvert de gloire, le Corse était inamovible. Barras et les quatre autres directeurs avaient dû s'incliner. Seul Pichegru avait osé dire à voix haute que ce petit homme les dévorerait tous.

Grâce aux multiples intrigues de Joséphine, Hippolyte Charles avait pu obtenir d'être de service à deux pas de Monbello. Si les moments de solitude continuaient d'être trop rares, elle pourrait au moins le voir tous les jours. Jérôme Bonaparte était arrivé de Saint-Germain pour rejoindre le clan presque au complet. Manquait Lucien, qui était en disgrâce pour avoir épousé sans la permission de son frère la femme qu'il aimait, Christine Boyer, issue d'une modeste mais honnête famille provençale. Napoléon ne voulait pas entendre parler d'une telle belle-sœur.

Avec madame Letizia, Élisa, Paulette et Caroline qui toutes la détestaient, jugeaient ses coiffures, ses robes, ses parures, critiquaient ses dépenses, sa nonchalance, et jusqu'à son accent langoureux des Îles, Joséphine avait décidé de rester aimable et conciliante. Hortense, heureusement, lui faisait fête, la complimentait, la cajolait. À quatorze ans, sa fille était presque une adulte. Outre un joli corps, une peau éclatante, des yeux et un sourire ravissants, elle jouait bien du piano, de la harpe, avait une voix agréable. Les jeunes gens déjà se pressaient autour d'elle. Légère, désireuse de s'amuser, elle avait pris l'habitude de régner sur ses amies comme sur ses admirateurs, mais son autorité était accompagnée de tant de gentillesse que nul n'en souffrait. Son frère et les amis de son frère, ses chevaliers servants, la plupart de jeunes officiers pleins d'allant, formaient un groupe à part à Monbello. On les voyait jouer aux barres, au volant, aux boules, se promener dans les allées bordées d'ifs majestueux, tremper leurs pieds dans la pièce d'eau. En les regardant, Joséphine sentait le poids des ans sur ses propres épaules. Les jeunes filles la considéraient comme une femme d'un certain âge et ses trouvailles vestimentaires, son élégance légère et raffinée ne correspondaient plus déjà à ce qu'elles désiraient pour elles-mêmes. Les coiffures excentriques en cône, en turban, les chapeaux démesurés des merveilleuses, leurs robes à la grecque, à la phénicienne, à la romaine ne les tentaient pas et aux cothurnes, aux chaussures à la spartiate, aux babouches, elles préféraient de jolis souliers de peau fine pour marcher dans le jardin, courir, être libres de leurs mouvements. Tout ce qui ramenait à une vie naturelle et active les séduisait. On aimait le fil de soie, le coton, les simples chapeaux en étoffe plissée ou piquée qu'elles appelaient des « capotes ». Comme les garçons, les filles faisaient de longues marches, sautaient d'une pierre à l'autre pour traverser les ruisseaux. Langueurs, rêveries et évanouissements n'étaient plus à la mode.

Joséphine avait fait ses adieux à Fortunée Hamelin et à madame Visconti qui regagnaient Paris. Elle leur avait confié des lettres et des paquets pour ses amis. La France lui semblait déjà lointaine. Elle avait du mal à retenir que sa petite rue Chantereine était devenue rue de la Victoire, que sa jolie maison était vide. On disait que Thérésia se détachait de Barras pour se rapprocher de Tallien. On chuchotait même, avait écrit Élise Lange, qu'elle était enceinte de lui. De lui ou de Barras ? Joséphine était décidée à exiger de sa meilleure amie qu'elle ne lui cache rien.

Elle-même, en dépit des souhaits de Bonaparte, ne pouvait concevoir. C'était une épreuve difficile. Pourquoi cette stérilité après qu'elle eut mis au monde deux enfants ?

Sans elle, des événements importants se succédaient en France. Hoche, qui lui avait rendu ses lettres, avait été nommé ministre de la Guerre et conduisait quinze mille hommes du Rhin à la Bretagne. En dépit des lois, il avait fait passer son armée près de Paris. Barras n'avait pas osé réagir aussitôt, mais sa perte était résolue. Il lui ôterait son portefeuille à la première occasion. Deux royalistes présidaient maintenant le conseil des Cinq-Cents et des Anciens, le marquis de Barbé-Marbois et le général Pichegru. Bonaparte, qui avait été pourtant son élève à Brienne, haïssait ce dernier, l'accusant de s'être vendu à Louis XVIII. Joséphine tentait de l'apaiser au mieux. De sa femme dont elle avait été l'amie, elle avait reçu un mot désespéré : « Madame, vous m'avez dit : Robespierre est mort. Le voilà ressuscité. Il a soif de notre sang. Il fera bien de le répandre car je vais à Paris et j'y obtiendrai justice. » La pauvre femme ignorait le peu d'influence qu'elle avait sur Bonaparte. Il l'aimait toujours, certes, adorait son corps, sa voix, la caressait même en public, mais elle devinait que depuis ses absences, ses inconstances, la folle passion était morte. Avait-il des doutes sur sa liaison avec Hippolyte ? Il lui faisait bonne figure à Monbello, souriait de ses plaisanteries, mais Joseph pouvait fort bien avoir jeté le doute dans son esprit, car il évoquait souvent l'inconstance des femmes et la vanité de l'amour.

Le trente mai, on apprenait à Monbello la condamnation à mort et l'exécution de Babeuf et de Darthé. Leurs amis « égalitaristes », que l'on nommait « terroristes » ou « anarchistes », étaient acquittés. Durant tout le procès, les accusés avaient entonné des chants patriotiques, crié « Vive la République ! » et s'étaient proclamés français.

Aussitôt le verdict prononcé, Babeuf et Darthé avaient tenté de se suicider. On les avait exécutés mourants le lendemain. À sa femme, Babeuf avait laissé une lettre : « Les méchants sont les plus forts, je leur cède. »

Très peu les avaient plaints. Les uns parce que ces égalitaristes représentaient tout ce qu'ils haïssaient, les autres par peur d'être inquiétés à leur tour.

Pour relancer l'enthousiasme des partisans de Barras, Talleyrand avait nommé comme président du Club constitutionnel Benjamin Constant, qui quittait de plus en plus souvent Coppet et son exigeante maîtresse pour goûter aux plaisirs de la vie parisienne.

La confirmation de ce que Joséphine craignait était arrivée en juin dans une lettre de Thérésia. Toute la France connaissait la haine de Bonaparte pour Pichegru et sa détermination à lui faire mordre la poussière. On avait trouvé une lettre de ce dernier dans le portefeuille du comte d'Antraigues, un émissaire secret de Louis XVIII. Cette lettre était violente, implacable.

« Bonaparte est un homme de petite stature, d'une chétive figure, les yeux ardents, quelque chose dans le regard et la bouche d'atroce, de dissimulé, de perfide, parlant peu mais se livrant à la parole quand la vanité est en jeu ou qu'elle est contrariée. D'une santé très mauvaise par suite d'une âcreté du sang, il est couvert de dartres et ces sortes de maladies accroissent sa violence et son activité.

Cet homme est toujours occupé dans ses projets et cela sans distraction. Il dort trois heures par nuit et ne prend des remèdes que lorsque ses souffrances sont insupportables.

Cet homme veut maîtriser la France et, par la France, maîtriser l'Europe. Tout ce qui n'est pas cela lui paraît, même dans ses succès, ne lui offrir que des moyens. Ainsi il vole ouvertement, il pille tout, se forme un trésor énorme en or, argent, bijoux et pierreries. Mais il ne tient à cela que pour s'en servir ; ce même homme qui volera à fond une communauté donnera un million sans hésitation à l'homme qui peut le servir. Avec lui un marché se fait en deux mots et deux minutes. Voilà ses moyens de séduire. »

Thérésia n'avait fait qu'un bref commentaire à cette lettre : « Ah, ces hommes idéalistes, que d'illusions sur la nature humaine ! »

On se pressait toujours autour de Barras : intrigants, ambitieux, femmes influentes. Nul ne lui contestait sa primauté. Les uns, royalistes, faisaient partie du cercle de Clichy, les autres du Cercle constitutionnel, gouvernemental. Puisque Hoche n'avait plus la confiance des autorités, pourquoi ne pas compter sur Bonaparte ? Lui n'hésiterait pas, comme il l'avait fait devant Saint-Roch, à agir contre les royalistes ! Dans un état de grossesse très avancée, Germaine de Staël s'était installée rue du Bac, dans son hôtel passablement démeublé par un mari qui avait dû payer ses dettes. Là, elle avait mis au monde le huit juin une petite Albertine. À peine remise, elle courait les salons et les ministères afin de « placer » son cher ami Talleyrand pour lequel elle ambitionnait un important portefeuille. Assailli, harcelé, cajolé, Barras était prêt à céder. « Que voulez-vous, s'était-il écrié excédé, que nous fassions de ce cher Talleyrand ? » Tout de go, Germaine avait répliqué : « Un ministre des Affaires extérieures. Talleyrand sera votre instrument le plus utile pour vous protéger de vos collègues, pour les surveiller et déjouer leurs intrigues. »

Dès le lendemain matin, Germaine était à nouveau au Luxembourg. Barras n'en pouvait plus. Elle avait menacé de se tuer sous ses yeux s'il ne cédait pas à sa demande et était tombée évanouie. Devant cette masse échevelée sur son tapis, le Provençal avait été partagé entre le fou rire et la peur. Il n'avait cependant rien promis, mais Talleyrand lui-même, profitant du désarroi de Barras qui venait de perdre un jeune homme très aimé, avait enlevé la place forte. Il allait obtenir d'une semaine à l'autre le portefeuille tant convoité.

Sur sa grossesse, son éventuelle réconciliation avec Tallien, Thérésia ne s'étendait guère. Elle avait préféré parler de leur amie Juliette Récamier qui brillait dans son salon sans jamais chiffonner cette robe blanche qui était sa couleur du matin comme celle du soir. Sa vertu semblait intacte. Était-elle une chasseresse qui craignait tout, même sa beauté, et se penchait sur la source sans regarder son visage ? Elle continuait cependant à aimer la danse avec passion, arrivant aux bals la première et partant la dernière. Cette femme délicieuse était une énigme.

Pour conclure, Thérésia annonçait à Joséphine avec une immense satisfaction que Barras était décidé à acheter Grosbois. D'ici trois ou quatre mois, l'acte de vente serait prêt à être signé. Elle se réjouissait de pouvoir y accueillir son amie dès son retour d'Italie. Pour redonner prestige et éclat à la vie sociale, elle y rétablirait la chasse à courre. On s'y côtoierait d'une façon moins formelle que dans les fêtes mondaines. Tous ceux qui avaient couru le cerf à Versailles ou à Fontainebleau affirmaient que, lors des dîners de chasse, on s'amusait sans retenue.

Les lettres de Thérésia plongeaient toujours Joséphine dans le regret du passé. Certes, elle ne s'ennuyait pas en Italie, participait à des fêtes superbes, était entourée, courtisée, mais elle se savait isolée, loin du centre des décisions politiques, des événements artistiques ou mondains. Et les Bonaparte lui menaient la vie dure. Elle gardait son sourire au prix de grands efforts sur elle-même. Hortense ayant regagné Saint-Germain et la pension de madame Campan, la jeunesse s'était volatilisée. Eugène était là, cependant, très attaché à son beau-père, anxieux de faire partie de son état-major, mais il n'avait guère de temps à lui consacrer.

Bonaparte lui-même, fort concerné par les événements parisiens, ne l'accaparait plus tout autant et, pour la première fois depuis leur mariage, s'endormait parfois aussitôt couché. À Paris se déroulait une subtile partie d'échecs politique qui lui occupait sans cesse l'esprit. Il voulait être là si la situation se détériorait, jouer un rôle actif à la tête d'une armée qui lui était entièrement dévouée. « Soldats, avait-il proclamé en juillet, je sais que vous êtes profondément affectés des malheurs qui menacent notre patrie, mais la patrie ne peut courir de dangers réels. Les mêmes hommes qui ont fait triompher la nation de l'Europe coalisée sont toujours là. Des montagnes nous séparent de la France, vous les franchiriez avec la rapidité de l'aigle s'il le fallait pour maintenir la Constitution, défendre la liberté, protéger le gouvernement et les républicains. » Des cris enthousiastes lui avaient répondu.

À la fois rassuré et alarmé par le soutien de Bonaparte, Barras était décidé à agir. Dès la fin de l'été, il allait frapper fort, se débarrasser des royalistes, désarçonner Pichegru et s'imposer comme seul maître. Talleyrand le soutenait pour le moment. Mais comment avoir confiance en un tel homme ? Il était brillant, sans aucun doute, parlait peu mais avec esprit. Après des années d'exil à Londres puis en Amérique, Paris l'avait beaucoup surpris. Les petits maîtres étaient devenus des incroyables, les coquettes des merveilleuses. Les noms mis à part, on continuait à manger des glaces en parlant politique et à bâiller devant les plus beaux feux d'artifice. Le vent qui semait autrefois le libertinage, surtout à la Cour, soufflait désormais dans tous les beaux quartiers de Paris. On s'amusait, on dansait, on se désirait. On boudait les fêtes nationales ou on s'en moquait. Qui se souciait de voir défiler des chars comme lors d'un carnaval ? Les naïfs emblèmes en papier mâché de la Liberté, de la Fraternité, du Patriotisme, de la Vertu n'attiraient plus que sarcasmes. La ville elle-même avait beaucoup changé. La statue du bon roi Henri avait été déboulonnée du Pont-Neuf, la place maintenant appelée de la Concorde avait perdu la statue de Louis XV, sur ses débris on avait dressé l'effigie de la Liberté. Pour pénétrer dans le jardin des Tuileries, il fallait montrer sa cocarde tricolore à la sentinelle postée à cet effet. Les merveilleuses la portaient dans leur corsage, entre leurs seins, ou sur une des bagues ornant leurs doigts de pieds, trop heureuses de faire rougir le planton.

Entre les rues de la Grange-Batelière et du Mont-Blanc se réunissaient les débris de la haute aristocratie qui refusaient de se compromettre avec les parvenus. Par dérision, on appelait ce quartier le « Petit Coblence ». La Bastille n'était plus qu'un tas de pierres que l'on ne pouvait approcher par crainte d'accident. Place des Victoires, on avait placé un obélisque en bois portant les noms des morts pour la patrie. Il pourrissait dans l'indifférence générale. Le Palais-Royal, en revanche, et ses boutiques n'avaient guère changé. Talleyrand y avait retrouvé les cafés, les restaurants, les maisons de jeu ou de prostitution. Il aimait venir respirer là un air d'antan.

Désireux d'établir des rapports cordiaux avec Bonaparte, l'ancien évêque avait trouvé habile d'écrire d'abord à Joséphine mille compliments qui ne pouvaient manquer de flatter sa vanité.

D'un œil attentif, il suivait l'affrontement Barras-Pichegru, convaincu que Barras aurait le dernier mot. Pichegru était un royaliste trop dévoué à Louis XVIII et avait perdu tout sens du subterfuge, toute habileté à se montrer perfide, arts dans lesquels excellait Paul Barras. Et, en dépit de la sympathie qu'il éprouvait pour Pichegru, Lazare Carnot, courageux mais la tête froide, ne bougerait pas.

Quelques jours avant la grande fête donnée à l'Élysée en l'honneur de l'ambassadeur de Turquie, Antoine de Lavalette, un des secrétaires de Bonaparte, était arrivé au Luxembourg avec la proposition de fournir trois millions à Barras s'il était décidé à tenter « son grand projet ». Barras avait semblé satisfait.

La fête avait été luxueuse, excentrique, surprenante. Les merveilleuses, les incroyables les plus extravagants de Paris étaient présents pour accueillir le Turc et, afin de l'honorer, s'étaient vêtus en sultanes d'opéra ou en grands vizirs d'images populaires. Parmi les dames, Thérésia et Élise Lange avaient rivalisé de luxe et d'originalité avec leurs turbans multicolores piqués de perles et de plumes, leurs robes en voiles transparents brodés et rebrodés de fils d'or et d'argent, leurs petites babouches en soie incrustées de pierres précieuses d'un prix extravagant. On ne savait si on se trouvait à Delhi ou à Istanbul. Quant aux incroyables, portant vestes et culottes améthyste, vert émeraude ou rubis, chaussés de bottes de fin cuir soutaché de soie, ils donnaient l'impression de revenir d'un bal costumé hongrois. Tout le monde s'était follement amusé jusqu'à l'aube et l'ambassadeur, à moitié gris, avait voulu embrasser Thérésia devant tous les invités. Elle avait su le préserver du ridicule en lui prenant familièrement le bras pour le confier à son premier secrétaire, un bel homme aux moustaches impressionnantes. Sous ses voiles arachnéens de fils d'or piqués de perles, sa grossesse passait inaperçue.

À une heure du matin, Ruggieri avait fait tirer un feu d'artifice censé clore la soirée, mais comme la nuit de ce début d'août était superbe, tout le monde s'était remis à danser.

Barras, qui s'était montré un hôte parfait lors du souper, ne s'était pas attardé. On l'avait vu quitter les salons avec Rewbell et La Révellière-Lépeaux, les deux directeurs qui lui étaient attachés. Barthélemy et Carnot les détestaient.

Le général Augereau allait arriver d'Italie, porteur d'une grosse somme en or. Bonaparte avait assuré Barras qu'on pouvait absolument compter sur lui et le Provençal n'avait pas la possibilité de refuser son aide. Son agent Botot, expédié à Milan pour tenter de soutirer un peu plus d'or au général Bonaparte, n'était pas encore de retour. Mais par lettre, celui-ci ne lui avait laissé que peu d'espoir. Il devrait se contenter des trois millions.

À Milan, Joséphine préparait le mariage d'Élisa et de Paulette Bonaparte, l'une à un Corse, l'insignifiant Félix Bacciochi, et l'autre au général Leclerc. Élisa et Félix, déjà mariés civilement mais désireux de recevoir une bénédiction, profiteraient de la messe de mariage de Paulette pour s'unir religieusement. Seul manquerait Joseph qui avait regagné Paris. Sa femme Julie Clary, la sœur de l'ancienne fiancée de Napoléon, était la seule du clan à montrer de l'amitié à sa belle-sœur.

Incapable de résister à la vanité qu'offrait le pouvoir, Bonaparte se faisait servir le premier à table et les curieux étaient autorisés à venir, de loin, le voir avaler son repas en moins d'une demi-heure. En septembre il avait signé le décret nommant le lieutenant Hippolyte Charles capitaine au Premier hussards. Barras avait bien ri. Il imaginait l'amant, avec son air de gigolo, reçu par l'austère héros qui, seul à Monbello, ignorait son infortune. Joséphine, avec ses robes de mousseline et ses fleurs dans les cheveux, devait faire des grâces au mari comme à l'amant avec tant de naturel et de charme qu'ils étaient tous les deux ravis. En son for intérieur, Barras devait reconnaître que lui aussi avait été sensible au magnétisme de la jeune femme. Il y avait en elle quelque chose de très doux que la fougueuse Thérésia ne possédait pas.

Le peintre Antoine Gros, avait-il appris, était à Monbello, occupé à brosser un tableau sur le passage du pont d'Arcole ; Bonaparte se proclamait toujours farouchement républicain, mais Barras était trop averti des faiblesses humaines pour ne pas en douter.

Son ambition était de jouer un rôle important en France et il n'en avait point d'autre. À Paris, le Corse avait des alliés secrets. Talleyrand était l'un d'eux. Barras ne l'ignorait pas. Et Joséphine s'était entichée de l'ancien évêque dont elle parlait dans ses lettres en termes enthousiastes. Le Provençal l'avait à l'œil. Cet homme était de la race des serpents. Pour le moment, le ministre des Relations extérieures se montrait farouchement antiroyaliste, bon républicain. C'était son intérêt.

À la fin du mois d'août, chacun, sentant qu'on préparait un coup de force, restait par prudence chez soi. Tallien avait exigé que sa femme quitte Paris avec les enfants, Théodore et Rose-Thermidor. À trois mois d'accoucher, elle ne devait prendre aucun risque. Thérésia avait promis de partir au tout début du mois de septembre, après le dîner de Talleyrand qu'elle ne voulait pas manquer. Germaine de Staël y serait, ainsi que mesdames Visconti, de Castellane et une beauté exotique encore mal connue à Paris que l'on disait très liée à l'ancien évêque. Elle s'appelait Catherine Grand et on rapportait qu'elle avait vécu en Inde, à Chandernagor, puis à Calcutta où elle avait épousé un certain François Grand avant d'embarquer seule pour l'Angleterre en compagnie de l'honorable John Lewis, secrétaire privé du gouverneur de Madras, liaison de courte durée qu'elle avait rompue pour gagner Paris où sa beauté lui avait procuré de riches protecteurs. Thérésia voulait d'autant plus la connaître qu'on disait Talleyrand très attaché à elle. Sa modestie, sa discrétion et bien sûr son charme irrésistible plaisaient à l'homme qui appréciait la décence et surtout ceux et celles sachant garder des secrets.

Avec plaisir, Thérésia avait retrouvé lors de ce souper les généraux Kléber et Bernadotte, Benjamin Constant, monsieur de Castellane qu'accompagnait sa femme. C'était un souper comme elle les aimait où la réussite, la place qu'on occupait dans la société, l'influence qu'on y exerçait étaient reconnues par tous. Les hôtes d'honneur étaient Barras, Sieyès et Merlin de Douai dont Talleyrand cherchait visiblement la compagnie. Le général Augereau était absent. On disait qu'il restait à son poste, à la tête de quinze mille hommes, attendant les ordres de Barras, de Rewbell et de La Révellière-Lépeaux. Mais on n'ignorait pas qu'il avait aussi l'aval de Bonaparte.

En dépit de tensions palpables, le dîner de Talleyrand avait été fort animé. On avait parlé des émigrés, des prêtres réfractaires qui revenaient et reprenaient leur place dans la société, des victoires de Bonaparte, de la paix qu'on allait signer, de Carnot qui s'entêtait dans une stupide opposition à Barras. Toutes les têtes se tournaient vers ce dernier, vers Benjamin Constant, vers Tallien, qui manifestement partageaient un soi-disant secret. En réalité, on savait fort bien que Talleyrand et Barras, qui avaient Augereau sous leurs ordres, allaient d'un moment à l'autre renverser le gouvernement pour le remplacer par un pouvoir quasi absolu.

Kléber, imité par Berthier, Lannes et Junot, le plus proche ami de Bonaparte, avait porté un toast au Directoire et à Barras. C'était un aval à peine dissimulé. Germaine de Staël et Benjamin Constant souriaient de satisfaction. Hantés par le spectre du rétablissement de la monarchie, ils étaient à l'évidence du complot. Le soutien inconditionnel à Talleyrand de la fille de Necker, les propos louangeurs dont elle le couvrait avaient même fait dire à celui-ci : « Mon Dieu, ne peut-elle donc enfin me détester ? » On avait bu du vin de Champagne avec les desserts et trinqué de nouveau : « À la Constitution ! »

L'atmosphère n'étant ni à la musique ni aux conversations légères, on s'était quitté assez tôt.

Le trois septembre à minuit, les troupes d'Augereau pénétraient dans Paris. Des affiches révélant la trahison de Pichegru avaient été placardées et, à trois heures du matin, un coup de canon avait donné le signal de l'action. Pichegru et Barthélemy étaient mis aux arrêts, tandis que Carnot parvenait à s'enfuir.

Les Cinq-Cents, convoqués en urgence à l'Odéon, et les Anciens à l'École de santé avaient aussitôt admis l'existence d'une conspiration royaliste qui autorisait la présence des troupes à Paris et l'arrestation ou la proscription de leurs collègues. Ils avaient tous approuvé l'annulation des élections dans les quarante-neuf départements qui avaient envoyé aux assemblées cent cinquante-quatre députés. Pour remplacer Carnot et Barthélemy, on avait élu sans tarder François de Neufchâteau et Merlin de Douai, l'un et l'autre aux ordres de Barras. Tout avait été rapide, arbitraire et violent. Les condamnés avaient été expédiés dans la semaine à Cayenne.

Le quatre septembre au soir, Augereau avait écrit à Bonaparte : « Enfin mon général ma mission est accomplie et les promesses de l'armée d'Italie ont été acquittées cette nuit. Paris est calme et émerveillé d'une crise qui s'annonçait terrible et qui s'est passée comme une fête. Les collets noirs sont sous terre. Maintenant c'est à la sage énergie du Directoire et des patriotes des deux Conseils de faire le reste. »

Une lettre de Talleyrand avait suivi, qu'il concluait par : « On est sorti un instant de la Constitution, on y est rentré, j'espère, pour toujours. Combien sont coupables ces hommes du nouveau tiers qui nous ont conduits à de si douloureuses extrémités. Durant tout cet événement, Barras a montré une tête extraordinaire, c'est-à-dire sang-froid, prévoyance, résolution. Salut et respectueux attachement. » Quant à Augereau, il s'était contenté de déclarer : « La loi, c'est le sabre. »

Députés et journalistes arrêtés étaient transportés dans des cages de fer vers Rochefort puis la Guyane où une mort presque certaine les attendait. Bouleversée, Germaine de Staël voyait partir certains de ses amis. Elle avait voulu ce coup d'audace mais en refusait les effets. Une fois encore pressé par elle de relâcher certains condamnés, Talleyrand avait déclaré avec impatience : « Vous avez fait le dix-huit fructidor, pas le lendemain, ne revenez plus me solliciter. » Mais loin de renoncer, la fille de Necker, après avoir supplié Sieyès et Chénier, avait pu sauver Dupont de Nemours qui avait embarqué pour les États-Unis, le journaliste Suard, le jeune royaliste Norvins de Monbreton pour lequel elle avait une grande affection, et Roederer, protégé aussi par Talleyrand. Quand elle était accourue à nouveau rue du Bac pour le remercier, il n'avait que prononcé : « Madame, vous avez repêché vos amis après les avoir jetés à la rivière. »

Plus que jamais le « roi Barras » méritait ce surnom, mais pour apaiser les républicains il avait demandé à Sieyès, qui jouissait d'un immense prestige, de rédiger une nouvelle Constitution. En novembre celui-ci devenait président du Conseil des Cinq-Cents. C'était un ami solide, honorable, estimé.

À Monbello, l'atmosphère n'était plus aussi joyeuse. Après le mariage d'Élisa et de Paulette, Joséphine avait vu partir Hippolyte, rappelé à Paris fin septembre, à la suite de l'annonce du coup d'État réussi de Barras, puis avait appris la mort brutale de Hoche. On soupçonnait un empoisonnement, mais par de proches amis Joséphine le savait atteint de tuberculose. Disgracié, remplacé par Augereau, peut-être n'avait-il plus eu la force de vivre.

Joséphine l'avait pleuré. Tant de souvenirs étaient liés à cet homme qu'elle avait aimé ! Certains terribles, d'autres doux et passionnés. Il l'avait rassurée, protégée, aidée autant qu'il le pouvait quand elle était seule et vulnérable.

Bonaparte travaillait jour et nuit sur le traité de paix qu'il allait imposer aux Autrichiens. La présence d'une jolie femme abaisserait, pensait-il, les défenses de ses adversaires et Joséphine avait été priée d'organiser des déjeuners, des dîners et même des pique-niques dans le parc de Monbello. Le chef de la délégation autrichienne, le comte Ludwig von Cobenzl, un petit homme fort laid mais distingué, avait été sensible aux manières de son hôtesse et lui avait fait un brin de cour.

Avec l'annonce du coup d'État de septembre, les discussions étaient devenues fiévreuses. Les Autrichiens avaient tenté de se rebiffer en essayant d'imposer un congrès composé de divers représentants de l'empire, mais Bonaparte avait balayé leurs prétentions d'un revers de main : « Leur empire n'était plus qu'une vieille fille violée par tout le monde. » Et pour mieux leur faire comprendre qui était le maître, il avait brisé un service à thé, cadeau de l'impératrice à Cobenzl, en prononçant d'une voix forte : « Voilà ce qui va arriver à votre monarchie. » Ces manières brutales, ce ton cassant avaient horrifié les Autrichiens. Bonaparte, qui se prétendait gentilhomme, n'était en réalité qu'un soudard. Mais la force n'étant pas pour le moment de leur côté, ils avaient dû lâcher du lest. La Belgique appartiendrait à la France, mais la République de Venise leur reviendrait. À Paris, ni Barras ni Sieyès n'avaient été enchantés. Céder Venise à Vienne était une lâcheté et la paix n'était qu'une porte entrebâillée sur une nouvelle guerre. Mais le Directoire avait ratifié le traité.

Avec la mort de Hoche, sa séparation d'avec Hippolyte, le départ d'Eugène pour Corfou en mission avec son beau-père, même l'annonce d'un séjour à Passeriano, la résidence d'été du doge Manin, n'avait pas déridé Joséphine. La paix de Campoformio signée, elle ne songeait plus qu'au retour.

Bonaparte, en récompense de ses services, avait été nommé chef de l'armée d'Angleterre. Seul, il était censé pouvoir jeter à terre l'ennemi irréductible de la France. On l'avait aussi désigné pour représenter son pays au congrès de Rastadt où serait réglé le sort de la rive gauche du Rhin. Comme son entourage, Joséphine voyait les changements que la gloire imprimait sur son mari. Même si Hippolyte restait le maître de son cœur et de ses sens, elle le craignait désormais et obéissait à ses ordres. « J'ai goûté du commandement, répétait-il, je ne saurais y renoncer. Si je ne puis être le maître en France, je m'exilerai. »

De Paris, elle ne recevait pas que des bonnes nouvelles. La décision du Directoire de liquider les deux tiers de la dette publique ressemblait à une banqueroute et ruinait les rentiers. Les citoyens des faubourgs étaient toujours affamés. Amers, ils crachaient sur les voitures des merveilleuses, des incroyables, des ministres, des banquiers. Et, pour comble de malheur, l'hiver s'annonçait froid. Heureusement ses amies lui faisaient part d'événements plus joyeux : on portait des pantalons de couleur chair sous des jupes de gaze et on encerclait de bracelets non seulement les chevilles mais les jambes et les cuisses. C'était divin. Thérésia s'enthousiasmait pour cette mode, mais il fallait être mince et savoir refuser les douceurs servies dans les dîners parisiens. On se coiffait désormais « à l'enfant », comme l'avait fait la reine Marie-Antoinette, avec des petites frisettes qui encadraient le visage. Les bouches étaient rouge vif ainsi que les pommettes, le teint devait être blafard et on faisait grand usage du blanc de céruse et de la poudre de riz. On dansait toujours la valse mais aussi le rigodon, fort divertissant.

Joséphine pouvait-elle rapporter des camées d'Italie ? En diadèmes, en colliers, en bracelets, ils étaient férocement à la mode mais hors de prix.

En souvenir du malheureux Fortuné chéri par toutes les merveilleuses, on ne possédait plus que des carlins promenés au bout de laisses impérativement vertes.

Les journaux voulaient affoler les citoyens en évoquant sans cesse un danger de tyrannie militaire. C'était absurde, comme l'étaient leurs attaques perfides contre les voitures de luxe, les chevaux de race, les chiens de compagnie, la notoriété de madame Despreaux, qui seule à Paris faisait des chapeaux convenables, et contre mademoiselle Confaxe, qui avait pris la succession de Rose Bertin au Grand Mogol.

Avant les représentations théâtrales, on chantait désormais *La Marseillaise*, *Le Chant du départ* ou *Le Réveil du peuple*. Ce patriotisme de nouveau à la mode faisait sourire ceux et celles qui avaient traversé les jours sanglants de la Révolution. Ne trouvait-on rien de mieux pour redonner espoir à une population démunie de tout ?

Par ailleurs, le désir de se dévouer pour sa patrie n'était plus guère à la mode. On préférait se faire peur, lire des histoires de revenants, de morts vivants, de loups-garous, de diables et de succubes. Les vampires, les goules faisaient frissonner. On lisait Sade, Ossian, on rêvait de caves, de forêts interdites. Toutes les sensations étaient les bienvenues. Les jardins de Tivoli ne savaient plus quoi inventer pour surprendre : feux d'artifice, fêtes villageoises avec poules et moutons, ascensions en ballon, jeux de bague, prestidigitateurs, ventriloques, marionnettes, on allait de surprise en surprise. Après avoir payé six francs pour être assis sur des chaises en bois, les badauds regardaient passer les jolies femmes et leurs compagnons toujours vêtus d'habits à grands revers et à longues basques, coiffés de bicornes posés bien en arrière sur une perruque blonde, la tête enfoncée dans une volumineuse cravate, un binocle à la main.

Joséphine souriait à la lecture de ces lettres. Comme elle allait s'amuser en se replongeant dans cette vie légère, pleine de conversations libres, parfois osées, où les ragots allaient bon train, méchants sans l'être car on n'en aimait pas moins leurs victimes. Le but de chaque journée était de séduire par sa grâce, son élégance, d'étonner. Le soir, on régnait sur son cénacle, on choyait de nouveaux venus prometteurs, on boudait ceux qui n'avaient plus la cote. Les aristocrates isolés, confits dans leur malheur, en deuil d'une époque révolue, ruinés mais orgueilleux, les bourgeois cramponnés aux vertus de leur classe ne comptaient pas. On les ignorait. On devait à tout prix être des amis de Barras bien sûr, mais aussi de Talleyrand, du marquis d'Antonelle, ancien juré au Tribunal révolutionnaire, d'Ouvrard qui faisait les yeux doux à Thérésia Tallien, de Germaine de Staël et de Juliette Récamier. Chez tous, on mêlait les affaires aux plaisirs, les intrigues à l'amour, on tentait de ressusciter les aimables causeries de l'Ancien Régime.

Élise Lange, gâtée à outrance par Simons qui allait l'épouser, se promenait en voiture anglaise attelée à quatre chevaux. Son hôtel, qui faisait le coin de la rue nouvellement rebaptisée Saint-Georges et de la rue de la Victoire, arrangé avec un goût un peu voyant, comptait de somptueux meubles, objets et tableaux. Avec ses bijoux, la chère Élise aurait de quoi survivre élégamment en cas d'une désaffection inattendue.

Barras avait enfin acheté Grosbois et Thérésia y faisait faire quantité de travaux destinés à rendre confortable le vieux château. Dès le printemps, elle n'en doutait pas, Paris s'y presserait. Mais cet achat venait trop tard pour elle. Son cœur n'appartenait plus ni à Tallien ni à Barras. Après avoir mis au monde un petit garçon mort-né, elle voulait entamer une nouvelle vie. Celle que lui proposait le banquier Ouvrard la séduisait infiniment.

Le seize novembre, Joséphine avait fait ses adieux à Bonaparte qui regagnait Paris, avec Eugène, par Mantoue, Chambéry, Berne, Genève et Bâle. Il s'arrêterait en route à Rastadt pour assister au congrès destiné à ratifier le traité de paix. Enrhumé, fatigué, il avait quitté Milan de mauvaise humeur et Joséphine ne l'avait pas trop regretté. Elle allait préparer son propre départ et espérait qu'Hippolyte pourrait venir la rejoindre à Venise pour quelques jours. Faire ses bagages n'était pas une mince affaire. Outre les tableaux et œuvres d'art qu'elle destinait à sa maison, elle ramenait deux cents bouteilles de grappa et de diverses liqueurs qu'elle aimait, des tissus, des bijoux pour ses amies, des chapeaux de paille, des meubles aussi, les plus légers, les plus délicats des palais Serbelloni et Monbello dont elle trouverait aisément l'usage à Paris. Ce caravansérail la précéderait. Tout serait installé lorsqu'elle franchirait le seuil de sa demeure entièrement redécorée par l'ébéniste Jacob. Bonaparte allait trouver la note exorbitante et la gronderait, mais après quelques mots doux, quelques caresses, la pilule serait avalée. Ce qui l'inquiétait davantage était la rumeur de l'infidélité d'Hippolyte. Viendrait-il à Venise ?

Hélas, son amant était retenu à Paris, mais elle avait cependant passé quatre jours charmants dans la cité des Doges, réconfortée par sa promesse de la rejoindre pendant son voyage de retour, probablement aux environs de Moulins. Ils feraient ensuite route ensemble jusqu'aux portes de la capitale.

Après la douceur de la vie vénitienne, le passage des Alpes lui avait semblé une terrible épreuve. Transie, anxieuse de se trouver enfin sur des routes carrossables pour filer vers Paris, elle s'était lovée dans ses cachemires, le chiot offert par Hippolyte sur les genoux, n'adressant la parole à personne, à peine aimable avec Marmont qui l'escortait.

L'accueil fait par la ville de Lyon avait été si chaleureux qu'elle avait dû y répondre avec grâce. Après l'avoir couronnée de roses, on lui avait infligé de longs discours, des chants patriotiques, la récitation de médiocres poèmes composés pour elle par les enfants des écoles. On avait illuminé et dansé. Elle ne pensait qu'à la promesse faite par Hippolyte.

Son amant, plus beau, plus fougueux que jamais, l'avait rejointe à Nevers. Elle l'avait vu caracoler à sa rencontre le cœur battant, puis, une fois celui-ci installé confortablement dans sa berline, elle avait pu tomber dans ses bras. Comme ils allaient être heureux ensemble à Paris ! Le jeune homme, qui avait obtenu trois jours de congé, avait vite abordé le sujet qui lui tenait le plus à cœur : les affaires. Il allait créer une compagnie, la compagnie Bodin, du nom d'un de ses futurs associés, et comptait sur l'appui total de sa maîtresse. On achèterait à bas prix des rosses pour les revendre cher à l'armée, toujours en quête de chevaux. Joséphine pouvait-elle promettre l'appui de Barras et de Bonaparte ? Si l'affaire marchait bien, comme il en était sûr, elle toucherait une part non négligeable des bénéfices.

Sans hâte, la voiture avait poursuivi sa route. On arriverait en retard ? Quelle importance ! Le voyage était délicieux et à peine les amants souffraient-ils de l'inconfort de certaines auberges, auquel Joséphine remédiait en faisant vider sa malle de voyage où, outre flacons de cristal et boîtes en argent contenant ses onguents, poudres et parfums, étaient rangés des sels anglais, des bouteilles d'émétique, le précieux vinaigre des quatre voleurs qui rafraîchissait et repoussait les miasmes, des coupelles pour baigner dans de l'eau de rose les yeux fatigués, des bouillottes, des châles de cachemire, des jetés-de-lit et des taies d'oreiller de fil brodées. Dans leur chambre, ils faisaient servir leurs repas accompagnés des meilleurs vins, avant de s'enfoncer dans le lit au cœur d'un matelas de plume.

Hippolyte avait appris à Joséphine les dernières nouvelles de Paris : seize journaux avaient été supprimés et on avait interdit la sortie du livre de Prudhomme dénonçant les crimes de la Terreur. L'opposition avait crié au despotisme, mais les Français ne se souciaient de rien sinon de la paix.

Louis XVIII avait été accueilli par les Russes à Mitau, mais, mis à part dans le quartier parisien dit « le Petit Coblence », tout le monde s'en moquait.

Par son irrésistible imitation du gros roi répondant aux paroles de bienvenue d'un prince russe, Hippolyte avait fait pleurer de rire Joséphine.

Thérésia se remettait de la mise au monde d'un enfant mort-né qu'on disait être de Barras. Lui restaient le fils de Fontenay, Théodore, et la petite Rose-Thermidor.

Joséphine se réjouissait de revoir sa filleule qui ressemblait, affirmait-on, à son père. Que devenait Tallien ? Il se désolait des constants accrocs faits à la légalité et déplorait les victimes politiques. Tout s'effondrait autour de lui, sa vie publique comme sa vie privée.

Juliette Récamier avait quêté à Saint-Roch, provoquant une émeute. Pour mieux l'admirer, on était monté sur les bancs et, au scandale de tous, certains paroissiens n'avaient pas hésité à escalader les marches de l'autel. On avait dû la faire protéger lors de la sortie de la messe afin qu'elle ne fût pas étouffée par ses admirateurs : « Une femme froide comme un glaçon, avait soupiré Hippolyte, les hommes perdent la tête ! »

Des larmes dans la voix, Joséphine l'avait questionné sur la liaison qu'on lui attribuait avec une jeune et jolie Parisienne. La main sur le cœur, il avait juré lui être fidèle, elle n'avait pas douté de ses serments. Cependant Hippolyte avait promptement changé de conversation : Talleyrand attendait avec impatience la citoyenne Bonaparte, son invitée d'honneur au grand bal qu'il donnerait à la fin du mois de décembre. « Il attendra », avait soupiré Joséphine. Les moments passés avec l'homme qu'elle aimait étaient si rares ! Marmont galopait déjà vers Paris pour annoncer son arrivée prochaine, mais ils jouissaient encore de quelques moments privilégiés sous l'œil indulgent de la bonne Louise Compoint et de quelques domestiques.

En entrant chez lui le cinq décembre, Bonaparte avait été fort déçu de ne point trouver Joséphine. De sa voix si caressante, elle lui avait promis à Milan de brûler les étapes de son retour pour le rattraper. N'ayant reçu de sa femme aucune mauvaise nouvelle, il devait en conclure qu'elle ne se pressait guère. Se pouvait-il que Joseph eût raison ?

Davantage encore qu'une souffrance, une éventuelle infidélité de Joséphine était un coup de poignard dans son honneur et la confiance qu'il avait eue en elle. Il fallait tenter de garder la tête froide. La haine due à la jalousie que certains leur portaient faisait naître les pires médisances. Peut-être allait-elle lui présenter des explications acceptables.

Pour le moment, il avait tant de visites à faire et à recevoir, tant de discussions à mener qu'il ne pouvait laisser libre cours à son imagination.

La faramineuse facture des travaux effectués par Jacob dans la maison l'avait stupéfié. À Milan, sa femme lui avait juste annoncé l'achat de quelques meubles, la confection d'une ou deux paires de rideaux…

Mais Joséphine était ainsi, elle voulait tout, tout de suite et à n'importe quel prix. Rien ne restait du charmant décor qui l'avait tant séduit quand, jeune général sans le sou, il venait faire sa cour à l'une des femmes les plus en vue de Paris. La salle à manger était pavée de mosaïques, les bronzes antiques, arrivés d'Italie, trônaient dans le vestibule et le salon, la chambre conjugale était devenue une tente, meublée d'acajou aux bronzes ciselés. À la place du grand lit, avaient pris place des lits jumeaux peints en faux bronze qu'un ingénieux mécanisme pouvait éloigner ou rapprocher. Six tabourets ressemblant à des tambours étaient disposés çà et là.

Le marquis de Beauharnais, Edmée et Hortense étaient venus lui rendre visite le surlendemain de son arrivée. Nul n'avait de nouvelles de Joséphine.

Avec joie, Bonaparte avait embrassé Hortense. Il aimait beaucoup cette jeune fille si fraîche et naturelle. Eugène lui aussi le touchait par son attachement. Jamais il n'abandonnerait ces deux-là.

La visite à Talleyrand, faite la veille, le préoccupait encore trop pour qu'il ait envie de retenir les Beauharnais. C'était une première rencontre que l'un et l'autre attendaient et craignaient. Ils avaient échangé quelques mots sur les prélats que comptaient leurs familles, l'évêque de Reims pour Talleyrand, son oncle Fesch, le demi-frère de sa mère, pour Bonaparte, avant de passer dans le salon où se pressaient entre autres madame de Staël, Benjamin Constant et Bougainville, un parent du navigateur. On l'avait applaudi à tout rompre, fêté, complimenté. « Citoyens, avait-il déclaré, je suis sensible à l'empressement que vous me montrez. J'ai fait de mon mieux la guerre et de mon mieux la paix. C'est au Directoire de savoir en profiter pour le bonheur et la prospérité de la République. »

Le dix décembre, les cinq directeurs l'avaient reçu au Luxembourg pour la remise des drapeaux conquis en Italie. Ambassadeurs, ministres, généraux, officiers supérieurs, tous ceux qui avaient pouvoir et autorité en France étaient réunis avec une poignée de jolies femmes vêtues de gaze et outrageusement décolletées en dépit du froid mordant. Simplement vêtu, coiffé à la diable, sans manières, Bonaparte avait étonné. Au milieu de tous ces hommes chamarrés, emplumés, galonnés, il ressemblait à un insecte gris, froid, sec. Il écoutait, observait intensément, ne souriait pas, ne prononçait nul mot flatteur. On sentait qu'il n'était dupe ni des honneurs ni des flagorneries. Revenu en héros, on l'encensait comme on l'aurait fait pour tout homme possédant un pouvoir. Mais son élection à l'Institut des sciences physiques et mathématiques l'avait vraiment ravi.

Bonaparte avait passé avec Joseph, sa femme Julie, Hortense et Eugène le jour du premier janvier 1798. Joséphine ne devait arriver que le lendemain.

Le bal de Talleyrand avait surpassé en magnificence tout ce que l'on attendait. Les cinq directeurs étaient présents et on avait noté la joie qu'avait montrée la générale à revoir son ami Barras. En dépit des bavardages de leurs domestiques colportant que Bonaparte avait reproché avec amertume à sa femme son retard et la facture de trois cent mille francs pour la nouvelle décoration de sa maison, le couple semblait en harmonie. De sa voix câline et mélodieuse qui le charmait, Joséphine avait apaisé, rassuré son mari. Le retard ? Toutes les villes avaient préparé des fêtes en son honneur. Pouvait-elle s'y soustraire ? Elle était épuisée mais si heureuse de le revoir ! Quant aux dépenses, elle avait seulement soupiré : tout était si cher ! Mais n'avait-il pas droit à un intérieur digne de sa renommée ? Rue de la Victoire, ils allaient recevoir les personnes les plus puissantes de France, les femmes les plus belles, les financiers les plus riches. Pouvait-on les accueillir dans un intérieur à trois sous ? Ignorait-il qu'il fallait impressionner leurs visiteurs ?

Elle l'avait quitté sans lui donner le temps d'argumenter afin de vérifier le bon déchargement des malles, avant de se changer et de courir chez Thérésia. Les deux amies étaient tombées dans les bras l'une de l'autre. Joséphine avait trouvé Thérésia magnifique en dépit de son récent chagrin. Ses cheveux coupés court et bouclés la rajeunissaient encore. À vingt-cinq ans, elle avait la luminosité, la sveltesse d'une toute jeune fille, quand elle-même, à trente-cinq ans, devait lutter pied à pied pour conserver sa beauté.

Devant une tasse de thé, elles avaient bavardé à perdre haleine. Thérésia avait confirmé à son amie qu'elle était définitivement séparée de Tallien. Sa liaison avec Barras battait de l'aile et elle se laissait avec bonheur courtiser par Ouvrard qui, bien que marié et père de famille, avait beaucoup de temps à lui consacrer. Paris bruissait d'intrigues : Sieyès et Talleyrand recherchaient l'amitié de Bonaparte pour contrecarrer Barras. La Révellière-Lépeaux haïssait désormais Barras, mais comme chacun connaissait les vices et malhonnêtetés de l'autre, nul ne voulait risquer un scandale. En ce qui concernait leurs amies, il n'y avait guère de nouveautés. Élise Lange se mariait et Fortunée Hamelin était presque à court d'imagination pour indigner les bourgeois. Son mari, par ailleurs, perdait beaucoup d'argent dans ses marchés avec les Italiens. Germaine de Staël n'avait pas changé d'un iota, toujours péremptoire, agitée, brillante, dominatrice. Madame Visconti était belle, d'une grande élégance et on voyait beaucoup chez Barras sa cousine Montpezat encombrée de nombreuses filles aux manières provinciales. On devait les supporter car Barras était fou d'elle.

Joséphine avait parlé d'Hippolyte, de la compagnie Bodin qu'il allait fonder et dont elle tirerait d'appréciables bénéfices. Enfin la conversation s'était arrêtée sur un sujet de grande importance : que porteraient-elles le lendemain au bal de Talleyrand ?

Enfiévrée, Joséphine avait quitté Thérésia tard dans l'après-midi. Enfin elle revivait ! Le spectacle de la rue parisienne avec ses piétons, ses marchands ambulants racolant à grands cris les chalands, les chanteurs des rues, les guérisseurs, vrais ou faux, proposant herbes et onguents aux vertus magiques, les porteurs d'eau, les petites marchandes de fleurs, d'allumettes, de confiseries, les amoureux, les commères, les vieillards frileux, tout l'enchantait. Comme il avait plu et que les ruisseaux débordaient, les porteurs de planches étaient à l'œuvre, proposant aux dames leurs services contre une somme que chacune payait volontiers. De joyeux lurons s'arrêtaient, l'œil goguenard, pour reluquer les jambes d'une passante qui retroussait bien haut ses jupes afin de ne point gâter ses bas. Joséphine se souvenait que par plaisanterie Élise Lange avait un jour relevé sa robe jusqu'en haut des cuisses en clamant avec sa gouaille inimitable : « Profitez-en, messieurs, aujourd'hui c'est gratis ! » « Mes services le seront aussi », avait répondu galamment le porteur de planches.

L'hôtel de Galliffet, siège du ministère des Relations extérieures, était éclairé *a giorno* et, dès la porte cochère franchie, on était charmé par la musique d'un orchestre de chambre installé dans le vestibule que l'abondance des bouquets de fleurs transformait en jardin d'hiver.

Aussitôt que Bonaparte et Joséphine en eurent franchi le seuil, le célèbre Garat avait entonné le *Chant du retour* composé spécialement en l'honneur du vainqueur de la campagne d'Italie.

Derrière l'escalier d'honneur à balustrade de marbre, le couple pouvait apercevoir le salon où se pressait la foule des invités qui les attendait depuis plus d'une heure. Mais Joséphine s'était attardée à sa toilette. Elle voulait être la plus belle et la vue de son visage dans les miroirs ne parvenait jamais à la satisfaire. Trop de rouge ? Pas assez de blanc, de poudre ? Duplan avait dû refaire trois fois la coiffure avant que sa cliente soit contente. Elle voulait des boucles de chaque côté du front s'échappant d'un diadème de camées antiques, un petit chignon dégageant la nuque d'où s'échapperaient quelques friselis savamment disposés. La robe de soie jaune très pâle, transparente comme une toile d'araignée, portée sur une chemise de linon à peine rosé, ne cachait qu'à moitié les seins. Aux oreilles, autour des poignets, des rubis, aux pieds des chaussons de satin brodés de fils de soie.

On avait soupé dans un service de Sèvres « aux oiseaux » avant de danser. La table, décorée de brassées de roses et de jasmin, était somptueuse, les valets vêtus « à la française » chuchotaient le nom des vins à l'oreille des convives. Assise à la place d'honneur, Joséphine savourait chaque instant de ce dîner où étaient réunis tous ses amis.

Les yeux mi-clos, Talleyrand contrôlait le bon déroulement de sa fête et observait le comportement des invités. Il avait autour de sa table la fine fleur de l'armée française, la presque totalité du gouvernement et quelques financiers dont la générosité était indispensable au fonctionnement de l'État. Les femmes étaient jolies, élégantes ; les fleurs, livrées la veille de Provence, embaumaient. Aux murs il voyait accrochés les Titien, les Raphaël, le Corrège fraîchement arrivés d'Italie qu'il avait « empruntés » au Louvre. Tout était parfait ; Bonaparte et lui avaient besoin l'un de l'autre et devaient se ménager la bienveillance de Sieyès qui, habilement, s'était fait excuser. Repu, Barras somnolait.

Les ordres étaient déjà signés pour envoyer Bernadotte à Vienne, Joubert en Hollande, le trop populaire Augereau à l'armée du Haut-Rhin.

Bonaparte semblait intéressé par une invasion de l'Irlande, base nécessaire pour un éventuel débarquement en Angleterre. Quant à Sotin, le ministre de la Police qu'il haïssait et voyait en ce moment déguster un sorbet, Talleyrand attendait la première occasion pour se débarrasser de lui.

Tout le monde était prêt à danser quand Germaine de Staël, jouant des coudes, avait pu approcher Bonaparte. De son généreux corsage, elle avait extirpé une branche de laurier avant de la tendre à son « héros » qui l'avait reçue du bout des doigts en bougonnant : « Il faudrait la laisser aux Muses, madame. » Cette femme trop sûre d'elle, impérieuse, brillante l'horripilait. Se berçait-elle de l'illusion qu'elle pourrait exercer sur lui son influence ? Mais, loin d'être découragée par sa sécheresse, la fille de Necker avait insisté : « Quelle femme, général, aimez-vous le plus ? » Avec froideur, il avait lancé : « La mienne, madame. – C'est tout simple, avait rétorqué Germaine de Staël, mais quelle est celle que vous estimeriez le plus ? – Celle qui sait le mieux s'occuper de son ménage. – Je le conçois encore. Mais enfin, quelle serait pour vous la première des femmes ? – Celle qui fait le plus d'enfants, madame », avait jeté Bonaparte avant de lui tourner le dos.

De stupeur, l'égérie du Tout-Paris intellectuel était restée clouée sur place. Ce héros, cet homme qu'elle admirait tant venait de tomber de son piédestal.

On s'était séparés à quatre heures du matin avec la certitude qu'on venait de vivre la plus belle fête donnée depuis l'Ancien Régime.

Chaque jour, Joséphine se rendait au 100, faubourg Saint-Honoré où demeurait Louis Bodin, l'associé d'Hippolyte. Là, elle retrouvait son « cher cœur », son grand amour qui lui semblait mille fois plus attirant que son sombre mari. Et reprendre les affaires la grisait. En dépit de trois cent mille francs réglés à Jacob par Bonaparte, les dettes commençaient déjà à réapparaître. En se promenant dans Paris, elle avait envie de tout : toilettes, châles de cachemire, souliers, chemises, bas de soie, mais aussi des bijoux qu'elle voyait dans les vitrines des joailliers, des objets d'art, des boîtes à fard en or, en ivoire, en vermeil, des éventails en soie, en plumes, en vélins peints de motifs antiques par de jeunes artistes dont les élégantes étaient toquées, des gants de toutes tailles en fil, en dentelle, en agneau. Lorsque les paquets étaient livrés rue de la Victoire, Euphémie levait les bras au ciel. Où allait-on ranger tout cela ? Il faudrait que madame Rose, comme elle continuait à appeler Joséphine, puisse faire l'achat d'une nouvelle maison. Ce projet, Joséphine l'avait formé depuis quelque temps déjà. Elle rêvait d'un petit château entouré d'un joli parc, pas trop loin de Paris afin de s'y rendre souvent, d'y inviter ses amis. Il lui fallait une propriété qui ait du charme, moins solennelle que Grosbois. Pour l'obtenir, elle devait faire des économies et n'y parvenait pas. Bonaparte lui allouait une somme estimée généreuse mais qui se montrait tout à fait insuffisante. Avec la compagnie Bodin tout allait changer, les affaires se présentaient bien, Hippolyte veillait aux revenus et se montrait diligent. D'autres intérêts la liaient à Hamelin, à

Botot, le secrétaire particulier de Barras qui mieux que personne savait dénicher les opportunités, et au ministre de la Guerre, le général Schérer. Tout s'achetait, non pas directement auprès des directeurs, mais auprès des ministres qui leur étaient subordonnés.

Désireux de se consacrer plus entièrement à la compagnie Bodin, Hippolyte avait demandé à quitter l'armée et cette requête lui avait été accordée. Avec l'aide de Joséphine, les adjudications de marchés allaient se multiplier et les enrichir considérablement. L'un comme l'autre auraient leurs châteaux.

Sans grand enthousiasme, Bonaparte se consacrait à son expédition contre l'Angleterre et disposait de peu de temps. Il rassemblait une flotte importante à Brest tout en rêvant d'aller en Orient, de conquérir l'Égypte, de couper la route des Indes aux Anglais. Les grandes gloires n'y avaient-elles pas toutes eu leur berceau ?

Avec Talleyrand, il avait évoqué récemment la possibilité de réunir vingt-cinq mille hommes escortés par huit ou dix bâtiments de ligne, des frégates vénitiennes. Il l'avait interrogé sur la réaction des Turcs en cas de débarquement en Égypte. Pouvait-on agir sans risquer une rupture diplomatique avec la France ? Et vis-à-vis des Égyptiens, ne serait-il pas habile de proclamer que les Français venaient les aider à se donner un gouvernement démocratique, à les libérer du joug des mamelouks ? On disait que la communauté chrétienne était non négligeable. Elle serait leur alliée. Impassible, Talleyrand l'avait écouté. Il voyait clair dans les projets du petit général.

De l'Égypte, il se lancerait à la conquête de l'Orient puis de Constantinople. Mais penser à imposer des républiques laïques dans ces pays le faisait sourire.

Approché à son tour, Barras avait accordé à Bonaparte la même attention. Dans ce projet, il voyait le départ pour de longs mois, des années peut-être, du populaire trublion. La possibilité d'une dictature militaire n'était pas à écarter, il connaissait trop bien les ambitions du petit Corse.

Avec un mélange d'amusement et d'agacement, Barras recevait Joséphine qui venait toujours en solliciteuse, parfois pour elle-même, le plus souvent pour des amis ou de simples relations. Elle ne savait dire non à personne. Mais ses demandes avaient principalement pour but de requérir une protection en faveur de ce petit plaisantin d'Hippolyte Charles. Que l'ancien amant épaule le nouveau ne lui causait aucun problème, c'était amusant, naturel en somme. Pour l'amadouer, Joséphine lui écrivait de tendres billets dans lesquels elle n'était pas avare de mots doux. Délicieuse Joséphine ! Par son ministre de la Guerre, il savait que Bodin allait obtenir satisfaction et toucher un million cinq cent mille francs sur des fournitures à l'armée. Un beau pactole dont Joséphine et Hippolyte recevraient leur part après que lui-même se serait servi. Multipliant les imprudences, sa belle amie créole allait un jour ou l'autre avoir des ennuis, il serait là pour sécher ses larmes, pas pour la repêcher. Et se berçait-elle de l'illusion que le voyou qu'était Hippolyte l'épouserait en cas de divorce ? Mariée, il devait le reconnaître, à un homme remarquable, elle faisait mille folies pour un bellâtre dont la plus obscure actrice du théâtre Feydeau se serait débarrassée après trois mois d'amour.

Pour le moment, Joséphine n'avait peur de rien. Habillée « à la vénitienne », des calots de fils d'or sur la tête, le cou, les bras enserrés de camées, portant des chaussures lacées jusqu'aux genoux, elle animait toujours avec un incomparable brio le cercle des merveilleuses. Chez elle se pressait tout ce qui comptait à Paris. Garat ou Méhul chantait après ses soupers, Arnault lisait ses poèmes. Les seules femmes régulièrement priées étaient Thérésia, Fortunée et Germaine de Staël, à laquelle Bonaparte n'adressait que rarement la parole en dépit des grâces qu'elle continuait pathétiquement à lui faire. Les enfantillages d'une femme aussi brillante stupéfiaient Joséphine. Comme Germaine connaissait mal Bonaparte ! Le croyait-elle sensible à la séduction d'une intellectuelle aussi peu féminine ? Il tolérait Thérésia qui avait des opinions bien arrêtées mais l'intelligence de ne pas les exprimer devant lui. Par ailleurs, sa belle amie était de plus en plus amoureuse d'Ouvrard. On les voyait souvent à Grosbois, accueillis à bras ouverts par Barras. Madame Ouvrard, qui résidait toute l'année au Raincy avec sa couvée, n'était ni jalouse ni exigeante. Une perle.

Quant à lui, le roi Barras n'avait guère l'esprit libre pour la bagatelle en ce début d'année 1798. On l'avait vertement critiqué pour la fête organisée le vingt et un janvier, jour de la mort de Louis XVI, au cours de laquelle son gouvernement avait juré « haine à la royauté ». On s'était gaussé des termes ridicules qui sentaient le jacobinisme. Bonaparte n'avait pas ménagé ses sarcasmes et une rupture entre eux semblait inévitable. Il était plus que temps de l'éloigner de la France.

Chez le glacier Garchy, on s'était battu entre républicains et royalistes, d'abord à coups de chaises puis à l'épée. Le marquis de Rochechouart avait été tué et un aide de camp du général Augereau grièvement blessé. N'en aurait-on jamais fini avec les royalistes ?

Comme un fou, Bonaparte avait surgi au Luxembourg, exigeant des explications. Barras avait dû renvoyer Sotin que Talleyrand détestait mais dont lui-même appréciait les services.

Fin janvier, était parvenue à Paris la nouvelle de l'assassinat de l'ambassadeur de France à Constantinople. Talleyrand avait sauté sur l'occasion pour fortifier les ambitions de Bonaparte en Orient. L'expansionnisme russe devait être entravé et l'Angleterre obligée de renoncer à ses ambitions sur le Levant. Rewbell et Barras étaient déjà convaincus, les autres le seraient bientôt.

Quand, très agité, Bonaparte regagnait sa demeure, il la trouvait toujours encombrée de solliciteurs, d'aristocrates apparentés de très loin aux Beauharnais ou aux La Pagerie venus tendre la main, d'amies de sa femme accourues exhiber leurs trouvailles pour l'inciter à dépenser un argent qu'elle n'avait pas. Il réglait les dettes les plus criantes, oubliait les autres pour un temps. On insinuait que Joséphine « se débrouillait », mais il avait décidé de ne pas prêter l'oreille aux rumeurs dont bruissaient les salons parisiens.

En mars, alors que le projet de débarquement en Angleterre venait d'être abandonné, la foudre s'était abattue rue de la Victoire. La faiblesse, l'aveuglement de son frère étaient venus à bout de la patience de Joseph qui avait épanché sa bile et lui avait appris tout ce qu'il savait sur sa femme : sa liaison avec Hippolyte Charles qu'elle retrouvait chaque jour dans les locaux de la compagnie Bodin, ses trafics d'influence, ses compromissions de toutes sortes. La scène entre les époux avait été effroyable. En larmes, Joséphine avait une fois encore tout nié. Joseph était un menteur, elle n'avait rien à se reprocher. Tout n'était que calomnies. La voix entrecoupée de sanglots, elle était ensuite passée à l'attaque. On la jalousait, on voulait la perdre dans l'esprit d'un mari qu'elle aimait, le pousser au divorce. Les Bonaparte, elle le savait, la haïssaient. Et pourquoi donc ? Elle ne leur voulait que du bien. Troublé par le ton outragé de sa femme, Napoléon s'était adouci. Les dénonciations de Louise Compoint, sa femme de chambre, s'expliquaient par sa liaison avec Junot. N'avait-elle pas intérêt à détourner d'elle l'attention ?

À bout de larmes, la jeune femme s'était à moitié évanouie. À voir son épouse dans cet état, Bonaparte ressentait un malaise qu'il ne pouvait nier. Si bonne, si serviable, Joséphine était-elle capable d'actes aussi vils ? Il venait à en douter.

Depuis le voyage qu'ils avaient fait ensemble vers Milan, Joseph avait multiplié les insinuations perfides, devant leur mère parfois. Comment de bonnes relations familiales pourraient-elles s'établir ? Et Hippolyte Charles ! Il se souvenait d'un visage de garçon perruquier avec ses lèvres gourmandes, sa fossette au menton, ses yeux bleu myosotis, ses cheveux luisants, noirs et bouclés. Que Joséphine puisse le bafouer avec un tel paltoquet était inimaginable.

Ses larmes séchées, Joséphine était revenue à l'attaque. Si ses soupçons à lui étaient sans fondement, n'avait-elle pas, elle, des raisons de se montrer jalouse ? Elle remarquait parfaitement les regards enamourés que lui adressaient les femmes. Séduire était une bataille à gagner, un défi à relever. Napoléon s'était retiré ébranlé, mais jusqu'au soir l'émotion et la peur avaient suffoqué la jeune femme. Elle devait écrire dès son lever à son amant pour le mettre en garde.

« Oui mon Hippolyte, les Bonaparte ont toute ma haine. Joseph, mon Hippolyte, a eu hier une grande conversation avec son frère, à la suite de celle-ci on m'a demandé si je connaissais le citoyen Bodin, si c'était moi qui venais de lui procurer la fourniture de l'armée d'Italie, qu'on venait de lui dire que Charles logeait chez le citoyen Bodin numéro 100, faubourg Saint-Honoré et que j'y allais tous les jours. J'ai répondu que je n'avais aucune connaissance de tout ce qu'il me disait, que s'il voulait divorcer il n'avait qu'à parler, qu'il n'avait pas besoin de se servir de tous ces moyens, que j'étais la plus infortunée des femmes et la plus malheureuse. Toi seul as ma tendresse, mon amour. Ils doivent savoir combien je les abhorre par l'état affreux dans lequel je suis. Ils voient les regrets, le désespoir que j'éprouve de la privation de te voir aussi souvent que je le désire. Hippolyte, je veux me donner la mort, oui je veux finir une vie qui me sera désormais à charge si elle ne peut t'être consacrée. Hélas, qu'ai-je donc fait à ces monstres ? Mais ils auront beau faire, je ne serai jamais la victime de leurs atrocités. Dis, je t'en prie, à Bodin qu'il dise qu'il ne me connaît pas, que ce n'est pas par moi qu'il a eu le marché de l'armée d'Italie, qu'il dise au portier du numéro 100 que lorsqu'on lui demandera si Bodin y demeure, il dise qu'il ne le connaît pas ; surtout qu'il ne se serve des lettres que je lui ai données pour l'Italie que quelque temps après son arrivée dans ce pays-là et quand il en aura besoin. Ah, ils ont beau me tourmenter, ils ne me détacheront jamais de mon Hippolyte, mon dernier soupir sera pour lui.

Je ferai tout au monde pour te voir dans la journée. Si je ne le pouvais pas, je passerai ce soir chez Bodin et demain matin je t'enverrai Blondin mon portier pour t'indiquer une heure pour te trouver au jardin de Monceau.

Adieu mon Hippolyte, mille baisers brûlants comme mon cœur et aussi amoureux. »

La main guidée par l'humiliation et la rage, Joséphine avait écrit d'un trait. N'avait-elle pas droit, après tous les sacrifices faits en Italie pour la gloire de son mari, d'avoir un espace de vie qui lui appartienne en propre ? Les mots d'amour avaient jailli, les mêmes que ceux tracés autrefois pour Lazare Hoche. Elle n'y pensait pas. L'amour premier et dernier qu'elle éprouvait pour l'irrésistible Hippolyte était neuf et éternel.

Afin d'apaiser son esprit, Joséphine avait décidé de passer la journée à Saint-Germain chez les Beauharnais en s'arrêtant chez madame Campan pour embrasser sa fille.

« Je vais à la campagne, mon cher Hippolyte, avait-elle de nouveau écrit avant de monter en voiture. Je serai de retour vers cinq heures et irai entre cinq heures trente et six heures chez Bodin pour te voir. Ma vie, mon Hippolyte, est devenue un constant tourment, toi seul peux me rendre le bonheur. Dis-moi que tu m'aimes, que tu n'aimes que moi. »

Vite, elle avait ajouté un post-scriptum :

« Envoie-moi par Blondin cinquante mille livres des fonds que tu as sous la main. Mon fournisseur Collot me demande de l'argent. Adieu, je t'envoie mille tendres baisers. Je suis à toi, tout entière à toi. Ta Joséphine. »

Bonaparte avait décidé d'abandonner. Les allégations de sa femme étaient justes. Ils étaient observés, enviés, jalousés, hélas aussi par sa propre famille. Et il avait en ce moment d'autres soucis en tête. Il fallait donner l'ordre à la flotte rassemblée à Brest de rejoindre Toulon et Gênes, puiser dans le trésor de Berne pour financer le grand projet enfin abouti :

une opération militaire en Égypte. Là-bas l'attendait son destin. Il allait débarquer, non seulement avec ses soldats mais aussi des savants, Monge, Berthollet, Geoffroy Saint-Hilaire, Dolomieu qui se tenaient prêts à Bordeaux. Lui-même devait mettre ses affaires en ordre, acheter la maison de la rue de la Victoire pour assurer une sécurité à Joséphine, pourvoir ses frères Joseph et Louis d'assez d'argent pour qu'ils puissent s'acheter de belles maisons à Paris et plus tard des châteaux et des terres. Ses proches amis faisaient bloc autour de lui. Bourrienne, Kléber l'accompagneraient, il emmènerait aussi son beau-fils, Eugène, qui avait l'âge de vivre cette extraordinaire aventure, Lavalette qu'il voulait marier auparavant à Émilie de Beauharnais dont Louis était amoureux. Cette idylle devait être interrompue au plus vite. Lavalette serait un mari parfait. En ce qui concernait Louis, il avait d'autres projets en tête. De tous ses frères, il était le plus proche de lui. Il l'avait presque élevé, avait été son mentor au cours de ses études, l'avait guidé, conseillé. Aujourd'hui, Louis n'avait d'autre choix que de lui obéir. Il le rejoindrait à Toulon avec Murat, Berthier, Davout, Lannes, Marmont, Duroc, Bessières, Desaix, l'élite de l'armée française.

Remise de ses émotions, Joséphine avait repris le fil de son existence quotidienne où Hippolyte, Barras et ses amies occupaient une place prépondérante. Ses « petites affaires » se poursuivaient, si fructueuses qu'elle pouvait à sa guise courir les boutiques. Le roman d'amour de Thérésia et de Gabriel Ouvrard la touchait. Son amie était rayonnante. Si Fontenay lui avait offert ses relations mondaines, Tallien sa passion, si Barras lui avait fait goûter au pouvoir et à l'argent, Ouvrard lui offrait tout cela à la fois. Le riche banquier était fou d'elle.

À Grosbois, elle avait eu une discussion amicale avec Barras. Ils s'estimaient et resteraient amis. Thérésia était prête à assumer son rôle d'hôtesse quand son ancien amant aurait besoin d'elle. Elle aimait Grosbois et ferait en sorte qu'il puisse continuer à recevoir dans le faste qu'il appréciait.

En échange, Barras était prêt à renouveler le fructueux contrat faisant d'Ouvrard le fournisseur exclusif de la Marine. Tout le monde était satisfait et, pour preuve de sa reconnaissance, le banquier avait offert à Thérésia un attelage à quatre chevaux gris souris qui faisait sensation. À Barras, il avait fait livrer une caisse de romanée, le vin favori du directeur, avec un mot : « Vous avez fait de moi le plus heureux des hommes. »

Thérésia ne cachait rien à Joséphine. Elle était dans la phase d'une lune de miel qui la tenait un peu à l'écart de la vie mondaine. Son plus grand bonheur était de passer quelques jours avec Gabriel dans son château du Raincy, libéré par sa complaisante famille à laquelle il avait acheté un autre domaine plus éloigné de Paris. Elle y faisait effectuer d'ambitieux travaux afin de donner à la vieille bâtisse un air de villa romaine, avec des colonnes doriques, un vestibule et une salle à manger dallés de marbre, aux murs peints à fresque et ornés d'orangers. Elle allait faire installer au milieu du salon un vaste aquarium où évolueraient des poissons exotiques.

La forêt qui encerclait le domaine semblait infinie et elle y chevauchait de longues heures aux côtés de Gabriel. Ils revenaient quand un chaud soleil perçait la futaie pour couler sur les talus, la mousse des clairières, longeaient d'un pas tranquille les chalets russes ou chinois destinés à leurs hôtes.

La bonne fortune de Thérésia ne s'arrêtait pas à son histoire d'amour. Tallien avait accepté le divorce et allait embarquer lui aussi pour l'Égypte en tant qu'observateur et journaliste, sa première vocation en somme. De surcroît, Gabriel n'était pas jaloux et laissait sa maîtresse jouir d'une existence libre. Son amie, pensait Joséphine, n'avait pas sur le dos un clan comme celui des Bonaparte, toujours en train de l'espionner pour pouvoir la critiquer et l'anéantir.

Nouvellement installée par Ouvrard dans un opulent hôtel rue de Babylone, Thérésia avait maintenant un train de maison plus fastueux que celui de la femme du héros des guerres d'Italie. Outre la voiture à quatre chevaux, elle disposait d'un whiski tiré par un hongre noir qu'elle conduisait elle-même et d'une berline de voyage extrêmement confortable. Sa fidèle Frenelle dirigeait avec autorité le personnel et veillait sur sa maîtresse. Elle était sa plus vieille alliée et Thérésia la traitait beaucoup plus en amie qu'en gouvernante.

Fin avril, Joséphine avait vu revenir rue de la Victoire un mari hors de lui. À la suite d'un incident grave à Vienne, Bernadotte avait planté le drapeau tricolore devant son ambassade, à la grande colère des Autrichiens. Il était de retour à Paris avec tout son personnel.

Le lendemain aurait lieu une entrevue avec Barras, Talleyrand et lui-même. Napoléon allait réprimander le général. On ne quittait pas ainsi son ambassade ! Quel piètre diplomate était donc celui qu'on appelait autrefois « le Sergent belle-jambe » ! Depuis longtemps, Bonaparte craignait la forte tête qu'était Bernadotte. Qu'il ait épousé son ancienne fiancée, Désirée Clary, et soit le beau-frère de Joseph n'était pas le motif de son aversion. Il était trop conscient des ambitions de ce général très populaire qui ne demandait qu'à lui faire de l'ombre. Si Bernadotte restait à Paris, il renoncerait à l'expédition d'Égypte. Attentive comme toujours, Joséphine l'avait écouté. Elle avait vu Barras l'après-midi même et savait que son mari allait recevoir l'ordre d'embarquer. Si soigneusement préparée, cette expédition ne pouvait être remise en question par une saute d'humeur.

Cette campagne lointaine convenait finalement à la jeune femme. Elle avait envie de respirer et, en dépit de ses belles promesses, ne suivrait pas son mari. Aller s'enterrer dans un pays malsain, privé de toute commodité, quasi sauvage était hors de question. Pour ne pas éveiller ses soupçons, elle l'accompagnerait à Toulon, le cajolerait, avant de le laisser prendre seul la mer. Quant à elle, désireuse de consolider son ménage par une grossesse qui assurerait sa position et musellerait les Bonaparte, elle irait prendre à Plombières des eaux réputées pour leur effet bénéfique sur la stérilité. Une cure thermale était source de plaisirs divers, de rencontres intéressantes.

Deux jours avant son départ, Bonaparte avait été mis de fort mauvaise humeur par la décision arbitraire de Barras de démettre un grand nombre de fonctionnaires. Le pouvoir exécutif s'arrogeait en outre le droit de nommer des députés, l'élection de ceux qui déplaisaient étant invalidée.

Encore une fois, personne n'avait soulevé d'objections. Le gouvernement de Barras n'avait plus de légitimité à ses yeux. Comment s'étonner du succès des royalistes et des Jacobins ? Les Français attendaient un chef.

Joséphine, qui n'ignorait pas les ambitions de son mari, en avait peur. La vie qu'elle menait lui convenait et se voir hissée au sommet de l'État, vivre sans cesse sous le regard des autres, avoir à présider, comme en Italie, toutes sortes de réceptions officielles ne la tentait nullement. Entre sa maison de la rue de la Victoire, les appartements de Barras au Luxembourg, l'hôtel de la rue de Babylone où elle retrouvait sa chère Thérésia, les bras d'Hippolyte, les demeures de ses meilleures amies, toujours ouvertes pour elle, elle était heureuse.

Hortense devenait une charmante jeune fille, Eugène était fier d'accompagner son beau-père en Égypte, le marquis et la marquise de Beauharnais vieillissaient sereins dans leur nouvelle maison de Saint-Germain, voisins de madame Campan, une femme qu'ils appréciaient et dont ils recherchaient la compagnie.

Lorsqu'elle venait rue de la Victoire, Hortense était accompagnée de ses meilleures amies, Églé et Adèle Auguié, sa cousine Émilie de Beauharnais que Bonaparte voulait marier au gentil mais peu séduisant Lavalette, en dépit de l'amour réciproque que Louis Bonaparte et elle éprouvaient, et Adèle Macdonald qui avait hérité de ses lointains ancêtres écossais une superbe chevelure rousse. Avec elles, les jeunes filles amenaient leur joie de vivre, leur insouciance, des enfantillages charmants.

Joséphine les escortait au théâtre, à l'Opéra, chez les glaciers et les pâtissiers à la mode. On faisait des emplettes et revenait la voiture chargée de paquets.

Quitter Paris pour se rendre à Toulon était une corvée dont Joséphine se serait bien passée, mais Bonaparte tenait sa présence pour acquise. Elle avait dit au revoir en pleurant à Hippolyte, lui promettant un prompt retour, enfin seule et libre à Paris.

Par une matinée superbe, la confortable berline de voyage attendait rue de la Victoire. Le lendemain on reprenait *Cosi fan tutte* à l'Opéra. C'était un crève-cœur de quitter Paris. Joseph, que son frère avait chargé de gérer ses intérêts durant son absence, était venu leur faire ses adieux. Après ses dénonciations, Joséphine lui battait froid et elle n'avait embrassé que Julie, sa belle-sœur. De la nuit elle n'avait fermé l'œil, tant la contrariété la tourmentait. Elle s'était levée le teint chiffonné, les yeux cernés. Il lui fallait être réaliste, s'accommoder du mari qu'elle avait. S'il décidait de divorcer, en trouverait-elle un autre ?

Le voyage avait été interminable. D'Aix, ils avaient fait route vers Toulon, évitant Marseille que

Bonaparte jugeait infestée d'espions anglais. Confortable sur les grandes routes, la berline attelée de six chevaux brinquebalait sur les chemins caillouteux de Provence, une âcre poussière prenait à la gorge. Devant un pont que le courant violent de la rivière causé par un orage venait de détruire, les chevaux avaient renâclé et ils avaient failli verser. On avait dû chercher un autre passage, rouler de nuit, manquant à tout moment de culbuter dans une ornière. Joséphine n'avait pu s'empêcher de pleurer de fatigue et de dépit.

Parvenus enfin à Toulon, le spectacle des centaines de bateaux se balançant dans la rade et des chaloupes allant et venant sans cesse entre les vaisseaux et les quais, le ciel d'un bleu profond, la gaîté ambiante étaient parvenus à dérider Joséphine. Ici, point de réceptions ennuyeuses, mais de joyeux dîners avec les jeunes officiers qui allaient accompagner Bonaparte en Égypte. Convaincu par ceux-ci, Napoléon avait permis à sa femme de se rendre aux eaux de Plombières, comme elle l'avait elle-même suggéré, avant de le rejoindre au Caire où il aurait eu le temps de lui aménager une résidence convenable. Cette bonne nouvelle avait achevé de la rendre radieuse. Dans quelques jours, elle reprendrait la route du Nord avec Louise Compoint, Euphémie et deux valets, après avoir adressé à son mari les plus touchants adieux. Un mois dans le paysage frais et charmant des Vosges la reposerait, restaurerait sa beauté. Elle espérait aussi la présence de nombreux amis.

Le dix-neuf mai, Joséphine était montée à bord du navire amiral *L'Orient* pour faire ses adieux à son mari. Vêtue de percale blanche ceinturée de bleu myosotis, portant sur la tête une capote de paille où étaient plantés des brins de lavande et des roses thé, elle avait réussi à se rendre fort séduisante. Bonaparte l'avait tendrement serrée dans ses bras. Dans deux mois au plus tard, avait-il assuré, ils seraient réunis. L'un comme l'autre devaient se montrer patients. Lui écrirait-elle souvent ? Elle avait promis tout ce qu'il voulait.

À dix-sept ans, Eugène était superbe dans son uniforme bleu de France et rouge avec ses parements dorés. Il ressemblait à son père, sans son regard arrogant ni le sourire ironique. Grand, svelte, blond, il plaisait aux jeunes filles et avait regroupé autour de lui à Monbello d'innombrables admiratrices. Aux côtés de son beau-père, elle le savait aussi protégé que possible du danger, mais dans ces pays d'Orient on mourait de mille maladies, et elle ne pouvait s'empêcher d'avoir le cœur serré en lui faisant ses adieux. D'un balcon donnant sur le port, entourée d'autres femmes d'officiers, elle avait agité son mouchoir. Une brise régulière poussait la flotte vers le large. Sur les quais, un orchestre jouait de la musique militaire. *L'Orient* et les autres bateaux s'éloignaient à l'horizon. Il faisait doux, l'air était parfumé de l'odeur des pins et des tamaris que le vent du large avait courbés.

À peine arrivée à Plombières, Joséphine avait reçu un mot d'Hippolyte. Mais ce message qu'elle pensait être une lettre d'amour lui apportait en réalité de mauvaises nouvelles. La compagnie Bodin périclitait. À plusieurs reprises, l'armée s'était plainte de la qualité déplorable des fournitures qu'on lui livrait, haridelles au lieu de jeunes chevaux de monte, souliers mal cousus aux semelles de carton, fourrage vieux d'un an ou deux qui rendait les bêtes malades. Il fallait agir avant de perdre tous les marchés et de se déclarer en faillite. Pouvait-elle intercéder auprès de Barras ? Pas un instant la jeune femme n'avait hésité. Trompé dans ses espérances, Hippolyte la quitterait. Tout autant que le désir physique, la perspective de s'enrichir l'attachait à elle. Une fois encore, Barras devait les tirer d'affaire.

La lettre expédiée, elle avait pu s'installer, découvrir la petite société de Plombières. Avec plaisir elle avait écouté Louise Compoint évoquer la présence d'aristocrates anglais et allemands, annoncer l'arrivée prochaine de Réal et d'Hamelin. On attendait aussi quelques artistes qui donneraient des concerts fort appréciés par les curistes. Outre prendre les eaux, on se promenait en voiture, on se réunissait pour le thé et se retrouvait en ville où tout le monde aimait flâner à pied à la tombée du jour.

Installée confortablement dans la maison Martinet en face de l'hôtel des Dames, Joséphine disposait d'un salon qui lui permettait de réunir ses amis. On jouait aux cartes, au trictrac, on causait de tout et de rien.

Une fin d'après-midi, une amie de Joséphine, madame de Cambis, qui observait les passants debout sur le balcon avait poussé de grands cris. Jamais de sa vie elle n'avait vu de plus adorable petit chien ! Les dames s'étaient précipitées toutes ensemble et, sous leur poids, la fragile plateforme s'était effondrée.

Durant une semaine, Joséphine avait souffert le martyre au fond de son lit. Il n'y avait pas un pouce carré de son corps qui ne fût douloureux et même si les médecins affirmaient qu'elle n'avait pas de fracture, ses jambes refusaient de la porter, ses bras ne pouvaient se mouvoir qu'au prix d'insupportables douleurs.

On avait fait venir Hortense de Saint-Germain pour qu'elle puisse tenir compagnie à sa mère. Privée de la distribution des prix suivie d'un bal, une cérémonie qui marquait l'apogée de l'année scolaire et que madame Campan organisait dans le moindre détail, la jeune fille était arrivée à Plombières, pleine cependant de bonne volonté. Sa grand-tante Edmée et son grand-père avaient promis d'assister à la remise des prix et de lui remettre ceux qu'elle avait mérités.

Matin et soir, on appliquait des sangsues à la blessée, des cataplasmes à base de pelures de pommes de terre. Les bleus dont son corps était couvert viraient au violet, mais bien que tenant avec peine une plume entre ses doigts, Joséphine avait écrit à Hippolyte et à Barras.

Mi-juillet, elle avait enfin pu faire quelques pas au bras de sa fille. Ce court exercice l'avait épuisée.

Fort heureusement, elle jouissait de la compagnie de charmants amis et recevait d'affectueuses lettres de Barras. Le général Victor de La Horie, qui avait été proche d'Alexandre, était lui aussi accouru à Plombières, mais au lieu de distraire la blessée, il ne cessait d'énumérer les malheurs que ses liens avec le défunt Beauharnais lui avaient occasionnés. La citoyenne Bonaparte pouvait-elle l'aider à refaire surface, obtenir en sa faveur au sein de l'armée l'avancement qu'il méritait ? Joséphine avait promis d'écrire à Barras comme elle s'était engagée à intervenir en faveur d'autres solliciteurs : aristocrates tout juste revenus d'émigration sans position ni fortune, artistes sans emploi, veuves désireuses de caser leurs filles, fonctionnaires avides de promotion. Barras distribuait ces billets aux différents ministères avant qu'ils ne se promènent de service en service pour échouer finalement sur le bureau d'un chef de division qui y répondait de son mieux.

Le douze août, alors qu'elle commençait quelques courtes promenades dans le jardin de la maison Martinet, Joséphine avait vu arriver un des cinq directeurs, l'Alsacien Rewbell qui souffrait de la maladie de la pierre. Ayant des intérêts dans la compagnie Bodin, Rewbell était bien placé pour lui donner des nouvelles. Clouée à Plombières, elle ne pouvait qu'espérer l'amélioration de ses affaires si intimement liées à son amant. Son coiffeur, Carrat, par ses plaisanteries, ses boutades, ses mots d'esprit, lui rappelait Hippolyte. Elle avait besoin de gaîté autour d'elle. Avec regret, elle avait confié à Bonaparte son nain chinois qui, par ses facéties, chassait ses humeurs sombres. Mais celui-ci avait été piqué par le démon de l'aventure.

Dès le début du mois de septembre, elle espérait être de retour rue de la Victoire.

Le Vif attendait le citoyen Tallien pour lever les voiles et voguer vers Rosette en Égypte. Accompagné de son ami, le général Lanusse, de son valet Bel-Avoine, Jean-Lambert s'était résolu à partir, non seulement pour fuir l'amant de Thérésia, mais aussi pour s'éloigner de Barras qui, indisposé par ses critiques, lui avait ôté toute responsabilité au sein du gouvernement.

À bord, Tallien avait eu la surprise de découvrir une superbe jument anglaise acajou du nom de Minerve, cadeau de Thérésia. Mieux que personne, cette femme savait le mettre sens dessus dessous, lui faire monter les larmes aux yeux. Mais il ne se faisait aucune illusion, il l'avait bel et bien perdue. Ne les unissaient l'un à l'autre désormais que d'exceptionnels souvenirs et leur petite Rose-Thermidor.

Une escale était prévue à Malte dont Bonaparte venait de s'emparer, puis *Le Vif* ferait voile vers Aboukir où le gros de la flotte était déjà à l'ancre. Le général et son armée devaient faire route vers Le Caire.

Même si le mal de mer avait cloué dans leurs cabines la plupart des passagers, le voyage s'était bien passé. Le vent soufflait avec régularité, soulevant une légère crête d'écume. Déjà Tallien avait écrit une lettre à Barras et deux à Thérésia, qu'il comptait confier dès son débarquement à un vaisseau français regagnant Toulon. Thérésia devait se trouver au Raincy, à moins que Barras n'ait donné quelque fête dans son château de Grosbois. On devait la courtiser, la complimenter, lui chuchoter des mots doux. Il l'imaginait élégante, rayonnante, reine de la mode et reine de Paris. Avait-elle oublié « Notre-Dame de Thermidor » et celui qui l'avait sauvée de la mort ?

Tallien avait eu tort de suivre Bonaparte en Égypte, Thérésia en était persuadée. Elle aurait préféré le voir relever la tête en France que d'aller se perdre dans le sillage d'un homme qu'elle jugeait avec lucidité depuis qu'il était apparu à Paris, petit bonhomme jaune et chiffonné prêt à lui faire la cour. Bonaparte ne comptait guère d'amis, il ne cherchait à obliger personne, n'avait jamais un geste généreux et gratuit. Joséphine lui avait dépeint son mari comme passionné, exclusif, autoritaire et égoïste. Dolente, incapable de vivre seule, soucieuse d'être déchargée de tout, son amie créole s'était attachée à lui sans l'aimer. Mais un jour ou l'autre, elle aurait à faire un choix : l'insignifiant Hippolyte et ses astuces de garçon de bain, ou un mari qui pouvait lui offrir une position exceptionnelle.

Quant à elle, sa résolution était prise. Compagne d'Ouvrard, elle était bien décidée à le rester. Pour tirer un trait sur son passé, la Chaumière allait être vendue mais elle s'était bien gardée de l'apprendre à Jean-Lambert, excessivement attaché à cette maison. Il découvrirait bien assez tôt en rentrant qu'il n'avait d'autre logement que celui de sa mère rue de la Perle, à moins qu'elle ne lui laisse une maisonnette allée des Veuves.

Tous les jours, elle écrivait à Joséphine encore à Plombières, quelques lignes seulement quand le temps lui manquait. À Grosbois, elle était apparue après une chasse à courre en Diane, vêtue d'une courte tunique qui laissait nus une de ses épaules et la moitié d'un sein. Un carquois rempli de flèches dans le dos, un arc à la main, les pieds nus, coiffée d'une perruque blonde et ondulée, elle avait fait sensation.

Durant ce mois d'août frais et pluvieux de 1801, Paris était calme. On se désolait bien sûr de l'anéantissement de la flotte française à Aboukir par les Anglais. L'armée de Bonaparte était désormais bloquée en Égypte.

Miraculeusement, elle avait reçu une lettre de Jean-Lambert expédiée quelques jours après le désastre, lettre que les Anglais avaient eu l'amabilité de faire suivre. Il lui apprenait qu'il y avait eu trois mille morts et blessés, mais que la France conservait deux vaisseaux et deux frégates dans le port d'Alexandrie. Les nouveaux arrivés attendaient dans la chaleur la plus torride une occasion de joindre Le Caire où se trouvait déjà Bonaparte. Ce terrible coup du destin l'attachait davantage encore à son général auquel il allait se dévouer corps et âme.

Joséphine elle-même venait d'apprendre par Barras le désastre d'Aboukir. De son mari, elle ne recevait aucune nouvelle. On le disait fort occupé au Caire à créer une infrastructure administrative, un

Institut des sciences et des lettres, un semblant de gouvernement, à mettre en pratique des décrets qui allaient régir le pays. Elle reconnaissait bien là l'esprit méthodique de Bonaparte, sa manie de tout tailler au carré. Mais elle connaissait assez bien les climats chauds pour douter de l'active coopération des Égyptiens. On n'aimait pas se démener sous un soleil brûlant. Certes, Bonaparte s'était vu acclamé au Caire comme un libérateur. Les mamelouks exerçant en Égypte une véritable tyrannie, le peuple se ralliait à lui dans l'enthousiasme. Elle ne croyait pas à la pérennité d'une telle popularité et craignait un enlisement dans des sables qui avaient englouti plus d'une civilisation. Avant Aboukir, elle avait reçu une lettre d'Eugène qui avait déjà perdu un peu de son bel optimisme. Bien qu'alléchée par de possibles affaires lucratives, la population n'aimait pas les Français. Il y avait des agressions, des meurtres même, punis de la plus sévère façon. Outre le climat hostile, la vie quotidienne était rude. L'eau du Nil n'était pas potable, ceux qui s'en désaltéraient attrapaient des fièvres, des sangsues venaient s'accrocher jusqu'à l'intérieur de leur gorge. On attrapait la dysenterie en mangeant des fruits non cuits, toutes sortes de désordres intestinaux. Mais lui se portait bien et pensait beaucoup à sa chère maman.

Aussi longtemps que possible, Thérésia avait caché à son amie la lettre de Bonaparte adressée à Joseph que les Anglais avaient interceptée et publiée fin août dans le *London Chronicle* afin de ridiculiser le vainqueur de l'Italie. Junot avait confirmé les accusations faites par Joseph. La liaison de Joséphine et d'Hippolyte était avérée. Il en avait été le témoin lorsqu'ils avaient voyagé ensemble vers l'Italie. Cette lettre, qui expliquait toute la détresse du général, avait été publiée *in extenso*. Elle était datée du vingt-cinq juillet 1798, une semaine avant le désastre d'Aboukir.

> « Tu vairas (*sic*) dans les papiers publics la relation des batailles et de la conquête de l'Égypte qui a été assé (*sic*) disputé (*sic*) pour ajouter une feuille à la gloire militaire de cette armée. L'Égypte est le pays le plus riche en blé, riz, légumes qui existe sur terre mais la barbarie est à son comble, il n'y a point d'argent, pas même pour solder la troupe. Je panse (*sic*) être en France dans deux mois [...]. J'ai beaucoup de chagrins domestiques car le voile est entièrement levé. Toi seul me restes sur la terre, ton amitié m'est bien chère, il ne me reste plus pour devenir misanthrope qu'à te perdre et te voir me traïr (*sic*). C'est ma triste position que d'avoir à la fois tous les sentiments pour une même personne dans le cœur.
>
> Fais en sorte que j'aie une campagne à mon arrivée, soit près de Paris ou en Bourgogne, je compte y passe l'hyver (*sic*) et m'y enterrer. Je suis annué (*sic*) de la personne humaine, j'ai besoin de solitude et d'isolement. Le sentiment est desséché, la gloire est fade. À vingt-neuf ans j'ai tout épuisé...
>
> Adieu mon unique ami... embrasse ta femme pour moi. »

Bien que cette lettre fût alarmante, Thérésia ne doutait pas que Joséphine puisse, si elle le désirait, rétablir la situation. Elle n'avait pas sa pareille pour nier, pleurer à torrents et finalement s'évanouir. Mais si elle voulait conserver son mari, elle ne devait plus voir Hippolyte qu'en prenant les plus grandes précautions.

Les Turcs, fêtés à Paris avec tant de somptuosité quelques mois plus tôt, avaient déclaré la guerre à la France pour protester contre l'« invasion » de l'Égypte. La Turquie, l'alliée des Russes, ouvrait le Bosphore à leur flotte. Très vite, les beys d'Alger et de Tunis, le pacha de Tripoli s'étaient rangés à leurs côtés.

Ces dispositions belliqueuses n'affolaient guère les Parisiens qui, pour la plupart, n'auraient su placer ces pays lointains sur une carte de géographie. On préférait se réjouir des victoires de Bonaparte, préparer le bal qu'allait donner Panoria Permon. Sa fille Laure devenait une jolie personne très courtisée et sa mère avait à l'œil quelques jeunes officiers, dont Junot, qui avaient de l'avenir. Mais la plupart d'entre eux se trouvant en Égypte, on se rabattrait pour le bal sur de jeunes aristocrates, des fils de banquiers, d'hommes politiques, comme ceux de La Révellière qui venaient de rentrer de Plombières où ils avaient accompagné leur père. L'un d'eux, disait-on, avait courtisé en vain la jeune Hortense.

En s'installant à table pour le souper qui précédait ou suivait le bal, on portait immanquablement un toast à la République avant de déguster les innombrables mets arrosés des vins les plus fins. Les conversations évitaient soigneusement la politique, la religion, et bon nombre de convives n'ayant que peu de connaissances dans le domaine des arts, on en venait finalement à parler d'argent. Les louis d'or permettaient de tenir son rang, d'être élégant, hospitalier, d'entretenir qui son château, qui sa maison de campagne, d'avoir quelques domestiques et au moins deux chevaux.

La pression que subissaient toutes les femmes pour être à la mode était source de grosses dépenses dont la plupart des maris s'affligeaient. Les robes de mousseline, de linon ou de percale, les rubans de soie, les bijoux, les souliers, les bas, les fanfreluches de toutes sortes sitôt adoptées étaient aussitôt démodées. Les merveilleuses étaient les forces motrices de la mode. Toutes les femmes copiaient leurs trouvailles, leurs toquades.

À peine arrivée à Paris, Joséphine avait été convoquée par Barras qui lui avait appris l'existence de « la lettre ». Comme il s'y attendait, elle avait beaucoup pleuré. Les Bonaparte la détestaient. Que pouvait-elle faire, seule contre tous ? Dieu merci, elle avait des amis sûrs, comme son cher Barras, pour la défendre. Changer quoi que ce fût à sa vie ne serait-il pas un aveu de culpabilité ? Elle continuerait à voir Hippolyte pour prouver à ce clan détestable qu'elle jouissait encore de sa liberté. Barras l'avait écoutée distraitement. Les affaires de cœur de son ancienne maîtresse ne l'intéressaient guère et, sans flotte, Bonaparte ne pouvait revenir d'Égypte pour se venger. Il était déjà assez harcelé par Germaine de Staël qui exigeait les deux millions prêtés au Trésor français par son père avant la Révolution. Si on indemnisait les parents des guillotinés, on devait bien cette somme à la fille d'un homme qu'on avait légalement exécuté en l'exilant après de remarquables services rendus à la France.

Joséphine, qui l'avait quitté un peu rassérénée, était réapparue bouleversée quelques jours plus tard au Luxembourg. La nouvelle que Bonaparte avait été assassiné était parvenue à Paris et elle en avait été aussitôt informée. En larmes, elle s'était jetée au cou de Barras, puis, comme épuisée, elle s'était effondrée dans un fauteuil et avait réclamé de l'éther pour reprendre ses esprits. Barras avait tenté de la rassurer : cette nouvelle n'était qu'une rumeur, elle ne devait pas s'alarmer à ce point.

Un long moment immobile, comme sans connaissance, Joséphine l'avait finalement imploré dans un souffle de passer avec elle dans son cabinet particulier. Là, soudain ranimée, elle l'avait questionné froidement. Maintenant qu'ils étaient seuls, son vieil ami lui devait la vérité. Bonaparte était-il bien mort ? Barras avait confirmé ses doutes : oui, puisqu'elle insistait, il était possible qu'il le fût. Ces mots avaient redonné des couleurs et des sentiments à la générale. « Ah, mon ami, avait-elle prononcé comme soulagée, si cela est certain, je ne serai pas aussi malheureuse avec la continuation de votre amitié. On a cru, dans le temps, que Bonaparte avait été amoureux de moi, qu'il m'avait épousée pour cette raison, qu'il m'était extrêmement attaché. C'est un homme qui n'a jamais été attaché qu'à lui-même, à lui seul, c'est l'égoïste le plus dur, le plus féroce qui ait jamais paru sur terre. Il n'a jamais connu que son intérêt, son ambition. Vous n'avez pas idée à quel point il m'a abandonnée. Croyez-vous que j'ai à peine cent mille francs de revenus ? Quand je dis de revenus, je dois dire de pension, car c'est Joseph qui a tous les capitaux en main et qui me paie tous les mois ma pension. Si je lui demande un quartier d'avance, c'est extrêmement pénible et encore me le refuse-t-il. Il me dit que je n'ai pas de loyer à payer parce que je suis logée dans ma petite maison de la rue Chantereine. Au lieu de me savoir gré de cette médiocrité, il s'en fait encore un titre pour ne pas me payer d'avance. Je voudrais avoir une campagne, je vous l'ai dit, mon ami : c'est un petit endroit sur la route de Saint-Germain dont les environs sont charmants. Le propriétaire, monsieur Le Couteulx, me le vendrait à bien bon marché. En premier versement, il ne faudrait pas plus de quatre-vingt mille francs comptant. Croiriez-vous que Joseph a osé me les refuser ? Je l'ai prié de me les avancer sur ma pension, il m'a dit qu'une pension ne se paye qu'aux échéances, que d'ailleurs la mienne est viagère. Quelle infamie ! Enfin je n'aurais pas pu payer le premier terme si ces braves gens de la compagnie Bodin, auxquels j'ai à la vérité rendu de grands services, ne m'avaient prêté une cinquantaine de mille francs. Il m'en faudrait autant pour être en mesure et je ne sais comment les trouver. »

Stupéfait, Barras avait laissé Joséphine respirer, se moucher. Elle était si excitée qu'il n'avait pas eu la possibilité de l'interrompre. « Bonaparte est-il vraiment mort ? » avait-elle soudain insisté. Et, comme il haussait les épaules, elle avait poursuivi : « Voilà un méchant homme de moins. Vous ne pouvez pas vous faire une idée, mon ami, de ce que c'est que cet homme-là. Il ne rêve que méchancetés, il invente des tours à jouer sans cesse aux uns et aux autres. Il faut qu'il tourmente tout le monde. Comme ses frères ont bien sa confiance ! Il n'y a qu'eux à qui il s'en rapporte. Comme ils s'entendent ! Je suis sûre que Joseph a plus de trente millions à lui et il fait le pauvre ! Je n'ai pas plus de trois millions de valeurs en pierres et en diamants, et encore, tantôt il m'a dit qu'il me les donnait, tantôt qu'il me les prêtait. Je ne serais pas étonnée qu'ils ne me les disputassent tous tant qu'ils sont si j'étais veuve aujourd'hui. Tenez, mon ami, il faut que vous me rendiez un service essentiel : c'est de bien vouloir me permettre de déposer chez vous ma cassette de bijoux et de diamants. Je serais tranquille et si je n'ai plus Bonaparte, au moins j'aurai du pain avec mes diamants et mon mobilier. En attendant, cher ami, il faut que vous me rendiez le service de me prêter cinquante mille francs pour me donner un acompte sur ma campagne de Malmaison. Vous ne risquez pas de les perdre puisque je vous remets des gages pour plus de dix fois la valeur. Alors, mon ami, je me retirerai de suite à la Malmaison. Cela aura toute la décence du veuvage. Je pourrai vous y recevoir tant qu'il vous sera agréable d'y venir. Il y aura un lit pour madame Tallien, un pour vous, de la place pour vos gens. Vous pourrez d'ailleurs regarder la maison comme à vous. Ce sera la maisonnette succursale de Grosbois. Vous vous y reposerez des travaux du Directoire. Il ne tiendra qu'à moi de vous y donner de charmantes récréations. » Joséphine avait parlé d'un souffle et Barras avait pensé qu'elle avait fort bien répété sa leçon entre la rue de la Victoire et le Luxembourg. Il avait tout promis : sa protection, l'avance d'argent, tout en refusant énergiquement sa cassette. Il n'était pas prêteur sur gages. Elle pouvait en avoir besoin, et par sécurité la laisser chez son notaire, le dévoué Raguideau.

Enfin les yeux secs, Joséphine l'avait quitté non sans l'avoir encore embrassé. Barras avait soupiré. Ces Bonaparte étaient finalement une épine fichée dans son pied, et il était heureux d'avoir désormais comme ministre de la Guerre Bernadotte qui les jugeait objectivement. Beau-frère de Joseph Bonaparte, il occupait entre le clan et le pouvoir une position stratégique. Il pouvait l'avertir à l'instant si Bonaparte prévoyait un retour inopiné. Récemment, Joseph avait confié à son beau-frère que « l'Égypte conquise, l'expédition était terminée puisqu'il n'y avait plus rien à y faire ». Outré, Bernadotte avait répliqué : « L'Égypte conquise ! Dites tout au plus envahie. Cette conquête, si vous tenez absolument à lui donner ce nom, est loin d'être assurée, elle fait revivre la coalition qui était éteinte, elle nous a donné toute l'Europe pour ennemie et a compromis l'extérieur même de la République. D'ailleurs, votre frère n'a pas le droit de quitter l'armée : il connaît les lois militaires et je ne pense pas qu'il veuille s'exposer à subir les peines qu'elles prononcent. Une pareille désertion serait sérieuse, votre frère ne peut en méconnaître les conséquences. » Bernadotte soupçonnait une intelligence secrète entre Sieyès et

Napoléon. Barras le croyait aussi. Cet homme, auquel il avait mis le pied à l'étrier lors du siège de Toulon, était bien comme le disait sa propre femme : un homme attaché seulement à lui-même, qui ne connaissait que son intérêt, son ambition. Les membres de sa famille, jusqu'à un temps fort récent humbles et quémandeurs, se comportaient aujourd'hui en grands seigneurs, acquéraient des hôtels particuliers, des terres et des châteaux tout en se réclamant du côté du peuple, Lucien en particulier qui prononçait le mot « peuple » avec une emphase frisant le ridicule. Sieyès et Bonaparte le haïssaient et souhaitaient le voir à terre. Mais, lui, Barras possédait encore quelques armes pour se défendre.

Le vingt-deux septembre, la République avait décidé de donner une fête en l'honneur de l'industrie française. De la rue de l'Université au milieu du Champ-de-Mars, la foule montante était si compacte que nul n'aurait pu faire demi-tour. Un temple décoré par Chalgrin occupait le centre du Champ-de-Mars tout illuminé. De chaque côté étaient ouvertes de nombreuses boutiques remplies de chefs-d'œuvre de l'industrie. Dans les allées occupées par les tables des restaurateurs, on ne pouvait avancer qu'avec lenteur, mais le temps doux et ensoleillé rendait agréable la flânerie. Les Champs-Élysées, la place de la Concorde étaient également illuminés et, à la nuit tombée, on avait tiré un feu d'artifice des tours de Notre-Dame. Point de soldats ni de musique patriotique, pas de statues édifiantes en papier mâché, pas de bœufs couronnés de fleurs des champs, comme au temps de Robespierre. On était en famille sans avoir à se prouver bon républicain.

Ses alarmes calmées, Joséphine avait assisté à la fête. Bonaparte était bien vivant et avait pu faire parvenir au Directoire un billet annonçant qu'il comptait être de retour dans le courant du mois d'octobre, intention qui ne convenait à personne. Au Caire, il se heurtait à de graves problèmes. Des fanatiques attaquaient des soldats français qui avaient pourtant tous reçu l'ordre de respecter la religion des Égyptiens. Il avait interdit les rassemblements d'indigènes et s'appliquait à la création d'un Diwan, la première assemblée consultative au Proche-Orient. Dans celle-ci, il mettait beaucoup d'espoirs pour instituer en Égypte un gouvernement démocratique. L'argent faisant cruellement défaut, Bonaparte avait dû lever un impopulaire impôt mobilier et il n'avait fallu que peu de jours aux habitants du Caire pour se révolter. Deux cent cinquante Français avaient été massacrés. On les regroupait désormais dans un camp fortifié solidement défendu.

À Paris, la situation financière n'était guère meilleure et Barras avait dû constater un déficit de deux cent cinquante millions. Il allait falloir lever des impôts et rétablir l'octroi. Pour respecter un semblant de justice et épargner les paysans, les Cinq-Cents avaient augmenté les redevances mobilières, non sur les maisons elles-mêmes mais sur leurs portes et fenêtres. La bourgeoisie, jusqu'alors favorable au régime, avait froncé les sourcils. Les considérait-on comme taillables et corvéables à merci ? Ce qui ruinait l'État, nul ne l'ignorait, était la corruption. Du saute-ruisseau aux directeurs, tout le monde monnayait ses services, trafiquait, achetait et vendait ce qui appartenait à la France. Nul n'avait plus ni sens du devoir ni conscience. Les ministres, les banquiers avaient partout des hommes de paille que personne n'avait le courage de dénoncer. Et les compagnies jouant un soi-disant rôle d'intermédiaires dans les fournitures aux armées ou l'organisation des pays occupés, comme la compagnie Bodin, n'étaient en réalité que des associations de voleurs et de receleurs.

Par Joseph qui venait de lui verser sa pension, Joséphine avait appris le prochain départ de son mari pour la Syrie. Les premières troupes avaient quitté Le Caire et, décimées par le manque d'eau, la chaleur, l'épuisante marche dans les sables, avaient finalement embarqué à Damiette vers Saint-Jean-d'Acre où Bonaparte allait les rejoindre. Les Anglais restant les maîtres de la Méditerranée, le courrier arrivait avec les plus grandes difficultés. Joseph n'en savait pas davantage.

Les Bonaparte n'ignoraient pas que les relations de Joséphine et de Barras se refroidissaient. Las d'être sans cesse sollicité, celui-ci était décidé à ne plus lever le petit doigt pour défendre la société Bodin. En novembre, on avait encore aperçu Joséphine à l'Opéra en compagnie d'Hippolyte Charles, une conduite imprudente et stupide. Sans les Bonaparte, Barras craignait de devoir s'occuper de la générale. Il ne voulait pas en entendre parler.

La menace de faillite affolait Joséphine. Une fois encore, elle allait devoir frapper à la porte de Bruix, le ministre de la Marine, déployer tout son charme pour que les marchés soient renouvelés. Une banqueroute ouvrirait les livres de comptes à des contrôleurs fiscaux, à des journalistes avides de sensationnel. Son nom serait jeté sur la place publique. On la ferait complice de malversations et même de quasi-vols car la compagnie recevait des marchandises qu'elle oubliait de payer. Dans son désarroi, restait la lueur d'espoir d'une main tendue par Barras. N'était-il pas aussi compromis qu'elle ? Thérésia l'avait sévèrement sermonnée. Elle devait lâcher Bodin, Hippolyte et toute la troupe des sangsues accrochées à ses basques. Joséphine avait promis de se montrer ferme envers son amant. Mais elle n'était pas sûre de tenir parole. La veille encore, Hippolyte, déguisé en dame créole, portant jupon de broderie anglaise et anneaux aux oreilles, l'avait fait mourir de rire avec ses discours langoureux, ses battements de cils et ses dandinements. Avec cet homme, de huit ans son cadet, elle oubliait son âge et ses inquiétudes. Thérésia pouvait bien lui faire la leçon, elle qui vivait à l'abri de tout souci d'argent avec un homme jeune, charmant, généreux, élégant ! Partout, Ouvrard possédait des établissements bancaires, des sociétés financières ou de commerce et, banquier attitré des hommes au pouvoir, il était devenu le premier financier du régime.

Désertant Grosbois de plus en plus souvent, Thérésia régnait au château du Raincy, une bâtisse quasi princière que louait Ouvrard en attendant de l'acquérir. Les écuries pouvaient accueillir jusqu'à deux cents chevaux, l'orangerie était aussi vaste que celle de Chantilly. Aux meubles datant de l'Ancien Régime, Thérésia avait substitué tout ce que les ébénistes modernes fabriquaient de plus précieux et raffiné : fauteuils à dossiers renversés, tabourets en X, méridiennes, consoles, guéridons, tables volantes, canapés, sans oublier de superbes tapis des Gobelins ou d'Aubusson.

Envieuse du bonheur que Thérésia éprouvait au Raincy, Joséphine ne pensait plus qu'à signer l'acte d'achat de la Malmaison. Elle avait pu faire quelques économies en ne réglant qu'un minimum de dettes et surtout en faisant miroiter aux banquiers qu'ils pouvaient tous compter sur la femme de Bonaparte. Et le maire de Croissy, son vieil ami monsieur Chanorier, avait pu faire baisser le prix demandé par les Le Couteulx du Molay de deux cent quatre-vingt mille francs à deux cent vingt-cinq mille. Restaient bien sûr les travaux à prévoir et l'achat du mobilier mais, une fois encore, Joséphine n'était pas prête à se laisser arrêter par de telles considérations. Elle ferait de sa maison un endroit confortable, élégant et charmant.

Ces projets lui faisaient oublier ses soucis conjugaux et le recul de Barras qui avait eu la satisfaction de garder son siège lors des dernières élections, favorables cependant à l'opposition. Il était clair que les Français n'avaient plus que du mépris pour les cinq directeurs et leurs ministres qui vivaient fastueusement en leur prêchant l'austérité. Inquiet de l'avenir, Barras convoquait de plus en plus souvent Talleyrand et Fouché au Luxembourg. La garde rapprochée tentait de sauver la face et le ministre de l'Intérieur, François de Neufchâteau, s'était récemment livré à une attaque très violente contre les Jacobins. La censure avait été rétablie pour les pièces de théâtre. Brocarder les directeurs, dénoncer leurs turpitudes ou vanter un autre régime était désormais interdit. On reprenait les pièces du répertoire et quelques innocentes comédies, à la grande déception de ceux qui avaient admiré le courage et la pugnacité des jeunes auteurs dramatiques.

Pour ménager Barras envers lequel elles éprouvaient toujours de la tendresse, Thérésia, Joséphine, madame Visconti, Fortunée Hamelin se dispensaient de la moindre critique. Toutes, par ailleurs, avaient d'autres chats à fouetter que les luttes autour du pouvoir et Joséphine, en vue de son prochain aménagement de la Malmaison, écrivait à Milan lettre sur lettre pour qu'on lui envoie au plus vite les cent caisses contenant argenterie, tableaux, vaisselle et œuvres d'art qu'elle y avait laissées. Son interlocuteur Calvi, consul de Gênes, avait promis de s'occuper lui-même de l'affaire, mais elle avait l'impression que rien n'avançait. L'acte d'achat venait d'être signé par un beau jour d'avril et la jeune femme éprouvait la plus grande impatience de s'y installer. Ses relations avec Hippolyte n'étaient pas fameuses, elle le soupçonnait de la tromper et lui faisait des scènes de jalousie qui le mettaient hors de lui. Un soir, elle avait même eu peur qu'il ne portât la main sur elle. Le personnage irrésistible de drôlerie se faisait grossier et inquiétant. Thérésia, qui la conseillait de le quitter, avait probablement raison et l'acquisition de la Malmaison allait l'aider à prendre cette difficile décision. Si Hippolyte devenait un familier de sa nouvelle demeure, le clan Bonaparte y verrait une excellente occasion d'accumuler de nouvelles preuves pouvant lui porter le plus grand tort. Tous ses efforts pour gagner leur affection s'étant montrés vains, elle se contentait pour le moment de rester polie. Le mal était fait. Bonaparte avait exprimé ses doutes et sa colère dans cette lettre que les Anglais s'étaient fait une joie de publier, et elle n'avait actuellement aucun moyen de se disculper. Il fallait attendre son retour, à nouveau tout nier, sangloter et le serrer amoureusement dans ses bras. À trente-six ans bientôt, elle ne pouvait envisager de se retrouver seule pour la deuxième fois.

La compagnie Bodin, que tous avaient lâchée, allait faire faillite et Bodin lui-même avait de grandes chances de se retrouver en prison. Elle avait des dettes plus qu'elle n'en pouvait compter, dettes que l'aménagement de la Malmaison allait encore aggraver. Et elle avait deux enfants, des adultes qu'il fallait faire entrer dans le monde : négocier un beau mariage pour Hortense, une position dans l'armée pour Eugène. Elle devait faire face et avoir confiance en elle.

Sitôt installée à la Malmaison, elle s'était sentie heureuse. De toute éternité cette demeure lui était destinée. Elle aimait sa solitude, le parc qu'il faudrait un jour agrandir, le paysage boisé qui la cernait avec ses échappées sur une charmante campagne. Déjà elle prévoyait d'organiser des déjeuners avec sa fille, sa nièce, les vieux Beauharnais, ses amis intimes et des dîners plus prestigieux où seraient conviés

Barras, Talleyrand et même Fouché dont elle s'était rapprochée et qui lui faisait toujours remettre quelque argent contre des informations qui l'intéressaient. Elle avait aussi ensorcelé le gros et très bourgeois Louis Jérôme Gohier, un des cinq directeurs, qui ne demandait qu'à lui plaire. Par Barras ou par lui, elle recevait des informations sur la campagne d'Égypte. Jaffa avait été assiégé, pris et la population massacrée sur l'ordre de Bonaparte. Le fervent lecteur de Jean-Jacques Rousseau avait beaucoup changé. On commençait à le dire insoucieux de la vie humaine et même cruel. N'avait-il pas fait noyer ou exécuter à la baïonnette trois mille Turcs auxquels il avait promis préalablement la vie sauve ? Comme une punition du ciel, la peste s'était abattue, fauchant l'armée française, et le général, en route vers Acre, avait dû laisser derrière lui les mourants. Ce que ses amis cachaient à Joséphine était qu'on connaissait à Bonaparte une maîtresse, Pauline Fourès, qui avait suivi son mari habillée en soldat. La domination absolue de la sensuelle créole avait donc cessé d'agir sur lui.

Le calme de la Malmaison, la vie tranquille que Joséphine avait décidé d'y mener jusqu'à la fin de l'été lui avaient redonné des couleurs et fait gagner un peu de poids. Partout, ouvriers et artisans s'activaient. Appels, rires, chansons redonnaient vie à ce château si longtemps abandonné. Si Barras, Gohier, Rewbell, Thérésia et ses amies étaient venus la visiter, les Bonaparte continuaient à l'ignorer. Même Louis, pourtant le moins hostile d'entre eux, n'avait pas voulu accompagner madame Letizia qui, par correction, avait accepté un unique déjeuner chez sa bru.

Tout de suite, Hortense s'était plu à la Malmaison. On y vivait en toute liberté, loin des gouvernantes sévères ou des ennuyeuses mondanités. L'ambiance était celle de la chaleureuse communauté fondée à Saint-Germain par madame Campan. Beaucoup de fous rires, d'activités physiques, de musique et de jeux. Joséphine pour un moment oubliait ses soucis d'argent, la tension de sa rupture avec Hippolyte, la froideur que lui témoignait trop souvent Barras. Elle n'avait de nouvelles de son mari que par les Bonaparte et celles-ci étaient rares. D'Eugène, elle n'en recevait aucune et ignorait l'existence de la lettre qu'il lui avait écrite des semaines plus tôt, l'avertissant des mots très sévères qu'avait prononcés Bonaparte à son égard. Les informations qui lui parvenaient avec une désolante régularité étaient celles de la perte de l'Italie. La forteresse de Mantoue était à nouveau autrichienne, des milliers de troupes russes se massaient dans les Alpes et au bord du Danube. Des nouvelles des défaites de l'armée d'Égypte en Palestine filtraient par les journaux anglais. Aussitôt, quelques flatteurs s'étaient éloignés de la générale et Joséphine avait même appris qu'on s'employait à la discréditer auprès des directeurs, de Talleyrand et de Fouché. Dès qu'elle le pourrait, elle se rendrait à Paris et forcerait la porte de son ancien amant au Luxembourg. Il ne pouvait se détourner d'elle, elle en savait trop sur lui. Las, préoccupé, celui-ci passait par ailleurs de plus en plus de temps à Grosbois et de moins en moins au Luxembourg.

Dans son château, il recevait de nouvelles amies, Clotilde de Forbin, la duchesse de Montmorency, toutes deux fort ambitieuses. Clotilde avait même écrit au maître de la France : « Je suis affamée de vous ! »

Avec son ancien amant, Thérésia gardait des liens affectueux. Fidèle en amitié, la plus belle des merveilleuses ne l'abandonnerait jamais, Joséphine en était sûre. Tallien, quant à lui, avait fondé un petit journal en Égypte, il se plaignait de la chaleur, des mouches, des moustiques, des puces et se désolait d'être éloigné de la petite Rose-Thermidor. Seul, avouait-il dans les rares lettres qui parvenaient à Thérésia, le soutenait le souvenir de leur amour. Sans le nier, celle-ci avait définitivement tourné la page. Elle était toujours heureuse avec Ouvrard dont elle était enceinte.

Quand elle contrôlait le bon avancement des travaux, les plantations décidées avec les jardiniers, la construction d'une volière, l'aménagement des rives du petit lac où elle voulait se promener en barque, Joséphine ne pouvait s'empêcher de ruminer ses griefs contre les Bonaparte. Leur dédain l'outrageait. Joseph et Lucien étaient désormais propriétaires de fastueux domaines et, avec les fonds rapportés d'Italie par Bonaparte, la famille vivait dans le plus grand luxe. Ambitieux, sans scrupules, on les voyait chez Barras, chez Talleyrand, chez Germaine de Staël, chez Juliette Récamier. Profitant d'élections truquées, Lucien avait été élu aux Cinq-Cents et glissait de la gauche jacobine, qui jusqu'à présent avait eu toute sa sympathie, vers la droite modérée. Il était évident qu'il avait de hautes ambitions. Parmi les filles Bonaparte, Paulette se montrait la plus hostile à son égard. Jalouse de son élégance, de sa distinction, de la séduction qu'elle exerçait sur les hommes, la femme de Leclerc ne se gênait pas pour la traiter de « putasse ». D'une grande beauté, elle ne supportait pas qu'une « vieille » puisse être sa rivale.

En septembre, Joséphine avait regagné sa maison de la rue de la Victoire. Barras donnait un grand dîner au Luxembourg auquel Thérésia et elle avaient été priées. La perspective de renouveler sa garde-robe la réconfortait. Que portait-on à Paris ? Quel spectacle avait du succès ? Quels romans lisait-on ? Politiquement, beaucoup de choses avaient également changé durant ses trois mois de retraite à la Malmaison. Elle avait quitté Paris en mai, après la réception offerte par Ouvrard dans son château du Raincy en l'honneur de Thérésia, une fête digne de celles du surintendant Fouquet à Vaux-le-Vicomte. Des tables avaient été dressées dans la grande orangerie pavée de marbre où s'épanouissaient neuf cent cinquante orangers chargés de fruits. Au milieu, dans un bassin au fond couvert de sable doré, évoluaient les poissons exotiques les plus rares et les plus colorés. Après le dîner, on était passé dans les salons d'hiver aux murs tapissés de plantes grimpantes, de treilles portant de lourdes grappes qui y avaient été suspendues le matin même. Aux quatre coins de cette véranda s'offraient à la vue des bassins de marbre en forme de coquille, d'où jaillissaient des fontaines de punch, de sirop d'orgeat et d'eau de fleurs d'oranger. Sur des consoles en bois peint étaient posées des jattes en porcelaine de Sèvres présentant les fruits en sucre les plus divers, dont le mélange des couleurs produisait un effet enchanteur. De chaque côté des plats s'alignaient des carafons de cristal offrant vins et liqueurs. Enfin, sur une desserte, le maître de maison avait fait disposer des assiettes et des couverts de vermeil, de petites serviettes de linon brodées d'oiseaux si délicats qu'on avait l'impression de pouvoir caresser leurs plumes du bout du doigt.

Thérésia avait entraîné Joséphine et madame Visconti dans sa salle de bains. Vaste comme un salon, celle-ci ressemblait à une grotte de marbre où l'eau ruisselait le long des parois pour tomber dans d'étroits bassins couverts de lotus et de nénuphars. Par quelques marches on descendait dans la baignoire creusée dans le sol, une cuve si vaste que vingt personnes auraient pu s'y délasser ensemble.

En cette fin du mois d'août 1799, la France avait vu changer ses directeurs : Sieyès avait remplacé l'Alsacien Rewbell, Roger Ducos le bourgeois Treilhard, La Révellière-Lépeaux, toujours occupé à jeter les bases d'une religion nouvelle, la théophilanthropie, responsable d'une désastreuse iconoclastie dans les églises où s'assemblaient les adeptes, à Soissons notamment, avait cédé sa place au général Moulin, et Talleyrand avait rendu son portefeuille de ministre des Affaires étrangères pour être remplacé par Reinhard. Bernadotte restait à la Guerre, Cambacérès à la Justice, Fouché avait la Police et Robert Lindet, ancien membre du Comité de salut public, les Finances. La majorité néojacobine avait fait rétablir la liberté de la presse, autorisé la réouverture des clubs qui avaient aussitôt foisonné, et avait procédé à un emprunt obligatoire de cent millions.

L'administration pouvait prendre des otages parmi les parents d'immigrés, ceux-ci restant alors confinés chez eux, selon le bon plaisir des autorités. Un fonctionnaire était-il assassiné ? On déportait aussitôt quatre otages.

Joséphine ne voulait point se préoccuper de ces changements. Elle connaissait tout le monde et les menaces jacobines ne l'inquiétaient guère. Face à Barras, Talleyrand et Sieyès, les utopistes allaient avoir du fil à retordre. Parmi les hommes au pouvoir, Bonaparte pouvait compter sur Sieyès, Talleyrand, Cambacérès, et c'était vers eux qu'elle devait se tourner. Joubert avait été tué à Novi, Pichegru s'était évadé de Cayenne pour se réfugier en Angleterre, mais ces aléas ne changeaient guère la volonté de faire la fête, premier souci des Parisiens.

Du dîner chez Barras, Joséphine était revenue préoccupée. Assis entre Thérésia et elle, Talleyrand l'avait ignorée et comme chez lui rien n'était gratuit, cette attitude l'avait alarmée. Ses amis ne s'étaient pas abstenus de lui parler des menaces que Bonaparte avait proférées contre elle, répétées par les rares membres de l'expédition revenus d'Égypte. On évoquait aussi beaucoup la jolie jeune femme qui serait devenue sa maîtresse. La distance qui empêchait toute réconciliation, l'absence de nouvelles minaient Joséphine. Elle soupçonnait les desseins secrets formés par Sieyès concernant l'avenir de son mari sans que cet homme froid, indifférent au charme des femmes, daignât l'en informer. Comptait-il sur Bonaparte ou sur Masséna pour l'aider à s'emparer du pouvoir ? Tendu, irritable, Barras laissait entendre qu'il se méfiait de tous. Mais il avait toujours protégé, aidé Bonaparte, et Joséphine était certaine que son mari ne le trahirait pas. Sieyès ne songeait sans doute qu'à imposer la nouvelle Constitution qu'il avait en tête depuis longtemps. Les chouans avaient repris Le Mans, les royalistes assiégeaient Toulon, fomentaient des insurrections dans le Gers, le Tarn, l'Aude et l'Ariège ; des bandes de pilleurs, soldats déserteurs pour la plupart, ravageaient les campagnes. Sur quatre-vingt-six départements, quatorze étaient en révolte ouverte et quarante-six connaissaient une situation tendue.

À Paris, de nombreuses boutiques de luxe avaient cessé leur commerce et le célèbre fabricant de papiers peints Réveillon menaçait de fermer sa manufacture, jetant des centaines d'ouvriers sur le pavé. Le chômage était endémique, la misère omniprésente dans les faubourgs. Mais depuis le revirement des directeurs qui avaient ordonné la fermeture des clubs jacobins dont le plus influent était le club Monge, installé dans l'église Saint-Thomas, rue du Bac, les mouvements populaires étaient désorganisés. Les actions violentes qui avaient renversé la monarchie n'étaient plus possibles. Rue Saint-Honoré, dans le faubourg Saint-Germain ou les nouveaux quartiers à la mode comme la rue Saint-Georges, la détresse du peuple était à peine perceptible. Merveilleuses et incroyables se retrouvaient dans les cafés, les restaurants, les salons où l'on se devait de paraître sous peine de déshonneur. On se pressait chez Juliette Récamier et Germaine de Staël, désormais inséparables depuis que Récamier avait acheté l'hôtel de Necker. On ne ratait aucune des fêtes de Thérésia rue de Babylone et on se rencontrait toujours chez Joséphine Bonaparte rue de la Victoire, même si sa popularité subissait les contre-coups de multiples calomnies. Durant l'été, dans son domaine de la Malmaison, elle avait peu reçu et Paris oubliait vite les absents. En outre, Barras et Talleyrand lui battaient froid, Bernadotte et Sieyès s'en tenaient éloignés, et les autres directeurs, mis à part son dévot amoureux Gohier, l'ignoraient.

La fête est finie

Le bruit du débarquement de Bonaparte à Fréjus le neuf octobre avait secoué Paris. Laissant son armée derrière lui sous les ordres de Kléber, accompagné seulement de Monge, Berthollet, Berthier, Bourrienne, d'un jeune mamelouk de dix-neuf ans nommé Roustan qui lui était attaché, Eugène de Beauharnais, Murat, Duroc, Lannes et Marmont, il avait embarqué à bord du *Muiron*, un des deux vaisseaux rescapés du désastre d'Alexandrie et, à peine à terre, avait sauté dans une voiture pour gagner Paris. La presse s'en donnait à cœur joie. Le général avait-il déserté ? Aucun ordre, à ce que l'on savait, ne l'avait autorisé à abandonner son armée. En outre, alors que la peste bubonique faisait des ravages en Égypte, personne n'avait observé la moindre quarantaine.

La nouvelle était parvenue à Joséphine alors qu'elle soupait avec son vieux soupirant Gohier à la Malmaison. Elle devait voler à la rencontre de son mari pour couper l'herbe sous le pied de ses ennemis. Une voiture de place commandée, elle avait fait emballer quelques effets de voyage et décidé de prendre la route de Lyon, la plus carrossable, que Bonaparte sans doute emprunterait. En hâte, elle avait tracé quelques lignes pour avertir Hortense qu'elle allait passer la chercher à Saint-Germain et avait aussi adressé un mot à Barras. Lorsque la berline s'était ébranlée, Joséphine était consciente qu'elle jouait son avenir et celui de ses enfants. Coûte que coûte, elle devait précéder ses beaux-frères qui se rendaient eux-mêmes à la rencontre de Napoléon. Très inquiète, Hortense attendait sa mère chez madame Campan. Ce départ précipité, la nervosité qu'elle décelait chez sa mère lui faisaient pressentir que la situation était grave. Son beau-père pouvait-il remettre en question son mariage ? Très jeune orpheline de père, elle s'était peu à peu attachée à Bonaparte. Plein d'autorité, protecteur, il avait dissipé le sentiment d'insécurité acquis lorsque ses parents avaient été emprisonnés aux Carmes, sentiment que les préoccupations mondaines de sa mère après qu'elle eut été libérée, puis sa longue absence en Italie, avaient renforcé. La pension de madame Campan avec les amies qu'elle s'y était faites était devenue sa maison et sa famille. Son frère Eugène, son confident, son plus proche ami, était en Égypte, elle n'en avait reçu aucune nouvelle directe. Aujourd'hui, on disait qu'il avait embarqué avec son beau-père sur le *Muiron* et qu'après une courte escale en Corse, il faisait route vers Paris. C'était à leur rencontre que se précipitait sa mère. Cette hâte confirmait-elle les rumeurs qui circulaient sur leur mauvaise entente ? Un malentendu, avait affirmé madame Campan, des commérages dont les Parisiens raffolaient. Joséphine occupait une trop haute position pour échapper à la malveillance. Sans hésitation, Hortense l'avait crue.

L'arrêt prévu pour embrasser les Beauharnais avait été annulé afin de ne pas perdre de temps et sa mère était restée tendue durant la première partie du voyage. Les bourgs et villages que la berline traversait montraient des visages paisibles. Les paysans vaquaient aux derniers travaux agricoles avant la saison d'hiver. Les vendanges faites, les raisins pressés, on emmagasinait les tonneaux dans les celliers. Le matin et à la tombée du jour, les vachères munies de leurs seaux et trépieds allaient traire les bêtes encore à l'herbage. À travers les vitres de sa voiture, Joséphine observait cette vie tranquille, parfaitement réglée. Elle l'avait connue aux Trois-Îlets où la société patriarcale ne laissait de place à aucune surprise. Tout était centré sur la canne, sa croissance, sa récolte, le broyage, l'extraction du sucre. On célébrait les fêtes religieuses, on se réunissait pour les baptêmes, les mariages, les enterrements. Si elle avait été heureuse alors, elle ne pourrait se réaccoutumer à cette routine. Pour se sentir vivre, elle avait besoin de passion, de flatteries, de mille objets de luxe irrésistibles et indispensables. Il lui fallait des fraises en hiver, du champagne, des parfums hors de prix, des fleurs en savants bouquets, des nuits blanches, des bavardages sans fin. La vie parisienne était une drogue qui apportait le rêve, la volonté de se surpasser, d'être la plus belle, la plus élégante, la plus courtisée. Pied à pied, Joséphine avait lutté pour être admise dans le cénacle des femmes les plus séduisantes, elle n'avait ni la beauté de Thérésia, ni le culot d'Élise Lange, ni le piquant de Fortunée Hamelin, mais elle avait son propre charme. De sa mère, Hortense avait hérité la légèreté, l'amour de la vie facile où les moindres désirs devaient être comblés, une faculté surprenante à accommoder les mensonges en vérités avec la meilleure foi du monde. Bonne, serviable comme Joséphine, elle était plus autoritaire et aimait dominer. Ses amies de pension l'admiraient, copiaient ses attitudes, sa façon de rire, de marcher, ses coiffures, ses petites trouvailles d'élégance. Comme sa mère, elle voulait plus que tout être aimée, une faiblesse due à son enfance chaotique. Être la belle-fille d'un général aussi populaire que l'était Bonaparte lui plaisait infiniment.

Aux approches de Lyon, Joséphine avait commencé à devenir très nerveuse. Comment était-il possible que sa voiture n'ait pas encore rencontré celle de son mari ? Et si celui-ci avait emprunté l'autre route, celle qui traversait le Bourbonnais, plus courte mais moins carrossable ? Il n'était pas le genre de voyageur à craindre les chaos. Elle aurait dû y penser de suite.

Il fallait rebrousser chemin, regagner Paris au plus vite.

Le voyage en sens inverse avait été cauchemardesque. Joséphine ne cessait de pleurer, Hortense serrait les dents, les deux femmes de chambre n'ouvraient pas la bouche, consternées par l'atmosphère de crainte qui parfois se muait en une peur nue, froide, terrifiante.

En trouvant vide la maison de la rue de la Victoire, Bonaparte n'avait plus hésité. Il allait donc divorcer. Plus que la déception sentimentale, c'était l'humiliation, le ridicule qui le torturaient. Sans doute, en ce moment même, Joséphine était-elle dans les bras de son amant, cet Hippolyte Charles qu'il avait rencontré à maintes reprises en Italie. L'affaire était réglée, il ne devait plus y penser.

Le soir même, un Barras sur la défensive l'avait reçu au Luxembourg. Abandonner son armée, faire fi de la quarantaine étaient des fautes graves, passibles du conseil de guerre. Mais en présence du jeune général qu'il avait protégé, dont il avait favorisé l'avancement, le Provençal s'était senti indécis. Considéré par lui jusqu'alors comme un subalterne, cet homme aujourd'hui le dominait. À côté de Barras, Gohier offrait un visage avenant et avait aussitôt promis la présence des cinq directeurs pour le lendemain. Ensemble, ils feraient le point sur une situation politique qui était loin d'être satisfaisante : l'ordre public était sans cesse troublé, l'état des finances était lamentable, la guerre avait repris sur les frontières de l'Est et, comble de malchance, la pluie qui était tombée durant tout l'été avait ruiné les récoltes dans le midi de la France, propagé les fièvres parmi les populations.

Entre le palais du Luxembourg et la rue de la Victoire, Bonaparte avait été acclamé. On saluait le retour du héros d'Italie, d'Égypte, celui qui, seul, pouvait sauver le pays.

Dans la petite maison désertée par Joséphine, Joseph attendait son frère. Dans ses projets, le clan

Bonaparte le soutiendrait unanimement. Lucien lui-même, qui aimait se singulariser, ne le lâcherait pas. Sieyès était avec eux, ainsi que Talleyrand et Fouché. Il fallait risquer le tout pour le tout, la poire était mûre. Quant à Joséphine, il devait se débarrasser d'elle au plus vite. Un cocu en France n'était-il pas le ridicule même ? Pouvait-on briguer la magistrature suprême coiffé de cornes ?

Le lendemain, la presse ne parlait que du pacificateur de Campoformio qui allait de nouveau imposer la paix à l'Europe. De toute urgence, il fallait réviser une Constitution violée chaque année pour éviter le retour de la monarchie comme du jacobinisme. Pour en rédiger une nouvelle, Sieyès s'imposait. Sans jamais s'être compromis, il avait été au centre de toutes les intrigues. Partisan d'un régime autoritaire et stable qui satisfaisait une bourgeoisie devenue toute-puissante, il était secrètement convaincu, dans les turbulences que traversait la France en cette fin d'année 1799, qu'un coup de force était nécessaire. Il avait pensé à Joubert pour en être l'âme et la main, mais il avait péri. Restait Bonaparte que tout désignait : son ancienne sympathie pour les Jacobins, sa popularité, ses ambitions, son opportunisme, son absence totale de scrupules. Demeurait solide en France une volonté de sécurité, de prospérité, de prestige national que le pouvoir actuel était incapable de satisfaire. L'homme le mieux placé pour jouer les entremetteurs entre Bonaparte et lui était sans nul doute Talleyrand que soutenaient inconditionnellement Germaine de Staël et ses influents amis.

Quoique entièrement plongé dans l'action, Bonaparte ne pouvait maîtriser tout à fait l'émotion qui s'emparait de lui quand il pensait à Joséphine et lorsqu'au petit matin on lui avait annoncé que la voiture de celle-ci s'engageait rue de la Victoire, il s'était barricadé dans sa chambre, résolu à ne plus la revoir. Le concierge avait reçu l'ordre de l'empêcher d'entrer dans la maison, ses domestiques celui de rassembler ses effets et de préparer des malles. Au plus vite, il voulait être guéri d'une blessure qu'il savait mal cicatrisée. La veille encore, sa famille l'avait mis le dos au mur et même si, par décence, madame Letizia avait gardé le silence, il était clair que le sort de sa belle-fille l'indifférait. Débarrassé de cette femme âgée et ruineuse, Napoléon pourrait prétendre à une union plus flatteuse.

À peine arrivée dans la rue de la Victoire, Joséphine avait pressenti un désastre. Tout était trop calme. Elle n'apercevait pas de domestiques allant et venant, aucun équipage indiquant la présence de visiteurs. Suivie par Hortense, elle poussait le portail quand, l'air très embarrassé, le concierge avait jailli de sa loge. Il était au regret d'informer la générale que son mari ne souhaitait pas sa présence dans la maison. Mais madame Tallien l'attendait chez elle, rue de Babylone, en compagnie d'Eugène. Avec une force dont elle ne se serait pas crue capable, Joséphine avait écarté le concierge et, sans un mot, s'était engouffrée dans sa maison. Aucune pensée n'était très claire en elle, mais une volonté farouche, celle de se trouver en présence de Bonaparte, la poussait en avant. Devant les domestiques sidérés, elle avait en toute hâte gravi les marches de l'escalier et, arrivée devant la porte de la chambre conjugale, en avait tourné sans hésiter la poignée. La trouver bloquée ne l'avait déconcertée qu'un court instant. Bonaparte ne pouvait rester sourd à sa voix. Il l'aimait, elle en était sûre. Quelques mots, quelques larmes suffiraient encore une fois à l'émouvoir.

Le silence l'avait glacée. Ne l'entendait-il pas ? Ou, pis encore, l'entendait-il et restait-il volontairement muet ? En un éclair Joséphine entrevit un avenir inacceptable, le divorce, un bannissement à la Malmaison, une pension chichement accordée, la solitude, la charge de ses deux enfants. Les sanglots étranglaient sa voix maintenant. Elle devait le convaincre, affirmer que les Bonaparte la calomniaient parce qu'ils la haïssaient, qu'elle n'avait rien à se reprocher. Son mari pouvait-il lui en vouloir d'être vive, légère, généreuse, un peu coquette parfois et étourdie, alors qu'il l'aimait parce qu'elle était ainsi ? Elle était sa femme, il avait adopté Eugène et Hortense comme ses enfants, pouvait-il maintenant les chasser ?

À genoux, Joséphine ne cessait de frapper à la porte. Elle avait été trop imprévoyante et le regrettait amèrement. Mais la vie l'emportait, le désir d'aimer, d'être aimée, de séduire, de vivre des passions. Jamais elle n'avait voulu compromettre son ménage, elle aspirait à tout. Rien ne se saurait, elle était si libre, si joyeuse. Bonaparte était un mari protecteur mais dominateur, sec, hanté par ses ambitions, Hippolyte un jeune homme amusant, un compagnon, un associé dans ses petites affaires, un amant sensuel. Ne pouvait-on jouir de toutes sortes de bonheurs ? Sans doute avait-elle eu tort de le croire car, à cet instant, la chape pesant sur ses épaules était si lourde qu'elle se sentait comme écrasée. Ses enfants allaient la soutenir. Bonaparte les aimait. Eugène avait fait la campagne d'Égypte à ses côtés, Hortense le charmait par sa jeunesse, la dévotion qu'elle lui vouait.

D'un bond, Joséphine s'était relevée, avait dégringolé l'escalier pour demander à sa fille de joindre ses supplications aux siennes, de proclamer son indéfectible affection, de conjurer Bonaparte de ne pas les abandonner.

En larmes, la mère et la fille imploraient maintenant Bonaparte d'ouvrir sa porte, de les prendre dans ses bras. Muet, pétrifié, Eugène, accouru de chez madame Tallien, contenait avec peine sa propre émotion. Il avait trouvé un père pour lequel il éprouvait une immense admiration, son avenir dépendait de lui, non d'une mère délicieuse certes, mais évaporée, irréfléchie. Espérait-elle encore l'attachement de Barras ? Mais celui-ci ne comptait plus. Son temps était achevé, comme celui de Tallien et des vieux loups de la Révolution. En Égypte, Eugène avait fort bien compris que son beau-père voulait les évincer pour s'emparer du pouvoir suprême. La France avait besoin d'un homme jeune, enthousiaste, fort, volontaire, prêt à se tourner vers l'avenir après avoir enterré les vieux démons qui avaient hanté le pays. Toute à ses plaisirs immédiats, sa mère n'avait pas réalisé la chance que le destin lui avait offerte.

Au petit matin, lorsque Lucien était venu visiter son frère, il l'avait trouvé au lit à côté de son épouse souriante, assez sûre d'elle-même désormais pour se montrer aimable. Qu'il ait la bonté de les attendre au salon, l'avait-elle prié de sa voix chantante, on allait lui servir du café.

Thérésia et Fortunée avaient écouté avec passion le récit de Joséphine. Toutes ses amies s'accordaient à la conjurer de ne plus voir Hippolyte ni Barras en tête à tête, d'offrir à son mari attention et affection. Réalisait-elle, cette petite créole, cette fausse vicomtesse couverte de dettes, que Bonaparte pouvait lui offrir beaucoup plus que son défunt mari et ses anciens amants ? Elle avait une habitude du monde, d'immenses qualités qui allaient permettre à Bonaparte de recevoir avec panache, une grâce propre à séduire les récalcitrants, à embobiner les sceptiques. Et qui réglerait ses dettes hormis son mari ?

Joséphine avait écouté sans protester. Toutes, du reste, se rangeaient. Thérésia était heureuse avec Ouvrard dont elle attendait un enfant, Fortunée aimait son mari, Élise Lange le sien. Le petit cénacle des merveilleuses se séparait. Les folies, les provocations, les excentricités n'étaient plus de mise. Le souvenir de la Terreur s'estompait, on avait envie de vivre normalement, de prendre son rang dans la société, de jouer à la châtelaine plutôt qu'à la femme folle. Le temps passait.

Le vingt et un octobre, la veille d'un dîner chez Gohier, Sieyès, Lucien et Napoléon s'étaient rencontrés rue de la Victoire. N'ignorant rien des projets de son mari, Joséphine avait joué impeccablement son rôle. Entre Sieyès et Bonaparte qui devaient s'allier même s'ils ne s'entendaient guère, elle avait su se montrer parfaite, flattant l'un, apaisant l'autre, les mettant tous si parfaitement à leur aise dans sa jolie maison que toute démonstration de mauvaise humeur devenait impossible. Sieyès jugeait Bonaparte comme un arriviste sans scrupules, Bonaparte voyait dans le vieux républicain un homme rigide, sûr à tort qu'il était indispensable, un vaniteux qui autrefois avait arrêté de dire la messe quand le duc d'Orléans avait quitté l'église sous le prétexte qu'« il ne célébrait pas le saint office pour la canaille ». Mais Gohier, un indispensable allié dans ses plans, semblait soutenir Sieyès. Il devait le tolérer et même s'aboucher avec lui. Talleyrand adoucirait les angles.

Tout d'abord, Bonaparte avait compté sur Bernadotte. Très liée à sa femme Désirée, Joséphine l'avait encouragé, mais lorsque Napoléon avait déclaré fermement qu'il fallait changer au plus vite de gouvernement, le Béarnais avait répliqué sèchement que cette éventualité était inacceptable.

Sûre que Bernadotte avait tout rapporté à Barras, Joséphine avait encouragé Bonaparte à se rendre dès que possible au Luxembourg. Il devait s'imposer auprès de son ancien protecteur, le contraindre à ne plus le considérer comme son éternel obligé, un petit officier sans le sou qui lui devait sa carrière, un général qui avait déserté son armée en quittant l'Égypte sans autorisation. L'époque était mûre pour un changement de gouvernement, Barras devait l'admettre. Des cinq directeurs n'en resteraient que trois. Barras se croirait-il du nombre ? Il fallait le lui laisser espérer encore un peu.

Chaque jour le salon de la rue de la Victoire était bruissant d'activité. Talleyrand, Réal, Fouché, Lucien Bonaparte, tous ceux acquis à la cause de Napoléon ou prêts, comme Bernadotte, à fermer les yeux s'y côtoyaient. En hôtesse parfaite, Joséphine veillait au bien-être de chacun, prononçant des mots aimables, s'attardant auprès des sceptiques. De son ton le plus doux, avec son accent créole le plus chantant, elle les complimentait, s'enquérait des membres de leur famille, se remémorait le nom de l'épouse, des enfants. Du coin de l'œil, ses belles-sœurs Caroline Bonaparte, Paulette Leclerc, qui désormais se faisait appeler Pauline, l'observaient. Cette femme avait bel et bien la souplesse d'un serpent et il était impossible de se moquer d'elle d'une façon méprisante comme autrefois. Mais l'aimer était une autre affaire.

De réunion en souper, de souper en thé, l'avenir de la France se décidait chez les Bonaparte. Sieyès et Roger Ducos étaient désormais acquis et feraient partie du triumvirat qui, avec Bonaparte, prendrait les rênes du gouvernement. Quant à Barras, une somme importante le ferait sortir sur la pointe des pieds pour gagner son château de Grosbois où il jouirait d'une opulente et paisible retraite.

Restait à déterminer quand et comment se passerait la journée décisive. Il faudrait éloigner les Cinq-Cents présidés par Lucien Bonaparte, *a priori* hostiles dans leur majorité, et les Anciens, plus favorables, hors de Paris, à Saint-Cloud sans doute, sous le prétexte qu'un complot se tramait contre eux aux Tuileries. Bonaparte, commandant de la force armée, serait chargé de maintenir l'ordre.

Avec stupéfaction, Thérésia avait trouvé Barras apathique dans ses appartements du Luxembourg. Ignorait-il les rumeurs qui circulaient partout à Paris ? Sans hésiter, la jeune femme avait décidé d'avertir son ancien amant du danger qui le menaçait. Trop d'affection, d'estime restaient présentes entre eux pour qu'elle puisse songer à l'abandonner. Assis au coin du feu, Barras avait écouté sans sourciller son ardente amie. Il était las, le monde politique qu'il ne connaissait que trop bien aujourd'hui l'écœurait. Il était rassasié d'intrigues, de coups bas, de calomnies, de mensonges. Talleyrand venait de le quitter. Cet homme, dont il avait fait rayer le nom de la liste des émigrés, à qui il avait confié le portefeuille des Affaires étrangères, l'avait pratiquement sommé de signer un acte de démission. Il avait lu avec effarement une lettre qui se concluait par ces phrases :

« La gloire qui accompagne le retour du guerrier illustre à qui j'ai eu le bonheur d'ouvrir le chemin de la gloire, les marques éclatantes de confiance que lui donne le corps législatif et le décret de la représentation nationale m'ont convaincu que quel que soit le poste où l'appelle désormais l'intérêt public, les périls de la liberté sont surmontés et les intérêts des armées garantis. Je rentre avec joie dans les rangs de simple citoyen, heureux après tant d'orages de remettre entiers et plus respectables que jamais les destins de la République dont j'ai partagé le dépôt. Salut et Respect. »

Un coup d'État allait certes avoir lieu dans les heures qui suivaient. Peu lui importait finalement. Barras s'était tourné vers celle qui avait régné avec lui sur Paris : « La fête est finie », avait-il murmuré. Thérésia le savait bien. Joséphine la voyait moins, Bonaparte lui battait froid. Mais elle n'enviait pas sa meilleure amie. De cette liberté qui leur était si chère à toutes deux, que lui restait-il ?

Elle viendrait souvent à Grosbois, avait-elle assuré à Barras. Aucun de ses véritables amis ne l'abandonnerait. Mais elle n'en était pas convaincue. Seul l'intérêt guidait la plupart des cœurs.

Un court moment, muette, immobile, Thérésia avait observé, par une des fenêtres donnant sur les jardins du Luxembourg, les hommes qui taillaient les rosiers, certains portant encore quelques fleurs fanées. Elle songeait à Tallien, à Barras, à maints de ses anciens amants qui allaient regagner l'ombre. Si elle l'avait voulu, alors qu'il n'était qu'un petit officier maigre et mal vêtu, un « Chat botté », comme l'appelait Laure Permon, elle aurait pu mettre Bonaparte dans son lit, devenir sa femme. Le regrettait-elle ? Nullement. Mais Ouvrard, qui ambitionnait un poste de ministre, serait sans doute déçu. Comme personne, Bonaparte savait tourner les pages, claquer les portes derrière lui. Il n'était pas même sûr que son amant se fasse rembourser les dix millions prêtés au Directoire. Cambacérès, son ami, l'avait averti. S'il s'entêtait à réclamer son dû, on allait fouiner dans ses comptes, éplucher chaque marché conclu avec l'armée ou la marine. Mieux valait qu'il renonce à son argent s'il n'avait pas envie de faire le voyage pour Cayenne. Il lui avait même conseillé de détruire quantité de documents qui pourraient servir à le faire chanter. S'il se sentait menacé, Bonaparte n'hésiterait pas un instant à user des coups les plus bas. Quant à lui, avait admis Cambacérès, il se rangeait aux côtés du général. Chacun devait tenir compte de son propre intérêt, n'est-ce pas ?

Ouvrard avait fort bien compris. Désormais, il mettrait ses œufs dans d'autres paniers. Ceux-ci ne manquaient pas car, tout comme le précédent régime, le nouveau aurait besoin d'argent.

Thérésia avait quitté Barras le cœur lourd. Il pleuvait. Paris était gris, triste. La saison méritait bien le nom de brumaire donné par le calendrier républicain. Dans les rues on ne voyait plus de Romaines ni de Grecques, mais des femmes qui se hâtaient vêtues de robes chaudes, une cape jetée sur leurs épaules. Les cheveux repoussaient, les pieds se cachaient sous des bas de soie, les bagues avaient quitté les orteils pour regagner les mains. Divorces et banqueroutes étaient à nouveau mal jugés, la belle madame Visconti visitait les malades dans les hôpitaux. Chénier parlait de la République avec inquiétude, il la voyait menacée. Quant à Tallien, Thérésia n'avait pas de nouvelles de lui depuis son retour d'Égypte et son exil en Angleterre. Par charité, elle lui avait laissé, allée des Veuves, une maisonnette avec le petit jardin qui l'entourait. La Chaumière et son parc avaient été vendus. À son retour en France, au moins aurait-il un toit au-dessus de la tête. Leur fille, Rose-Thermidor, irait lui rendre visite de temps à autre.

Sa voiture attelée à quatre alezans anglais l'attendait. La jeune femme avait gardé le goût du luxe, des beaux équipages, des bijoux. Ses services en porcelaine de Sèvres étaient admirés dans tout Paris ainsi que son argenterie, des tableaux de Watteau, de Boucher, de madame Vigée-Lebrun qu'elle avait acquis pour une bouchée de pain quand ils étaient en vente, presque sur les trottoirs, en 1793. Aujourd'hui beaucoup d'émigrés étaient de retour et tentaient vaille que vaille de récupérer les biens qui n'avaient pas été bradés par la Nation. D'autres salons que ceux de madame de Staël, de Juliette Récamier ou le sien rue de Babylone regroupaient ces revenants. Et les sœurs de Bonaparte voulaient à présent occuper le haut du pavé. On voyait Caroline et Pauline se comporter en reines, ne supportant aucun obstacle à leurs caprices. Elles étaient belles, certes, mais Thérésia savait qu'il leur manquait quelque chose, le charme, la bonté, une certaine grâce que seules possédaient les femmes ayant connu l'Ancien Régime.

Tenaillée par l'angoisse, Joséphine avait été informée chez elle des événements des dix-huit et dix-neuf brumaire qui allaient décider du sort de Bonaparte et du sien. Le moment était venu pour lui de jouer le grand jeu, de balayer ses opposants. Gohier leur échappait. Au dernier moment, prévenu par un billet de sa femme l'avertissant d'un complot contre lui, il avait lâché Joséphine qui tentait de le circonvenir depuis des semaines en lui laissant vaguement entrevoir des plaisirs plus précis que ceux de la conversation.

Le dix-huit brumaire, Paris avait compris sans s'émouvoir le moins du monde qu'un coup d'État se préparait. Bonaparte n'ignorait pas qu'en cas d'échec, il rencontrerait la même atonie. Nul ne volerait à son secours.

Affiches, brochures de propagande étaient prêtes, les troupes allaient se concentrer autour des Tuileries près de l'Assemblée qui devait gagner Saint-Cloud le lendemain par mesure de sécurité.

Dans les rues, les badauds, les yeux écarquillés, avaient vu caracoler une cavalcade éblouissante. Murat, Lannes, Marmont, Berthier, Lefèvre, Macdonald suivaient leur général, vêtu à son habitude d'un sobre uniforme et coiffé d'un petit chapeau noir. Plus le cortège se rapprochait des Tuileries, plus la foule se faisait dense. On entendait même quelques cris : « Vive Bonaparte ! », « Vive le Libérateur ! »

Aux Tuileries, Gohier, Moulin et Barras savaient à quoi s'en tenir. Bonaparte, Sieyès, Roger Ducos avaient pour objectif de les éliminer pour former un triumvirat. Par lassitude, Barras avait accepté son sort. Il ne pouvait plus compter sur le soutien populaire, encore moins sur ceux qui s'étaient proclamés ses amis et venaient presque quotidiennement lui faire leur cour au Luxembourg. Joséphine, qui avait enfin compris où se trouvait son intérêt, lui tournerait le dos sans le moindre scrupule. L'humanité était ainsi faite et appelait sentiments ce qui n'obéissait qu'à la recherche d'avantages personnels. Lui ne s'était jamais laissé abuser. Sachant trop combien le mot lui-même était lourd de mensonges, il était incapable d'aimer. Aujourd'hui, il baissait les bras, lâchait Gohier et Moulin mis en minorité et impuissants à contre-attaquer. Leur cause était perdue. Fouché lui-même se mettrait sans hésiter au service de Bonaparte.

Aux Anciens comme aux Cinq-Cents, on avait remis toute délibération au lendemain. Médiocre dans son allocution devant les députés, Bonaparte s'était rattrapé en lançant une apostrophe qui avait vivement frappé : « Qu'avez-vous fait de cette France que je vous avais laissée si brillante ? Je vous avais laissé la paix, j'ai retrouvé la guerre ! Je vous avais laissé des victoires, j'ai retrouvé des revers ! Je vous ai laissé les millions d'Italie, j'ai retrouvé partout des lois spoliatrices et la misère ! Qu'avez-vous fait des cent mille Français que je connaissais, mes compagnons de gloire ? Ils sont morts. Cet état de choses ne peut durer… Il est temps enfin de rendre aux défenseurs de la patrie la confiance à laquelle ils ont tous droit. » On l'avait acclamé.

En fin d'après-midi, tout Paris était au courant, les affiches avaient été collées, les brochures distribuées. Bonaparte allait sauver la République, non la renverser. On attendait avec fièvre les événements à venir. Sur les ponts principaux de la capitale comme sur la route de Saint-Cloud, on disposait des troupes. Fouché avait fait fermer les barrières de Paris. Mais la réaction des Cinq-Cents restait incertaine. Lucien Bonaparte, leur président, parviendrait-il à mater les fortes têtes ? Au sein de l'Assemblée demeuraient de farouches Jacobins qui pouvaient offrir une opposition tenace à tout changement de régime. Il fallait prévoir des incidents et, en dépit de toute la confiance qu'il avait en lui, Bonaparte ne savait comment il devrait y faire face. S'était-il montré trop autoritaire durant la journée du dix-huit brumaire ? Pouvait-on le soupçonner de vouloir instaurer une dictature militaire ?

À la tombée de la nuit, il pleuvait, le ciel était sans étoiles. Tendu, Bonaparte avait regagné la rue de la Victoire où l'attendait Joséphine, gaie et attentive. Le rôle qu'elle devait jouer, elle le connaissait désormais sur le bout des doigts.

Le lendemain à l'aube, la cavalerie conduite par Murat avait pris la route de Saint-Cloud, suivie par les fantassins du général Sérurier. Les Conseils n'étaient convoqués qu'à midi.

Le déroulement de cette journée dramatique, Joséphine ne l'avait appris que tard dans l'après-midi. Auparavant ne lui étaient parvenus que quelques messages sans grande signification. Que se passait-il à Saint-Cloud ? Son avenir dépendait de l'issue de cette journée. Que Bonaparte mène à bien son coup de force et elle devenait la femme du Premier consul, du chef de l'État en vérité ; qu'il échoue et elle connaîtrait l'exil, au mieux à la Malmaison, au pire hors de France, pauvre et oubliée.

Tard dans la nuit, Talleyrand avait surgi. Chaotique, dramatique parfois, la journée était couronnée de justesse par la victoire. De son ton de voix feutré qui n'exprimait nulle émotion, l'ancien évêque en avait fait le récit : « À midi les ouvriers travaillaient encore à aménager les salles respectives des Cinq-Cents et des Anciens. Les séances avaient pris un retard malencontreux. Ce que Bonaparte voulait éviter à tout prix, une fusion entre les députés des deux Chambres, avait eu lieu, permettant à certains parmi les Cinq-Cents d'ébranler les convictions des Anciens. »

Sans broncher, Joséphine écoutait Talleyrand. Son regard se posait successivement sur sa harpe, les fauteuils recouverts de satin jaune paille galonnés de bleu, les tabourets en X dont elle avait contribué à lancer la mode, le pot en porcelaine de Sèvres de la jardinière soutenu par trois sphinx, les antiquités, statuettes et bustes rapportés d'Italie. Ces objets familiers la rassuraient. Comment imaginer qu'elle puisse les perdre ?

« Saint-Cloud, poursuivait Talleyrand, ressemblait à Chantilly un jour de courses. S'y pressaient journalistes, fonctionnaires, parlementaires, agents diplomatiques et simples curieux accourus pour être les premiers à connaître l'issue de la bataille qu'allait livrer Bonaparte pour s'emparer du pouvoir. Enfin les Anciens avaient pu s'installer dans la galerie d'Apollon au premier étage et les Cinq-Cents dans l'Orangerie, tous désormais incertains des intentions de Bonaparte. Voulait-il abolir la Constitution ? Renverser la République ? Avec le temps qui passait, celui-ci devenait nerveux, parfois brutal. »

Joséphine avait fermé les yeux. Elle connaissait l'impatience presque maladive de son mari, son manque de diplomatie qui lui faisait prononcer des mots très durs, agressifs, au risque de se faire des ennemis mortels. Mais se souciait-il seulement d'avoir des ennemis ? Les états d'âme d'autrui lui étaient indifférents. Certes, il l'aimait toujours, mais parce qu'elle l'écoutait avec une patience infinie, l'encourageait, lui rendait la vie quotidienne douce et facile. C'était le choix qu'elle avait fait, c'était son intérêt et sa raison de vivre. Épouse d'un homme qui visait le pouvoir suprême, elle aurait une vie fastueuse, pourrait dépenser sans compter, vivre délivrée de l'appréhension du lendemain, laisser s'écouler les jours sans angoisses, sans passion non plus, honorée, considérée, à jamais la reine de Paris.

Les paupières mi-closes, Talleyrand l'observait. Cette femme était-elle capable de saisir l'importance des moments qu'il lui relatait ? Germaine de Staël, Juliette Récamier et même Thérésia Cabarrus-Tallien seraient intervenues, auraient posé mille questions. Il les aurait senties avides d'en savoir davantage, inquiètes, vibrantes. Douce et molle, la créole l'écoutait sans intervenir, mais certes pas indifférente. Depuis longtemps, il avait percé son caractère, beaucoup de gentillesse naturelle, un désir de rendre service qui la mettait en valeur, un manque total d'opinions personnelles qui lui faisait toujours approuver son interlocuteur, l'assurer qu'elle était de son côté en ne songeant en réalité qu'à elle. Le plus fort, le plus puissant, le plus séduisant pouvait la mettre dans son camp sans avoir à la persuader. Par ailleurs, ne se moquait-elle pas de tous ? Ne souhaitait-elle pas seulement tourner les situations à son avantage ?

Bonaparte, reprit-il, avait été prévenu que les Anciens se montraient incertains, mal à leur aise, ne sachant plus à quoi se résoudre. Le Directoire n'existait plus depuis la démission de trois des directeurs ? Il fallait donc créer un nouveau gouvernement, abolir la Constitution, en élaborer une nouvelle. Devaient-ils entrer dans l'illégalité ? Le mot même les remplissait d'effroi.

Bonaparte n'avait pas faibli : « Le vin est tiré, avait-il déclaré à Augereau, il faut le boire. » Il allait intervenir lui-même, encore une fois emporter les cœurs et les décisions.

Accompagné de Berthier, de Bourienne, de son frère Joseph, de Lavalette et de quelques aides de camp, il était entré dans la galerie d'Apollon au milieu d'un grand silence. On attendait un discours enflammé, des paroles enthousiasmantes, Bonaparte n'avait pu offrir qu'une allocution hachée, des mots sans suite, une harangue décousue. « Et la Constitution ? » avait clamé un des sénateurs. Un court silence lui avait répondu puis, se reprenant, Bonaparte avait pu enfin placer quelques mots sensés : « La Constitution ! Vous l'avez vous-mêmes anéantie. Au dix-huit fructidor vous l'avez violée. Vous l'avez violée au vingt-deux floréal. Vous l'avez violée au trente prairial. Elle n'obtient plus le respect de personne. Je dirai tout. » Mais comme submergé par une inconcevable angoisse, il n'avait rien dit. On l'avait entendu seulement balbutier : « Je ne suis point un intrigant, vous me connaissez. Si je suis un perfide, soyez tous des Brutus. » Ses opposants en avaient profité pour reprendre du poil de la bête. On les avait expédiés à Saint-Cloud sous le prétexte qu'un complot se préparait. Qui en était à la tête ? On hurlait : « Des noms, citez des noms ! » Barras ? Moulin ? Avait-on fait une enquête ? Tout semblait basculer. Les Anciens que l'on croyait acquis se rebiffaient soudain. Alors Bonaparte avait osé l'inconcevable, il les avait menacés : « Souvenez-vous que je marche accompagné du dieu de la Victoire et du dieu de la Guerre ! » Cette rodomontade avait irrité davantage encore et, se sentant le dos au mur, le général s'était tourné vers la poignée de soldats qui l'escortaient : « Vous mes camarades, vous mes braves grenadiers que je vois autour de cette enceinte, si quelque orateur soudoyé par l'étranger ose prononcer contre votre général les mots Hors la Loi, que la foudre de la Guerre l'écrase à l'instant ! » On les avait alors entraînés dehors, lui et ses amis. Mieux valait ne pas indisposer définitivement les sénateurs.

Talleyrand n'avouerait pas à Joséphine qu'il avait alors senti le vent de la défaite. Le coup d'État allait manquer. Comme filet de secours lui restaient Sieyès, Barras et ses contacts discrets avec les Bourbons.

À ce moment, de sa voix douce, Joséphine avait pris la parole. Bonaparte ne lui avait-il pas fait porter alors un billet l'assurant que tout allait bien ? Pas un instant elle n'avait perdu confiance.

Euphémie était entrée dans le salon avec un plateau où étaient disposés une théière, des tasses, des gâteaux. Il était près de minuit. La rue était silencieuse. Se pouvait-il que la bonne issue de cette journée prédite par les tarots fût compromise ?

Songeur, Talleyrand avait accepté le thé, refusé les pâtisseries. Quand Bonaparte avait quitté les Cinq-Cents, Fouché et lui étaient fort inquiets. Il fallait maintenant cesser de tenir d'oiseux discours et brusquer les choses, empêcher Bernadotte, Jourdan, Augereau de s'adresser aux troupes sans la permission de Bonaparte. S'introduire chez les Cinq-Cents comme l'avait décidé le général était extrêmement périlleux. Lucien, leur président, avait été conspué. L'atmosphère était houleuse, les réactions imprévisibles et lorsque Bonaparte s'était approché de la tribune, il s'était heurté à un groupe de Jacobins. On avait entendu : « À bas le dictateur ! À bas le tyran ! » Puis un tumulte effroyable avait éclaté. « Hors la loi ! », criait-on, « Tue, tue ! » La foule hurlait, gesticulait et on se pressait autour de Bonaparte jusqu'à l'étouffer. On le poussait, le tirait, on l'agrippait par son uniforme, on le secouait. Murat et Lefèvre s'étaient alors élancés à son secours, suivis de quelques grenadiers, et l'avaient entraîné vers la sortie. Un des soldats protégeant de son corps son général avait même eu une manche de sa veste arrachée. Mais le bruit s'était répandu aussitôt : on avait voulu assassiner Bonaparte, les comploteurs étaient bien là, sur les sièges des députés. Il fallait les appréhender, les mettre hors la loi.

Face aux députés déchaînés, Lucien avait fait preuve d'un sang-froid étonnant. « Pourquoi n'avait-on pas laissé s'exprimer Bonaparte ? Pouvait-on accuser un homme sans le laisser se défendre ? » Les cris : « Hors la loi, hors la loi ! » ne cessaient pas. Lucien avait alors murmuré à Frégeville, l'inspecteur de la salle : « Il faut que la séance soit interrompue avant dix minutes ou je ne réponds de rien. »

Dans le salon où Bonaparte avait rejoint Sieyès et Roger Ducos, on discutait avec fièvre. Seul un coup de force pouvait désormais sauver la situation. Murat et Leclerc étaient de cet avis, ainsi que lui-même et Fouché. Sans la troupe, la situation était perdue. Le mot « soldats » avait semblé faire sortir Bonaparte de l'état de prostration où il se trouvait depuis qu'à moitié évanoui il avait été traîné hors de l'Orangerie où siégeaient les Cinq-Cents. À nouveau maître de lui, il avait tiré son épée du fourreau, s'était approché d'une des fenêtres donnant sur la grande terrasse où était rassemblée une partie de la troupe et, après l'avoir ouverte, s'était écrié : « Aux armes ! » Aussitôt tous les hommes s'étaient alignés pour prendre position, les grenadiers, les fantassins, les dragons.

Dégringolant l'escalier, Bonaparte avait surgi dans la cour. Ses amis l'observaient, étonnés par cette rapidité à retrouver sa présence d'esprit, sa combativité.

La nuit allait tomber. Il faisait froid et humide. Il restait très peu de temps pour agir. Bonaparte avait enfourché le cheval de l'amiral Bruix, une bête rétive qu'il avait eu du mal à maîtriser, puis il avait galopé vers ses soldats qui l'avaient aussitôt acclamé. « Soldats, avait-il prononcé d'une voix forte, on a voulu m'assassiner et j'ai été couvert d'injures par des hommes à la solde de l'Angleterre. » Dans sa nervosité, il avait gratté les boutons d'eczéma qui couvraient par plaques son visage, un peu de sang en coulait qui semblait confirmer les brutalités subies. Une émotion violente poussait la troupe à l'action.

Dans la salle, Lucien avait joué le tout pour le tout. Face au tumulte, se défaisant de sa toge et de son écharpe, il s'était écrié : « Je dois renoncer à me faire entendre, il n'y a plus de liberté. En signe de deuil public, je dépose ici les marques de la magistrature populaire. » Du bon théâtre, pensait rétrospectivement Talleyrand, un sens extraordinaire de l'à-propos. De tous les Bonaparte, Lucien était celui qui se maîtrisait le mieux, le plus équilibré. La situation cependant était totalement hors de contrôle. Entendait-on seulement les paroles du président ? C'était alors que les grenadiers, défenseurs de la Constitution et de la République, restés sourds aux exhortations de Bonaparte quelques moments plus tôt, étaient intervenus pour sauver le président des Cinq-Cents, le représentant des droits et de la liberté de la Nation. Fonçant vers la tribune, ils avaient ouvert un passage pour le faire sortir. Sain et sauf, Lucien avait sauté sur un cheval et rejoint son frère. La liberté était violée, grenadiers et soldats devaient la sauver et la rétablir. Les Cinq-Cents étaient tombés sous le pouvoir d'une minorité de Jacobins fanatisés prêts à tuer leurs collègues s'ils s'opposaient à eux. Ils n'étaient plus des citoyens, mais des brigands.

De la rue de la Victoire venait le bruit d'une cavalcade. C'est de la bouche de son mari lui-même que Joséphine allait apprendre la fin de cette extraordinaire journée : la scène théâtrale de Lucien tirant son épée du fourreau et la pointant vers son frère en clamant qu'il « le tuerait si jamais, au lieu de sauver la République, il violait la liberté » ; les tambours battant la charge ; Murat se plaçant à la tête des grenadiers en criant : « Foutez-moi tout ce monde-là dehors ! » La charge vers l'Orangerie, la panique des députés, des Cinq-Cents qui ne savaient plus que hurler « Vive la Constitution, vive la République ! » ; l'apparition des soldats baïonnette au fusil, la fuite éperdue des députés à travers les portes et les fenêtres, l'évacuation *manu militari* des rares récalcitrants restés sur leurs sièges. Partout des toges brodées, des plumes arrachées aux chapeaux jonchaient le sol. On en avait ramassé jusque dans les bois.

En hâte, on avait rassemblé les quelques députés qui s'étaient regroupés, hébétés, dans la cour pour leur faire réintégrer l'Orangerie. Les grilles du château étaient closes et solidement gardées.

Anciens ainsi que rescapés des Cinq-Cents avaient voté tout ce qu'on voulait et, comme l'avait conclu le banquier Réal : « La farce était jouée. » Mais finalement Talleyrand savait qu'encore une fois lui-même avait eu l'attitude la plus élégante en déclarant aux nouveaux directeurs : « Messieurs, allons dîner ! »

En hâte les portefeuilles s'attribuaient, Cambacérès était à la Justice, Berthier à la Guerre, Fouché à la Police générale, Talleyrand était en passe de reprendre les Affaires étrangères, Gaudin, un banquier expérimenté, recevait le portefeuille des Finances. L'administration étant déliquescente, nul ne savait combien de soldats servaient aux armées, en quel état était le ravitaillement, si le renouvellement des vivres et des chaussures était prévu. Bonaparte ne cessait de s'emporter, de donner des ordres, tandis que Joséphine, la mort dans l'âme, faisait préparer ses malles pour leur prochain emménagement au Petit-Luxembourg.

Accourues pour la réconforter, les dernières merveilleuses ne parvenaient pas à lui arracher un sourire. Quitter sa chère maison de la rue qu'elle s'entêtait toujours à nommer Chantereine pour des appartements officiels sans âme la chagrinait. Bien que résolue à vivre dans l'ombre de Bonaparte, elle craignait l'abandon de sa liberté, haïssait l'idée qu'elle n'aurait plus la faculté d'aller et de venir à sa guise dans Paris.

Ses larmes n'avaient guère ému Thérésia, Fortunée ou madame Visconti. Comment considérer une installation au Luxembourg comme la pénible conséquence d'être la femme du Premier consul ? La Nation tout entière avait les yeux rivés sur elle. Toutes avaient du mal à réaliser une si prestigieuse ascension, cinq années seulement après les prisons de la Terreur. Thérésia avait évoqué les extravagances qui les avaient faites rivales d'un jour, les fous rires partagés, les confidences, les passions plus ou moins brèves qu'elles avaient toutes vécues, libres, provocantes, fantasques. Les folies du temps, leur rage de danser, de s'amuser, d'inventer une mode repoussant sans cesse les limites de la décence mais toujours soucieuses du bon goût, leurs tuniques, leurs péplums, leurs costumes, leurs coiffures « à la Titus », « à la Caligula », leurs provocations : conduire comme le vent leurs propres whiskis dans Paris, flâner dans les jardins du Palais-Royal à la nuit tombée au milieu des aventuriers et des prostituées, inventer des fêtes somptueuses et insensées. Joséphine se souvenait-elle de celles données à la Chaumière ou au Luxembourg ? Des bals à Tivoli, au Jardin d'Italie, à Monceau, à Bagatelle ? Des glaces savourées chez Velloni ou Garchi ? Des soirées à l'Opéra, du tohu-bohu le soir de la première de *Madame Angot* ? Des célèbres boutades d'Élise Lange quand un de ses admirateurs « lui donnait sur les nerfs » ? Des bagarres entre Jacobins et muscadins rue Montorgueil ou rue de La Grange-Batelière ? On n'avait pas toujours les moyens de nourrir correctement ses domestiques, mais on trouvait toujours quelques fonds pour acheter robes, plumes et colifichets.

Derrière son mouchoir, Joséphine avait enfin consenti à rire. Quelles folies n'avaient-elles pas commises ? Une grande complicité les unissait. Elles avaient toutes menti pour se couvrir les unes les autres, elles s'étaient prêté de l'argent, des toilettes, des bijoux, elles avaient médit des hommes, échangé des confidences pimentées. Tout cela perdurerait au Luxembourg. Certes, il y aurait les corvées officielles à assumer, mais Joséphine y était prête. Sa nonchalance la rendait disponible, lui procurait une indifférence souriante que chacun prenait pour une attention personnelle. Elle savait trouver des mots aimables pour tout le monde : les vieillards, les fâcheux, les pompeux, les empotés, les timorés. C'était si facile de gagner les cœurs. Une question sur la famille, un regard attentif, quelques paroles flatteuses… Au Luxembourg, elle survivrait comme elle avait survécu à un mariage désastreux, au manque d'argent, à la prison, à l'abandon de certains de ses amants, comme Lazare Hoche qui lui avait cependant promis un amour éternel, à sa rupture déchirante avec Hippolyte Charles qu'elle avait si passionnément aimé et qui, riche grâce à elle, venait de s'acheter un château et des terres.

À la fin du mois de décembre, Lucien avait donné une grande fête en l'honneur de son frère. À la grande déception de Joséphine, c'était vers Juliette Récamier que s'étaient tournés tous les regards. Avec sa robe de satin blanc, largement décolletée mais d'une grande simplicité, elle portait un collier et des bracelets de perles, ses bijoux favoris. Jamais on ne la voyait avec des diamants, qui éclipsaient l'éclat de son teint.

Élisa Bacciochi, la plus âgée des sœurs Bonaparte et la moins jolie, recevait à la place de sa belle-sœur qui était souffrante. En réalité, on la savait jalouse de Juliette Récamier dont son mari était éperdument amoureux. Tout Paris s'entretenait de cette passion non satisfaite, comme toutes celles que Juliette Récamier avait inspirées. On disait que Lucien lui adressait chaque jour un billet doux dans lequel, banalement, il prenait le nom de Roméo.

Les termes de chacun d'eux avaient fait le tour des salons : « Ô Juliette, la vie sans amour n'est qu'une longue somnolence. La plus belle des femmes doit aussi être la plus compatissante. Heureux l'homme qui deviendra l'élu de votre cœur. » Juliette lui retournait ses lettres. Il en gardait de l'amertume.

Avec le nouveau régime, les conversations se faisaient plus sérieuses. On parlait de la hausse de la Bourse, de la nouvelle coalition européenne contre la France qui regroupait l'Angleterre, la Russie, l'Autriche, la Sardaigne, la Turquie. On évoquait aussi Sieyès, si absorbé par la rédaction d'une Constitution qu'il ne voyait plus personne. Autant qu'elle le pouvait, Joséphine se tenait éloignée de la tribu des Bonaparte, qui n'avait pas renoncé à faire divorcer Napoléon, mais celui-ci, chapitré par Talleyrand, faisait la sourde oreille. Étaler sa vie privée sur la place publique quand il venait de s'imposer comme Premier consul serait absurde. Bonaparte s'était rangé à ces arguments. Et, bien que la passion fût morte, il aimait encore sa femme et la désirait. Douce, soumise, attentive, attentionnée, elle lui convenait. Seules ses dépenses faramineuses, des dettes jamais taries le rendaient furieux. En réponse à ses reproches, elle pleurait, jurait d'être raisonnable.

En janvier, la vie avait pris au Luxembourg une certaine routine. Caroline avait épousé civilement Joachim Murat qu'elle adorait et Bonaparte, par mesure d'économie, lui avait offert un collier de diamants subtilisé dans le coffre à bijoux de sa femme qui en contenait un nombre extravagant. Le mariage religieux aurait lieu plus tard.

En dépit de ses promesses, Joséphine multipliait des dépenses qu'elle tentait de régler en poursuivant en cachette son rôle d'intermédiaire dans diverses affaires de fournitures aux armées. Devant observer la plus grande discrétion, elle comptait sur ses vieux amis, Lagrange ou Rouget de l'Isle, pour défendre ses intérêts.

Hormis à ses fournisseurs toujours prêts à l'appâter, Joséphine accordait de plus en plus de temps aux dames de la haute noblesse, ses amies d'autrefois quand elle était vicomtesse de Beauharnais et résidait à Penthemont. Les Montmorency, les Gontaut-Biron, les Rohan, les Lévis ne dédaignaient pas les invitations de la citoyenne Bonaparte. Elle promettait son aide pour faire rayer de la liste des émigrés des parents, des proches et tentait de tenir parole. Compter ces grandes dames parmi ses obligés lui procurait une vive satisfaction. Elle n'était plus celle qui écoutait, flattait, c'était à elle désormais qu'on cherchait à plaire. De Londres, la comtesse d'Artois lui avait même envoyé la duchesse de Guiche, fille de Yolande de Polignac, l'amie intime de Marie-Antoinette. Par crainte de la réprobation de son mari, mais à son grand regret, Joséphine ne l'avait pas reçue.

L'éventualité d'une restauration royaliste lui procurait une certaine émotion. Louis XVIII pourrait faire appel à Bonaparte pour diriger son gouvernement et elle deviendrait la première dame de la nouvelle cour. La pensée que son mari puisse ambitionner le pouvoir absolu l'effrayait, car se poserait alors le problème d'une succession qu'elle ne pouvait point assurer.

Les bases de sa vie étaient heureuses, finalement : une vie publique point trop accaparante, une vie privée fort agréable entre ses amies, ses enfants et des séjours dans sa chère Malmaison. Bonaparte ne donnant jamais de conseils mais des ordres, elle avait renoncé sans trop de difficulté aux robes trop courtes ou transparentes, jugées incompatibles avec la dignité de sa nouvelle position. Par ailleurs, à bientôt trente-sept ans et quoique possédant toujours une impeccable silhouette, il lui fallait abandonner les frasques : plus de seins dévoilés aux tétons peints en rose, plus de jupes fendues jusqu'aux hanches, plus de jambes enlacées de rubans, plus de bague à chaque doigt de pied. Elle raffolait maintenant des soies souples et seyantes, des velours rubis, ivoire ou vert anglais, collectionnait les châles de cachemire, les souliers de satin si fins qu'elle ne pouvait les garder aux pieds pour faire quelques pas dans les longs corridors du Petit-Luxembourg. « Comment, madame, s'était indigné un jour son bottier constatant le mauvais état de ravissants chaussons, vous avez *marché* avec ! »

Elle portait ses cheveux plus longs, ramassés sur la nuque et bouclés autour du visage, y faisait accrocher un léger voile, y entremêlait des rubans de soie, un rang de perles, cernait son front de ses camées antiques. Plus experte que jamais en maquillage, elle teintait violemment ses joues de rouge, ombrait ses paupières, fardait ses lèvres trop minces. Mais le travail nécessaire pour effacer les méfaits du temps était de plus en plus long. Cependant, de loin, sous des lumières tamisées, elle donnait encore l'illusion d'être une jeune femme.

Hortense allait quitter la pension de madame Campan où elle avait été heureuse, entourée d'amies, pour rejoindre ses parents.

Avec elle s'installerait dans l'ancienne résidence du comte de Provence Adèle Auguié, sa meilleure amie et nièce de madame Campan, qui refusait de la quitter. Fort apprécié de son beau-père, Eugène venait souvent lui aussi. Joséphine entrevoyait pour ce fils unique une glorieuse carrière. En Égypte, il s'était comporté avec vaillance et avait même reçu une blessure à la tête devant Saint-Jean-d'Acre. Bel homme, il ne comptait plus les succès féminins mais restait discret, modeste, serviable. On le voyait peu dans les salons mondains en dépit d'innombrables invitations, celles de Germaine de Staël en particulier dont l'ami chéri, Benjamin Constant, avait pris violemment position contre le nouveau gouvernement en évoquant en phrases coupantes les dangers d'un régime qui pouvait mener à la servitude et au muselement de l'opposition. La riposte de Bonaparte avait été immédiate : Benjamin Constant et Germaine de Staël ne mettraient plus les pieds au Luxembourg. Peu à peu, le vide se faisait autour du couple consulaire. Sa Constitution presque achevée, Sieyès, las des humeurs de Bonaparte, de son autoritarisme, prenait ses distances. Les députés n'osaient plus aucune critique, se contentant d'entériner des lois insignifiantes. Les seuls réels opposants au nouveau régime restaient les royalistes. Certains tentaient, sans succès, de nouer des liens entre le prétendant en exil et le Premier consul, d'autres conspiraient à Lyon, à Toulouse, à Bordeaux. En Vendée, des foyers de chouannerie se rallumaient, mais la police de Fouché voyait tout, écoutait tout, et la répression était impitoyable. Aucun Français ne se sentant à l'abri d'une dénonciation, tout le monde filait doux. Seule Germaine de Staël, à présent une ennemie implacable, qualifiait à voix haute Bonaparte de « tyran ». L'étau se resserrait chaque jour sur les opposants au régime. Ouvrard, celui qui avait investi tant d'argent dans les campagnes d'Italie et en avait tiré de si considérables profits, était désormais sous la loupe de Fouché et, en grande hâte, Joséphine avait fait avertir Thérésia, enceinte de huit mois, qu'il risquait d'être arrêté. Aussitôt le banquier avait fait détruire tous les livres de comptabilité suspects et lorsqu'on avait perquisitionné chez lui, rien de compromettant n'avait été découvert.

En dépit de la présence de ses enfants, la vie au Luxembourg avait vite semblé monotone à Joséphine. Seuls les achats la distrayaient. Elle acquérait tout ce que les marchands venaient lui proposer : toilettes, cachemires, dentelles, babioles, parfums, plumes, bijoux modestes ou somptueux, bas de soie, jupons, ceintures brodées. Ses femmes de chambre fourraient le tout dans une garde-robe qui déjà débordait d'inutilités.

En février, le temps avait tourné à la neige et Joséphine avait eu des difficultés à se rendre rue de Babylone au chevet de Thérésia qui venait d'accoucher d'une fille, Clémence. Elle avait pu embrasser Rose-Thermidor, sa filleule, une charmante fillette, et Théodore qui allait bientôt rentrer dans l'adolescence. Avec madame Visconti et madame de Contadès, venues complimenter l'accouchée, on avait parlé de tout et de rien, du château du Raincy où Thérésia faisait refaire l'orangerie, de la Malmaison, elle aussi en pleins travaux, des sculptures de Chinard, Houdon et Chaudet qui travaillaient sur les bustes des personnalités du moment, des œuvres dont Thérésia déplorait l'académisme. Où étaient la joliesse, la légèreté d'antan ? On avait évoqué aussi, mais brièvement, le retour des premières troupes d'Égypte : un retrait volontaire suivant une campagne glorieuse, annonçait la presse acquise au Premier consul ; un repli honteux, rétorquait l'opposition. Ce qu'aucune des dames ne voulait mentionner était la passivité des Français, leur égoïsme, la servilité des opinions, la course aux biens matériels.

Abandonnant son amie dans sa chambre surchauffée où il était hors de question d'ouvrir les fenêtres par peur qu'elle ne respire un air pernicieux, Joséphine avait abrégé sa visite. Elle était inquiète. De plus en plus insistant, le bruit circulait que le Premier consul avait décidé de quitter le Petit-Luxembourg pour s'installer aux Tuileries. C'était une nouvelle à la fois excitante et alarmante. Que ferait-elle dans cet immense palais hanté par le souvenir de Marie-Antoinette, du petit Dauphin, de

Madame Royale ? Ce château ne serait-il pas une prison pour elle comme il l'avait été pour les derniers Bourbons ? L'avenir lui faisait peur. Jusqu'où iraient les ambitions de Bonaparte ? À s'emparer du trône de France ? Mais alors il lui faudrait un fils.

Joséphine s'était rendue à contrecœur aux Tuileries pour constater le bon état des travaux d'aménagement des futurs appartements consulaires, celui de Louis XVI au premier étage pour Bonaparte, l'appartement de Marie-Antoinette en rez-de-jardin pour elle, jardins dont elle ne pourrait profiter tant les fenêtres étaient haut placées. Mais tout de suite l'aménagement des pièces l'avait stimulée. Elle voulait les meubler à la dernière mode : des sièges « retour d'Égypte » à têtes de sphinx, des fauteuils aux dossiers à crosses recouverts de satin jaune rayé d'ivoire, une méridienne en velours violet ornée de palmettes, des sièges plus officiels en ébène à incrustations d'argent. Étudier les croquis des tapissiers, donner des ordres aux ébénistes ne lui laissait plus un instant de libre. Sa vie était devenue un heureux tourbillon. En lui devenant familier, le château semblait moins hostile. L'antichambre, qui donnait sur un perron ouvert sur la cour du Carrousel, au coin du pavillon de Flore, était spacieuse et lumineuse. Dans son salon jaune, Joséphine avait ordonné de suspendre quantité de miroirs sans encadrement, juste drapés de soie, fait disposer des vases de Sèvres, des candélabres et lustres en cristal de roche. L'ancienne chambre de la reine avait été réaménagée.

Joséphine avait voulu une harmonie de bleu et de blanc, un lit massif en acajou décoré de bronzes, soigné particulièrement la salle de bains en faisant suspendre aux fenêtres des rideaux de mousseline brodée, adjoindre un petit cabinet de toilette bas de plafond avec l'indispensable coiffeuse munie de hauts miroirs devant laquelle elle passerait des heures chaque matin.

Parfois, fugitivement, elle avait l'impression que l'ombre de la reine Marie-Antoinette l'accompagnait, cette femme altière, élégante, capricieuse, tout juste aperçue lorsque, jeune mariée, elle suivait de loin les chasses royales à Fontainebleau, la noblesse de robe des Beauharnais lui interdisant d'approcher les souverains.

Le jour de l'emménagement était venu. Reviendrait-elle rue de la Victoire ? La petite maison où elle avait été heureuse avait déjà perdu son âme : les bibelots personnels, de petits meubles, des tableaux, tous ses objets de toilette avaient pris place aux Tuileries. Euphémie ne cessait de gémir. Elle ne serait plus chez elle dans cet immense palais peuplé de fantômes ! Verrait-elle encore seulement celle qu'elle avait servie tant d'années ? Joséphine la consolait. Plus que jamais elle aurait besoin de ceux qui l'aimaient. Elle avait fait porter un billet à Thérésia lui demandant de venir visiter ses appartements dès qu'elle serait remise de ses couches. Dans son emploi du temps, certes chargé, elle trouverait toujours des moments privilégiés pour ses chères merveilleuses.

Partie la première avec Hortense et Caroline Murat, Joséphine s'était installée au pavillon de Flore pour admirer le cortège qui accompagnerait Bonaparte dans sa nouvelle demeure. Trois mille hommes de troupe commandés par Lannes, Murat et Bessières, la fanfare des chasseurs à pied vêtus de pourpre et d'or s'étaient assemblés dans la grande cour du Louvre et sur la place du Carrousel. Suivaient l'état-major à cheval, aux chapeaux foisonnant de plumes tricolores, puis des ministres, enfin les gardes de Bonaparte à colback et à dolman verts, ornés d'aiguillettes pourpres. Précédant les consuls, Roustan maîtrisait avec peine un superbe étalon arabe rendu nerveux par l'éclat des fanfares. Un immense cri s'était alors élevé de la foule qui patientait depuis l'aube : « Vive Bonaparte ! »

Devant le palais, le Premier consul était descendu de voiture pour sauter à cheval et passer en revue les troupes. Ils étaient tous là, les anciens d'Italie et d'Égypte, dans leurs uniformes neufs, tricolores pour les gardes consulaires avec guêtres blanches, épaulettes rouges et bonnets d'ourson. Devant les drapeaux noircis par la poudre, troués de balles, parfois en loques de la 96e, de la 43e et de la 35e, Bonaparte avait immobilisé sa monture, ôté son chapeau et s'était incliné. On l'avait ovationné. Puis il avait franchi la grille, longé un corps de garde dont il avait fait ôter l'inscription : « Le dix août 1792, la royauté est abolie et ne se relèvera jamais. »

Avec les graffitis, les bonnets rouges, avaient disparu les arbres de la Liberté et toute trace de la

Révolution de 1792. Une nouvelle page s'ouvrait pour la France.

Seul enfin avec Joséphine, tard dans la nuit, il avait pris un peu de repos. À son air grave, elle voyait qu'il désirait lui parler. Même épuisée, elle était prête à lui consacrer le temps qu'il exigerait d'elle. La tête lui tournait un peu. On allait nommer ses dames d'honneur, former une sorte de cour autour d'elle. C'était une perspective à la fois flatteuse et inquiétante.

Le silence de Bonaparte s'était prolongé. Enfin, appuyé à la cheminée, il l'avait regardée droit dans les yeux. Elle était la femme du Premier consul désormais et devrait tenir son rang. Il n'était plus question qu'elle fréquente ses anciennes amies, Thérésia Cabarrus en particulier, une femme deux fois divorcée qui avait collectionné les amants et mis au monde une ribambelle de bâtards. Cette femme avait toujours exercé sur elle la pire des influences, l'avait poussée à toutes les indécences. Quant aux autres, c'était un ordre formel qu'il lui donnait. Il n'accepterait aucune désobéissance. Et qu'elle n'imagine pas avoir la possibilité de rencontrer ces créatures en secret, désormais la moindre de ses actions lui serait rapportée.

La stupeur avait cloué Joséphine dans son fauteuil. Rompre avec ses plus chères amies ? Les laisser à jamais derrière elle ? Elle avait soudain l'impression d'être dans un château fortifié dont on hissait le pont-levis. L'empêcherait-on également de leur écrire, de recevoir leurs lettres, de leurs nouvelles ? Son regard se porta autour d'elle, tout était harmonieux, charmant dans ce joli salon jaune : des domestiques guettaient ses moindres ordres, elle avait de l'argent pour se faire plaisir sans compter, ses enfants, la Malmaison. On la fêtait, la complimentait, l'admirait, elle n'avait plus de rivale, serait pour toujours « l'incomparable Joséphine ». Tout cela ne valait-il pas des sacrifices ?

Du coin de son mouchoir de linon, elle essuya la larme qui lui était montée aux yeux. Bonaparte ne l'avait pas quittée du regard. Enfin, il s'était dirigé vers elle, l'avait prise par la main. Contre une soumission inconditionnelle, il offrait sa protection, une affection plus durable sans doute que ses premiers et brûlants élans de passion, il aimait Hortense et Eugène et leur assurerait un prestigieux avenir. La vie était bonne après tout.

« Allons, petite créole, avait prononcé Bonaparte d'un ton enjoué, venez vous mettre dans le lit de vos maîtres. »

Elle avait suivi fidèlement son mari dont l'ombre projetée par les girandoles et candélabres de cristal la couvrait entièrement.

Le temps des merveilleuses était achevé. Les amies de Joséphine s'assagirent toutes. Après avoir eu trois enfants du banquier Ouvrard, Thérésia épousa le comte de Camaran qui allait devenir prince de Chimay, et finit ses jours au château de Chimay en Belgique, « bonne dame » charitable et exemplaire.

Joséphine et elle ne se revirent jamais.

BIBLIOGRAPHIE

Almeras, Henri d', *Barras et son temps, Scènes et portraits*, Albin Michel, 1930.

Ashworth Taylor, Ida, *Queen Hortense and her friends, 1783-1837*, Nabu Press, 2010.

Bainville, Jacques, *Le Dix-huit Brumaire et autres écrits sur Napoléon*, B. Giovanangeli, 1998.

Bazin, Christian, *Bernadotte et Désirée Clary : le Béarnais et la Marseillaise, souverains de Suède*, Perrin, 2004.

Bazin, Christian, *Bernadotte : un cadet de Gascogne sur le trône de Suède*, France-Empire, 2000.

Bruce, Evangeline, *Napoleon and Josephine*, Phoenix, 1996.

Burnat, Jean, *Trop belle madame Tallien*, Robert Laffont, 1958.

Castelot, André, *Napoléon Bonaparte*, Perrin, 1984.

Castelot, André, *Joséphine*, Perrin, 1964.

Charles-Vallin, Thérèse, *Tallien, le mal aimé de la Révolution*, J. Picollec, 1997.

Chevallier, Bernard et Pincemaille, Christophe, *L'Impératrice Joséphine*, Presses de la Renaissance, 1988.

Cordier, Maxime, *Junot qui ne fut pas maréchal d'Empire*, Horvath, 1986.

Delorme, Eleanor, *Josephine: Napoleon's incomparable empress*, Harry N. Abrams, 2002.
Diesbach, Ghislain de, *Madame de Staël*, Perrin, 1999.
Erickson, Carolly, *Joséphine de Beauharnais : vie de l'impératrice*, Grasset, 2000.
Fierro, Alfred, Palluel-Guillard, André et Tulard, Jean, *Histoire et dictionnaire du Consulat et de l'Empire*, Robert Laffont, 1995.
Gallo, Max, *Révolution française*, XO, 2009.
Gallo, Max, *Napoléon, Le Chant du Départ*, Éd. de la Seine, 2001.
Gallo, Max, *L'Homme Robespierre : histoire d'une solitude*, Perrin, 1998.
Gallois, Léonard, *Histoire de Joachim Murat*, Schubart, 1828.
Gastine, Louis, *La Belle Tallien, Notre-Dame de Septembre*, Albin Michel, 1930.
Gilles, Christian, *Madame Tallien, la reine du Directoire : 1773-1835*, Atlantica, 1999.
Godechot, Jacques, *La Vie quotidienne en France sous le Directoire*, Hachette, 1977.
Goncourt, Edmond et Jules de, *Histoire de la société française pendant le Directoire*, Le Promeneur, 1992.
Hanoteau, Jean, *Le Ménage Beauharnais : Joséphine avant Napoléon*, Plon, 1935.
Hulot, Frédéric, *Les Frères de Napoléon*, Pygmalion, 2006.
Jumièges, Jean-Claude, *Madame Tallien ou Une femme durant la tourmente révolutionnaire*, Rencontre, 1965.
Lacretelle, Pierre de, *Secrets et malheurs, La reine Hortense*, Hachette, 1936.
Lefebvre, Georges, Suratteau, Jean-René et Soboul, Albert, *La France sous le Directoire*, Sociales/La Dispute, 2001.

Lenôtre, G., *Les Pèlerinages de Paris révolutionnaire, La Maison des Carmes*, Perrin, 1933.
Lettres de Napoléon à Joséphine, Jean de Bonnot, 1968.
Masson, Frédéric, *Joséphine, impératrice et reine*, Baudelaire, 1968.
Masson, Frédéric, *La Journée de l'impératrice Joséphine*, Flammarion, 1933.
Masson, Frédéric, *Quatre conférences sur Joséphine*, André Delpeuch, 1924.
Mémoires de Barras, Mercure de France, 2005.
Mémoires de la duchesse d'Abrantès, Jean de Bonnot, 1967.
Mémoires de madame de Rémusat, 1802-1808, Calmann-Lévy, 1880.
Mémoires de madame de Chastenay : 1771-1815, Perrin, 1987.
Mémoires de mademoiselle Avrillon, Mercure de France, 1969.
Mémoires du prince de Talleyrand, Durante, 1998.
Peyramaure, Michel, *La Reine de Paris : le roman de madame Tallien*, Robert Laffont, 2008.
Poniatowski, Michel, *Talleyrand et le Directoire, 1796-1800*, Perrin, 1982.
Tulard, Jean, *Le Directoire et le Consulat*, PUF, 1991.
Tulard, Jean, *Joseph Fouché*, Fayard, 1998.
Une femme de diplomate : Lettres de madame de Reinhard à sa mère, 1798-1815, A. Picard et fils, 1900.
Wagener, Françoise, *Impératrice Joséphine*, Flammarion, 1999.
Wagener, Françoise, *La Reine Hortense : 1783-1837*, Lattès, 1992.
Wright, Constance, *Hortense, reine de l'Empire*, Arthaud, 1964.

Table

Du même auteur :

Aux Éditions Albin Michel

LES DAMES DE BRIÈRES.
1. Les Dames de Brières, 1999.
2. L'Étang du diable, 2000.
3. La Fille du feu, 2000.

LA BOURBONNAISE, 2001.

LE CRÉPUSCULE DES ROIS.
1. La Rose d'Anjou, 2002.
2. Reines de cœur, 2003.
3. Les Lionnes d'Angleterre, 2004.

LORD JAMES, 2006.

LE GARDIEN DU PHARE, 2007.

LE ROMAN D'ALIA, 2008.

LES ANNÉES TRIANON, 2009.

LE SIÈCLE DE DIEU, 2013.

Chez d'autres éditeurs

LE GRAND VIZIR DE LA NUIT, prix Femina 1981, Gallimard, 1981.

L'ÉPIPHANIE DES DIEUX, prix Ulysse 1983, Gallimard, 1983.

L'INFIDÈLE, prix RTL 1987, Gallimard, 1985.
LA MARQUISE DES OMBRES, Gallimard, 1985.
LE JARDIN DES HENDERSON, Gallimard, 1988.
ROMY, Gallimard, 1988.
LE RIVAGE DES ADIEUX, Pygmalion, 1990.
LA POINTE AUX TORTUES, Flammarion, 1994.

Le Livre de Poche s'engage pour l'environnement en réduisant l'empreinte carbone de ses livres. Celle de cet exemplaire est de :
450 g éq. CO_2
Rendez-vous sur
www.livredepoche-durable.fr

Composition réalisée par PCA

Achevé d'imprimer en novembre 2013 en France par
CPI BRODARD ET TAUPIN
La Flèche (Sarthe)
N° d'impression : 3002756
Dépôt légal 1re publication : décembre 2013
LIBRAIRIE GÉNÉRALE FRANÇAISE
31, rue de Fleurus – 75278 Paris Cedex 06

31/7644/3